Die verborgene Welt

Weitere Romane von Shamim Sarif
bei Krug & Schadenberg:

Das Leben, von dem sie träumten
Mitten ins Herz

Alle drei Romane sind auch als ebook erhältlich.

Verlag Krug & Schadenberg, Hauptstr. 8, 10827 Berlin
Tel. (030) 61 62 57 52, info@krugschadenberg.de
www.krugschadenberg.de

Wenn Sie mögen, folgen Sie uns auf Facebook und Twitter.

Shamim Sarif

Die verborgene Welt

Roman

Aus dem Englischen
von Andrea Krug

Krug & Schadenberg

Für Hanan, die meinem Leben Leidenschaft verliehen hat, meinen Gedanken Klarheit und meinen Worten eine Stimme. In unermesslicher Dankbarkeit und unendlicher Liebe.

Kapitel 1

Pretoria, April 1952

Sie lag bäuchlings auf dem Dach, im Blickfeld nur die billigen Ziegel, und wusste dennoch, dass es sich um einen Streifenwagen handelte. Es lag etwas Unbekümmertes im Schlittern der Reifen über die sandige Straße und in der Art, wie die Handbremse angezogen wurde, noch während die Räder sich drehten, was ein leises Kreischen in der drückenden Luft verharren ließ. Sie hielt mit dem Hämmern inne und lugte über den Dachvorsprung. Sie waren so dicht an der Eingangstür des Cafés zum Stehen gekommen, dass sie einen der Blumentöpfe, die Jacob erst am Vortag bepflanzt hatte, beschädigt hatten.

»Mistkerle!«, murmelte sie leise.

Sie ließ das Schild halb angenagelt hängen und kletterte die Leiter hinunter. Ihre Bewegungen waren bedächtig und ließen ihr Zeit zum Überlegen. Ein Jahr zuvor noch wäre sie binnen Sekunden im Café gewesen – sie wäre voller Eifer herbeigelaufen, um sich jedem neuen Hindernis, das ihr in den Weg geräumt wurde, zu stellen und es zu beseitigen. Doch die vielen Monate des Kampfes gegen Regeln und Vorschriften, die für sie keinerlei Sinn ergaben, hatten ihr die Lust auf Auseinandersetzungen genommen und so handelte sie nun gemächlicher, zügelte ihre Impulsivität, und als sie zu dem Streifenwagen hinübersah, erschienen winzige Falten der Konzentration auf ihrer Stirn.

Einer der beiden, der Fahrer, saß noch im Wagen. Sie kannte viele der einheimischen Polizisten, doch dieser war ihr fremd, und einen Augenblick lang war sie von seinem Äußeren eingenommen – ein ebenmäßiges, attraktives Gesicht, umrahmt von weichem blondem Haar –, bis sie seinen kühlen blauen Blick sah, der von purer Arroganz kündete. Er musterte sie von oben bis unten, und sie hielt seinem Blick stand.

»Noch nie eine Frau in Hosen gesehen?«, fragte sie – zu leise, als dass er es hätte hören können, doch zu ihrem Bedauern kurbelte er das Fenster herunter.

»Was?«

Sie hatte keine andere Wahl, als es zu wiederholen. Sie sprach klar und deutlich, und sein Mund verzog sich ein wenig.

»Jedenfalls keine Inderin, das steht fest«, erwiderte er.

Sie wandte sich um und betrat das Haus, blieb jedoch gleich an der Tür stehen. Das Café war mehr als halb voll, dennoch konnte sie die *boerewors* in der Küche brutzeln hören. Niemand sprach und niemand blickte zu ihr hinüber – alle Augen waren verstohlen auf den Polizisten gerichtet, der da am Tresen stand. Sie wusste, dass Jacob sie im Blick hatte, aber er ließ sich nichts anmerken. Er polierte weiter das Glas in seiner Hand und nickte ab und an. Officer Stewart stützte sich mit dem einen Arm friedlich auf die polierte Theke und zupfte mit der anderen Hand gedankenvoll an seinem gestutzten Bart.

»Hör mal, Jacob. Ich will euch beiden ja nichts Böses, aber diese Gesetze machen uns Polizisten das Leben verdammt schwer.«

»Uns machen sie auch nicht gerade Vergnügen«, sagte Amina hinter ihm. Sie sah, wie Jacob leicht den angegrauten Kopf schüttelte.

Stewart drehte sich um und tippte sich an die Mütze. »Amina. Lange nicht gesehen.«

»Ja.«

»Hast wohl zugesehen, dass du dir keinen Ärger aufhalst, wie?«

Sie quittierte seinen Versuch zu plaudern mit einem gezwungenen Lächeln. Dann trat sie hinter die Theke, öffnete den unförmigen Eisschrank, nahm eine Flasche Cola heraus und hielt sie ihm ihn. Um Jacobs willen gab sie sich alle Mühe.

»Kann ich Ihnen was zu trinken anbieten, Officer Stewart?«

Der Polizist schüttelte den Kopf und sah zu, wie sie die halbe Flasche in einem Zug leerte. Dann hielt sie inne, holte schleunigst Luft und lächelte.

»Was ist mit Ihrem Kollegen? Will er nicht reinkommen?«, fragte sie.

»Nein, danke. Mir ist es lieber, wenn er draußen im Wagen bleibt. Er ist ein bisschen übereifrig. Ein wenig hitzköpfig. Er hat ein Problem mit euren Gepflogenheiten.«

Er wies auf den hinteren Teil des Cafés, und als hätte sie keine Ahnung, was er meinte, drehte sie sich um und blickte zu der Sitzecke hinüber, wo ihre afrikanischen Arbeiter tagsüber abwechselnd saßen und aßen. Doris und Jim waren im Augenblick da, und sie sah, wie Doris trotzig das Kinn hob, auch wenn ihre Finger, die um die Kaffeetasse lagen, leicht zitterten. Amina lächelte sie ermutigend an und wandte sich wieder dem Polizisten zu.

»Welche Gepflogenheiten genau sollen das sein, Officer?«

»Nun hör mir mal zu, Amina. Du weißt, wovon ich spreche, und dich mit mir anzulegen, macht die Sache nicht besser, klar? Du und ich – wir wissen beide, dass es ein Vergehen ist, wenn Schwarze da essen, wo Weiße essen.«

Sie stellte die Cola auf die Theke und sah sich um.

»Hier gibt's keine Weißen. Sie natürlich ausgenommen.«

»Wie Nicht-Weiße dann eben. Dies ist ein Lokal für Asiaten. Und Farbige«, fügte er mit einem Nicken in Richtung Jacob hinzu. »Das heißt: keine Schwarzen.«

»Sie arbeiten für mich.«

»Dagegen ist nichts einzuwenden«, erwiderte der Polizist und schlug bekräftigend auf die Theke. »Aber sie dürfen nicht mit dir zusammen essen. Das ist verboten.«

»Wo sollen sie denn sonst essen?«, fragte Amina.

»Das ist mir doch egal! Sie können draußen essen. Oder in der Küche, verdammt noch mal. Oder wenn sie nach Hause kommen.«

»Kommen Sie zwölf Stunden am Stück ohne Essen aus, Officer?«

Jacob fuhr sich nervös über den geschorenen Schädel und sah zu, wie Amina zu ihrem Grammophon hinüberging. Er wünschte verzweifelt, er könnte eingreifen und für Frieden sorgen, irgendeinen Kompromiss vorschlagen. Doch das würde die Grenzen, die ihm als angeblicher Geschäftsführer des Cafés gesetzt waren, überschreiten – Officer Stewart wusste nicht, dass Jacob in Wahrheit Aminas Geschäftspartner war. Es war Farbigen und Indern verboten, gemeinsam ein Unternehmen zu betreiben, doch ein hilfsbereiter Anwalt hatte ihnen geholfen, insgeheim eine Generalvollmacht für Jacob aufzusetzen, und inzwischen war ihre Partnerschaft von den entscheidenden Menschen weithin anerkannt, und ihr Geheimnis wurde gut gehütet.

Amina kniete sich nieder, den Rücken dem Polizisten zugewandt, und ging ihren kleinen Stapel Schallplatten durch. Stewart setzte entschlossen seine spitz zulaufende Mütze auf und schlenderte zu der hintersten Nische hinüber, wo er stehen blieb und auf die Sitzenden herabsah.

»Papiere!«, sagte er und streckte die Hand aus. Doris und Jim sahen instinktiv zu Amina hinüber.

»Sie wissen doch, dass die beiden Papiere haben«, sagte sie.

»Ich will sie sehen. Und zwar sofort.«

Jim zog seine Papiere hinten aus der Hosentasche. Der Einband war knittrig und abgetragen, und selbst wenn es aufgeschlagen wurde, wies das Dokument eine bleibende Krümmung auf, weil so oft auf ihm gesessen wurde. Stewart drehte es in der Hand und blickte auf den Koch hinunter.

»Das ist bloß eine Reisegenehmigung.«

»Ja, Sir!«

»Wo ist dein Pass?«

»Ich habe keinen Pass, Sir. Ich bin ein Farbiger.«

Stewart begutachtete das Dokument, um sich dieser Tatsache zu vergewissern.

»Du bist ein Farbiger?«

»Ja, Sir!«

»Für mich siehst du aus wie ein Kaffer«, bemerkte Stewart.

»Sie sagen, ich bin ein Farbiger. Die Kommission. Sie haben mich klassifiziert.«

Jacob war neben dem Polizisten erschienen, ohne dass jemand wahrgenommen hätte, dass er sich bewegt, geschweige denn beeilt hatte.

»Sein Großvater war weiß, Officer. Holländer – wie mein Vater.«

»Okay.« Stewart warf das Dokument auf den Tisch, wandte sich um und ließ den Blick über das Café schweifen.

»Du verstehst, was ich euch sagen will, oder, Jacob? Ich will euch nichts am Zeug flicken. Ich tue bloß meine Arbeit.«

Der Knall eines Schusses elektrisierte den Raum – die schiere Lautstärke ließ alle Anwesenden für einen Sekundenbruchteil erstarren, bevor sie sich allesamt duckten.

Amina kniete noch immer vor dem Grammophon und sah, wie Officer Stewart hinter der Theke kauerte und Jacob neben ihm hockte. Die Fenster klirrten noch leicht, als wäre gerade ein Zug durch das Café gerauscht. Stewart zog vorsichtig seine Pistole und brachte sie auf dem Tresen in Anschlag, während er sich langsam erhob. Amina stand gleichzeitig auf. Sein Partner stand in der Tür und ließ die Pistole um seinen Mittelfinger kreisen.

»Was zum Teufel machst du da?«, fragte Stewart.

Der blonde Mann grinste. »Meine Arbeit«, sagte er. »Warum redest du überhaupt mit diesen Leuten hier?«

Er hielt die Pistole fest und feuerte einen weiteren Schuss in die Decke. Putz rieselte herab, und ein hohes Echo sang im Raum.

»Das hier verstehen sie«, meinte er. Er grinste wieder und sah Amina an.

»Wenn du weiterhin Kaffern bedienst, murksen wir sie alle ab. Dann wirst du neue Leute finden müssen.« Er lachte.

»Wenn Sie so weitermachen«, erwiderte Amina, »dann brauchen wir keine neuen Leute. Sie sind nicht gerade gut fürs Geschäft.«

Seine Miene verdunkelte sich, doch noch bevor er den ersten Fluch über die Lippen brachte, schob Stewart ihn zur Tür hinaus und in Richtung Wagen.

Amina sah sich nach Doris um, aber die Sitzecke war leer – ihre gesamte Belegschaft hatte sich in die Küche verzogen oder auf den festgetretenen Flecken Erde draußen vor der Hintertür. Die Gäste, die auf ihr Essen zum Mitnehmen gewartet hatten, waren bereits fort. Andere legten Geld auf den Tisch. Selbst das Gebrutzel aus der Küche war verklungen. Als sie wieder zur Tür blickte, um sich zu vergewissern, dass die Polizisten wirklich fort waren, sah sie, dass das Glas des gerahmten Bildes ihrer verstorbenen Großmutter, das darüber hing, zerbrochen war – der vertraute, herausfordernde Blick ihrer Großmutter wurde von einem Sprung verzerrt. Das schmerzte sie am meisten.

»Lass dich nie von jemandem zur Sklavin machen. Ich war eine Sklavin, mein Leben lang, und das hat mich ruiniert.« Das waren Begums letzte Worte an Amina Harjan gewesen. Sie hatte sie an einem sonnigen Samstagmorgen in Bombay geäußert, röchelnd, aber mit dringlicher Überzeugung, als ihre Enkelin bei ihr am Krankenbett saß und den Duft von zerstoßenen Kardamomschoten einatmete, der von dem Süßwarenhersteller im Stock unter ihnen heraufstieg. Bei Einbruch der Nacht war ihre Großmutter tot gewesen. Ihr Hinscheiden ließ ihre Enkelin in einem seltsamen Schockzustand dahintreiben, der ihren fohlenhaften Gliedern jegliche Energie raubte, und zum ersten Mal in ihrem Leben hatte Amina die Wochen verstreichen gespürt, ohne den Versuch zu machen, sie zu ergreifen und zu nutzen. Als ihr Vater dann wieder einmal seinen langgehegten Wunsch zum Ausdruck brachte, fern von Indien ein neues Leben zu beginnen, merkte sie kaum, dass die Vorbereitungen bereits im Gange waren. Mr. Harjan hatte sich an eine stillschweigende Übereinkunft mit seiner Schwiegermutter gehalten, nicht nach Südafrika auszuwandern, denn sie war vierzig Jahre zuvor aus jenem Land vertrieben worden, doch dieses Versprechen verlor seine Bedeutung, nachdem sie gestorben war.

Bei der Bestattung waren nicht genug Männer zugegen, um den kleinen, aber unhandlichen Leichnam von Aminas Großmutter sorgsam zu halten, und so glitt er in unschicklicher Hast in das Grab und landete mit einem Aufprall, der die versammelten Trauergäste zusammenzucken ließ. Rasch wurde Erde darüber geschaufelt, und Amina erinnerte sich an ihr Staunen, wie schnell Begum von der Erdoberfläche verschwunden gewesen war. Sie war die einzige anwesende Frau gewesen; die anderen waren nach der Trauerzeremonie nach Hause zurückgekehrt, wie es dem Brauch entsprach. Gegen den Wunsch ihrer Mutter hatte sie darauf bestanden, die Männer zu begleiten, und ihr Vater hatte weder die Energie gehabt, sich mit seiner temperamentvollen Tochter zu streiten, noch den Wunsch, ihr den letzten Abschied von seiner Schwiegermutter zu verwehren.

Amina registrierte den Sprung im Glas des Bilderrahmens und betrachtete forschend Begums Gesicht. Sie brauchte einen Moment, bevor sie Jacobs Blick begegnen konnte, und als sie sich schließlich mit einem Lächeln zu ihm umdrehte, hätte er nicht zu sagen vermocht, ob das Leuchten in ihren Augen von unterdrückten Tränen herrührte oder von Zorn.

»Alles in Ordnung mit dir?«, fragte sie ihn.

»Aber ja«, antwortete er. »Ich mag zwar alt werden, aber ich kann immer noch hinter den Tresen abtauchen, wenn's sein muss.«

Sie lachte, wie er es vorausgesehen hatte, und ohne ein weiteres Wort begannen sie die Tische abzuräumen.

Delhof, bei Pretoria

Miriam stand reglos da, ein gutes Stück von ihrem neuen Zuhause entfernt, die Hand an der Stirn, um ihre Augen zu beschatten. Das Haus war einst ein Farmhaus gewesen, es war niedrig und langgestreckt. Alles schien niedrig zu sein an diesem Ort – die Bäume, die Hügel, selbst die wenigen Gebäude –, niedrig und flach und ohne Farbe, als würde alles vom Gewicht des Himmels und seinem sich ausdehnenden Blau erdrückt. Die Sonne traf ihre Hand mit rotgleißender Intensität, drang ungemildert durch die durchscheinende, geäderte Haut ihres Handgelenks, und als sie die Augen einen Moment fest schloss, spürte sie die Hitze unter ihren Lidern noch immer wie Kohlenglut.

Als sie die Stimme ihres Sohnes vernahm, öffnete sie die Augen rasch wieder. Sie wandte sich um, und der Junge und seine Schwester gerieten ins Zentrum ihres Blickes, klein und knochig standen sie auf der *stoep* des Hauses, und die sie umgebenden Stapel von Kisten und Möbeln ließen sie beinahe zwergengleich erscheinen. Sie betrachtete die Kinder stirnrunzelnd, als versuche sie sich zu erinnern, wer sie waren, und der Junge rief wieder nach ihr und wieder, seine hohe, schrille Stimme kam auf den schimmernden Wellen der Hitze, die zwischen ihnen flirrten, zu ihr herübergehüpft.

»Was ist? Was willst du?«, rief sie zurück. Sie sprach Gujerati, obwohl ihr Mann sie angewiesen hatte, ausschließlich Englisch mit den Kindern zu sprechen oder, sobald sie der Sprache mächtig genug war, Afrikaans. Doch sie war in Gedanken, und Gujerati war die Sprache, mit der sie aufgewachsen war, die Sprache, in der auch ihre Mutter sie erzogen hatte.

Der Junge verstummte beim Ton seiner Mutter.

»Geht rein, ich komme!«, rief sie, und gehorsam rannten sie ins Haus. Sie stand vollkommen reglos da, wie ein bedrohtes Tier, das auf das kleinste Geräusch lauschte. Als sie die heiße, trockene

Luft einatmete, erhaschte sie den Geruch von verbranntem Staub, und sie wusste, dass er fortan Teil eines jeden Atemzugs sein würde; sie spürte ihn bereits leicht auf der Haut liegen. Allein die weichen Falten ihres Baumwollkleides bewegten sich ein wenig in der Hitze, und langsam, aber stetig rannen ihr Schweißperlen von den Schläfen über die hohen Wangenknochen. Sie hob die Hand und wischte sie ungeduldig fort. Sie verstand diesen Ort nicht, an den ihr Mann sie gebracht hatte. Sie wusste, dass Springs nicht mehr als eine halbe Stunde entfernt war, wenn das Wetter und die Straßen gut waren, und dass es ein hübsches Städtchen war, aber hier war nichts, gar nichts. Vielleicht eine halbe Meile entfernt gab es ein paar baufällige Häuser, aber sie sahen aus, als wären sie schon seit Jahren unbewohnt. Am fernen Horizont waren einige Gehöfte auszumachen – wahrscheinlich gehörten sie den Farmern, die künftig zur Kundschaft im Laden ihres Mannes zählen sollten –, doch ansonsten gab es nur noch die Eisenbahnschienen; hier vor ihrem neuen Zuhause lagen sie blank und unverrückbar auf der rostfarbenen Erde, vollkommen allein auf weiter Flur.

So viel Land – noch nie zuvor hatte sie so viel Land gesehen, das einfach dalag, leer. Was sollten sie hier anfangen? Wie sollten sie derart einsam leben? Nach dem beengten Zusammenleben in ihrer Großfamilie in Pretoria, den papierdünnen Wänden zwischen erstickenden Räumen, die ständig vor Nachbarinnen und Verwandten barsten? Es war Miriam nicht unrecht gewesen, das Haus ihres Schwagers zu verlassen, denn ihre Schwägerin hatte sie kaum besser behandelt als ein Dienstmädchen. Und Omars Laden hier draußen bedeutete einen Neuanfang: ein Laden, der alles anbieten würde, was die ansässigen Farmer brauchten. Doch sie fürchtete die stille Einsamkeit des Landstrichs und wusste nicht, wie sie damit zurechtkommen würde, einzig ihren wortkargen Gatten zur Gesellschaft zu haben.

Wieder hob sie die Hand, und diesmal fuhr sie sich mit dem Arm über Wangen und Augen. Dann schlang sie die Arme schützend um ihren Leib und kehrte zu ihrer Familie zurück.

Kapitel 2

Springs, November 1952

Als die Mutter ihres Vaters Amina wiedersah, fiel sie beinahe in Ohnmacht. Die Ankunft der älteren Dame in Südafrika verursachte einen Wirbel im Haushalt der Harjans, der alle erfasste – bis auf ihre einzige Enkelin. Auch Amina hätte die Auswirkungen vermutlich zu spüren bekommen, doch sie war schlicht und einfach nicht da und konnte auch nicht gefunden werden. Sie sei fort, sie müsse ein paar Tage arbeiten, hieß es auf dem hingekritzelten, kaum lesbaren Zettel, den sie ihren Eltern auf dem Küchentisch hinterlassen hatte, und da ihre Familie selten genau wusste, wo und welcher Art ihre Gelegenheitsjobs waren, war sie auch nicht aufzutreiben. Für gewöhnlich bereitete das ihrem Vater keine großen Sorgen; anders als andere Männer seines Alters und seiner Herkunft ließ er seine Tochter weitgehend tun, was sie wollte, seit sie einige Jahre zuvor nach Springs gekommen waren. Aminas Mutter war eine unterwürfige, gehemmte Frau, deren Sorge stumm blieb und nur aus den Falten zwischen den Brauen auf ihrer schmalen Stirn sprach. Sie verstand am besten, welche Auswirkungen die bevorstehende Ankunft ihrer Schwiegermutter auf ihrer aller Alltagsroutine haben würde, und sie machte sich die ungewöhnliche Mühe, ihre Küche zu verlassen, um im Café in Pretoria, mit dem Auto etwa eine Stunde vom Heim ihrer Familie in Springs entfernt, nach ihrer Tochter zu fragen. Jacob Williams bot Mrs. Harjan Tee an und hörte sie höflich an, erklärte jedoch, von Amina seit drei Tagen nichts gehört zu haben, da sie einen Taxijob angenommen habe und zwei Leute den langen Weg von Johannesburg nach Kapstadt fahre.

»Sie ist bald wieder da, Lady«, sagte er, benutzte dabei die ehrerbietige Anrede, die in der farbigen Gemeinschaft am Kap üblich war, und schenkte der besorgten Mutter ein aufmunterndes Lächeln. »Sie bleibt nie lange weg. Nie.«

Obwohl Amina in der Tat bald wieder da war, so doch nicht rechtzeitig genug, und so wurde die alte Dame allein von ihrem Sohn abgeholt. Das entsprach nicht dem überschwänglichen großen Bahnhof, den sie sich auf ihrer langen und von Übelkeit erschwerten Reise ausgemalt hatte. Mr. Harjan war ein erschöpfter, durchscheinend wirkender Mann, dessen hagere Gestalt in seinen ausgebeulten Arbeitskleidern fast ausgemergelt wirkte. Er kam ein wenig zu spät und fand seine Mutter am Ende des Bahnsteigs, wo sie wie angewurzelt stand und den staubigen Bahnhof und die herumwuselnden Schwarzen voller Widerwillen betrachtete. Er begrüßte sie ohne große Begeisterung, als hätte er sie am Tag zuvor erst gesehen, und verfrachtete sie in sein klappriges Auto. Wortlos fuhr er nach Hause zurück, ohne dem Unbehagen seiner beleibten Mutter groß Beachtung zu schenken – als hätte er bloß ein Paket abgeholt, das nicht weiter wichtig war. Die wiederholte Aufzählung all ihrer Zipperlein zog über ihn hinweg wie eine Wolke von Stechmücken, irritierend, aber letztlich nicht weiter von Bedeutung.

Gleich an diesem ersten Tag erhob die alte Dame Anspruch auf ihre Position im Haus; sie beseitigte alle persönlichen Spuren, die auf ihren Sohn und ihre Schwiegertochter hinwiesen, und breitete sich stattdessen aus. Sie thronte in dem kleinen Wohnzimmer im Sessel ihres Sohnes, als hielte sie Hof und begann die ganze Verwandtschaft und sämtliche Nachbarinnen und Nachbarn zu empfangen – gütig, aber nicht ohne sicherzustellen, dass diese begriffen, welch ein Entgegenkommen sie ihnen damit erwies. Ihre Besorgnis über die Abwesenheit ihrer Enkelin war beträchtlich gewesen, aber Aminas Eltern begegneten ihren Nachfragen zu deren Aufenthaltsort derart vage und unbestimmt, dass sie sich mit einer kurzen Standpauke begnügt hatte und es dann auf sich beruhen ließ. Zwei Tage später tauchte Amina auf.

Die alte Dame hörte, wie draußen vor der Haustür unvermittelt ein Motor ausgestellt wurde, und von ihrem Sitzplatz beim Fenster zog sie die vergilbten Tüllgardinen zurück, die schlaff vor den Scheiben hingen, und schaute hinaus. Viel konnte sie nicht erkennen, aber irgendetwas veranlasste sie, die junge Frau gründlich zu mustern, die aus dem Wagen da draußen gesprungen war, und sie beobachtete, wie die Mutter aus der Hintertür geeilt kam und ihrer Tochter dringlich etwas zuflüsterte und auf das Haus wies. Amina nickte und lächelte und lud etwas ab – es sah aus wie Mehlsäcke – und übergab es der Magd, Rosemary, die lächelnd aus dem Haus getreten war, um sie zu begrüßen. Dann reichte Amina Mrs. Harjan zwei Kleider, hielt sie ihr an, doch ihre Mutter legte sie sich rasch über den Arm. Die alte Dame runzelte die Stirn – wozu brauchte die neue Kleider? Sie ließ sich in ihren Sessel zurücksinken und runzelte verblüfft die Stirn, während Amina zum Haus herüberschritt und durch die Fliegentür eintrat. Ihre Großmutter sah, dass sie etwas trug, das aussah wie ein Paar alte Arbeitshosen ihres Vaters, Hosenträger und ein kragenloses Hemd. Dazu hatte sie einen breitkrempigen Hut auf, weit in den Nacken zurückgeschoben, so dass er den Großteil ihrer langen schwarzen Locken zurückhielt, die ihr sonst ins Gesicht gefallen wären. Sie sah aus wie einer der Burenfarmer, die zur Tankstelle ihres Vaters kamen, um Treibstoff in ihre Wagen zu füllen.

»Gott vergib uns«, murmelte die alte Dame. Das Mädchen hatte schon in Indien nicht besonders sittsam oder fügsam gewirkt, aber das hier war etwas ganz anderes. Das Entsetzen verfestigte sich in ihrem Gesicht, so dass Amina, als sie das Zimmer betrat, groß und lächelnd, erschrocken innehielt, als sie die Miene ihrer Großmutter sah. Sie folgte ihrem Blick und begriff sofort, dass ihr Vergehen in ihrer Kleidung lag, ihrer Haltung, ihrer Art, sich zu geben. Amina hatte die letzten sechs Jahre ihres Lebens in diesem Haus so gelebt, wie es ihren Wünschen entsprach, und ihre Eltern schienen den Freiheitsdrang ihrer einzigen Tochter zumindest zu dulden, auch wenn sie ihn wohl nicht verstanden. Im Laufe der Jahre waren sie müde geworden; ihre größten Bemühungen, Aminas Eigensinn Einhalt zu gebieten, hatten nie etwas gefruchtet, nicht einmal als ihre Tochter noch klein gewesen war. In Indien hatte ihre Mutter sie jeden Tag mindestens ein, zwei Mal aus den Augen verloren. Dann wurde das ganze Haus durchsucht, Dienstmädchen und Kinderfrau wurden befragt, der kleine Garten durchkämmt, und schließlich fand man das Kind, wie es einen neuen Ort erkundete, lächelnd und den erleichterten Frauen zunickend, die es umringten. Nur ein Dienstmädchen, eine gewitzte junge Frau von neunzehn Jahren, die eine ähnliche Energie ausstrahlte wie das Kind, konnte mit Amina mithalten. Doch sie war nur ein Jahr bei den Harjans geblieben, dann brannte sie mit dem Hausburschen von nebenan durch, und danach war Amina von niemandem mehr zu bändigen gewesen. Sie war kein unartiges Kind – jede Spur von Falsch oder Verschlagenheit war ihr fremd –, aber ihre Neugier und ihre Tatkraft waren unerschöpflich, und ihre stillen Eltern schienen neben dem wissbegierigen Verstand und dem unbezähmbaren Bewegungsdrang ihrer heranwachsenden Tochter immer mehr in den Hintergrund zu treten.

»Du hättest ein Junge werden sollen«, hatte ihre Mutter mehr als einmal erschöpft zu ihr gesagt, und diese Bemerkung hatte das Mädchen verwundert – und gekränkt. Sie dachte gründlich darüber nach, wie sie über alles gründlich nachdachte. Sie maß sich gern im sportlichen Wettkampf mit den Jungen in der Schule und sie machte ihre Hausaufgaben gut – wenn sie ihre Aufmerksamkeit fesselten –, und wenn sie erwachsen war, wollte sie ein Geschäft oder ein Gewerbe betreiben. Waren das Dinge, die nur einem Jungen zustanden? Die Schule abzuschließen, um anschließend zu heiraten, ergab in ihren Augen keinen Sinn und schien ihr auch nicht besonders attraktiv, und obwohl diese Bestimmung so tief im Bewusstsein der Menschen um sie herum verankert war, war sie ihr selbst doch nahezu unverständlich. Manchmal kam es ihr vor, als lebe sie in einer vollkommen anderen Welt, als atme sie eine andere Atmosphäre als andere Menschen, und als sie heranwuchs, fand sie Zuflucht in der Arbeit und ihren Büchern. Sie ergriff jede Möglichkeit zur Arbeit, die sich ihr bot, doch nur in ihrem Elternhaus – es war einfach nicht möglich, andernorts körperlich zu verrichtende Arbeit anzunehmen –, und wenn Haus und Garten in tadellosem Zustand waren, dann las sie. Zerfledderte alte Romane, Gedichte und Biographien folgten einander in einem tanzenden Reigen durch Herz und Hirn, und mit jeder Lektüre wuchs ihre Wahrnehmung der Welt und deren Vielschichtigkeit.

Im Alter von sechzehn Jahren verließ sie schließlich die Schule, weil ihr Vater beschlossen hatte auszuwandern. Seit Jahren hatte er Geschichten von anderen Familien gehört, denen sich in Südafrika große Chancen boten, doch obwohl er nur eine bescheidene Anstellung als Buchhalter hatte und ihm seine Arbeit verhasst war, wagte er es nicht, die Möglichkeit, nach Südafrika auszuwandern, anzusprechen, solange seine Schwiegermutter noch am Leben war. Er wusste nur zu gut, dass ihre Zeit dort grausame Spuren hinterlassen hatte – in ihrem Leib die zerschlagenen, verformten Knochen und in ihrer Seele die Erinnerung an die brutalen Prügel. Amina hatte viel von Begum gelernt. Ihre Großmutter besaß ein Ausmaß an Wissen und Weisheit, das zu erwerben sich wenige Frauen ihrer Generation getraut hatten, geschweige denn, es an ein junges Mädchen weiterzugeben. Ihre Großmutter mütterlicherseits sprach von ihrem Stolz, von Selbstvertrauen und von Mut. Das waren die Dinge, die es zu kultivieren galt, hatte sie ihrer Enkelin erzählt, und nicht eine sklavenhafte Bindung an Pflichten und traditionelle Gepflogenheiten, die auf Unterwürfigkeit und Schmerz und Angst basierte.

Amina wusste, dass dieser Rat gut war, denn er entsprach ihrem natürlichen Sinn für Integrität und Gerechtigkeit, doch noch war ihre Bewunderung abstrakt, denn die Schrecken, von denen ihre Großmutter erzählte, hatte sie nicht erlebt. Als ihr Vater dann einige Monate nach Begums Tod beschloss, dass die Familie nach Südafrika übersiedeln würde, empfand Amina weder besondere Aufregung bei dieser Vorstellung, noch war sie unglücklich darüber. Dem Leid, das ihrer Großmutter widerfahren war, begegnete sie mit Respekt, doch sie wusste, dass sie um eines anderen Menschen willen nicht ein ganzes Land hassen konnte, nicht einmal um Begums willen. Mit siebzehn lag die ferne Zukunft nicht mehr als sechs Monate entfernt, und sie wusste nur, dass sie und ihre Eltern in sechs Monaten die Hälfte ihrer Seereise nach Afrika zurückgelegt haben würden.

Am Morgen ihrer Ankunft hatte sie bei Tagesanbruch fast allein auf dem oberen Deck gestanden und zugesehen, wie die Küste aus dem Nichts erwuchs, aus dem Meer, so klar und sauber wie die Ränder einer Karte, und bei diesem Anblick hatte sie gelächelt. Zunächst konnte sie nur wenig erkennen außer dem goldenen Streifen der Strände, aber sie schienen sich endlos zu erstrecken, und Amina fühlte sich gleich zu Hause, befreit, in der Lage, Atem zu schöpfen, und ihre innere Zuversicht vereinigte sich mit der spontanen Zuneigung zu diesem Land, dem sie sich näherten, und verlieh ihr eine Entschlossenheit, der sich niemand widersetzen konnte. Ihre Eltern gaben es bald schon auf. Die halbherzigen Versuche, die sie in Indien unternommen hatten, ihre Tochter zu bewegen, sich den landläufigen Konventionen zu beugen, entfielen in Südafrika vollständig. Die Familie ging direkt von Durban nach Pretoria, ließ sich aber nicht unter ihresgleichen im asiatischen Basar nieder, sondern entschied sich für ein Haus und einen Betrieb – eine Werkstatt mit einer Tankstelle – außerhalb von Pretoria, in Springs, wo der Konformitätsdruck weitgehend von Aminas Vater genommen war. Ihre Mutter wurde in ein Leben geworfen, das härter war als zuvor in Indien. Ihr wöchentliches Haushaltsgeld musste jetzt sorgfältig zusammengehalten werden, und sie hatte keine Dienstmädchen mehr, die rund um die Uhr da waren, sondern nur Rosemary, die tagsüber kam und nicht immer so arbeitete, wie sie sollte. Und Amina war letztlich doch lieber mit ihrem Vater in der Werkstatt, statt ihrer Mutter in der Küche zur Hand zu gehen. Mrs. Harjan konnte nichts tun, als besorgt mitanzusehen, wie ihre Tochter Benzin pumpte, Windschutzscheiben putzte und sich in ihr eigenes Leben an diesem neuen Ort fand. Das unerprobte und oft ungezähmte Land passte Amina wie ein gut geschnittenes Gewand, und ihre Ungezwungenheit und ihre Zuversicht, die inzwischen einige Jahre lang gewachsen waren, waren genau das, was ihre Großmutter, die nun vor ihr saß, vollkommen verstörte. Amina ließ nicht einmal den Anschein von Fügsamkeit und Demut erkennen – und obwohl ihre Großmutter nichts von alledem verstand und meinte, es seien die Hosen mitsamt den Hosenträgern, die sie abstießen, so bildeten doch in Wirklichkeit Haltung und Auftreten ihrer Enkelin den größten Affront.

Die alte Dame fiel jedoch nicht in Ohnmacht. Im Gegenteil, sie erholte sich ziemlich schnell, und in ihrem Kopf nahmen die wesentlichen Punkte ihrer Gardinenpredigt, die sie ihrem Sohn und seiner Frau halten würde – gewiss trug sie die Hauptschuld –, bereits Formen an. Doch bevor sie etwas sagen konnte, entzog Amina sich ihr. Die junge Frau war derartige Reaktionen, insbesondere von Älteren, mittlerweile gewöhnt, und ihre Art, damit umzugehen, hatte sich allmählich gewandelt – Zorn und Rechtfertigungsversuche waren dem höflichen Rückzug gewichen, den sie jetzt antrat.

Amina wich einen Schritt zurück, nahm den Hut ab und hieß ihre Großmutter mit einigen förmlichen und korrekten Worten in Gujerati willkommen. Dann hatte sie den Hut auch schon wieder auf, und noch ehe die alte Dame reagieren konnte, schloss sich die Fliegentür bereits wieder hinter ihr.

»Gott vergib uns«, murmelte die Großmutter erneut, als wolle sie einen bösen Geist bannen. Unsicher erhob sie sich und ging so schnell es ihr möglich war zu dem Vorhang vor der Tür. Doch bis sie ihn beiseite geschoben hatte und durch die dunstige Scheibe spähte, war ihre Enkelin bereits verschwunden, und alles, was von ihr blieb, waren Reifenspuren und eine Staubwolke, die einen Moment in der Luft hing und dann langsam zur Erde sank.

Delhof

Wenn Miriam in jenem ersten Jahr auf dem Lande abends im Bett lag, schmerzte ihr der Kopf vor lauter Stille. Sie war so umfassend und schien wie etwas Kaltes, Kompaktes vom Himmel herabzustürzen. Vor allem jetzt im Winter. Keine Grillen oder sonstigen Insekten, die auch nur das kleinste Loch in die Mauer der Stille bohrten. Dann schloss Miriam fest die Augen und zwang sich, auf Omars Atemzüge zu lauschen, den tiefen, festen Schlaf des Mannes, der neben ihr lag. Das leise Schnarchen, die Bewegung eines Kopfes auf einem Kissen – in den langen Nächten stürzte sie sich auf diese Geräusche wie eine Bettlerin auf einen Münzenregen.

Um fünf oder halb sechs stand sie auf, denn oft war sie bereits vor dem Morgengrauen und dem beharrlichen Krähen des jungen Hahnes auf der Nachbarfarm wach. Schon damals als junges Mädchen in Indien war sie in aller Frühe erwacht, aber regelmäßig noch vor der Morgendämmerung stand sie erst auf, seit sie verheiratet und zu ihrer Schwiegerfamilie in Pretoria gezogen war. Obwohl Omars ausgeprägtes Selbstvertrauen bedeutete, dass er sich gewöhnlich um die Belange der gesamten Familie kümmerte, war sein Bruder Sadru doch der Ältere, und deshalb stand Farah, seine Frau, in der unausgesprochenen Hierarchie der Frauen des Hauses über Miriam. Omars Schwester hätte über ihnen beiden gestanden, aber sie war geistig zurückgeblieben und kränklich, und Farah hielt sie mit Ohrfeigen und Schlägen mühelos unter ihrer Fuchtel. Farahs herrische Art gepaart mit ihrer Faulheit widerstrebte Miriam, aber sie hatte keine andere Wahl, als sich damit abzufinden und die Versäumnisse ihrer *bhabhi* wettzumachen, indem sie selbst noch mehr in der Küche schuftete. Sie war gezwungen gewesen, jeden Morgen um fünf Uhr aufzustehen, um den Teig für die *rotis* zum Frühstück anzusetzen. Mit einem Kopfschütteln schob Miriam die Erinnerungen beiseite und glitt aus dem Bett.

Sie brauchte sich keine Mühe zu geben, leise zu sein – sie war von Natur aus leichtfüßig. Und außerdem war es ohnehin Zeit für ihren Mann aufzustehen – das wusste er, und so fand er sich allmählich ab mit den leisen Bewegungen seiner Frau im Zimmer, hinaus in das kalte Bad und durch den Flur zurück, wo er sie an der Tür zum Kinderzimmer innehalten hörte, bevor sie die Treppe hinunterging. In der frühmorgendlichen Düsterkeit der Küche sah sie, dass Robert, der Junge, den Omar eingestellt hatte, um im Laden zu helfen, das Feuer, das den ganzen Tag über im Herd brennen würde, schon mit Kohlen fütterte. Robert schaute sich mit einem Lächeln nach ihr um, den Jutesack mit dem Brennstoff noch in den Armen. Die Kohle wurde in Witbank, ganz in der Nähe, abgebaut und war billig und reichlich vorhanden. Miriam wünschte Robert leise und ein wenig befangen guten Morgen. Im Haus ihrer Mutter war sie es gewohnt gewesen, Dienstboten zu haben, aber das war etwas anderes gewesen.

Omars Haltung den Schwarzen gegenüber war immer ein wenig herablassend und oftmals grob. Barsche Anweisungen zu geben lag nicht in Miriams Natur, aber Omar hatte ihr befohlen, streng mit ihnen zu sein, also musste sie sich darum bemühen.

Die Hintertür ging auf, und der Nachtwächter trat ein. Sie hatten bald festgestellt, dass hier auf dem Lande, genau wie in gewissen Bezirken Pretorias, nachts eine Wache vonnöten war.

»Die Kaffern«, hatte Omar gesagt, »die klauen, was nicht niet- und nagelfest ist.«

Deshalb erschien jeden Abend, wenn der Laden geschlossen wurde, John auf der Bildfläche – groß, kräftig, sein kurzgeschorenes Haar fast vollkommen ergraut. Sie sah ihn bereits zwanzig Minuten vor seinem Eintreffen im Laden herannahen; er tauchte am Horizont auf, von irgendwoher, wo, wie Miriam wusste, alle Schwarzen zusammenlebten. Er half Omar, die Gestelle mit den Auslagen von der Veranda in den Laden zurückzuräumen, und seine langen, mageren Arme – wiewohl älter als die ihres Mannes – hatten leichtes Spiel beim Anbringen der Vorhängeschlösser. Miriam nickte er stets respektvoll zu, doch ihre schüchternen Versuche, ihm etwas zu trinken oder zu essen anzubieten, lehnte er immer höflich ab, bis sie schließlich einsah, dass sie ihn nicht mehr fragen sollte. Dann ließ er sich für die Nacht auf seinem Stuhl auf der *stoep* nieder, gleich neben einer alten Wellblechtonne, in der einige Kohlen brannten, damit er nicht fror. Manchmal, wenn sie noch spät auf war und am Küchenherd saß und nähte, beobachtete Miriam John, wie er vor den Fenstern auf und ab ging, und sie sah das glühende Rot der Kohlen, die hin und wieder zischten und spuckten, vor allem wenn es windig war. In gewissen Abständen im Laufe der Nacht schlug John ein Tuch auf und nahm eine Portion *mealies* heraus, Mais, der hier so verbreitet war wie der Reis in Miriams Heimat, und röstete ihn langsam über dem Feuer, bevor er ihn aß.

»Wie geht es dir, John?«, fragte sie ihn.

»Gut, Madam, mir geht es gut.« Wie ein interessierter Onkel sah er zu, wie Robert den Ofen bestückte, und sobald er zufrieden war, dass der Junge es ordentlich machte, wandte er sich um und öffnete die Hintertür.

»Bis heute Abend, Madam«, sagte er, und Miriam hob zum Abschied die Hand.

Robert rüttelte die Kohlen noch einmal kurz durch, bevor er die schwere schwarze Ofentür schloss.

»Soll ich das Mehl holen, Madam?«

Sie wandte sich ihm zu. Er war fünfzehn Jahre alt und hinkte leicht, was von einem Unfall in seiner frühen Kindheit herrührte – als sie ihn danach gefragt hatte, hatte sie seine Antwort kaum verstanden, sein Englisch klang anders als ihres, und die Einzelheiten waren ihr entgangen. Robert war von kleinerer Statur als sie und hatte blitzweiße Zähne. Sie nickte zur Antwort und beobachtete aus den Augenwinkeln, wie er sich über den Sack beugte und zwei Tassen voll abmaß. Wieder betrachtete sie voller Staunen die festgedrillten Locken seines Haares und die dunkle Kaffeefarbe seiner Haut, ein gänzlich anderer Ton als das Tintenschwarz, das Johns Haut aufwies. In den ersten zwanzig Jahren ihres Lebens hatte Miriam keinen schwarzen Menschen zu Gesicht bekommen.

»Du darfst nicht freundlich zu ihnen sein«, hatte ihr Mann gesagt. »Wenn sie dich für weichlich halten, nutzen sie das aus. Lass sie rackern. Dazu sind sie da.« Sie hatte zugehört; sie hatte hundert Fragen zu »ihnen«, die sie ihrem frisch angetrauten Ehemann nicht zu stellen gewagt hatte, und so hatte sie bloß genickt und ihm zugestimmt. Von oben vernahm sie das Knarren einer Bodendiele, und so wusste sie, dass Omar aufgestanden war und dass seine unbedachten schweren Schritte die Kinder aufwecken würden.

Dennoch war es hier besser als in Pretoria. Dort hatte es keine Ruhe gegeben, weder am frühen Morgen noch sonst irgendwann. Zumindest ihre *bhabhi* war mit ihr zusammen auf den Beinen gewesen, und das Schwatzen ihrer Nachbarinnen und das Greinen der Kinder drang durch die dünnen Wände und von der Straße herauf. Und dann hatte sie Omars Schwester Jehan füttern und waschen müssen, deren manisches Plappern und Lachen anhob, noch bevor sonst jemand voll erwacht war.

Dankend nahm sie das Mehl von Robert entgegen. Vor der Tür fand der Junge die Milch, die Mr. Morris, der farbige Farmer, dessen kleines Gehöft am nächsten lag, dort jeden Morgen in aller Frühe hinstellte – schaumbedeckt und noch ein wenig warm. Robert kämpfte mit dem Gewicht und trug die große Kanne mit raschen kleinen Schritten herein. Die Milch roch frisch, nicht stichig wie die in den abgestandenen Flaschen, die sie sich in Pretoria hatten teilen müssen. Eine von Miriams letzten allabendlichen Pflichten – nach dem Kochen, dem Auftragen des Essens, dem Abräumen und Spülen, nachdem sie die Kinder zu Bett gebracht hatte und Omars Hemden gebügelt – hatte darin bestanden, Jehan ein Glas Milch zu bringen. Ihr Schwager hatte sie in seiner unbesonnenen, wohlmeinenden Art darum gebeten, denn er glaubte, es würde den Geist seiner Schwester vor dem Schlafen beruhigen, und seine eigene Frau machte sich selten die Mühe, seine Wünsche zu befolgen. Doch Farah schenkte Jehan immer die alten Milchreste ein, und Miriam lernte, keinen Widerspruch einzulegen, denn sonst bekamen ihre Kinder die alte Milch vorgesetzt, wenn sie nicht hinsah. Von dem Geruch dieser Milch in Jehans dunklem, stickigem Zimmer wurde Miriam immer übel. In diesen Augenblicken, wenn sie benommen war vor Schlafmangel und Hunger, erinnerte Miriam sich an die Worte ihrer Mutter, als sie gezögert hatte, Omars Heiratsantrag anzunehmen.

»Seine Eltern sind tot«, hatte sie gesagt. »Das wird dir das Leben leichter machen, denn keine Mutter ist je mit der Frau zufrieden, die ihr Sohn heiratet. Geh mit ihm nach Südafrika und sei froh, dass keine Schwiegermutter dich nötigen wird, wie eine Sklavin zu schuften.«

Keine Schwiegermutter vielleicht, aber Farah hatte einiges daran gesetzt, Miriam das Leben schwer zu machen. John und Robert hingegen lächelten sie zumindest an. Miriam sah zu, wie die Milch heiß wurde, und erinnerte sich an die Zeit in Pretoria, als ihr zehn Tage lang niemand ein Lächeln geschenkt hatte.

Pretoria, September 1951

Sie hatte gewusst, dass es zehn Tage waren, weil sie die Tage gezählt hatte. Der letzte Mensch, der sie angelächelt hatte, war der *halal*-Metzger gewesen, in dessen Geschäft sie am Donnerstag der Vorwoche eingekauft hatte. Sie war seitdem noch einmal dort gewesen und hatte gehofft, dass der Metzger die Kette der gezählten Tage unterbrechen würde, aber der Mann war damit beschäftigt gewesen, ein frisch geschlachtetes Lamm zu zerlegen, und hatte sie kaum gegrüßt.

Farah lächelte dann und wann, aber niemals aus reiner Freude. Wann immer sie lächelte, zeichnete sich unweigerlich eine Spur Überheblichkeit oder ein Anflug von Triumph auf ihrem Gesicht ab, was Miriam bewog, jedes Aufblitzen der Zähne bei ihrer *bhabhi* mit Vorbehalt aufzunehmen.

»Was machst du da mit dem Fleisch? Da bleibt ja nichts von übrig.«

Farahs Stimme drang in ihr Tagträumen und lenkte Miriams Aufmerksamkeit wieder auf das Häufchen gewürfeltes Hammelfleisch, das vor ihr lag. Mit flinken Messerstrichen schnitt Miriam die Fettränder ab und entfernte die Sehnen.

»Mein Mann möchte das Fleisch sauber haben«, erwiderte Miriam. In der Woche zuvor war sie gescholten worden, weil sie zu viel Fett an dem Lammfleisch für das Curry gelassen hatte.

»Mein Mann möchte es sauber haben!«, äffte Farah sie nach. »*Mein* Mann möchte das ganze Fleisch essen, für das er bezahlt hat, statt so viel abzuschneiden, dass nichts davon übrig bleibt.«

Sofort legte Miriam das Messer beiseite und schichtete das Fleisch in die große Schüssel, um es zu waschen, bevor es zu den Zwiebeln gegeben wurde, die bereits auf dem Herd bräunten.

»Mach dir keine Sorgen«, sagte sie ruhig. »Es wird ihnen schon reichen.«

»Ja, aber was ist mit dir und mir?«, fragte ihre *bhabhi*.

Miriam wusch das Fleisch ab. Sie wusste, dass Farah noch nie zu kurz gekommen war, und wenn es knapp werden würde, wäre sie es, die leer ausginge.

»Vielleicht sollten wir mehr Fleisch kaufen«, sagte sie ruhig, »und mehr Mehl für die *rotis* ...«

»So viel Geld haben wir nicht«, antwortete Farah. »Es ist schon erstaunlich, dass es mir überhaupt gelingt, genug Essen für alle auf den Tisch zu bringen, bei dem bisschen, was sie mir geben.«

Miriam begann die überreifen Tomaten zu häuten und klein zu schneiden, die Sadru vom Markt mitbrachte. Sie waren so weich, dass sie nur noch zum Kochen taugten. Sie wusste, dass Farah log – dass sie jede Woche etwas vom Haushaltsgeld abzweigte, um sich und ihren Kindern Kleider und billigen Schmuck zu kaufen, aber Miriam sah keine Möglichkeit, dagegen zu protestieren. Omar weigerte sich, seiner Frau ihren Teil des Geldes zu geben – Farah führe den Haushalt, hatte er gesagt, und er wolle sich keine Scherereien einhandeln.

Später an jenem Abend, als die Männer sich gemeinsam zu Tisch setzten, hatte Miriam flink die lockeren, geschmeidigen Teigkugeln zu perfekten kreisförmigen Fladen ausgerollt. Sie nahm sie geschickt auf, gab sie von einer flachen Hand in die andere und legte sie in die heiße gusseiserne Pfanne. Geduldig wartete sie, bis sie fertig waren, während sie von einem Fuß auf den anderen trat, um die Schmerzen in ihren Knien zu lindern. Sie war seit halb sechs Uhr morgens auf den Beinen. Allein der Gang zur Toilette hatte ihr gelegentlich einige Momente verschafft, in denen sie sitzen konnte. Hin und wieder wendete sie die *rotis* mit den Fingerspitzen, die sich längst an die Hitze des Herdes gewöhnt hatten. Sobald sich hier und da braune Stellen auf der Oberfläche zeigten und ausbreiteten, wurde das Brot aus der Pfanne genommen und mit Butter bestrichen. Wenn zwei oder drei fertig waren, trug Miriam sie noch heiß zu den Männern hinein und zu Farah, die sich inzwischen zu ihnen gesellt hatte.

»Komm und iss«, sagte Omar zu ihr. Miriam nickte leicht, doch bevor sie sich setzen konnte, begann Jehan in ihrem Zimmer zu schreien. Sie gab lange, irre Wortströme von sich. Die Männer blickten auf, aber Farah aß weiter.

»Hast du ihr zu essen gegeben?«, fragte Omar. Miriam nickte und ging nachsehen, welche Halluzinationen oder Träume die ältere Schwester ihres Mannes derart verstört hatten.

Jehan war ausnahmsweise leicht zu beschwichtigen. Miriam blieb zehn Minuten bei ihr, strich ihr über die Stirn und murmelte vage Erwiderungen auf die unsinnigen Worte, die Jehan von sich gab. Als sie in die Küche zurückkehrte, hatte Farah das schmutzige Geschirr bereits zum Abwaschen in die Spüle gestellt. Die Servierteller waren leer. Miriam trat an den Topf, wischte mit einem kalten *roti* die Sauce von den Rändern und aß. Wieder einmal hatte ihr niemand ein Lächeln geschenkt – Omar nicht, als er von der Arbeit nach Hause kam, und auch Sadru nicht, der trotz seines grobschlächtigen, ungehobelten Äußeren einen freundlichen Zug besaß und sich ihr gegenüber oftmals am respektvollsten zeigte. Sie presste sich die Hand auf das schmerzende Kreuz. Sie hatte ihren Sohn heute zu viel mit sich herumgetragen, aber er hatte sich vor Farahs Tochter gefürchtet, die älter und robuster war als er. Miriam grauste es bei dem Gedanken, Sam und Alisha neben den schlecht erzogenen Kindern ihrer Schwägerin aufwachsen zu sehen, aber sie sah kaum einen

Ausweg. Durch die Gespräche der anderen Frauen und auch von Farah hatte sie jedoch erfahren, dass es Mittel und Wege gab, eine Schwangerschaft zu verhindern, zumindest eine Zeitlang. Omars Ansprüche an sie hatten nachgelassen, je erschöpfter sie sich beide im Laufe der Zeit fühlten, aber nichtsdestotrotz hatte sie diese Mittel und Wege ausprobiert, nachdem ihr zweites Kind geboren war.

Am nächsten Tag wurde Miriam in der niederdrückenden Atmosphäre des fensterlosen Badezimmers erneut übel, als sie auf den kalten Fliesen kniete und mit der Scheuerbürste den Boden schrubbte. Sie arbeitete schnell und war schon fast an der Tür, als diese aufgestoßen wurde und sie beinahe ins Gesicht traf. Sie blickte auf. Farah sah sie mit großen Augen an. Sie klatschte in die Hände, während sie sprach.

»Sie haben gesagt, wir können gehen! Ins Basar-Café. Zum Mittagessen!«

»Wir alle beide?« Miriam wagte kaum zu glauben, dass sie an einem solchen Glücksfall teilhaben sollte.

»*Wir alle drei!*«, erwiderte Farah und verdrehte die Augen. »Ich musste ihnen versprechen, die Verrückte mitzunehmen. Sie wollen, dass sie mal rauskommt.« Sie drehte sich um, doch dann hielt sie inne und wandte sich Miriam noch einmal zu.

»Beeil dich!«, befahl sie. »Geh und zieh sie an. Ich kleide mich inzwischen um.«

Während Miriam Jehan anzog, sang sie ihr ein Liedchen vor, eine Hindi-Weise aus einem Film, der Jahre zuvor in Bombay populär gewesen war. Als sie fertig war, lächelte sie, und auch Jehan lachte – Miriam verspürte eine Beschwingtheit, die es seit Monaten im Haus nicht gegeben hatte. Denn zum ersten Mal seit ihrer Ankunft in Südafrika würde sie ein Mahl zu sich nehmen, an dessen Zubereitung sie keinen Anteil hatte. Sie würde aus dem Haus kommen, ohne einkaufen zu müssen und ohne dem Geschwätz der Frauen ausgesetzt zu sein, die Farahs Freundinnen und Nachbarinnen waren. Und endlich würde sie Amina Harjan höchstpersönlich begegnen – dem Gegenstand von Klatsch und Tratsch.

Natürlich hatte Miriam von ihr gehört – das hatten alle. Denn trotz ihrer unkonventionellen Art war und blieb sie eine Inderin, eine noch sehr junge, unverheiratete Inderin, und ihre offenkundig unbegrenzte Freiheit und ihr Mangel an Schicklichkeit bot dem ganzen asiatischen Viertel Grund zu großer Besorgnis. Ihre Art, sich zu kleiden, die Tatsache, dass sie kürzlich ein eigenes Lokal eröffnet hatte (»mit einem farbigen Mann!«), selbst Begums Foto, das stolz im Café hing – all das beförderte das Interesse ihrer Umgebung. Man war bestürzt und entsetzt und schockiert, aber viele besuchten ihr Café, weil sie das Essen mochten und die Atmosphäre und die Preise.

Miriam begegnete Amina an jenem Tag voller Neugier, gewürzt mit einer Prise Missbilligung. Denn Farahs Freundinnen kamen mindestens zweimal in der Woche zu Besuch, um zu klatschen und tratschen. Sie hatten kistenweise grüne Mangos mit harter Schale dabei, um sie zum Einlegen klein zu schneiden, oder den Wochenvorrat Knoblauch zum Schälen, und bei der Arbeit schwatzten sie eben. Miriam blickte auf ihr eigenes Häufchen geschälter Knoblauchzehen und sah aus den Augenwinkeln zehn oder zwölf Messer um sich herum aufblitzen, während die Frauen schälten und hackten, und sie hatte zugehört, als sie ganze Arbeit leisteten und Aminas tote Großmutter für sämtliche Sünden ihrer Enkelin verantwortlich machten.

»Sie hat das Mädchen von Anfang an fehlgeleitet. Hat ihr Stolz und Hochmut beigebracht. Wo soll das hinführen?«

»Aber Begum hatte ein hartes Leben …«

»Wenn du dich mit den Schwarzen einlässt, kannst du nichts anderes erwarten …«

»Sie hat sich nicht mal geschämt. Stellt euch vor. Sich nicht mal geschämt. Und dieses Mädchen kommt ganz nach ihr. Ihre arme Mutter!«

Miriam zog Jehan fertig an, und gemeinsam warteten sie auf Farah. Ihre *bhabhi* – die ganz aus dem Häuschen war bei der Aussicht, in einem Lokal zu essen – war angekleidet wie für eine Hochzeit: Sie trug einen leuchtend pinkfarbenen *shalwar kamiz,* während Miriam einen schlichten bedruckten Rock mit Bluse anhatte. Zunächst war Jehan nicht zu bewegen, ihr Zimmer zu verlassen; sie schnatterte unaufhörlich, während Farah schrie und schmeichelte und sie schließlich schlug, um dem Fluss bedeutungsloser Worte Einhalt zu gebieten. Als die Hand schmerzhaft ihre Wange traf, verstummte Jehan unvermittelt, und dann lachte sie, laut und lange, als ob sie insgeheim einen Scherz mit ihrer Gegenspielerin teilte. Dieses unvermittelte Gelächter überraschte Miriam schon lange nicht mehr, aber seine Widersinnigkeit, die Art, wie es ohne Grund und Vorwarnung erscholl, ließ sie noch immer erschaudern. Das erste Mal hatte sie es an jenem Abend vernommen, als sie und Omar in Südafrika eingetroffen waren. Nervös und schüchtern hatte sie das Haus ihres neuen Schwagers betreten und sich ein Stück hinter ihrem Mann gehalten, mit gesenktem Kopf und klopfendem Herzen, und plötzlich fand sie sich mitten in einem lautstarken Streit wieder.

Zwei kleine Kinder hockten stumm und verschreckt auf dem Fußboden unter dem Tisch und sahen zu, wie ihre Eltern, Miriams neue angeheiratete Verwandte, sich anschrien. Oder vielmehr wie Omars Bruder schrie – Farah attackierte ihn dann und wann pointiert und gehässig mit einer sarkastischen Bemerkung. Omar wandte sich um und warf Miriam einen raschen, verlegenen Blick zu, und dann hatte er seinen Bruder angeschrien, ruhig zu sein, er sei jetzt da, und was sei das für ein Benehmen? Dann war es still im Zimmer, und ihre neue Schwägerin hatte sich umgewandt, um Miriam in Augenschein zu nehmen, und gleichzeitig hatte sie gelächelt, ein verschlagenes, triumphierendes Lächeln, das ihrem zum Schweigen gebrachten Mann galt. Er war sofort wieder in Rage und brüllte sie erneut an: »Du findest das lustig? Du lachst mich aus?« Mit gesenkten Lidern hatte Miriam entsetzt verfolgt, wie er mit überschnappender Stimme weiterschrie – dass niemand ihn je auslachen würde, das lasse er nicht zu, das sei nicht lustig, da gebe es nichts zu lachen, ob sie das verstanden habe? Und da hatte Miriam es das erste Mal vernommen, das lange, tiefe Lachen, irre und befremdlich, das aus einem Zimmer weiter hinten im Haus erklang, wie aufs Stichwort, mitten in Sadrus drohende Worte.

Das war ihre erste Begegnung mit Omars älterer Schwester Jehan gewesen, zu deren angeborener Einfältigkeit sich nach einer verschleppten Syphilisinfektion einige Jahre zuvor eine Art Irrsinn gesellt hatte. Das Wort »Syphilis« hatte Farah ihr mit einem bezeichnenden Nicken zugeflüstert, aber was es bedeutete und was es mit sich brachte, war Miriam fremd; sie überlegte, ob es vielleicht eine eigentümliche afrikanische Krankheit war, und sie betete insgeheim darum, sich nicht anzustecken.

Miriam und Farah ließen die Kinder bei einer Nachbarin, nahmen Jehan in die Mitte und schlugen dann den kurzen Weg zum Café ein, unter lilablühenden Jacarandabäumen und an windschiefen Häuserzeilen vorüber, aus deren Fenstern ihnen hier und da jemand zuwinkte. Jehan winkte mit windmühlenartigen Armbewegungen zurück und schwatzte unablässig vor sich hin. Farah schritt eilig aus und platzte fast vor Gereiztheit.

Als sie das Café betraten, waren sie höchst befangen, aber niemand schien besonderes Interesse an ihnen zu zeigen. Jacob Williams ließ sich hinter dem Tresen einen Augenblick Zeit, während die drei Frauen in einer der Sitznischen Platz nahmen, die sich an der Wand entlangzogen. Dann ging er langsam zu ihnen hinüber – das eine Bein von der Arthrose, die sich seiner Gelenke langsam bemächtigte, ein wenig steif –, nickte freundlich und legte drei Speisekarten auf den Tisch.

»Wir haben heute Hammeleintopf und frische *koeksisters*«, sagte er.

Jehan klatschte beifällig in die Hände. *»Koeksisters, koeksisters, koeksisters!*«, rief sie.

»Shhh!«, sagte Farah.

»Was sind *koeksisters?*«, fragte Miriam, halb an Jacob, halb an ihre *bhabhi* gewandt.

»Hier, kosten Sie einfach mal«, sagte eine Stimme neben ihr, und sie sah auf und erblickte eine lange Gabel. Ein frittierter goldener Kringel, bestreut mit Kokosraspeln, war daran aufgespießt, und die Gabel hielt Amina Harjan.

»Probieren Sie, ob Sie es mögen«, ermunterte Amina Miriam erneut, und schüchtern nahm diese die *koeksister* von der Gabel. Sie brach sie entzwei, reichte Jehan die eine Hälfte und probierte selbst die andere. Der süße warme Kringel schmeckte köstlich nach Hefe und zerging Miriam im Mund.

»Und?«, fragte Amina und schenkte ihr ein Lächeln.

»Köstlich«, antwortete Miriam.

»Wir nehmen welche«, sagte Farah.

»Koeksisters!«, schrie Jehan, und Miriam errötete zutiefst.

Das ganze Café, so schien es, hatte sich nach ihrem Tisch umgedreht. In der plötzlichen Stille schrie Jehan erneut etwas, diesmal ein unverständliches Wort, und vom Tisch hinter ihnen erklang ein schnaubendes Lachen, spöttisch, verächtlich. Amina blickte sich um und betrachtete die Gäste an dem Tisch einen Augenblick lang. Als sie Miriam und Farah schließlich fragte, was sie sonst noch gern essen wollten, hatte sie immer noch die anderen Gäste im Blick, und sie wandte sich kurz um, um Jacob zuzunicken. Er nickte zurück, und als Amina mit der Bestellung in die Küche zurückging, brachte er den Gästen am Tisch hinter ihnen bereits ihre Rechnung, kassierte einen Teil der Summe, und schon waren sie im Aufbruch begriffen. Dass sie ihr Mittagsmahl noch nicht aufgegessen hatten, schien nicht von Bedeutung zu sein, und Miriam staunte über die Macht, die diese junge Frau, jünger noch als sie selbst, über die Menschen in ihrer Umgebung ausübte.

Die drei Frauen saßen schweigend da und warteten auf ihr Essen. Über das Gemurmel der anderen Gäste hinweg vernahmen sie Aminas Stimme in der Küche und die der Köchin und das Zischen heißen Öls und dann das Knistern und Knacken einer Schallplatte, die auf dem alten Grammophon neben dem Tresen aufgelegt wurde. Saiteninstrumente setzten ein, zögerten und fanden sich dann zu den Eröffnungstakten von »Night and Day« zusammen. Miriam kannte das Lied nicht. Zu Hause in der Küche hörte sie oft Radio, und sie kannte viele Cole-Porter-Songs und andere amerikanische Lieder auswendig, auch wenn sie deren Titel nicht gewusst hätte. Miriam sah zu der Plattenhülle hinüber, die auf dem Tresen lehnte. Von ihrem Platz aus waren die Einzelheiten nicht zu erkennen, aber sie konnte das Gesicht eines Mannes ausmachen. Noch während sie angestrengt hinspähte, wurde die Hülle fortgenommen und von Jacob Williams zu ihr gebracht. Er trat an ihren Tisch und stellte ihnen eine Schüssel dampfenden Hammeleintopf hin, einen Teller gebratenen Kürbis und gelbes Brot mit Maiskörnern. Dann zog er die Plattenhülle unter dem Arm hervor und reichte sie Miriam.

»Amina meint, Sie wollen sich die vielleicht angucken, Ma'am«, sagte er, und Miriam dankte ihm und nahm sie entgegen. Farah glotzte und hob fragend eine Augenbraue.

»Warum hat er dir die Plattenhülle gebracht?«, fragte sie und schob Jehan ein Stück Brot hin, das sie hungrig verschlang.

Miriam zuckte die Achseln. »Ich weiß nicht. Vielleicht haben sie gesehen, wie ich sie angeguckt habe.«

»Vielleicht mag sie dich«, erwiderte Farah ohne Freundlichkeit und mit einem Lachen, das Miriam nicht zu deuten wusste. Sie beachtete Farah nicht weiter, sondern betrachtete die Plattenhülle. Es war, wie sie vermutet hatte, ein Porträt von Cole

Porter. Miriam lauschte der Musik. »*In the roaring traffic's boom, in the silence of my lonely room, I think of you, night and day ...*« Selbst der Name, Cole Porter, schien Glamour zu besitzen, lässige Eleganz. Das Bild war nur ein körniges Schwarzweißfoto, aber da saß er, das Haar mit Brylcreme zurückgestrichen, über sein Klavier gebeugt, und schaute mit hochgezogenen Brauen in die Kamera, ein leicht sardonisches Lächeln im Gesicht.

Als Miriam aufblickte, beobachtete Farah sie immer noch. Doch zum ersten Mal war es Miriam egal. Die zehn Tage hintereinander, in denen sie nach einem Zeichen von Freude oder Freundlichkeit Ausschau gehalten hatte, waren mit dem Lächeln, das Amina Harjan ihr geschenkt hatte, vorbei.

Kapitel 3

Delhof, November 1952

Der letzte Tag im Monat war Zahltag für die vielen schwarzen Arbeiter, die auf den Farmen im Umland beschäftigt waren, und der Tag, an dem die Aufseher und gelegentlich die Farmer selbst ihre Arbeiter zum Laden fuhren, die kleinen Beträge abgegriffenen Geldes in den Händen, um sich Kleider und ihren Monatsvorrat an Trockennahrungsmitteln zu kaufen. Die ersten kamen schon in aller Frühe, kaum dass Sam und Alisha in den Schulbus nach Springs gestiegen waren, und im Laden war es stets der geschäftigste Tag im Monat. Wie gewöhnlich waren sie seit dem frühen Morgen mit den Vorbereitungen beschäftigt gewesen. Es gab jede Menge Obst, genügend Säcke mit *mealies*, und der dunkle Holztresen war freigeräumt. Omar überprüfte seine Vorräte und machte hin und wieder einen Strich auf einem der kleinen

Zettel neben der Kasse. Dann sah er auf und spähte nach seiner Frau. Er blinzelte gegen die Sonne an, die sich in den Fensterscheiben spiegelte, und entdeckte sie draußen beim Wäscheaufhängen.

Alles, was sie an die Leine hängte, war weiß. Er sah Sams winzige Hemdchen und seine eigenen leuchtendweißen Oberhemden, fast bläulich im unbarmherzigen Licht der Sonne. Er schloss die Augen gegen die blendende Helle, und für einen Moment hörte der Laden auf zu existieren. Er war nicht hier – draußen in der afrikanischen Wildnis; er war nicht Vater zweier kleiner Kinder; er war kein sich abmühender Ladenbesitzer; er war nicht mit einer Frau verheiratet, mit der er kaum ein Wort wechselte. In seinem Geist war er ganz woanders. Er war zu Besuch in Bombay, jung, eifrig, frisch aus Südafrika eingetroffen, von Onkel und Tante mit offenen Armen willkommen geheißen. Er sah sich selbst wie in einem Dokumentarfilm, sah sich draußen auf dem winzigen Balkon seines Onkels stehen, ein Zigarillo rauchen und dem Geplauder einer unbekannten jungen Frau auf dem Balkon über ihm lauschen. Seine Neugier war derart gewachsen, dass er sich vorgebeugt und hinaufgeschaut hatte. Das war der erste Blick auf seine zukünftige Frau gewesen. Damals wie heute hatte sie einen Korb Wäsche aufgehängt, eine wehende Reihe von reinem Weiß gegen die weiß getünchten Wände und den sonnengebleichten Himmel. Seine Augen waren einen Moment von nichts als roten Konturen erfüllt, und als er sich wieder gesammelt hatte, musste er blinzeln, um sie erkennen zu können. Sie hatte außerdem Weiß getragen, als wäre sie Teil einer Konspiration von Licht, das ihm blendend entgegenschlug. Doch sie war attraktiv – er hatte schönere, landläufig hübschere junge Frauen gesehen, aber diese war rank und schlank und lachte, und sie hatte ihm gefallen.

»Soll ich Tee machen?«, fragte Miriam, und ihre Stimme klang ein wenig verloren in dem großen, stillen Ladenraum. Er blickte auf und nickte, und sie ging in die Küche. Am Herd blieb sie unvermittelt stehen, umklammerte die kalte Umrandung und wartete, bis der Schwindelanfall vorüber war. Sie schloss einen Moment die Augen, dann wandte sie sich dem Fenster zu, um zu sehen, ob sich schon die ersten Wagen näherten. Noch war nichts zu sehen, doch sie erblickte Robert, der aus dem Lagerraum trat und langsam zum Laden hinüberging, in jedem Arm einen riesigen Kürbis. An der Hintertür ging er in die Knie, so langsam, dass seine knochigen Beine fast nachgaben, und legte das Gemüse behutsam auf den Boden. Er hatte zuvor schon einen Kürbis fallen lassen, und Omar hatte ihn angeschrien, er solle nicht so tollpatschig sein – was glaube er wohl, wer würde einen angeschlagenen Kürbis kaufen? Robert war niemand eingefallen, der das tun würde, und so hatte er den Verweis mit guter Miene hingenommen, und jetzt schaffte er die Kürbisse mit größtmöglicher Achtsamkeit herbei und trug jeden einzelnen in seinen dünnen, kräftigen Armen so behutsam, als wäre er ein pausbäckiges Kleinkind. Sein Herr schrie ihn regelmäßig an, und obwohl er häufig sicher war, gar nichts angestellt zu haben, ertrug er die Schelte ohne Widerworte und entschuldigte sich, wenn nötig. Es war ihm noch nie in den Sinn gekommen, sich zu verteidigen – es stand ihm nicht zu.

Doch keine Schelte dieser Welt konnte es ihm verleiden, für diese Leute zu arbeiten. Zwar war sein Lohn karg, aber seine Herrin schickte ihn oft mit Essensresten heim oder mit Stoffresten, die seine Mutter verwenden konnte, um Kleider zu nähen, und sie behandelte ihn gut. Sie vertraute ihm ihre Kinder an. Mit Kindern kannte er sich aus – er war der zweite von sieben überlebenden Brüdern und Schwestern. Roberts ältester Bruder war in Johannesburg und arbeitete dort in den Minen. Seine Familie hatte gefeiert, als sein Bruder sich auf den Weg in die Stadt gemacht hatte, denn sie brauchten das Einkommen, und Johannesburg war der Ort, wo es Arbeit gab. Doch die Lebensumstände dort waren hart, und die Arbeitsbedingungen noch schlimmer. Robert war einmal zu Besuch gewesen und hatte sich mit seinem Bruder ein winziges Bett in einem Betonklotz teilen müssen, in dem mehr als hundert Männer hausten. Die Betten standen so dicht beieinander, dass Robert fast die ganze Nacht über den schlechten Atem des Mannes im Nachbarbett im Gesicht spürte. Sein Bruder war dünner gewesen als damals zu Hause, und sein Gesicht war abgezehrt und staubgezeichnet. Wenn er wach war, hustete er fast die ganze Zeit. In den Minen war es finster und eng, und die Luft war schlecht, erzählte sein Bruder, und die Arbeitszeit endlos lang. Robert war nach drei Tagen wieder abgereist, voller Bedauern, dass er seinen Bruder dort zurücklassen musste, doch seine Erleichterung angesichts der Erkenntnis, dass er – wenn so das Leben in der Stadt aussah – lieber glücklich und zufrieden auf dem Land bleiben würde, war nicht zu übersehen gewesen.

Der Kessel begann sein hohes Pfeifen, und Miriam gab zwei Löffel der zerstoßenen getrockneten Teeblätter in die Kanne. Kurz darauf brachte sie ihrem Mann eine Tasse.

»Danke«, sagte er, blickte aber nicht auf.

Für kurze Zeit gingen sie beide ihren Verrichtungen nach, ohne ein Wort miteinander zu wechseln. Miriam sang leise ein Lied vor sich hin, eine Weise, die erst einer altvertrauten Melodie folgte, sich dann jedoch zu einer längeren, lieblichen Improvisation auswuchs. Omar warf ihr mit schmalen Augen einen verstohlenen Blick zu, wobei er Acht gab, nicht den Kopf zu bewegen, damit sie es nicht bemerkte und aufhörte zu singen, weil sie dachte, es störe ihn. Dieses Singen war auch so etwas, das er mit jener Situation auf dem Balkon verband. Er runzelte die Stirn. Er war kein Mann, der zu Gefühlsseligkeit oder Nostalgie neigte, aber heute drängten sich ihm diese Erinnerungen immer wieder auf. Am zweiten Tag war er wieder zum Rauchen auf den Balkon getreten, und wieder war sie direkt über ihm gewesen und hatte leise vor sich hin gesungen, nichtsahnend, dass unter ihr jemand aufmerksam lauschte. Mit plötzlicher Entschlossenheit, die sanften Töne ihrer Stimme noch im Ohr, war er in die Wohnung zurückgegangen und hatte zu wissen verlangt, wer die junge Frau war.

Seine Tante hatte die Augen von ihrer Näharbeit erhoben. »Welche junge Frau?«

»Die über uns wohnt«, hatte er erwidert. »Die singt und Wäsche aufhängt.«

Seine Tante hatte den Kopf geschüttelt. »Sie ist ein sehr hübsches Ding. Aber nichts für dich.«

Ungeduldig hatte er auf eine Erläuterung gewartet.

»Ihre Familie ist sehr bescheiden«, hatte sie schließlich hinzugefügt.

»Bescheidenheit ist eine Tugend.«

»Sehr arm«, hatte sie erklärt.

Doch Omar hatte mit seinem Zigarillo bloß eine wegwerfende Geste gemacht. »Ist sie eine von uns?«

»Ja.«

»Dann will ich sie.«

Als sie schließlich das Heranrumpeln des ersten Wagens vernahmen, sahen sie einander an, und Miriam durchquerte wie üblich den Laden, um einen kleinen Sack Mehl in die Tür zu stellen, damit sie offen blieb.

Der Wagen wurde von Mr. Wessels gefahren, dem Vormann der Van Wingen Farm, der langsam den Weg zum Laden heraufsteuerte. Die Ladefläche hing tief vom Gewicht der Arbeiter, zwanzig, vielleicht gar dreißig, die dicht gedrängt saßen und über die Seitenwände und die Ladeklappe hingen wie Fahnen und die holprigen Bewegungen des Wagens auszugleichen suchten. Als er anhielt, sprangen sie leichtfüßig herab, wie eine Woge von Gestalten in abgetragenen Hosen und Hemden. Mr. Wessels war schon im Laden, schüttelte Omar die Hand, tippte sich der Missus zum Gruß kurz an den Hut und erzählte ihnen, dass es da draußen so »heiß wie der Atem der Hölle« war, bevor er die Liste der Lebensmittel überreichte, die für ihn zusammengestellt werden sollten. Miriam machte sich an die Arbeit, während der Vormann auf die Veranda hinaustrat und seine Männer herbeiwinkte.

Und da kamen sie auch schon herein, mit gemächlichen Bewegungen, drangen in jeden Winkel, während Robert sie mit einer Miene beobachtete, die von Willkommen und Warnung zugleich kündete. Omar hatte ihm aufgetragen, sorgsam darauf zu achten, dass niemand etwas stahl, und er nahm seine Aufgabe ernst. Die Männer wanderten im Laden umher, wählten ihre Einkäufe aus und traten dann an den Tresen, um alles auf der großen metallenen Registrierkasse zusammenzählen zu lassen. Einige kauften sich nur etwas Kaltes zu trinken und setzten sich draußen auf die Stufen, redeten und sahen zu, wie der Staub, den der Wagen aufgewirbelt hatte, sich langsam setzte.

Omar wechselte hin und wieder einen Satz mit Mr. Wessels, aber kaum jemals mit einem der Schwarzen, es sei denn, um ihnen einen Preis zu nennen oder eine Frage zu beantworten, obwohl nur wenige der Arbeiter sich jemals an ihn wandten – sie fanden es gewöhnlich leichter, Miriam anzusprechen, wenn sie etwas wollten. Einer erkundigte sich nach dem Preis eines Stoffes für ein Kleid für seine Tochter. Als sie ihm den Preis nannte, schüttelte er den Kopf und sagte, es sei zu viel und ob sie den Preis nachlassen könne? Sie ging zwei Pennies herunter, was sie, wie sie wusste, konnte, aber er zeigte ihr den jämmerlichen Lohn in seiner abgearbeiteten Hand und fragte sie, wie er so viel zahlen solle. Miriam sah auf das Geld in seiner Hand und blieb ihm die Antwort schuldig. Sie blickte zu Omar hinüber, der Waren in die Kasse eintippte, um ihn zu fragen, ob sie mit dem Preis heruntergehen könne, aber er schüttelte den Kopf. Hilflos sah sie dem Arbeiter hinterher – er hatte die Antwort ihres Mannes ebenfalls gesehen und war bereits verschwunden.

Robert half hinter dem Tresen beim Bedienen und plauderte hin und wieder mit diesem oder jenem Arbeiter oder grüßte den einen oder anderen und lachte. Als sie zu ihm hinübersah, spürte Miriam das Prickeln eines Blickes auf sich, und ihre Augen wanderten zum vorderen Teil des Ladens hinüber, wo einer der Arbeiter abseits stand, eine Flasche Cola trank und sie beobachtete. Er musterte sie von Kopf bis Fuß, langsam, und sie spürte, wie sich die winzigen Härchen in ihrem Nacken aufrichteten.

»Trau den Kaffern nicht über den Weg!«, hatte ihre *bhabhi* ihr einmal gesagt. »Sie wollen nur das eine – von ihren eigenen Frauen und von weißen Frauen und von indischen Frauen ebenfalls. Glaub mir. Und sie sind stark«, hatte sie hinzugefügt. »Wenn du ihnen in die Finger gerätst, hast du keine Chance. Und dann gibt's da noch die Syphilis. Und weiß Gott was sonst noch.« Da erst begann Miriam zu ahnen, was es mit der Krankheit ihrer Schwägerin auf sich haben mochte. Doch als sie sich nach Jehan erkundigt hatte, hatte Farah bloß aufgelacht und gesagt, dass Omar und Sadru lieber so taten, als sei ihre Schwester vergewaltigt worden.

»Deine Schwägerin hat einen Freund gehabt«, hatte Farah lachend gesagt. »Fast so zurückgeblieben wie sie, aber er hat sie geliebt.«

»Warum haben sie nicht geheiratet?«, hatte Miriam wissen wollen.

»Weil er ein Kaffer war«, hatte Farah ungeduldig geantwortet. »Er hat wochenlang hier herumgelungert, bis die Männer der Familie ihn gefunden und fast totgeschlagen haben. Am Ende musste er sich fernhalten.«

Als sie wieder aufsah, war der Schwarze nicht mehr da. In ihren Gedanken spielte sich eine brutale Szene mit Fußtritten und Schlägen ab, gefühllose Bilder, die ihr oft in den Sinn kamen, seit sie Farahs respektlos erzählte Geschichte gehört hatte. Draußen rief Mr. Wessels den Arbeitern zu, sich zur Abfahrt bereitzumachen. Er sprach Englisch, denn Afrikaans war die Sprache der Weißen. Omar sprach Afrikaans. Er hatte es hier in der Schule gelernt, aber die Schwarzen verfügten meist nur über geringe Kenntnisse, gerade genug, um den Anweisungen ihrer Herren Folge leisten zu können und, wenn sie im Haus arbeiteten, denen ihrer weißen Herrinnen. Mr. Wessels trat zu seinen Männern, einen Stock in der Hand, den er jedoch höchstens als Stütze benutzte oder herumwirbelte wie eine Requisite, so wie andere Männer ihre Hände mit einer Zigarette beschäftigt hielten. Er scheuchte seine Männer auf den Wagen zurück wie großes Federvieh, und einer nach dem anderen ließen sie sich wieder auf der Ladefläche nieder, die letzten auf den scharfkantigen Seitenwänden, wo sie sich mit geübtem Gleichgewichtssinn festhielten.

Sie waren erleichtert, als die letzte Ladung Männer fort war, und dabei war es erst ein Uhr. Dieser Zahltag fiel auf einen Mittwoch, und das bedeutete, dass sie einen Besuch von den Söhnen ihres Vermieters zu erwarten hatten. George und David Kaplan kamen oft auf dem Weg irgendwohin im Laden vorbei, um eine Schachtel Zigaretten oder sonst eine Kleinigkeit zu kaufen. Darüber hinaus erschienen sie jeden letzten Mittwoch im Monat zu einem kleinen Besuch, der das Kassieren der Miete bei einem Schwätzchen über Politik und Wetter nebensächlich erscheinen ließ, und oft brachten sie ihre Frauen mit.

Die beiden Damen Kaplan faszinierten Miriam auf unerklärliche Weise. Ihr schien es immer, als schwebten sie buchstäblich in den Laden, begleitet vom sanften Gewisper ihrer Chiffonkleider, dem zarten Pastell ihrer niedrigen Pumps, ihrem schimmernden Blondhaar und dem verweilenden Duft eines teuren französischen Parfums. Ihre Stimmen erklangen hoch und von Lachen erfüllt, voller Entzücken, wenn sie Miriam begrüßten, als wäre sie und sie allein diejenige, die beim Betreten des Ladens zu erblicken sie sich gewünscht hatten. Während ihre Männer mit Omar im Hinterzimmer um den Tisch herum saßen und über geschäftliche Dinge redeten, blieben die Frauen mit Miriam im Laden, tranken Tee und plauderten.

An diesem Tag kamen sie um zwei Uhr, der gewohnten Stunde, zu der Robert Miriam bereits geholfen hatte, das Teetablett mit einem frischen Deckchen herzurichten, eigenhändig bestickt, und mit drei Tassen samt Untertassen des besten Services. Die Milch wurde in einen Porzellankrug gegossen, der einst Omars Mutter gehört hatte, der weiße Zucker ersetzte den braunen, der gewöhnlich verwendet wurde, und dann wurde ein zweites Tablett genau wie das erste vorbereitet und für die Männer auf den weiß gedeckten Tisch im Hinterzimmer gestellt, wo Robert ihnen den Tee servieren würde, während Miriam sich um die Frauen kümmerte. In der Küche hatte Robert ein wachsames Auge auf die kleinen Biskuitkuchen, die langsam in dem geräumigen Ofen aufgingen.

Das Auto näherte sich leise. Alles, was sie von seiner Ankunft vernahmen, war das langsame Knirschen von Staub und Steinen unter den robusten Reifen – eine vornehme Annäherung, vollkommen anders als das Gerumpel und Geratter der Farmerwagen. Miriam trank ein Glas Mineralwasser und versuchte den Schwindel und die Übelkeit, die sie den ganzen Tag schon in Wellen überkamen, zu überwinden. Sie sah zu dem Auto hinüber, das lang und schwarz und glänzend dastand. Sie hatte keinen Schimmer, um was für eine Marke es sich handelte. Omar hatte es ihr einmal gesagt, als sie ihm nachblickten, aber sie hatte es vergessen. Es war jedoch wunderschön und ließ an eine Welt denken, die Miriam sich kaum vorzustellen vermochte – nur erahnen konnte sie, wie es sein musste, in das glänzende Gehäuse zu steigen, in die Ledersitze zu sinken und der Tanzmusik aus dem Radio zu lauschen, das in das hölzerne Armaturenbrett eingelassen war.

Die Männer sprangen eifrig heraus und streckten erleichtert ihre Beine; sie sahen sich zufrieden lächelnd um und schlüpften dann in gutsitzende Jacketts, bevor sie ihren Frauen im Fond die Türen öffneten. Der Fahrer blieb im Wagen, die Ärmel hochgekrempelt, die Fenster heruntergekurbelt; er würde zu gegebener Zeit von Robert eine Tasse Tee und ein Stück Kuchen gebracht bekommen. Dann stiegen die Frauen aus. Als erstes erschienen bestrumpfte Beine, gefolgt von bauschigen Kleidern mit beschwingtem Blumendruck, und plötzlich war Miriam nervös, wie sie da oben auf den Stufen neben ihrem Mann stand. Omar hatte sich zu der Gelegenheit eine Krawatte umgebunden, denn die Kaplan-Brüder trugen immer Krawatte. Sie riefen hallo und kamen die Stufen heraufgesprungen, gefolgt von ihren Frauen – erlesen gekleidet, parfümiert, glanzvoll, wie vier Figuren in einem Hollywood-Musical.

Sie schüttelten einander die Hände und tauschten Höflichkeiten über das Wetter, die Fahrt, den Laden aus. Wie gewohnt, zog es die Männer ins Hinterzimmer, und Miriam sah zu, wie Omar sie geleitete – er war groß, größer als die beiden anderen, und sah gut aus, obwohl seine Kleidung nicht maßgeschneidert war wie ihre. Sie verspürte einen kurzen Anflug von Stolz – darüber, dass er sich neben ihnen behaupten konnte –, und dann wandte sie ihre Aufmerksamkeit den Damen zu, die weiterschwatzten, ihr Geplauder so leicht und schaumig wie ein Milchshake.

»Und die Kinder?«, fragte Martha Kaplan, als sie Platz nahm. »Wie geht es Ihren reizenden Kindern? Sie haben so wunderschöne Augen – und so wohlerzogen sind sie.«

»Ihnen geht es gut, allen beiden«, erwiderte Miriam. »Sie brauchen von Tag zu Tag mehr Aufmerksamkeit.«

»Wie alt sind sie inzwischen?«

»Sam ist fünf und Alisha fast vier.«

Martha Kaplan sah entzückt drein. »Dann ist Alisha hier?«,

fragte sie und blickte sich um, aber Miriam schüttelte den Kopf.

»Sie ist mit Sam in Springs. Dort ist ein Spielplatz bei der Schule. Es tut ihr gut. Ich glaube, sie muss jeden Tag etwas Neues erleben. Sie ist so voller Neugier, sie interessiert sich für alles.«

»Oh, das kenne ich – hören Sie mir bloß auf damit!« Das war Joyce, die Theatralischere der beiden.

Martha Kaplan sah ihre Schwägerin amüsiert an. »Joyce, mach dir nichts vor – du betest deine Kinder an.« Sie blickte Miriam an. »Sie kann es kaum erwarten, sich mit ihnen zu befassen. Ich glaube, sie wacht noch vor ihnen auf. Ich hingegen bin es mehr als zufrieden, wenn Jennifer sie morgens ankleidet und ihnen das Frühstück macht – es ist immer so eine Hektik vor der Schule. An den meisten Tagen bin ich vor dem Mittag nicht präsentabel.«

In dieser Weise setzten sie ihr Gespräch noch eine Weile fort, und Miriam sah sich mit echtem Interesse die Fotografien ihrer Kinder an, die sie aus ihren Handtaschen hervorholten. Sie hatten insgesamt drei Jungen und ein Mädchen; die Jungen standen zusammen, lässig und blond und selbstbewusst, und lächelten in die Kamera; das Mädchen war dunkelhaarig und hübsch und posierte in ihrer Schuluniform.

»David junior ist das Ebenbild seines Vaters, finde ich«, sagte Martha. »Ich weiß, er ist erst zehn, aber er hat manchmal so etwas Erwachsenes. Heute Morgen kam er die Treppe herunter und bat mich, mit ihm zu tanzen ...«

»Sie bekommen Tanzunterricht«, warf Joyce ein.

»... und das hat mich daran erinnert«, fuhr Martha fort, »wie David mich eines Abends auf einer Party das erste Mal zum Tanzen aufgefordert hat. Als er mir einen Antrag gemacht hat.« Sie schüttelte den Kopf. »Das waren Zeiten! Romantik und Liebesbriefe und Herzklopfen! Es war wie in einem anderen Leben.«

Miriam lächelte und schenkte rasch Tee nach. Romantik, Liebesbriefe, Herzklopfen. Das alles kannte sie nicht. Omars Antrag war ihr von ihrer Mutter und ihrem Großvater übermittelt worden, und sie hatte keine Entscheidung treffen müssen, denn das hatten die beiden bereits für sie getan. Verwirrt und besorgt war sie ihrer Familie in die gute Stube im Haus ihres Onkels gefolgt, zurückhaltend und züchtig bedeckt, und als sie eintrat, hatte Miriam eine Spur seines Zigarrengeruchs erhascht, und ihr war gleich in den Sinn gekommen, dass sie diesen Geruch schon seit Wochen wahrnahm, wie er von dem Balkon unter ihnen heraufzog. Sie hatte ihn nicht als einen neuen eindeutigen Geruch wahrgenommen, sondern ihn vielmehr nur am Rande bemerkt und ihn als eine weitere Komponente der vertrauten Geruchsmischung aus Gewürzen und Schweiß und Hitze hingenommen. Sie hatte ihn in sich eingeatmet, hatte das schleichende Eindringen des sich kräuselnden Rauches unwissentlich akzeptiert. Wie es sich gehörte, war ihr Blick während der kurzen Besprechung, die abgehalten wurde, um die ersten Hochzeitsarrangements zu klären, gesenkt, aber mit den Augen hatte sie das Muster des Besens auf dem frisch gefegten Boden verfolgt; sie hatte versucht, sich mit der Vorstellung zu trösten, dass sie diesen Mann wegen seines Zigarrenrauches schon länger kannte, als ihr bewusst gewesen war, und dass dieser große, gutaussehende Fremde, dem sie noch nie in die Augen geblickt hatte, deshalb in gewisser Weise schon ein Teil von ihr war.

»Jedenfalls geht die Romantik als Erstes flöten«, seufzte Martha. Miriam warf einen letzten Blick auf die Fotos und lächelte bewundernd, doch dann kam ihr in den Sinn, dass Sam niemals in dieselbe Schule gehen oder auch nur in demselben Teil des öffentlichen Parkes spielen würde wie diese Jungen mit dem blonden Haar. Hatte Sam überhaupt schon einmal ein blondes Kind gesehen? Ja, das hatte er bestimmt, beschloss sie, in Springs, in der Stadt, aber sie wusste es nicht mit Sicherheit.

»Ist alles in Ordnung mit Ihnen, meine Liebe?«, fragte Joyce Kaplan, und Miriam blickte auf und lächelte.

»Möchten Sie noch etwas Tee?«, fragte sie.

Ihre Anfälle von Übelkeit waren kurz, überkamen sie aber im Laufe des Nachmittags immer häufiger, und sie spürte, wie ihre Aufgabe als Gastgeberin sie ein wenig ins Schwitzen brachte. Es kam ihr vor, als säßen die beiden Frauen schon eine Ewigkeit da, und sie atmete verstohlen in tiefen Zügen ein, um ihren Magen zu beschwichtigen. Als sie glaubte, nicht länger gegen ihre Übelkeit ankämpfen zu können, hörte sie, wie die Stimmen der Männer deutlicher wurden – ein lautes Lachen und Geplänkel zwischen den Kaplan-Brüdern, als sie mit Omar zusammen aus dem Hinterzimmer traten.

»Kommt, meine Lieben, wir müssen los. Wir haben diese guten Leute lange genug behelligt«, sagte George Kaplan und reichte den Damen gallant den Arm. Die Damen stellten ihre Tassen sorgsam auf das Tablett zurück, ergriffen ihre Handtaschen, strichen ihre Kleider glatt – all die kleinen Gesten, die vor dem Gehen erforderlich waren.

»Meine Liebe – Ihr Kuchen ...«, sagte George zu Miriam. »Nicht von dieser Welt, wie immer.«

»Sehr lecker, vielen Dank«, fügte David hinzu und setzte seinen Hut auf.

Sie lächelte in Erwiderung auf das Kompliment und wartete, während sich die beiden Paare auf den Weg zur Tür machten, müßig plaudernd, den Besuch innerlich abschließend und doch widerwillig zu gehen und sich der Hitze des Wageninneren auszusetzen. Miriam spürte, wie sich ihr Magen noch einmal hob, und presste die Lippen zusammen. Wie in Zeitlupe stiegen die Kaplans in ihr wunderschönes Auto, wie in Zeitlupe setzte der Fahrer den Wagen in Gang. Miriam stand da, kämpfte gegen die aufsteigende Galle in ihrem Magen an und winkte, als die Kaplans davonfuhren, doch sobald sie auf ihrem Weg genug Staub aufgewirbelt hatten, wandte sie sich um und rannte auf das Klohäuschen zu, stürmte hinein und hängte den schmerzenden Kopf über die Öffnung. Sie erbrach sich heftig, hatte jedoch nur wenig im Magen, und so spie sie kaum mehr als ein bisschen Speichel aus. Sie lehnte den Kopf an Wand und wartete. Omar klopfte zaghaft an die Tür.

»Alles in Ordnung?«, fragte er.

»Ja«, gab sie mit zittriger Stimme zurück. Sie wartete darauf, dass er ging, aber er blieb draußen vor der Tür. So hatte er es auch auf der Rückreise nach Südafrika gemacht. Ihre Flitterwochen. Miriams Seekrankheit hatte sechs Tage ohne Unterlass angehalten, bis ein wohlmeinender Arzt, der aus demselben Teil Bombays stammte wie sie, ihr einige Tabletten angeboten hatte. Diese hatten die Seekrankheit sofort eingedämmt, aber gleichzeitig das überwältigende Bedürfnis zu schlafen geweckt, und diesen Schlaf hatte sie bald zu fürchten gelernt, denn er brachte ihr finstere Alpträume und wüste Halluzinationen.

Sie hatte ihren frischangetrauten Ehemann während dieser Reise kaum zu Gesicht bekommen, und das war der Zeitpunkt gewesen, an dem sie erstmals gespürt hatte, wie die Einsamkeit sie umfing. Die Erkenntnis, dass sie ihre Mutter, ihr Zuhause und ihr Heimatland zurückließ, um fortan mit diesem unbekannten Mann zu leben, steigerte das Elend ihrer Seekrankheit nur noch. Omar mangelte es an der instinktiven Fürsorglichkeit, die sie vielleicht beschwichtigt hätte, und nachdem er in den ersten Tagen verlegen bei ihr gesessen hatte, begann er sich fernzuhalten, und seine Abwesenheit verschaffte ihr eine Atempause. Ihre Freude, nach dem unendlichen Ozean Land zu erblicken – obwohl die Aussicht behindert war von tiefhängenden Wolken und den an Deck herumwuselnden Menschen, die sich anschickten, von Bord zu gehen –, diese Freude war dem Grunde nach nichts als Erleichterung, gemischt mit Aufregung. Denn trotz allem war sie jung und sich der Möglichkeiten, die vor ihr lagen, bewusst. Es war ein neues Leben in einem neuen Land – sie hatte das Gefühl gehabt, dass sie wie blankgewischt war, dass ihr Leben bis dahin ein abgeschlossenes Kapitel bildete und dass sie nun von neuem beginnen konnte, ein anderes Leben in einem anderen Land.

Er klopfte erneut. »Alles in Ordnung?«

»Es geht mir gut«, antwortete sie. »Geh zurück – die Kinder kommen.«

Sie hörte, wie sich der Schulbus dem Laden näherte. Ein, zwei Minuten stand sie noch zitternd und vornübergebeugt da und strich sich mit der schmalen Hand über den Magen. Dann richtete sie sich auf. Sie fühlte sich besser und blickte auf die leichte Wölbung ihres Bauches. Sie ließ ihre Hand dort einen Moment verweilen, dann kehrte sie zum Haus zurück, um sich frischzumachen.

Als sie zurückging, erblickte sie ihre Kinder, die eben aus dem Bus gestiegen waren, und ihre Beine trugen sie wirbelnd wie Steppenhexen die Verandastufen hinauf in den Laden. Miriam wusste, dass sie nach ihr suchen und verdutzt sein würden, wenn nur ihr Vater sie begrüßte. Einen Augenblick später hörte sie Glas zerbersten, und gleich darauf war sie auch schon im Laden.

Es war bloß eine Paraffinlampe, die die Kinder in ihrer Hast umgestoßen hatten und die nun zerbrochen an der Tür lag.

»Ist euch was passiert?«, fragte sie die beiden, aber sie hörten sie nicht, denn sie standen mit gesenkten Köpfen da und vernahmen, wie Omar sie anschrie. Ob sie glaubten, Paraffinlampen wüchsen auf Bäumen, und ob sie wüssten, wie viel sie kosteten, und warum sie dauernd so rannten, und ob sie denn nicht guckten, wo sie hinliefen? Miriam hörte stumm zu, genau wie die Kinder, und als es vorbei war, sah sie, dass sie den Tränen nahe waren, und sie wies sie mit einer Kopfbewegung an, nach oben zu gehen, bevor sie hinter dem Tresen verschwand, um Besen und Kehrblech zu holen und die Scherben zusammenzufegen. Omar ging gereizt auf und ab und sah ihr zu.

»Robert kann das machen«, sagte er. Sie fuhr mit dem Fegen fort.

»Was war los?«, fragte er kurzangebunden.

Sie sah aus der Hocke zu ihm auf und sammelte die größeren Scherben mit der Hand ein.

»Da draußen.« Er nickte zum Klohäuschen hinüber. »War dir schlecht?«

»Ja.«

Er schwieg einen Moment. »Weshalb? Was Falsches gegessen?«

Sie stand auf und hielt das Kehrblech mit dem Scherbenhaufen vor sich. Sie mochte ihm in diesem Augenblick nicht von dem Baby erzählen. Sie wusste, dass er sich Vorwürfe machte, weil er den Kindern gegenüber die Beherrschung verloren hatte, aber sie war müde. Der Tag war lang gewesen, sie musste noch das Abendessen zubereiten und sie fühlte sich immer noch unwohl. Sie ließ die Scherben auf eine ausgebreitete Schicht Zeitungspapier gleiten, das sie anschließend zusammenfaltete.

»Es war nichts weiter«, sagte sie und ließ die eingewickelten Scherben in den Abfalleimer fallen. Robert erschien und griff nach dem Besen. Sie wies auf die Stelle, wo die Lampe umgefallen war, damit er dort zu Ende fegen konnte, während Omar hinter dem Tresen stand, ruhelos und mit gerunzelter Stirn. Er wollte um jeden Preis etwas tun oder sagen, damit sie sich ihm gegenüber nicht länger so abweisend verhielt, aber ihm fiel nichts ein, und deshalb zog er sein Kassenbuch unter dem Tresen hervor, und da er keine anderen Worte fand, fragte er, wann das Abendessen fertig sein würde.

»Bald«, antwortete sie und wandte sich der Küche zu. »Es wird bald fertig sein.«

Er nickte und ging ins Hinterzimmer, um seine Buchführung zu machen. Er wandte den Kopf einen Moment zu spät, um die schlanke Gestalt seiner Frau in der Küche verschwinden zu sehen.

KAPITEL 4

Springs, Dezember 1952

Den ersten flüchtigen Eindruck von ihrer Enkelin hatte Aminas Großmutter an einem Donnerstagnachmittag bekommen, und als sie am Freitagmorgen erwachte, war ihr unwiderruflich klar geworden, dass sie durch Gottes Willen aus Indien an diesen schrecklichen Ort gesandt worden war, und zwar aus einem einzigen Grund: um ihre Enkelin unter die Haube zu bringen. Aminas Auftritt an jenem Tag hatte den schlimmstmöglichen Eindruck bei der alten Dame hinterlassen. Nicht nur dass es sich bei ihrer abgetragenen Hose und dem Hemd zweifellos um Männerkleidung handelte – ihr Aufzug machte auch klar, dass Amina für ihren Lebensunterhalt arbeitete. Als was, wusste ihre Großmutter noch nicht, aber sie machte es sich zur Aufgabe, es schleunigst herauszufinden. Als böte ihre Kleidung noch nicht Anlass genug, Anstoß zu nehmen, war auch das Selbstbewusstsein, mit dem sie das Haus betreten hatte, ungebührlich; ihr gesamtes Auftreten verkündete, dass sie anders war als andere und sich pudelwohl damit fühlte. Irgendetwas war völlig aus dem Ruder gelaufen, und die alte Frau hatte keine Zeit verschwendet, ihrem Sohn deswegen Vorhaltungen zu machen; sie schnitt das Thema noch am selben Abend beim Essen an, aber er reagierte eher träge und ließ die Besorgnis und die Dringlichkeit, die sie für angeraten hielt, vermissen.

»Was treibt sie den ganzen Tag?«, hatte die alte Dame gefragt und damit den Kurs gewechselt, der nicht den gewünschten Effekt gezeigt hatte.

»Sie arbeitet«, antwortete Mr. Harlan gleichmütig und führte seinen Löffel stetig vom Teller zum Mund.

»Ich weiß, dass sie arbeitet!«, fauchte seine Mutter gereizt. »Das sieht man an ihrem Aufzug. Was für ein Mädchen läuft schon den ganzen Tag in Hosen herum? Hat sie keinen *shalwar kamiz?*«

»Doch«, erwiderte Mrs. Harjan verschüchtert. »Oben. Aber sie trägt ihn nie.«

Die alte Dame vernahm die Antwort, würdigte Aminas Mutter jedoch keines Blickes. Sie schaute weiterhin ihren Sohn an, der mit dem Essen fortfuhr und eine teilnahmslose Miene machte.

»Wo ist sie? Warum ist sie nicht zu Hause? Wo schläft sie nachts?«

Mr. Harjan seufzte erschöpft. »Sie arbeitet in Pretoria. Es ist zu weit, als dass sie jeden Tag hin- und herfahren könnte. Sie hat dort ein Zimmer.«

Aminas Großmutter legte sich dramatisch die Hand aufs Herz, wie um den Schock zu mildern.

»Lebt sie zumindest bei einer guten Familie?«

Mr. Harjan blickte seine Frau das erste Mal an diesem Abend flüchtig an, und sie nickte, ganz zaghaft, und dann wurde sie rot, als die alte Dame sich plötzlich an sie wandte und zu verstehen suchte, was sich zwischen den Eheleuten abspielte.

»Ja«, log Mr. Harjan und blickte wieder auf seinen Teller. »Sie ist bei einer guten Familie«, und er dachte flüchtig an den an das Café angebauten Raum, in dem Amina die meisten Nächte verbrachte. Er hatte ihn nur ein einziges Mal gesehen, und ihre Begeisterung war so ansteckend gewesen, ihre Gründe so logisch, dass es ihm nicht in den Sinn gekommen war, ihr zu verbieten, sein Haus zu verlassen, ohne verheiratet zu sein, bis er die Missbilligung der indischen Gemeinschaft vernommen hatte.

Mehrere »Freunde« waren nach Springs gekommen, eine Art Abordnung, um ihnen zu sagen, dass es unerhört, ja ein Skandal wäre – selbst im Falle Aminas –, wenn ihre Tochter tatsächlich daran dächte, mit einem farbigen Mann ein Lokal zu eröffnen. Aminas Vater hatte die meisten dieser freundlichen Besuche verpasst, indem er so tat, als sei er an seiner Tankstelle schwer beschäftigt, auch wenn dort täglich nur vier oder fünf Kunden vorbeikamen. Er hatte weder die Angewohnheit noch fand er Vergnügen daran, dem Klatsch oder den guten Ratschlägen Fremder zu lauschen, selbst wenn Hautfarbe, Religion oder Tradition sie vereinten.

Und inzwischen war Amina längst gewohnt, fern von zu Hause zu leben, und er besaß weder die Kraft noch den Willen oder im tiefsten Inneren auch nur den Wunsch, sich mit ihr auseinanderzusetzen. Er dachte an ihr Lokal – es liefe gut, sagte sie – und an Jacob Williams, einen guten Mann, der ihm sympathisch war.

Die Stimme seiner Mutter zu seiner Linken, die immer noch auf dem Thema herumritt, drang ihm wieder ins Bewusstsein, und er sah sie an, registrierte, wie ihr runder Mund eifrig Laute produzierte, die er doch nicht vernahm. Er fragte sich, wie sein Vater, ein sanfter, ruhiger Mann, der mit dreiundfünfzig einer Leberkrankheit erlegen war, mit dem unablässigen Klang ihrer Stimme fertiggeworden war, die Tag für Tag klagte und klatschte. Er versuchte sich an ihr Lachen zu erinnern, versuchte sich zu erinnern, wann er seine Mutter jemals hatte lachen hören, aber es gelang ihm nicht.

Dieses Mädchen, ihre einzige Enkeltochter, verwildere offenkundig in diesem wüsten Land, sagte die alte Dame zu ihm, mit einem gelegentlichen spitzen Seitenblick zu Aminas Mutter, und es liege in seiner Verantwortung, etwas dagegen zu unternehmen. Er nickte müde und hoffte, ihr würde nicht noch einmal einfallen nachzufragen, wie seine Tochter ihren Lebensunterhalt nun genau verdiente. Dass ihre Enkelin arbeitete, war schlimm genug, aber dass sie mit einem farbigen Mann ihr eigenes Café betrieb und dass ihre sonstigen Gelegenheitsjobs meist körperlichen Einsatz erforderten, wäre mehr gewesen, als die alte Dame verkraftet hätte.

»Wir müssen sofort etwas unternehmen«, sagte sie entschlossen. »Sie muss heiraten.«

Die Hochzeit ihrer einzigen Enkeltochter hatte sie natürlich seit deren Geburt im Hinterkopf, und in ihren Tagträumen hatte sie sich das Ereignis oftmals in allen Einzelheiten ausgemalt – das Ereignis, bei dem sie die Hauptrolle spielte, die Glückwünsche und die allgemeine Bewunderung des ganzen Freundes- und Familienkreises angesichts der hervorragenden Partie erntete, die sie trotz des Handicaps der skandalösen Familiengeschichte ihrer Schwiegertochter für ihre Enkelin arrangiert hatte. Mit diesen Träumen hatte sie sich im Laufe der Jahre die langen heißen Nachmittage in Bombay aufs Bequemste vertrieben. Doch nun war die Hochzeit eine absolute Notwendigkeit geworden, eine Erlösung von dem Übel, und sie musste sich bald ereignen, sollte das Mädchen je wieder zu einer anständigen Lebensführung gebracht werden. Es war klar, dass sie vollkommen verlottert war, seit sie Indien verlassen hatte. Außerdem sollte eine Frau mit zweiundzwanzig, dreiundzwanzig Jahren verheiratet sein. Sie sollte sogar schon längst verheiratet sein, aber Amina sah immer noch jung aus, und konnte, so befand ihre Großmutter, gut für zwanzig durchgehen.

»Sie muss heiraten«, wiederholte sie. Die blassen Gesichter ihres Sohnes und ihrer Schwiegertochter sahen zu ihr auf. »Sie muss einfach. Und zwar bald.«

Mrs. Harjan murmelte etwas wie das sei vielleicht eine gute Idee; vielleicht müsse Amina sich ihrer Bestimmung fügen. Sie war die Stimme ihrer Schwiegermutter müde und fühlte sich von dem unablässigen Regen von Argumenten, der auf sie niederprasselte, schon ganz zermürbt.

»Ich bin froh, dass du Vernunft annimmst«, nickte die alte Dame, an Mrs. Harjan gewandt. »Weißt du«, sie wandte sich wieder an ihren Sohn, »wir Frauen verstehen uns auf diese Dinge. Du solltest derlei Angelegenheiten uns überlassen.«

»Das tue ich. Ich überlasse die Angelegenheiten meiner Tochter ihr selbst.« Es war sein erster entschieden vorgetragener Satz, und er entschlüpfte ihm fast unfreiwillig, unter dem Druck eines

Kopfschmerzes, der dem pochenden Echo all der Worte seiner Mutter geschuldet schien, die in seinem Schädel gefangen waren.

Der alten Dame entging die Ironie seiner Worte.

»Das ist was anderes«, widersprach sie, als wäre der Unterschied so offensichtlich, dass sie ihn nicht zu erläutern bräuchte.

Es war ihrem Sohn nicht gegeben, sie zu fragen, inwiefern das etwas anderes war, oder sich länger gegen seine Mutter aufzulehnen als die zwei Sekunden, die es ihn gekostet hatte, jenen Satz auszusprechen, deshalb saß er fortan einfach da und hörte zu, wie seine Mutter ihren Plan für Amina umriss. Der junge Mann, den sie im Sinn hatte, war der Sohn der Familie Ali. Der Vater war damals in Indien, bevor er nach Südafrika auswanderte – was fünfzehn Jahre her war –, mit ihrem Mann befreundet gewesen.

»Sie leben in Pretoria, und die Mutter hat mich letzte Woche besucht. Wir werden sie zum Abendessen einladen«, beschied die alte Dame.

Die Vorstellung, Gäste zum Abendessen zu haben, schien ihren Sohn wie ihre Schwiegertochter aus der Fassung zu bringen. Mrs. Harjan hatte keine Ahnung, wie sie mit Essensgästen umgehen sollte – es war lange her, seit sie jemanden eingeladen hatten. Was sollte sie kochen, was sollte sie anziehen, worüber sollten sie reden? Mr. Harjan war schlicht unglücklich bei dem Gedanken, wildfremde Menschen im Haus zu haben, insbesondere Menschen, die ausdrücklich kamen, um ihn und seine Frau als mögliche Schwiegereltern und ihre Tochter als mögliche Ehefrau für ihren Sohn zu begutachten. Der letzte Gedanke bewog ihn zu sprechen.

»Amina wird nicht kommen«, sagte er.

Seine Mutter starrte ihn an, als hätte er prophezeit, die Welt könne aufhören, sich zu drehen.

»Das steht nicht in Aminas Ermessen«, erklärte sie ungeduldig. »Sie ist deine Tochter und meine Enkeltochter. Es ist ihre Pflicht, zu erscheinen, wo wir wollen. Sie wird kommen«, fügte sie hinzu und lehnte sich mit zufriedener Miene zurück, die fleischigen Hände im Schoß gefaltet. Mrs. Harjan erhob sich, um den Tisch abzuräumen. Ihr Mädchen, Rosemary, nahm ihr das Geschirr mit lustlosem Schweigen ab und begann im Spülstein abzuwaschen.

Was seine Tochter anbelangte, erhob Mr. Harjan keine Widerrede mehr. Er wusste, dass sie an einem Abendessen, bei dem sie einem geeigneten jungen Mann vorgestellt werden sollte, nicht teilnehmen würde. Er wusste auch, dass sie es nicht eilig hatte mit dem Heiraten, und wenn er ehrlich war, passte ihm das sehr gut. Er war ein Mann der Gewohnheit, der Lärm und Aufregung und Menschen jenseits seiner unmittelbaren Familie nicht leiden konnte. Das war einer der Hauptgründe gewesen, warum er nach Springs gezogen war, statt in Pretoria zu bleiben. Hier gab es keine weitläufige Verwandtschaft, keine hilfsbereite Gemeinschaft von Freunden und Nachbarinnen, die allzeit bereit waren, mit der nichtigsten Entschuldigung vorbeizuschauen. Es gab noch andere indische Familien hier, aber sie waren weit verstreut und lebten nicht auf engstem Raum beieinander. Er hegte eine Abneigung gegen alle, in deren Gesellschaft er sich unwohl fühlte, und wirklich wohl fühlte er sich mit niemandem außer seiner Frau. Aminas Heirat, egal mit wem, egal wie passend, würde einen endlosen Strom von Besuchen des Schwiegersohns und dessen Familie nach sich ziehen. Vermutlich würden sie zudem mehrere Kinder in die Welt setzen, die in seinem Heim herumtobten. Nein, ihm missfiel die Vorstellung, seine Tochter könnte heiraten, weit mehr als die Missbilligung seiner Gemeinde, und Amina wusste die Eigenbrötelei ihres Vaters und seinen Widerwillen gegen Veränderungen seit langem zu schätzen, denn sie eröffneten ihr eine Freiheit, die ihr ansonsten niemals möglich gewesen wäre.

Amina war überrascht, als ihre Mutter sie einige Wochen später im Café anrief, und nahm sofort an, es handele sich um einen

Notfall. Das schwarze Telefon stand auf einem Tischchen im Haus ihrer Eltern wie ein gedrungener kleiner Gott, dessen geheimnisvolles Wirken sie nicht im Mindesten begriffen und den sie daher nur selten in Anspruch nahmen. Amina hörte ihrer Mutter aufmerksam zu, als diese sie bat, am folgenden Sonntagabend zum Essen nach Hause zu kommen.

»Was ist los am Sonntag?«, fragte sie verwundert.

Stille herrschte am anderen Ende der Leitung.

»Mutter?«

»Nichts ist los, Amina«, antwortete ihre Mutter. Amina hielt den Hörer ein Stück von ihrem Ohr weg, denn ihre Mutter hatte die Angewohnheit, in ihn hineinzuschreien. In Indien hatte Mrs. Harjan kein Telefon besessen, und sie blieb ihrer Überzeugung treu, dass die Worte, die sie sprach, eine lange Reise durch die ganzen Kabel machen mussten, um ihre Tochter zu erreichen.

»Bist du sicher?«, fragte Amina nach, denn trotz ihrer erhobenen Stimme sprach Mrs. Harjan nicht mit großer Überzeugung.

»Deine Großmutter möchte dich sehen. Du hast nicht viel Zeit mit ihr verbracht, weißt du«, fügte sie vorwurfsvoll hinzu. Amina seufzte. Sie verspürte wenig Lust, ihre Großmutter zu sehen, doch sie fühlte sich schuldig.

»Gut, ich werde da sein. Vielleicht komme ich ein bisschen früher und helfe dir.«

»Gut«, schrie ihre Mutter erleichtert. Dann schwieg sie einen Moment. »Wir werden ein paar Gäste haben, weißt du. Das war die Idee deiner Großmutter.«

»Gut. Was soll ich mitbringen?«

»Nichts – nichts, du bringst mir sowieso immer schon zu viel mit«, rief Mrs. Harjan. »Dein Vater wundert sich bereits, wo all das *chapati*-Mehl herkommt.«

Amina lächelte. »Dann sehen wir uns also am Sonntag.«

»Ja. Amina?«

»Ja, Mutter?«

Stille. Dann ein Knacken in der Leitung. »Nichts«, sagte Mrs. Harjan schließlich. »Bis Sonntag.«

Amina kam eine halbe Stunde zu spät zum Essen, was so nicht geplant gewesen war. Ihre Großmutter hatte die Woche damit zugebracht, sich ein Bild ihrer Enkelin auszumalen, die sorgsam und bescheiden in einen *shalwar kamiz* gekleidet war, vielleicht in einem schönen Pastellton, Violett oder Rosa, und ihrer Mutter in der Küche half, bevor sie herauskam, um die Gäste zu begrüßen und deren Sohn kennen zu lernen. Die abgemilderte Version dieses Wunschtraums war zu Aminas Mutter durchgedrungen, und so hatte Mrs. Harjan gemeinsam mit der alten Dame am Samstagnachmittag zwei Stunden damit zugebracht, angemessene Kleider herauszusuchen, die Amina beim Abendessen würde tragen können. Aminas Vater war von der Arbeit heimgekehrt und hatte den beiden Frauen einen Augenblick seelenruhig zugesehen, bevor er wieder nach unten ging, um die Zeitung zu lesen; der Blick, mit dem er sie bedacht hatte, gab seiner Meinung, sie müssten völlig verrückt sein, unverhohlen Ausdruck.

Die Gäste saßen bereits mit kühlen Getränken im Wohnzimmer, als Amina schließlich eintraf. Ihre Großmutter war zu zornig, um auch nur aufzublicken, als sie hörten, wie der Wagen vorfuhr und die Tür zugeschlagen wurde. Sie vernahmen die Fetzen einer Jazzmelodie, die im Flur gesummt wurde, und Mrs. Harjan schenkte ihren Gästen ein schwaches Lächeln, bevor sie hinauseilte.

Amina begrüßte sie mit einem Lächeln und einer Entschuldigung für ihre Verspätung. Sie trug Arbeitskleidung, und ihr Haar sah noch zerzauster und lockiger aus als sonst. Sie folgte dem Blick ihrer Mutter und fuhr sich mit der Hand über das Haar.

»Ich bin heute Nachmittag in diesen Regensturm gekommen«, sagte sie schuldbewusst.

Mrs. Harjan erwiderte nichts, doch in ihren Augen stand Panik geschrieben.

»Ich muss mich nur rasch waschen, Mutter«, sagte Amina. »Es tut mir leid, dass ich zu spät komme«, fügte sie hinzu, aber es folgte keine Reaktion – ihre Mutter schien stumm vor Not.

»Du gehst besser wieder rein.« Amina wies mit dem Kopf auf das Wohnzimmer, wo ihre Großmutter ihre Meinung zu irgendetwas kundtat. Mrs. Harjan seufzte still und wandte sich um.

Als Amina aus dem Badezimmer kam, stand zur ihrer Überraschung ihre Mutter schweigend im Flur.

»Mutter! Du hast mir vielleicht einen Schrecken eingejagt«, sagte sie. Sie ging an ihr vorbei in ihr Zimmer, ohne das hellrosa Gewand, das Mrs. Harjan über dem Arm trug, wahrzunehmen.

»Amina«, sagte Mrs. Harjan. Sie folgte ihrer Tochter und hielt ihr den *shalwar kamiz* hin.

Amina sah ihn zwar, aber sie schien keinerlei Verbindung zwischen dem fließenden rosafarbenen Stoff und ihrem unbekleideten Körper herzustellen. Erst langsam begann die Erkenntnis zu dämmern, und Amina wich mit einem ungläubigen Lächeln zurück.

»Nein, nein«, sagte sie. »Das ziehe ich nicht an.«

»Bitte«, sagte Mrs. Harjan. »Deiner Großmutter zuliebe.«

»Nein.«

»Sie ist alt, Amina.«

Amina sah keinen Zusammenhang zwischen dem Alter ihrer Großmutter und der eigenen Bekleidung, aber sie nahm ihrer Mutter das Gewand ab und betrachtete es.

»Bitte«, wiederholte Mrs. Harjan, die das Zögern ihrer Tochter spürte.

Amina mochte diese Art Kleider nicht, hauptsächlich weil sie sich unbehaglich darin fühlte, doch als sie die flehenden Augen ihrer Mutter sah, beschloss sie, das Unbehagen einen Abend lang zu ertragen. Um sich besser zu fühlen, dachte sie voller Erleichterung an ihr Bett in ihrem Zimmer hinter dem Café, wo sie in wenigen Stunden, wenn dieser Abend vorüber war, wieder sein würde. Sie lächelte.

»Gut«, sagte sie. »Ich trage es. Geh hinunter. Ich komme gleich.«

Als Amina ins Wohnzimmer trat, war ihre Großmutter beim Anblick des *shalwar kamiz* angenehm überrascht. Ihre Enkelin war eine große, eindrucksvolle junge Frau, die alles tragen konnte, und die alte Dame blickte unverhohlen und mit einigem Stolz zu den Eltern des jungen Mannes hinüber. Auch sie sahen beim Anblick Aminas erfreut und nicht wenig überrascht aus. Ihr Vater schien nur erleichtert zu sein, dass sie überhaupt noch gekommen war und forderte Mrs. Harjan ohne Umschweife auf, das Essen aufzutragen. Diese Anweisung bot Amina, die seit Betreten des Wohnzimmers kein Wort gesagt hatte, eine willkommene Möglichkeit, den Blicken im Raum zu entfliehen, und so folgte sie ihrer Mutter in die Küche und half ihr schweigend, die verschiedenen Currys aus den dampfenden Töpfen in die Schüsseln zu füllen.

»Du siehst hübsch aus«, sagte Mrs. Harjan und reichte Amina eine volle Schüssel. Sie war nervös, denn sie kannte und fürchtete das Schweigen ihrer Tochter. Amina nickte, sagte aber noch immer nichts, denn sie verdaute noch den Eindruck, den sie bei ihrem Blick durch das Wohnzimmer gewonnen hatte. Sie war eingetreten und hatte ihre Großmutter begrüßt und deren Freude beim Anblick ihres Gewandes gesehen – das hatte sie nicht weiter überrascht. Der triumphierende Blick hingegen, den ihre Großmutter den Gästen zugeworfen hatte, war ihr ebenfalls nicht entgangen, und als sie den Sohn entdeckte, einen jungen Mann in ihrem Alter, an den sie sich vage von irgendeiner gesellschaftlichen Zusammenkunft einige Jahre zuvor erinnerte, den jungen Mann, der steif in seinem besten Anzug mit Krawatte dasaß und sie betrachtete, als wäre sie ein Stück Porzellan, dessen Wert er schätzen müsse, begriff sie, dass sie herbeigelockt worden war, um einem geeigneten Mann vorgestellt zu werden.

»Amina ...«, setzte ihre Mutter an, doch Amina war bereits mit zwei gefüllten Schüsseln ins Nebenzimmer gegangen und setzte sie auf dem sorgsam gedeckten Tisch ab. Sie war wütend – auf ihre Großmutter, deren Idee das Ganze zweifellos war; auf ihre Eltern, die sie ohne Vorwarnung zu diesem Essen gebeten hatten, und auf sich selbst, weil ihr diese Möglichkeit nicht schon viel früher in den Sinn gekommen war. Sie hielt am Tisch inne und hörte, wie ihre Großmutter im Wohnzimmer dem jungen Mann eine nicht enden wollende Reihe von Fragen stellte. Er antwortete mit tiefer Stimme, entschlossen und selbstsicher. Amina gehörte nicht zu den Menschen, die ihren Ärger genossen oder hegten – sie hatte schon immer die Fähigkeit besessen, in einer gegebenen Situation eine Reihe von Alternativen zu erblicken, eine Eigenschaft, die es ihr kaum erlaubte, über irgendetwas länger verstimmt zu sein. Wie sie so dastand und lauschte, wusste sie, dass es in ihrem Leben niemals eine grundlegende Änderung geben würde, wenn sie ihr nicht zustimmte, dafür sorgten ihre finanzielle Unabhängigkeit und ihr Selbstvertrauen – wozu also lange verärgert sein? Die Komplizenschaft ihrer Mutter nagte noch an ihr, aber als sie ihren Blick über den Tisch schweifen ließ, entdeckte sie, dass ihre Mutter, so sorgfältig sie beim Eindecken auch vorgegangen war, die Messer und Gabeln vertauscht und jeweils auf der falschen Seite der Teller platziert hatte. Amina lächelte in sich hinein und tauschte Messer und Gabeln aus, bevor sie in die Küche zurückkehrte, um weitere Schüsseln aufzutragen.

Bis zum Ende des Hauptganges hatte der junge Mann nur verstohlen zu Amina hinübergesehen, doch dann fühlte er sich durch ihren offenen Blick ermutigt und entspannt genug, um einige Worte in ihre Richtung zu murmeln. Zu Beginn des Essens hatte er sich angeschickt, sein Jackett auszuziehen, dann jedoch gezögert. Amina hatte ihn in seiner Unentschiedenheit ertappt und kurz genickt, ein mitfühlendes Nicken, in dem ihre Erlaubnis mitschwang, und er hatte sie angestarrt, voller Überraschung, und dann sein Jackett ausgezogen und es über die Stuhllehne gehängt.

Ohne das schlecht sitzende Jackett sah er besser aus – sein Hemd war sauber und gebügelt, und darunter zeichneten sich breite, gut gebaute Schultern ab. Er sah nicht schlecht aus, fand Amina. Ein starkes Kinn und eine breite Stirn. Er schien allerdings nicht besonders intelligent zu sein, und wann immer er es fertigbrachte zu sprechen, vertrat er die Ansichten seiner Eltern. Mit diesen Beobachtungen vertrieb Amina sich die Zeit, denn sie hatte zu schweigen, es sei denn, sie wurde angesprochen, und sie wurde sehr selten angesprochen, da ihre Großmutter schon bald herausgefunden hatte, dass es besser war, wenn Aminas Alltag so wenig wie möglich zur Sprache kam. Die alte Dame konnte die Aufmerksamkeit nicht auf Aminas besondere Fähigkeiten in Sachen Kochen oder Putzen oder Nadelarbeit lenken, denn darüber schien sie nicht zu verfügen. Ihre »Arbeit« – und hier fiel der alten Frau wieder ein, dass sie noch immer nicht genau wusste, wie ihre Enkelin ihren Lebensunterhalt verdiente, und sie nahm sich vor, ihren Sohn später danach zu fragen – war kein Thema, das vor den künftigen Schwiegereltern und deren Sohn zur Sprache kommen sollte. Es war unschicklich und doch ohne Bedeutung, denn nach ihrer Heirat würde Amina nicht länger außer Haus arbeiten. Sie hielt es für ratsam, dem jungen Mann und seinen Eltern gegenüber wortreich darauf hinzuweisen.

»Ich glaube, die jungen Frauen heutzutage sind noch genauso froh, zu Hause bleiben zu können, wie zu meiner Zeit, als ich geheiratet habe. Ich weiß nicht, warum es immer heißt, sie seien zu modern. Sie gehen vielleicht eine Zeitlang aus dem Haus und sehen zu, wie sie allein zurechtkommen, aber ich glaube, am Ende sind die jungen Mädchen doch froh, daheim bleiben zu können.«

Amina hustete, während der Besuch überrascht aufblickte, und die Mutter des jungen Mannes beugte sich vor, um Amina zu mustern, als sei plötzlich ihr Interesse geweckt worden.

»Dann arbeitet Amina also nicht mehr?«, fragte sie Mrs. Harjan.

Amina blickte interessiert zu ihrer Mutter hinüber, als verfolge sie ein schlechtes Theaterstück. Mrs. Harjan stotterte etwas Unverständliches vor sich hin und schien fast in ihrem Stuhl zu verschwinden, bis ihre Schwiegermutter einschritt.

»Natürlich arbeitet sie hin und wieder«, antwortete ihre Großmutter beflissen. »Aber sie wohnt bei einer sehr guten Familie.«

Der Besuch war verwirrt. »Bei einer Familie?«, fragte der junge Mann. »Aber was ist mit dem Caf...«

»Warum isst denn niemand?«, rief Mr. Harjan. Er hatte zwar nicht bemerkt, wer aß und wer nicht, aber vor den Augen dieser Leute wollte er keine Szene mit seiner Mutter über Aminas Arbeit riskieren. Er warf seiner Tochter einen warnenden Blick zu, aber ausnahmsweise schien sie nicht gewillt, ihren Standpunkt zu vertreten. Mr. Harjan war erleichtert und verwundert zugleich, weil er in der jungen Frau, die da so demütig auf ihrem Stuhl saß und resigniert dreinblickte, seine Tochter kaum wiedererkannte.

»Amina!«, sagte er scharf. »Reich den Gästen den Reis.«

Amina erhob sich sofort und tat wie geheißen. Mr. Harjan fuhr fort, den Besuch lautstark mit Einzelheiten aus seiner Werkstatt zu unterhalten und fragte sie nach ihrem Geschäft – ein Stoffladen –, bis das heikle Thema, die Arbeit seiner Tochter, vom Tisch war.

Aminas Gedanken wanderten unterdessen weit fort. Sie unterdrückte ein Gähnen, und plötzlich wurde sie gewahr, dass man ihr eine Frage gestellt hatte und auf die Antwort wartete. Sie sah auf und stellte fest, dass alle Blicke auf ihr ruhten. Sie erwiderte einen Blick nach dem anderen und heftete ihre Augen schließlich auf den jungen Mann.

»Haben Sie mich etwas gefragt?«

Ein leichter Anflug von Panik glitt über sein Gesicht. »Nein«, erwiderte er zögernd. »Das heißt ... meine Mutter hat gefragt, wie viele Kinder Sie gern hätten.«

Amina sah ihn verständnislos an.

»Ich meine ... Wollen Sie eine große Familie haben?«, fragte er, errötend, aber entschlossen, seinen Versuch, ein Gespräch zu führen, zu vollenden.

»Ich weiß nicht«, erwiderte sie. »Darüber habe ich noch nicht nachgedacht, aber zwei oder drei Kinder wären vielleicht ganz schön. Wenn es nach mir ginge. Aber ich glaube, das wäre etwas, das eine Frau mit ihrem Ehemann bespricht, nicht wahr?«

»Ja, ganz recht«, entgegnete der junge Mann lächelnd. »Wollen Sie nur Söhne haben?«, fragte er weiter und freute sich, dass er nun endlich mit ihr reden konnte.

»Warum gehen Sie davon aus, dass ich überhaupt Söhne haben möchte?«, fragte sie zurück, und seine Augen weiteten sich überrascht, und dann senkte er verlegen den Blick. Rasch schritt die alte Dame ein.

»Was für ein Unsinn!«, sagte sie an Amina gewandt. »Jeder will als Erstes einen Sohn. Jeder.«

Amina warf ihrer Mutter, die nie einen Sohn geboren hatte, einen Blick zu und sah, wie sie wieder auf ihrem Stuhl zu schrumpfen schien.

»Ich bin nicht jeder«, entgegnete Amina ihrer Großmutter mit klarer Stimme. »Ich bin nicht jeder, und mir wäre es egal, ob ich einen Jungen oder ein Mädchen bekomme – Hauptsache, das Kind wäre gesund. Alles andere spielt keine Rolle.«

Bei dieser Antwort schnaubte Mrs. Ali missbilligend und

wechselte einen wissenden Blick mit ihrem Gatten.

»Ich finde, sie hat recht«, sagte der junge Mann und brach damit die Stille.

»Ich finde, es ist Zeit zu gehen«, sagte sein Vater daraufhin. »Ich muss morgen sehr früh raus.«

»Aber Sie haben ja noch gar keinen Nachtisch gegessen«, wandte Mrs. Harjan verzweifelt ein und erhob sich. Amina stand ebenfalls auf und half ihrer Mutter, die Teller abzuräumen.

In der Küche fragte Mrs. Harjan ihre Tochter unumwunden, was sie sich dabei dächte und bat sie inständig, sich gut zu benehmen und ihre Eltern nicht zu blamieren.

»Mutter ...«

»Bitte, Amina!«

»Mutter, lass es mich doch erklären. Verstehst du denn nicht?« Sie ergriff ihre Mutter beim Arm und drehte die widerstrebende Frau zu sich um. »Glaubst du denn wirklich, ich würde diesen jungen Mann heiraten?« Sie fasste ihre Mutter bei den Schultern und sah ihr in die Augen, hoffte auf Verständnis, aber als ihre Mutter ihren Blick schließlich erwiderte, entdeckte Amina darin nichts als kalte Bitterkeit.

»Meine Mutter hat dich verdorben«, sagte Mrs. Harjan flüsternd, beinahe zischend. Der plötzliche Hass in den Augen ihrer Mutter ließ Amina einen Schritt zurückweichen.

»Mein Leben hat sie ruiniert mit dem, was sie getan hat«, fuhr Mrs. Harjan fort. »Ich bin als Außenseiterin aufgewachsen, die niemand gewollt hat ...«

»Mein Vater hat dich gewollt ...«

»Da hatte ich ja Glück«, giftete sie, als sei Glück etwas, an dem sie sich nicht freuen könnte. »Und jetzt ruiniert sie dich, noch aus dem Grab heraus, und mich ruiniert sie von neuem. Wie kann ich diesen Leuten noch ins Gesicht sehen? All ihr Gerede von Courage und Cleverness und Eigenständigkeit. Sie hat dich zu der gemacht, die du bist, und du bist ...«

»Mir gefällt, wer ich bin«, sagte Amina.

Der Satz wurde mit solcher Überzeugung vorgebracht, dass es Mrs. Harjan den Mund verschloss. Amina war ihr instinktiv ins Wort gefallen – sie hatte nicht hören wollen, was ihre Mutter von ihr dachte. Sie musterte sie einen Augenblick, ihr Gesicht vor Kummer und Verwirrung verzerrt. Die Worte ihrer Mutter hatten sie verletzt, und das Ausmaß der Abneigung, die diese Begum entgegenbrachte, schockierte sie.

»Hast du wirklich geglaubt, ich würde diesen Jungen heiraten?«, fragte Amina noch einmal, aber diesmal enthielt ihr Ton keine Bitte um Verständnis, und in ihren eigenen Ohren klang ihre Stimme harsch.

Doch Mrs. Harjan hatte sich unter dem klaren Blick ihrer Tochter in sich selbst zurückgezogen. Sie hielt ihr einen Teller mit indischen Süßigkeiten hin, farbenfroh gefärbt und dekoriert, und sie begegnete dem Blick ihrer Tochter nur einen winzigen Moment, bevor sie die Augen wieder senkte.

»Deine Großmutter findet, du solltest den Mann heiraten, den sie für dich aussucht«, sagte sie. Amina schloss einen Moment die Augen, dann nahm sie den Teller und ging wieder hinein.

Kapitel 5

Delhof, April 1953

Omar wartete still in der Küche, am Fuße der Treppe, und lauschte auf Geräusche aus dem oberen Stockwerk. Vor zwei Stunden hatte er zuletzt etwas von den Frauen gehört, die die obere Etage des Hauses in Beschlag genommen hatten. Er hielt den Atem an, lauschte angestrengt, und unmittelbar darauf war das Schleifen eines Stuhles auf den Dielen über ihm zu vernehmen und das

Klicken einer Türklinke. Hastig machte er sich durch die Küche in den Laden davon.

Als Mrs. Benjamin in der Tür erschien, fand sie ihn über seine Kassenbücher gebeugt, den Bleistift in der Hand und einen konzentrierten Ausdruck im Gesicht, als ob er mitten in einer besonders schwierigen Rechenaufgabe steckte.

»Hallo, Herr Gatte«, rief sie ihm mit ihrer Singsangstimme zu. Er sah mit einstudierter Überraschung auf und wartete, was sie zu sagen hatte. Mrs. Benjamin war eine stämmige, alte farbige Frau, die in diesem Teil des Landes als Hebamme bekannt war. Sie war die Tante von Mr. Morris, dem Farmer, der ihr nächster Nachbar war und dessen Eier und Milch Omar in seinem Laden verkaufte. Als Miriam im sechsten Monat ihrer dritten Schwangerschaft über Mr. Morris' Haushälterin zaghaft kundgetan hatte, dass sie eine gute Hebamme suche, war Mrs. Benjamin an ihrer Tür erschienen und hatte ihr versichert, ihr beizustehen, wenn ihre Zeit gekommen war. An diesem Morgen war Omar bei Sonnenaufgang zu Mr. Morris hinübergefahren, um nach ihr zu fragen, denn seine Frau hatte einen Großteil der Nacht wachgelegen und Schmerzen gehabt. Eine Stunde später war Mrs. Benjamin erschienen, mit einem Lächeln auf den Lippen und einem abgedeckten Korb, der Dinge enthielt, die für Omar wie Öle und selbstgebraute Arzneien aussahen. Kurz darauf war Farah gekommen, mit einem Topf *biryani* und einem lustlosen Lächeln, um die besorgte Schwägerin zu spielen.

»Wie geht's dem werdenden Vater?«, fragte Mrs. Benjamin leutselig.

»Gut.« Omar runzelte leicht die Stirn. Mrs. Benjamins scherzhafte Vertraulichkeit irritierte ihn.

»Warum gehen Sie nicht hoch zu Ihrer Frau und reden ein wenig mit ihr?«, schlug sie vor.

»Geht es ihr gut?«, fragte Omar misstrauisch.

»Ihr geht's prima. Aber Sie sollten zu ihr gehen und sie ein bisschen aufmuntern. Schicken Sie Ihre Schwägerin runter zu mir, dann kochen wir uns allen einen Tee.«

Omar nickte. Insgeheim fühlte er sich von den ausführlichen Anweisungen getröstet. Er schloss das Kassenbuch, das, wie er nun bemerkte, auf dem Kopf vor ihm gelegen hatte, und schickte sich an, nach oben zu gehen. Doch noch ehe er die Treppe erreichte, rief die Hebamme ihn zurück.

»Hier«, sagte sie, doch als er sich umwandte, sah er nur ihr breites Gesäß, weil sie sich nach etwas in seinem Eisschrank bückte. Sie richtete sich auf und hielt ihm eine Flasche Cola hin.

»Bringen Sie das Ihrer jungen Frau«, meinte sie. »Der Zucker gibt ihr Energie.«

Er nickte wieder und nahm das Getränk, registrierte mit seinen verschwitzten Händen die kühlen Wasserperlen auf der Flasche und ging langsam die Treppe hinauf. Er hatte es nicht eilig, das Zimmer seiner Frau zu betreten, zum einen, weil er Farah aus dem Weg gehen wollte, doch hauptsächlich, weil er nicht wusste, was er zu Miriam sagen sollte, wenn sie Schmerzen litt.

Omar klopfte an die Tür und wartete – sie öffnete sich, und das boshafte Gesicht seiner Schwägerin erschien. Sogleich flammte sein Ärger auf, und er trat entschlossen ein und blieb am Bett seiner Frau stehen. Sie war gut zugedeckt, seinetwegen, und sie lächelte erst, als er sie fragte, wie es ihr ging.

»Setz dich«, sagte Farah, deren Hand auf der Lehne des Stuhls lag. Omar beachtete sie nicht und blieb stehen. Miriam sah blass aus, ihr Haar war feucht vor Schweiß, und sie hatte dunkle Ringe unter den Augen. Er sah sie an, hilflos und fremd, und sein Blick wanderte zum Fenster hinüber.

»Mrs. Benjamin macht Tee«, sagte er schließlich. Er sah Farah an und erinnerte sich an seine Anweisungen. »Sie sagt, du sollst kommen und ihr helfen.«

»Ach, sagt sie das?«

»Ja.«

»Wie schwer kann es sein, Tee zu machen?«, murrte Farah und ging widerstrebend zur Tür. Sie zog sie nicht hinter sich ins Schloss, und weder Omar noch Miriam sagten ein Wort, bevor sie sie nicht hinuntergehen hörten und ihre schrille Stimme vernahmen, die sich unten in der Küche mit der von Mrs. Benjamin mischte.

Mit einiger Erleichterung erinnerte Omar sich an die Flasche Cola, die er noch immer in der Hand hielt. Er reichte sie seiner Frau.

»Hier. Mrs. Benjamin sagt, das wird dir Energie geben.«

»Danke«, sagte Miriam. »Machst du sie mir auf?«

Er nahm die Flasche wieder an sich und öffnete sie, und Miriam setzte sich auf, um zu trinken. Sie zuckte zusammen, als der Schmerz sie durchfuhr.

»Soll ich sie rufen?«, fragte Omar besorgt.

»Nein, nein. Es ist alles in Ordnung.«

Sie schwiegen eine Weile.

»Mrs. Benjamin glaubt, es wird ein Junge«, sagte Miriam dann.

»Gut. Woher weiß sie das?«

»Sie sieht es an der Form meines Bauches.«

Omar lächelte ein wenig und schüttelte den Kopf über die Einfalt der Frauen, und Miriam lachte.

»Du wünschst dir einen Jungen, nicht wahr?«, fragte sie ihn.

»Ja, aber ... Ich warte es einfach ab. Ich glaube nicht an diese Dinge ... Altweibergeschwätz«, meinte er.

»Setz dich«, bot Miriam an, denn wenn er freundlich war, so wie jetzt, dann unterhielt sie sich gern mit ihm. Er zögerte jedoch und trat einen Schritt zurück.

»Ich muss zurück in den Laden«, sagte er, und sie nickte enttäuscht.

Er öffnete die Tür gerade rechtzeitig für Mrs. Benjamin, die ihre Ankunft mit einem trällernden Ruf vom Treppenabsatz aus ankündigte.

»Achtung, Achtung!«, rief sie. Sie atmete schwer von der Anstrengung, die Treppenstufen zu erklimmen, und oben angekommen übergab sie Omar das Teetablett voller Erleichterung. Er setzte es ab und entschuldigte sich. Mrs. Benjamin sah voller Kummer, dass der gute Gatte schon wieder verschwinden wollte, aber sein Entschluss schien festzustehen. Er verschwand eilig die Treppe hinunter.

»Er ist schon seltsam – Ihr Mann«, sagte Mrs. Benjamin zu ihrer Patientin. Sie ergriff die Teekanne und schwenkte die dampfende Flüssigkeit. »Hat nicht viel Zeit zum Plaudern, was?«

»Nein«, erwiderte Miriam. »Er hat nicht viel Zeit zum Plaudern.«

Allein die Vorstellung, dass ihr Mann plauderte, zauberte ein Lächeln auf ihre Lippen. Doch in Wirklichkeit war sie niedergeschlagen und enttäuscht darüber, dass er nicht noch eine Weile bei ihr geblieben war. Er hatte immer nur seinen Laden im Sinn.

»Ein Jammer, aber so ist das eben«, sagte Mrs. Benjamin aufgeräumt. »Er ist ein beschäftigter Mann, und mit einem eigenen Laden und all das – er muss sich um so vieles kümmern. Und überhaupt, so sind die Männer nun mal.« Miriam nickte, dann keuchte sie vor Schmerz. Mrs. Benjamin warf einen raschen Blick unter die Bettdecke, sah auf die Uhr und drückte Miriams Hand.

»Es ist bald vorbei«, sagte sie. »Trinken Sie solange eine Tasse Tee.«

Omar ging direkt zur Tür, die in den Laden führte, um zu sehen, ob Kundschaft gekommen war.

»Es ist niemand da«, informierte Farah ihn aus der Küche. »Ich weiß nicht, warum du denkst, die Leute würden um diese Tageszeit herbeiströmen, um Lebensmittel einzukaufen.« Sie sah aus dem Fenster und betrachtete die leere Landschaft jenseits des Ladens. »Oder sonst irgendwann«, fügte sie gehässig hinzu.

Sie wandte sich um und wollte ihm Tee anbieten, aber ihr Sticheln hatte ihn bereits in den Laden flüchten lassen, wo er sich geschäftig ans Werk machte, um sie nicht in Miriams Küche sehen zu müssen. Nach wenigen Minuten folgte sie ihm jedoch und trat direkt zu ihm hinter den Verkaufstresen. Überrascht sah er sie an. Sie stellte eine Tasse grau aussehenden Tee vor ihn hin und berührte dann sein Hemd.

»Dir fehlt ein Knopf«, sagte sie und sah ihm ins Gesicht, während ihre Fingerspitze auf dem kleinen Fädchen ruhte, das noch an der Knopfleiste hing. Sie blickte sich um.

»Wo ist der Junge?«

»Robert?«

»Wer sonst.«

Beinahe hätte er gelogen und gesagt, dass der Junge draußen arbeitete und jeden Moment hereinkommen könnte, aber mit der dreisten Berührung ihres Fingers schien sie ihn versteinert zu haben.

»Er ist fort, um seine Familie zu besuchen. Bis morgen.«

Dieser Finger, dieses Berühren seines Hemdes war eine Freiheit, die sich nicht einmal seine eigene Schwester erlaubt hätte, und Omar stellte fest, dass er sich noch immer nicht zu rühren vermochte. Sie sahen einander einen langen Moment an, wie stumme Gegner, doch statt ihre Hand zurückzuziehen, ließ sie sie langsam über den dünnen Stoff nach unten gleiten.

»Ich sollte die anderen überprüfen«, sagte sie und beobachtete sorgsam den Ausdruck in seinen Augen. Er senkte den Blick und wartete, während ihre Finger bei jedem Knopf innehielten, und mit jedem Halt wurden sie entschlossener und dreister. Er schloss die Augen und versuchte an seine Frau zu denken, aber vor seinem geistigen Auge erschien sie ihm nun wie eine Fremde, wie jemand, deren Anblick er zwar jeden Moment aufrufen konnte, deren Gedanken ihm jedoch ein Rätsel blieben. Er wusste nie, was er zu ihr sagen sollte, wie er ein Gespräch mit ihr führen sollte – oder mit sonst einer Frau. Er war von Natur aus kein guter Zuhörer, auch nicht bei Männern, und man hatte ihn nicht dazu erzogen, eine Frau als echte Gefährtin zu betrachten.

Farahs Hand war nun an seinem Gürtel, und er holte scharf Luft und wandte sich ab von dem Duft ihres Parfums, das an diesem Morgen allzu großzügig aufgetragen worden war.

»Was tust du da?«, fragte er, und sein Ton klang schlecht gelaunt.

Sie gab einen kleinen spöttischen Laut von sich. »Ist es so lange her, dass du es nicht mehr weißt?«

Er zog sich ein wenig zurück, seine Entschlossenheit gespeist von ihrem Sarkasmus, der ihm all das in Erinnerung rief, was er an ihr nicht mochte, aber sie trat wieder zu ihm, und ihre Hände glitten an ihm hinunter.

»Sie lässt sich bestimmt nicht von dir anfassen, wenn sie schwanger ist, oder?«, fragte Farah.

Omar sagte nichts.

»Es ist sowieso schwierig, wenn eine Frau so einen Umfang hat.« Sie ergriff seine Hand, legte sie um ihre Taille und lehnte sich an ihn, und er schloss die Augen, um sie nicht sehen zu müssen. Er sah nichts; er spürte nur die Fülle ihrer Brüste, als sie sich an ihn presste.

»Ist es lange her?«, fragte sie wieder, und wieder antwortete er nicht, verblüfft von ihrer Dreistigkeit. Er war nicht länger verärgert, aber sein Mund war trocken, und er fühlte sich benommen. Er runzelte die Stirn. Mit der Hand, die hinter ihr gefangen war, drückte er sie an sich und zog sie ruppig ins Hinterzimmer.

Als die Kinder aus der Schule kamen, war Farah fort. Omar hatte ihren Anblick nicht mehr ertragen und sie genötigt zu gehen, aber selbst jetzt noch schien es kein Entrinnen zu geben. Ihr süßliches Parfum hielt ihn umfangen, hing in seinen Kleidern, an seiner Haut, und er ging nach oben, um den Geruch so gut es ging von sich zu waschen. Er dachte nicht nach über das, was er getan hatte, und er dachte auch nicht an die Verabredung, die er mit ihr für den folgenden Dienstag getroffen hatte, wenn er wie immer aus geschäftlichen Gründen nach Pretoria fuhr. Er dachte nicht an seinen Bruder, der die ganze Woche über fern von zu Hause als Obsthändler in Johannesburg arbeitete; nur seine eigene Frau drängte sich ihm immer wieder in den Sinn, denn er hörte, wie sie oben im Schlafzimmer mit der Geburt zu kämpfen hatte. Er redete sich ein, dass es für Miriam eine Erleichterung wäre, wenn er seine sexuellen Bedürfnisse anderswo befriedigte, denn obwohl sie nie Einwände erhob, schien sie seine Avancen dieser Tage kaum noch willkommen zu heißen oder sich befriedigt zu fühlen, denn gewöhnlich war er zu schnell für sie. Er wusste nicht, was er hätte tun können, um ihr Vergnügen zu bereiten, und das war kein Thema, über das sie sprechen konnten. Seine Schwägerin jedenfalls schien sehr zufrieden mit ihm zu sein, und es war beruhigend, von jemandem gewollt zu werden, selbst wenn es Farah war. Er spülte den Rest der Teerseife mit lauwarmem Wasser ab und kehrte nach unten in den Laden zurück.

Dass seine Kinder aus der Schule kamen, hatte er ganz vergessen. Als er den Laden betrat, jagten sie einander die Stufen der *stoep* hinauf. Am Eingang blieben sie wie angewurzelt stehen, und der Blick ihrer großen schwarzen Augen glitt durch den Raum auf der Suche nach ihrer Mutter. Als ihre Suche erfolglos blieb, kehrten ihre Blicke zu ihm zurück, und er sah sie ebenfalls an und fragte sich, was er mit ihnen bis zur Schlafenszeit bloß anfangen sollte. Sie schienen unwillig, den Laden zu betreten, in dem sie nur dieser ihnen zwar bekannte, aber dennoch fremde Mann erwartete.

»Wohnt ihr hier?«, fragte er sie schließlich.

Sam und Alisha sahen einander an, wie um zu beratschlagen.

»Ja«, sagte Alisha dann, denn obwohl sie die Jüngere war, war sie doch die Forschere der beiden. Die Kinder kicherten.

»Dann solltet ihr hereinkommen«, sagte Omar, als ob sie Gäste wären, die er zum Tee erwartet hatte.

Er wandte sich um und ging in die Küche, und die Kinder folgten ihm. Er schaute sich um und versuchte sich zu erinnern, ob sie um diese Zeit des Tages etwas zu essen bekamen oder was sie sonst taten. Während er umherging, betrachtete er das Brot, das vom Frühstück noch da lag, dann hob er den Deckel von dem Topf, den Farah mitgebracht hatte, und ihm kam eine Idee. Er wandte sich den Kindern zu, die ihn mit einigem Interesse beobachtet hatten.

»Hausaufgaben«, sagte er mit leichtem Triumph. »Die macht ihr doch gewöhnlich, wenn ihr heimkommt, oder?«

Sam nickte.

»Gut«, sagte Omar, mehr zu sich selbst als zu ihnen, und er sammelte die Teller ein, die noch vom Frühstück auf dem Tisch standen, und stellte sie in die Spüle, wo Robert sie abwaschen würde, wenn er am nächsten Tag zurückkehrte. Omar mochte keine Unordnung, sie irritierte ihn, und er schlug das Brot in Wachspapier ein und rückte die Bank gerade. Dann wies er mit dem Finger darauf, und die Kinder setzten sich und holten ihre Bücher aus ihren Schulmappen. Dann meldete Alisha sich zu Wort.

»Ich habe keine Hausaufgaben auf.«

»Warum nicht?«

»Ich bin erst vier«, informierte sie ihn. »Hausaufgaben kriegt man erst in der richtigen Schule.«

»Oh.«

Alisha sah ihren Vater an und schien angesichts seiner Verwirrung fast Mitleid mit ihm zu haben.

»Ich kann ein Bild malen«, bot sie an. »Mit meinen Buntstiften.«

Omar schaute erfreut drein. »Gut«, erwiderte er, und er wartete, bis sie sich an ihrem Ende des Küchentisches alles zurechtgelegt hatten.

»Wo ist Mami?«, fragte sein Sohn, und Omar starrte ihn an. Mit der naheliegendsten aller Fragen hatte er nicht gerechnet, und er wusste nicht recht, was er darauf antworten sollte.

»Sie ist oben«, sagte er dann, einen Moment bevor sie Miriam vor Schmerz aufschreien hörten. Die Kinder blickten ihn verängstigt an. Sam begann zu weinen. Omar starrte ihn an und wusste nicht, was er tun sollte.

»Warum weinst du?«, fragte er seinen Sohn schließlich. Zur Antwort bekam er ein fortgesetztes Schluchzen, und er sah, wie die Mundwinkel seiner Tochter zu beben begannen.

»Ihr geht's gut«, sagte er verzweifelt. »Eurer Mutter geht es gut. Sie bekommt ein Baby – das ist alles.«

Das Weinen verstummte und machte der Verwunderung angesichts dieser unerwarteten Entwicklung Platz.

»Warum tut das Baby Mami weh?«, fragte Alisha. Omar seufzte und ließ sich am Tisch nieder. Er fuhr sich mit den Händen durchs Haar und dachte angestrengt nach.

»Es tut ihr nicht weh«, sagte er und ging entschlossen über die Geräusche von oben hinweg. »Ein Baby zu bekommen ist ein bisschen schwierig, das ist alles. Aber es wird nicht lange dauern. Wartet's nur ab.«

Sam beobachtete seinen Vater genau. »War das auch so, als Mami mich gekriegt hat?«

Omar nickte, und die Augen des Kindes füllten sich erneut mit Tränen.

»Nein!« Er nahm es sofort zurück. »Ich meine, es war schwer für deine Mutter, aber es hat ihr nichts ausgemacht, weil sie dich dann hatte – und Alisha – hinterher.«

»Wie klein war ich, Papa?«

Das Wort Papa schien Omar einen Augenblick zu überraschen – es war lange her, seit er es gehört hatte. Es war lange her, dass er mit einem seiner Kinder gesprochen hatte – außer um ihnen eine Anweisung zu geben. Er sah seine Tochter an, mit ihrem kurzen

Haar und den großen dunklen Augen und der Knopfnase. Das war das Kind seiner Frau, dachte er bei sich – die Ähnlichkeit war verblüffend. Er zeigte mit den Händen etwa eine Armeslänge an.

»Du warst ungefähr so groß«, sagte er. »Mit den kleinsten Zehen der Welt.«

Das brachte die Kinder zum Lachen, und Sam wollte wissen, wer von ihnen beiden bei der Geburt größer gewesen war. Omar hatte keine Ahnung, aber er erzählte dem Jungen, er sei der Größere gewesen, und zwar deshalb, weil er ein Junge war und weil er groß und stark werden würde.

»Ich auch«, sagte Alisha, und Omar sah sie an, überrascht von dem resoluten Ton, in dem seine Tochter ihre Worte vorgebracht hatte.

Über ihnen erklang ein Poltern, als Mrs. Benjamin die Treppe herabzusteigen begann.

»Hallo, Herr Gatte!«, rief sie, sobald sie die Familie im Blick hatte. Mit großer Zufriedenheit sah sie die drei am Tisch sitzen. »Oder sollte ich sagen – Herr Vater!«

Omar stand auf, und die alte Frau nickte. »Ja, sie hat es geschafft. Alles ist gut. Mutter und Kind sind wohlauf.«

»Ist es ein Junge?«, fragte er.

»Was für eine Frage!«, rief Mrs. Benjamin und warf einen Blick zu Alisha hinüber. Omar sah auf seine Füße.

»Es ist ein wunderschönes, gesundes Mädchen«, sagte sie zu ihm. Er nickte und sah seine Kinder an, aber sie waren ihm keine Hilfe; sie schauten ihn nur an und warteten auf ein Zeichen von ihm. Er wandte sich wieder Mrs. Benjamin zu, zwang sich zu einem Lächeln und versuchte etwas Beifälliges zu murmeln, bis sie ihn anwies, nach oben zu gehen und nach seiner Frau zu sehen.

Kapitel 6

Delhof, Mai 1953

Am ersten Sonntag im Mai standen sie früher auf als gewöhnlich, um zum Mittagessen zu Omars Familie nach Pretoria zu fahren. In der Woche zuvor hatte Miriam erfahren, dass Rehmat, Omars zweite Schwester, nach Südafrika zurückkehren würde. Seit ihrer Heirat hatte Omar ihr nichts mehr über Rehmat erzählt – die dürftigen Informationen, über die sie verfügte, hatte sie dem Tratsch zu verdanken, den Farah heimlich an sie weitertrug. Miriam hatte Rehmats Existenz sogar schon beinahe vergessen, und das schien Omar nur recht zu sein. Aus heiterem Himmel hatte er dann jedoch ein kurzes Schreiben aus Paris erhalten, einen schmalen Luftpostbrief, der unter den robusten braunen Umschlägen, in denen ihre Post gewöhnlich kam, hervorstach wie eine zarte blaue Blume. Miriam hatte die exotischen Briefmarken bewundert und die Worte *Par Avion,* die quer auf das Papier gestempelt worden waren, und sie hatte sich ausgemalt, wie der Brief mit einem silbernen Füllfederhalter an einem polierten Holzschreibtisch in einem geschmackvollen Salon in weiter, weiter Ferne geschrieben worden war. Sie sah Omar fragend an, aber er hatte nur die Stirn gerunzelt, als er den Umschlag aufriss, und sein Stirnrunzeln hatte sich beim Lesen der spärlichen Zeilen noch vertieft. Erst drei Tage später hatte er Miriam erzählt, dass seine Schwester Rehmat an diesem Wochenende in Pretoria eintreffen würde.

Miriam freute sich auf das Mittagessen, auch wenn es keine feierliche, ausgedehnte Angelegenheit werden würde – es würde, um der Freunde und Nachbarinnen willen, keine große Zurschaustellung geben, keine offene Demonstration liebevoller Zuneigung. Es würden nur die Brüder und deren Frauen anwesend sein und Jehan in ihrem Hinterzimmer. Doch angesichts der

Tatsache, dass ihre Schwiegerfamilie gewöhnlich so tat, als existiere Rehmat gar nicht, war Miriam erstaunt, dass ihr zuliebe überhaupt etwas arrangiert wurde, und sie war gespannt darauf, ihre zweite Schwägerin kennen zu lernen. Einmal hatte sie ein Bild von ihr gesehen. Es war eine Fotografie, die auf einem angestoßenen Beistelltisch in Sadrus Haus stand, auf einem selbstgehäkelten Deckchen, das vom Sonnenlicht, das in den vergangenen zwei Jahrzehnten Tag für Tag daraufgefallen war, einen Gelbstich bekommen hatte. Das Bild selbst war auch verblasst. Zwei unleserliche Worte waren in eine Ecke gekritzelt, vermutlich ein Datum und eine Ortsangabe. Omar, Sadru und Rehmat standen an einen Wagen gelehnt da und blinzelten in die Sonne. Omar lächelte, die Arme verschränkt, nach hinten gelehnt – er musste ungefähr neunzehn gewesen sein, und Rehmat sah ihn an, lachend, ihr Gesicht im Profil ließ schräge Wangenknochen und eine gerade, leicht nach oben weisende Nase erkennen. Miriam hatte sich das Bild oft angesehen, denn es gab vieles, was sie daran faszinierte – wie die Sonne auf diese lachenden jungen Leute schien oder vielleicht auch die entspannte Haltung ihres Mannes, die ihr so fremd war.

Sie wagte es nicht, Omar viele Fragen zu stellen, aber eines Abends, als sie in der kühlen Dunkelheit ihres Schlafzimmers lagen und auf den Schlaf warteten, erkundigte sie sich doch nach Rehmat. Sie wartete auf seine Antwort, aber er schwieg eine Zeitlang, und dann sagte er schlicht, dass Rehmat sich schon immer geweigert hätte, ihre Pflicht zu erfüllen, dass sie ihre Mutter mit ihren abstrusen Ansichten ins Grab gebracht und ihrem Vater nichts als Widerworte gegeben hätte. Sie hatte den Gürtel ihres Vaters öfter zu spüren bekommen als alle anderen zusammen – doch was erwartete sie auch anderes, wenn sie so viele schlaue Bücher las und dann glaubte, gescheiter zu sein als alle anderen?

»Wo ist sie all die Zeit über gewesen?«, fragte Miriam. Seine Antwort war länger ausgefallen als alles, was ihr Mann seit langem zu ihr gesagt hatte, und ihr gefiel der Gedanke, dass sich ein Gespräch entwickeln könnte. Leise und behutsam, als versuche sie, einen kleinen, glitschigen Fisch zu erhaschen, stellte Miriam ihre Fragen.

»Europa. Frankreich.« Er drehte sich um, so dass er ihr den Rücken zukehrte.

»Paris«, sagte Miriam leise, fast unwillkürlich, und er drehte sich wieder um und blickte sie stirnrunzelnd an.

»Ja. Woher weißt du das?«

»Farah hat es mir erzählt.«

Daraufhin hatte er nichts erwidert, nur etwas Unverständliches vor sich hin gemurmelt und sich wieder umgedreht, um zu schlafen.

»Ist sie mit ihrem Mann dorthin gegangen?«

Omar drehte sich erneut um und betrachtete seine Frau, als wäre sie eine Fremde.

»Sie ist dorthin gegangen, um zu heiraten.«

»Einen Professor«, sagte Miriam.

»Ja.« Sein Ton war barsch, und er schwieg einen Moment, bevor er erneut sprach. »Man hatte ihm dort eine Stelle angeboten. In Paris.«

Miriam öffnete den Mund, um eine weitere Frage zu stellen – über die Umstände ihrer Abreise –, aber Omar sah nun kalt drein und ärgerlich, als sollte sie sich unterstehen, dieses Gespräch fortzuführen, das ihm offensichtlich unangenehm war. Miriam sah ihm einen winzigen Moment in die Augen, bevor sie den Kopf auf das Kissen sinken ließ und die Augen schloss.

An diesem Sonntagmorgen also zogen sie sich früh an, und die Kinder waren in einem Zustand banger Erwartung, bis auf das Baby, das kleine Mädchen, das nach der Morgenmahlzeit friedlich schlief. Ihre Aufregung legte sich jedoch allmählich, als sie begriffen, dass sie die drei Stunden würden abwarten müssen, die der Laden geöffnet war. Sie hatten sonntags morgens immer auf, und wer auch immer von den Gestaden Europas kam, würde nichts daran ändern.

Miriam öffnete den Laden allein, abgesehen von John, der ihr mit den Vorhängeschlössern half, bevor er ging, und sie lauschte in der Stille auf sich nähernde Kundschaft, bevor sie in die Küche zurückkehrte, wo die Kinder mit ihrem Haferbrei herumspielten. Sie schüttelte tadelnd den Kopf.

»Esst jetzt«, sagte sie. »Ich kann hier nicht sitzen und auf euch warten. Ich muss auf den Laden aufpassen. Iss auf, Sam.«

»Warum kann Robert nicht auf den Laden aufpassen?«, fragte Alisha.

»Weil er sonntags zu Hause ist«, antwortete Miriam gereizt. »Das weißt du doch.« Die Kinder blickten auf ihre Teller.

»Wann fahren wir zu Tante Rehmat?«

»Bald«, erwiderte Miriam. »Aber nur wenn ihr euer Frühstück aufesst.« Es war eine leere Drohung, wie Mutter und Kinder wussten.

»Ich hab keinen Hunger«, wagte Sam sich vor.

»Iss!«, sagte Miriam. Sie wandte sich um und kehrte in den Laden zurück.

Sie wartete. Sie wusste, dass zumindest Christina von Mr. Westons Farm vorbeikommen und vermutlich eine Dose Erbsen kaufen würde oder ein Stück Kleiderstoff oder ähnliches. Sie machte ihre Einkäufe immer am Freitag, vergaß aber stets etwas. Die Uhr über ihr tickte langsam, und Miriam schaute zur Decke hoch, wo die gedämpften Schritte ihres Mannes im Badezimmer zu vernehmen waren. Er brauchte an diesem Tag ungewöhnlich lange, um fertigzuwerden, und Miriam lächelte in sich hinein; dann ging sie zur Tür, öffnete sie und trat auf die *stoep* hinaus. Die Sonne schien angenehm auf ihr Gesicht, warm für die Jahreszeit, und eine kühle Brise strich ab und an über das Gras und durch die Bäume und durch Miriams Haar. Irgendwo sangen

Vögel, aber als sie zu den Baumkronen hinaufschaute, konnte sie keine entdecken. Sie kehrte ins Haus zurück und rief nach ihren Kindern. Hatten sie aufgegessen? Waren sie fertig? Sie hörte, wie ihre Stühle über den Boden schrammten, dann vernahm sie das Klappern von Absätzen und den Nachhall ihres Gekichers, als sie die Treppe hinaufstoben. Sie liefen direkt zu ihrem Vater. Er stieß einen Ruf der Überraschung aus, als die Kinder an seine Beine prallten, und dann wies er sie an, sich zu beeilen – dabei, dachte Miriam, würden sie erst in zwei Stunden aufbrechen.

Omar betrat den Laden. Er trug ein gestärktes weißes Hemd und seine beste Krawatte; er hatte sich sorgfältig rasiert, sein Haar war geschnitten und ordentlich gekämmt. Er sah stets gepflegt aus, doch an diesem Tag sah man ihm die Mühe an, die er sich gegeben hatte, um so mehr, als er sich betont gelassen gab, während er im Laden umherging und dem Blick seiner Frau auswich.

In den nächsten beiden Stunden ließ sich nicht ein einziger Kunde, keine einzige Kundin blicken. Kaum hatte die Uhr geschlagen, legte Miriam die kleine Salma in ihre Tragetasche und scheuchte Sam und Alisha ins Auto, um das sie die letzte Stunde herumgetanzt waren. Als er den Motor anließ, sah Omar seine Frau an. Sein Blick wanderte über ihr Kleid und ihr Haar, und dann nickte er bei sich. Er wandte sich um und musterte seine Kinder, die ihn mit ihren blanken schwarzen Augen ansahen. »Sie sehen sehr ordentlich aus. Hast du sie gebadet?«

»Ja. Und sie tragen ihre besten Sachen«, fügte sie hinzu, und wieder nickte er.

»Gut«, sagte er. »Sehr gut.«

Als Sadrus Haus endlich in Sicht kam, war Miriam überrascht über den Lärm um sie herum. Überall waren Leute, draußen in ihren Höfen, auf den staubigen Straßen, mit Limonadenflaschen in den Händen lungerten sie unter den knorrigen Jacarandabäumen herum oder besuchten ihre Nachbarn. Kinder spielten auf der Straße, kreischten und tobten. Zum ersten Mal wurde ihr bewusst, dass sie sich an das Leben in Delhof, draußen auf dem Lande, gewöhnt hatte. Inzwischen war ihr das stille Summen der Felder und Wiesen zum Normalzustand geworden, nicht dieses Gewimmel und Gewusel, das sie kaum wahrgenommen hatte, als sie noch hier lebte. Im Vergleich zu ihrem ordentlichen Fachwerkhaus kamen ihr die aneinandergereihten baufälligen Häuser, deren Dächer gefährlich durchhingen, erdrückend vor. Wände aus Wellblech fügten sich nachlässig an braune Ziegelmauern. Grüppchen von Männern sahen auf, als sie vorüberfuhren, und hielten einen Moment Maulaffen feil.

Miriam drehte sich um und sah nach Sam und Alisha, die stumm wie Wachspuppen auf dem Rücksitz saßen, nachdem ihr Vater ihnen eine halbe Stunde zuvor den Mund verboten hatte. Er blinzelte angestrengt durch die Windschutzscheibe, als sie vor dem Haus seines Bruders zum Stehen kamen. Die Kinder hatten gestritten und waren immer ungestümer mit ihrer kleinen Schwester umgegangen, sie hatten ihr über den Kopf gestrichen und ihre Arme bewegt, bis sie aufgewacht war und zu weinen begonnen hatte. Jetzt waren Sams Augen mit Tränen gefüllt, aber Alisha wich dem Blick ihrer Mutter aus. Sie starrte stur aus dem Fenster, die kleinen Arme trotzig vor der Brust gekreuzt.

»Nun kommt schon«, sagte Omar, der bereits ausgestiegen war und seine Krawatte richtete, während die Kinder sich mit den Türgriffen abmühten. Nachdem alle ausgestiegen waren, ergriff er die Babytragetasche, legte die andere Hand seinem Sohn auf die Schulter und führte seine Familie ins Haus.

Auf den ersten Blick schien alles wie immer – Farah war in der Küche, außer Sicht, aber irgendwie gelang es ihr dennoch, Wellen des Missbehagens zu verbreiten, weil sie noch größere Mengen als sonst kochen musste. Ihre Kinder tobten im oberen Stockwerk herum und bildeten eine Hintergrundkulisse aus Geschrei und Gelächter. Nur der Anblick von Jehan im Wohnzimmer war ungewöhnlich. Sie saß dösend in einem Sessel und trug ihr bestes Kleid. Sogar ihr Haar war gewaschen worden, stellte Miriam fest, obwohl sich niemand die Mühe gemacht hatte, es zu trocknen. Omars Bruder kam zur Tür, um sie zu begrüßen, seine Gestalt groß und grobschlächtig, sein Gesicht lächelnd und besorgt zugleich. Er schüttelte seinem Bruder nervös die Hand, kniff dem Baby leicht in die Wange und begrüßte Miriam mit einer Behutsamkeit, die sie zu schätzen wusste, denn sie war ihm nicht eigen. Er zerzauste Sam das Haar, dann bückte er sich, und in einer fließenden Bewegung nahm er Alisha auf den Arm und warf sie hoch in die Luft wie einen Sack Zucker. Das Kind kreischte laut und vergnügt, und Miriam lächelte, als sie zusah, doch ihr Herz setzte einen Schlag aus, und erst als ihr kleines Mädchen wieder auf dem Boden stand, entspannte sie sich.

»Farah!«, rief Sadru und bot ihnen Platz an. Farah antwortete nicht, aber sie alle wussten, dass sie ihn gehört hatte und auftauchen würde, wenn es ihr passte. Miriam führte ihre Kinder zur Treppe und wies sie an, hinaufzugehen und mit ihrer Cousine und ihrem Cousin zu spielen. Alisha und Sam sahen sie traurig an, als wollten sie sie anflehen, ihnen dieses unvermeidliche Ritual zu ersparen, aber sie blickte streng zurück und schickte sie hinauf. Dann wollte sie in die Küche gehen, um ihrer *bhabhi* bei der Essenszubereitung zu helfen, aber ihr Schwager hielt sie davon ab und bestand darauf, dass sie sich zu ihnen setzte. Omar überhörte, dass ihm ein Stuhl angeboten wurde, und schritt auf und ab.

»Also, wie läuft das Geschäft? Wie geht's, wie steht's?«, fragte Sadru und lehnte sich in seinem Sessel zurück, aus dessen einer Armlehne die Füllung hervorquoll.

Omar blickte zur Treppe hinüber. Der Lärm oben war plötzlich verstummt.

»Gut. Es läuft gut, *bhai*«, antwortete Miriam.

Omar wirbelte herum. »Wo ist sie?«

»Wer?«

»Deine Schwester.«

Selbst Sadru musste darüber lächeln.

»Sie kommt noch. Sie ist noch nicht hier«, erwiderte er und folgte dem ungeduldig umherschießenden Blick Omars. »*Unsere* Schwester ist unterwegs, um ihren Mann in seinem Hotel aufzusuchen.«

»Was für eine Dummheit«, sagte Omar. Miriam beobachtete ihren Mann. Er sah verärgert und irgendwie hilflos aus. »Wollen sie sich unbedingt erwischen lassen? Ich kann kaum glauben, dass sie gemeinsam hierher zurückgekommen sind.«

»Sein Vater liegt im Sterben«, sagte Sadru bedrückt.

Omar wandte sich ab. »Ja, und? In einer Woche wird er tot sein und die beiden im Gefängnis. Glaubst du, die Polizei schert sich darum, wer im Sterben liegt?«

In der darauffolgenden Stille sah Miriam Sadru an. Von Farah hatte sie vor einer Weile erfahren, dass Rehmats Mann ein Weißer war und dass das die Wurzel des Unmuts der Familie war, aber die Tatsache, dass Rehmats Ehe seit den Gesetzen von 1948 auch noch illegal war, wurde ihr jetzt erst bewusst.

»In welchem Hotel ist ihr Mann?«, fragte sie schließlich, um das Schweigen zu brechen.

»Im Royal, denk mal an!«

Diese Information wurde von Farah beigesteuert, die aus der Küche eintrat und ihr Kleid zurechtzupfte.

»Für wen halten die sich eigentlich?« Sie sah Omar direkt, beinahe anklagend an, und überrascht registrierte Miriam, wie Omar ihren Blick mit einer ungezwungenen Vertrautheit erwiderte, mit der er ihr kaum je begegnete. Sie blickte wieder zu Farah hinüber, aber ihre *bhabhi* erzählte nun die Geschichte von Rehmats Ankunft, und ihr unerbittlicher Sarkasmus veranlasste die beiden Männer, den Blick zu Boden zu richten, als ob sie damit auch Farahs Stimme ausblenden könnten.

Fünfzehn Minuten später klopfte es an der Tür, und alle sahen einander an, bis Sadru endlich aufstand, um zu öffnen. Omar erhob sich ebenfalls, stand unbeholfen da und wartete. Das Paar, das erschien, als die Tür geöffnet wurde, stand erwartungsvoll lächelnd auf der Schwelle. Die Frau trug ein blassrosa Kostüm, das ihre langen Beine weitgehend bedeckte, sie aber dadurch umso mehr betonte. Ihr Haar war modisch aus der hohen Stirn zurückgekämmt und ringelte sich über ihren Ohren, und sie trug einen Lippenstift, der etliche Nuancen zu kräftig war, um im konservativen und vorwiegend muslimischen asiatischen Basar als annehmbar zu gelten. Ihr Mann stand hinter ihr, in diesem Augenblick kaum mehr als eine unwahrscheinlich stilvolle Silhouette, elegant gekleidet, den Hut in einem verwegenen Winkel aufgesetzt, die Hände in den Taschen. Miriam hörte, dass der Lärm auf der Straße nachgelassen hatte, als ob die Menschen innehielten, um zuzuschauen. Sie sah zu, wie die Frau eintrat, erst den einen Bruder küsste, dann den anderen, und sie sah, wie der gutaussehende Mann mit dem glatt zurückgestrichenen Haar ihr folgte, Hände schüttelte und lächelte. Sie bemerkte, dass ihr allein der Anblick, wie ein Mann nach einer Frau einen Raum betrat, statt ihr vorauszugehen, fremd war. Wer waren diese Leute? War es möglich, dass diese Frau, die einer Filmkulisse entstiegen schien, tatsächlich mit ihrer angeheirateten Familie verwandt war? Und mit ihr? Jetzt umarmte Rehmat Jehan und dann ging sie zu Farah hinüber, die den Kuss mit einer Ehrerbietung hinnahm, die Miriam ihr kaum zugetraut hätte – es schien, als sei auch sie von dieser Vision überwältigt. Und schließlich stand Rehmat vor ihr, lächelte und streckte ihr die Hand hin, an der der kunstvollste, erlesenste Ring steckte, den Miriam je erblickt hatte.

»Und dies ist meine neue Schwägerin?«

»Das ist Miriam«, sagte Omar.

Alle vier Kinder waren verblüfft von der Ankunft dieser neuen Tante. Sie waren die Treppe heruntergerannt gekommen und hatten am Fuß unvermittelt innegehalten, waren aufeinander geprallt und bildeten ein Durcheinander von großen Augen und verknäulten Gliedern. Sie musterten Tante Rehmat und ihren Mann aus sicherer Entfernung; und nachdem man ein jedes von ihnen genötigt hatte, sich vorstellen zu lassen und die göttinnengleiche Erscheinung zu küssen, rannten sie zur Treppe zurück und ließen sich auf den Stufen nieder. Nur Alisha wagte es, bei ihr zu bleiben, und Rehmat strich dem Mädchen über den Kopf und lobte ihre schönen Augen (»das gute Aussehen hast du von deiner Mutter«, sagte sie), und dann lachte sie, verlegen angesichts der ehrfürchtigen Reaktion der Kinder. Die blieben jedoch nicht lange stumm – sobald sie mitbekamen, dass die fremde Dame mit ihren Eltern sprach und scherzte, begriffen sie, dass sie vielleicht doch eine von ihnen war. Als James, Rehmats Mann, einige französische Centimes aus seiner Jackentasche holte und sich anschickte, sie verschwinden zu lassen, rückten sie näher, bis sie direkt neben ihm standen und er die verschwundenen Münzen aus Sams Ohren und Alishas Nase herbeizauberte.

Miriam bekam von der Eingangskonversation nicht viel mit – eine Welle der Erleichterung überkam sie, als Getränke angeboten wurden und Omar sie auffordernd ansah. Sie folgte Farah in die Küche, wo sie Cola und Passionsfruchtsaft in die guten goldgeränderten Gläser einschenkten, und Miriam sah ihre *bhabhi* an und erwartete, dass sie sich über das Wunder der neuen Schwester äußerte, aber Farah hantierte verärgert mit den Gläsern, ohne ein Wort zu verlieren.

»Sie sind sehr nett«, flüsterte Miriam.

»Ja«, erwiderte Farah knapp. Dann nahm sie das Tablett und kehrte ins Wohnzimmer zurück.

Als es Zeit für das Mittagessen wurde, folgte Rehmat Miriam in die Küche, um beim Auftragen des Essens zu helfen. Sie brachten Schüsseln mit duftendem Lammcurry und Reis herein und Platten mit golden frittierten Samosas, während Farah mit einer großen Servierplatte mit Hühnchen-Biryani den Schluss bildete. Sadru hatte schon mit dem Essen begonnen, bevor die Frauen Platz genommen hatten, und auf Omars tadelnden Blick reagierte er voller Überraschung. »Iss doch!«, sagte er zu ihm. »Hast du keinen Hunger?«

Auch wenn Farah allgemein als gute Köchin bekannt war, äußerte man diese Ansicht mit einem befremdlichen, fast unmerklichen Zögern. Ihr Essen war stets köstlich; es schien nur so, als bereite sie es unter einer dräuenden Wolke von Unzufriedenheit zu – Unzufriedenheit darüber, dass sie überhaupt in der Küche sein musste –, und das machte den anderen ein schlechtes Gewissen, wenn sie Farahs Speisen aßen. Sadru verschlang seine Mahlzeiten stets in Windeseile, als fürchte er, das Essen könne von seinem Teller verschwinden, wenn er es zu lange liegen ließ, aber andere, einschließlich Miriam, aßen achtsam und führten die dampfenden Bissen behutsam zum Mund, als könnte ihr Wohlgeruch die giftigen Dämpfe von Farahs Frustration in sich bergen.

Rehmat, registrierte Miriam mit verstohlenen Blicken, war groß und hellhäutig wie Omar und hatte überhaupt eine außerordentliche Ähnlichkeit mit ihrem Bruder.

»Man könnte meinen, dass du und mein Mann Zwillinge seid«, sagte Miriam so leise, dass es fast nicht zu hören war. Es war der erste Satz, den sie direkt an ihre Schwägerin zu richten wagte. Rehmat vernahm ihn und lächelte sie über den Tisch hinweg an.

»Das sind wir«, sagte sie und sah Omar mit hochgezogener Braue an. »Wir sind Zwillinge.«

Miriam schnappte überrascht Luft und blickte ihren Mann an. Rehmat lachte und warf dabei den Kopf zurück, so dass die dünne Goldkette, die um ihren langen Hals lag, das Licht einfing und im Zimmer funkelte. Sie streckte die Hand aus und legte sie kurz auf Miriams, wie um ihr zu versichern, dass sie die Wahrheit sagte. Omar machte nur eine knappe Kopfbewegung; es war kein richtiges Nicken, aber nichtsdestotrotz eine Bestätigung.

»Wisst ihr denn jeweils, was der andere denkt?«, fragte Miriam. Sie war sich der manikürten Hand, die auf ihrer lag, plötzlich sehr bewusst. Farah schnaubte bei dieser Frage, und Rehmat bedachte sie mit einem raschen Blick.

»Leider nicht. Wir stehen uns nicht sonderlich nahe – ich meine, für Zwillinge. Mein Bruder war immer zu still, als dass ich seine Gedanken hätte lesen können. Du kennst ihn wahrscheinlich tausendmal besser als ich.«

Wieder schnaubte Farah, und irgendetwas an diesem Geräusch ließ alle innehalten und sie ansehen. Omar starrte sie zornig an, und Miriam war plötzlich übel, als hätte man ihr einen Hieb in den Magen versetzt. Sie blickte verstohlen zu Rehmat hinüber, als ob deren Anblick die Übelkeit vertreiben könnte, aber er verstärkte sie nur noch, denn Rehmats Augen glitten stumm von Omar zu Farah, als versuche sie, etwas zwischen ihnen zu ergründen. Etwas zwischen ihnen, wiederholte Miriam bei sich. Einzig Sadru schien nichts zu bemerken. James räusperte sich.

»Ach, es tut gut, wieder hier zu sein. Und hier bei der Familie meiner Frau.«

»Wir haben es sehr bedauert, von der Krankheit deines Vaters zu erfahren«, sagte Miriam.

»Danke. Rehmat hat ihn endlich kennen gelernt, und er hat uns schließlich doch noch seinen Segen gegeben. Sieben Jahre, nachdem er mich verstoßen hatte. Ich glaube, der Tod verändert unsere Einschätzung dessen, was wichtig ist.« Er lächelte Miriam an und trank einen Schluck von seinem Saft. »Und jetzt sind wir hier und essen mit euch allen zusammen. Es gab eine Zeit, da schien das ein Ding der Unmöglichkeit.«

»Es war ein Ding der Unmöglichkeit«, bemerkte Rehmat. Omar rutschte auf seinem Stuhl herum und hielt den Blick gesenkt.

»Es ist komisch«, fuhr James fort. »Ich habe Rehmat immer gesagt, dass meine und ihre Hautfarbe am Ende keine Rolle spielen würde.«

»Sie spielt eine größere Rolle denn je«, sagte Omar kurzangebunden. »Mein Vater mag tot sein, aber die südafrikanische Regierung ist viel schlimmer.«

»Was würde passieren, wenn sie euch finden?«, fragte Miriam.

»Menschen wie sie gewinnen nicht, Miriam.« James offener, klarer Blick traf auf Miriams fragenden. Bevor Omar etwas erwidern konnte, wandte Rehmat sich an Miriam und bat sie, ihr von ihrem Leben in Delhof und dem Laden zu erzählen. War es dort allzu still und einsam oder gefiel ihr das? Miriam errötete unter der Last von Rehmats freundlichem Blick und erzählte ein wenig, dann verstummte sie und wartete auf den Augenblick, wo sie ihre neue Schwägerin nach dem Leben in Paris fragen konnte.

»Du musst uns besuchen kommen«, sagte Rehmat zu ihr. »Es ist so schön dort – die Straßen sind alle gepflastert, und die Gebäude ... Sie sind mit nichts zu vergleichen, was ich je zuvor gesehen habe.«

»Das würde ich liebend gern«, erwiderte Miriam.

Omar schob unvermittelt seinen Stuhl zurück, stand vom Tisch auf und schritt mit geschürzten Lippen auf und ab; Sadru erhob sich ebenfalls und ließ sich erleichtert wieder in seinem Sessel nieder. Miriam unterhielt sich weiter mit Rehmat, ihre Schüchternheit verlor sich langsam, während Farah den Versuchen ihrer glamourösen Schwägerin, sie in das Gespräch miteinzubeziehen, mit unterschwelligem Sarkasmus begegnete. Einzig Sadru schien sich zu amüsieren; er erklärte James alle möglichen Einzelheiten seines Obst- und Gemüsehandels, und dieser lauschte mit großer Höflichkeit, den Kopf Sadru zugeneigt, den Blick jedoch auf seine Frau gerichtet. Rehmat lächelte ihm vom Tisch aus zu, wo sie die benutzten Teller aufeinander stellte.

Die drei Frauen räumten den Tisch ab, und ihre Männer warteten auf den Tee. Rehmat war die Erste, die ins Wohnzimmer zurückkehrte, nachdem Miriam sie aus der Küche gescheucht hatte. Sie sah ihren Bruder an.

»Möchtest du deinen Tee jetzt haben oder sollen wir ihn später trinken?«, fragte sie ihn.

»Mir egal.«

»Ich dachte nämlich, wir könnten einen kleinen Spaziergang machen. Durch die alte Nachbarschaft«, fügte sie hinzu und sah aus dem ungeputzten Fenster. »Gibt es das Basar-Café noch?«

Omar nickte. »Aber es gehört nicht mehr den Pawels.«

»Nicht? Wem dann?«

»Dem Harjan-Mädel. Und einem farbigen Mann. Williams.«

Rehmat sah ihn ausdruckslos an.

»Du wirst dich nicht an sie erinnern«, sagte Omar. »Ihre Eltern leben in Springs. Jedenfalls ist sie ein ganz junges Ding. Ich glaube, sie kamen erst hierher, als du schon weg warst.« Seine Stimme war hart, und Rehmat fragte sich, ob sie sich die unterschwellige Betonung auf seinen letzten Worten nur eingebildet hatte.

»Nein, ich erinnere mich nicht«, sagte sie. »Es ist sehr lange her. Es war in einem anderen Leben. Alles ändert sich fortwährend«, fügte sie leichthin hinzu. »Vielleicht können wir trotzdem rausgehen und uns ein wenig umsehen.«

Omar nickte zustimmend und wartete, während seine Schwester in die Küche zurückkehrte und schließlich mit Miriam zusammen wieder ins Wohnzimmer trat und darauf bestand, dass sie mitkam. Sie wolle, so sagte sie, ihre Schwägerin ein bisschen besser kennen lernen. Omar war erleichtert, dass es Farah nicht gelungen war, sich dem Ausflug anzuschließen. Zum ersten Mal an diesem Nachmittag lächelte er und – schließlich war er sich

James' stiller Anwesenheit bewusst – hielt den beiden Frauen die Tür auf. Als sie gingen, drehte Rehmat sich kurz um und warf einen Blick zurück, blinzelnd, und einen Augenblick sah sie das Zimmer, wie es an dem Tag gewesen war, als sie ging – fast acht Jahre war das her. Es war das Haus ihres Vaters gewesen, das sie damals verlassen hatte; ihre Mutter war einige Jahre zuvor gestorben, als sie alle noch in ihren frühen Jugendjahren gewesen waren. An dem Tag, als sie ging, war sie eine erwachsene Frau gewesen, aber man hatte sie behandelt wie ein störrisches Kind. Sie war aus ihrem Elternhaus fortgegangen mit schweren Blutergüssen an Armen und Beinen – Blutergüssen von den Schlägen, die ihr Vater ihr am Abend zuvor mit der rauen Seite seines Gürtels zugefügt hatte, denn die Gerüchte über sie und James waren ihm schließlich zu Ohren gekommen.

Rehmat hatte gewusst, dass ihr Vater sie sofort verheiraten würde, vermutlich mit einem Cousin oder einem anderen Verwandten, den sie kaum kannte, und so hatte sie sich in den frühen Morgenstunden eines Apriltages davongestohlen, und es war ihr stets verwehrt gewesen zurückzukommen. Sie erinnerte sich noch immer an den Schock der kühlen Morgenluft auf ihrer geröteten Haut, als sie sich hinausschlich, und die schwache Sonne, die sie willkommen geheißen hatte, so dass sie ihre Tränen ohne allzu große Mühe hatte zurückhalten können. James hatte auf sie gewartet und sie mit nach Kapstadt genommen und dann weiter nach Europa. Sie hatten sich vor den Fängen der Strolche in Sicherheit bringen müssen, allesamt Verwandte von ihr, die sogleich in Pretoria ausgeschwärmt waren und jeder Andeutung, jedem Gerücht nachgingen, um sie aufzuspüren. Mit Messern und Knüppeln bewaffnete Männer brachen in James' Räume in der Universität ein und durchsuchten sie. Wenn man sie binnen eines Tages gefunden hätte, hätte man sie lebendig, wenn auch übel zugerichtet, nach Hause geschleift. Nach zwei, drei Tagen hätte man sie wahrscheinlich tot heimgebracht, denn dann hätte man nicht mehr so tun können, als hätte sie das Haus nie verlassen – ihr Ruf wäre bereits ruiniert gewesen. Auf dem Schiff, auf dem sie Kapstadt verließ, hatte sie viel Zeit, darüber nachzudenken und sich zu fragen, ob ihre Brüder und ihr Vater unter denen gewesen waren, die nach ihr suchten.

»Komm, los.« Rehmat zuckte leicht zusammen, als sie Omars Stimme vernahm. Als sie ihn anblickte, sah sie die ebenmäßigen Gesichtszüge ihrer Mutter, die gleichen Gesichtszüge, die sie jeden Tag sah, wenn sie in den Spiegel schaute, und dieser Anblick verschaffte ihr eine seltsame Erleichterung. Ohne ein Wort wandte sie sich um und folgte ihrem Bruder und ihrer Schwägerin die Straße entlang in Richtung Café.

Kapitel 7

Rehmat lächelte, als sie sah, wie Amina, ganz gelassene Inhaberin, im Café umherging.

»Ist das Amina Harjan?«, fragte sie Omar.

»Ja.«

»Mein Gott, du hast recht. Sie ist jung. Und ihr gehört das Lokal?«

Omar nickte.

»Sie muss noch ein junges Mädchen gewesen sein, als sie den Laden übernommen hat«, fügte Rehmat voller Bewunderung hinzu.

»Sie ist immer noch ein junges Mädchen«, sagte Omar, aber Rehmat ignorierte ihn.

»Da kann man ihr nur gratulieren. Stell dir vor, in dem Alter schon ein Café zu betreiben.« Sie registrierte die besetzten Sitznischen und die vollbeladenen Teller, die quer durch den Raum getragen wurden. »Ein gutgehendes noch dazu.«

»Sonntags ist hier immer am meisten los«, sagte Omar.

Rehmat verdrehte die Augen. »Typisch mein Bruder«, meinte sie. »Der Himmel verhüte, dass er je Anerkennung zollt, wo es angebracht wäre.«

Miriam lächelte ein wenig, aber mehr insgeheim. Sie staunte, auf welche Weise Rehmat mit Omar sprach. Zum ersten Mal sah sie ihren Mann als kleinen Jungen vor sich, als einen von zwei Zwillingen. Sie hatte ihn stets – wie er sich selbst – als den Intelligentesten, den Zuverlässigsten in der Familie betrachtet – als denjenigen, dessen Entscheidungen Gesetz waren. Jetzt aber war seine Zwillingsschwester eingetroffen, sprühend vor Energie und Esprit und Elan und ließ ihn nur mehr als durchschnittlich erscheinen.

»Es tut gut zu sehen, wenn es anderen gutgeht«, meinte Rehmat.

»Ja«, erwiderte Miriam. Omar sah sie stirnrunzelnd an, aber sie bemerkte es kaum, denn sie beobachtete Amina, die sich auf der anderen Seite des Raumes zu schaffen machte. Es war schon einige Zeit her, seit Miriam sie gesehen hatte, und Amina sah irgendwie anders aus, älter vielleicht, und ernster, als sie sie in Erinnerung hatte.

Eine Kellnerin erschien an ihrem Tisch und reichte ihnen die Speisekarten.

»In ihrer Familie gab es vor einigen Jahren einen Riesenskandal«, meinte Omar.

»In wessen Familie?«

»Amina Harjans Familie.«

»Worauf willst du hinaus?« Omars Andeutung ärgerte Rehmat.

»Hast du unter Unseresgleichen je ein Mädchen mit so lockigen Haaren gesehen?«, fragte er.

Rehmat sah ihn über ihre Speisekarte hinweg ernst an.

»Willst du damit sagen, dass sie schwarzes Blut hat?«, flüsterte sie.

Omar zuckte die Achseln. »So munkelt man. Von Seiten ihrer Mutter.«

Er beugte sich vor und schaute zur Wand über der Eingangstür hinauf. Rehmat und Miriam folgten seinem Blick und entdeckten eine verblasste Fotografie, sorgfältig gerahmt und aufgehängt, das Bild einer jungen Frau, die einen *shalwar kamiz* trug. Der Hintergrund der Aufnahme ließ darauf schließen, dass sie in Indien gemacht worden war, und neben der Frau stand ein kleines Mädchen mit kurzgeschnittenem lockigem Haar, ernst und traurig, die kaum in die Kamera gucken mochte. Die Frau – die Mutter des Kindes, vermutete Miriam – hatte keine derartige Scheu; sie sah diejenigen, die ihr Foto betrachteten, beinahe herausfordernd an. Sie war sehr schön und von schlanker Gestalt, aber sie stand nicht aufrecht, sondern stützte sich mit einer Hand auf die Lehne eines Stuhls, während der andere Arm beschützend um das kleine Mädchen lag.

»Wer ist das?«, fragte Miriam.

»Amina Harjans Großmutter. Begum war ihr Name. Und das Kind ist Aminas Mutter. Sieh sie dir an. Sieht sie nicht halb ...? Erinnerst du dich nicht an die Geschichte?«

»Nein«, antwortete Rehmat. Sie war in ihre Speisekarte vertieft.

»Sie hat sich rumgetrieben. Mit Afrikanern. Und dann hat sie's erwischt.« Er zuckte die Achseln.

Rehmat schlug verärgert die Speisekarte zu. »Und was für eine Rolle spielt das heute, Gott weiß wie viele Jahre später, noch?«

Miriam musste ein Lächeln unterdrücken.

»Ich vermute«, fuhr Rehmat fort, »dass die meisten weißen Menschen auf der Welt – vielleicht sogar einige Mitglieder von James' Familie – dasitzen wie du, rundum selbstgerecht, und mir erzählen, dass meine Kinder – *deine Neffen und Nichten* – allesamt halb indisch sind.«

»Das ist was anderes.«

»Das ist dasselbe.«

»Du hast keine Kinder ...«

»Ich werde Kinder haben«, verkündete sie und betonte jedes einzelne Wort. »Ich werde Kinder haben. Und hier, in diesem schrecklichen Land, wird man sie nie als Menschen akzeptieren, sondern immer nur als Mischung von Farben betrachten.« Sie seufzte und beobachtete Amina, die im hinteren Teil des Cafés umherging, mit den Köchinnen redete und etwas kostete, das gerade aus dem Ofen gekommen war.

»Wie kann sie in diesem Land leben? Wie kannst *du* hierbleiben?«, fragte sie ihren Bruder anklagend.

»Ich bin hier geboren«, antwortete er schlicht. »Afrika ist meine Heimat.«

»Ich bin hier zu Hause«, sagte Amina Harjan, ruhig und voller Gewissheit, als ob der Wahrheitsgehalt ihrer Worte auf der Hand läge. Sie stand jetzt an Omars Tisch und sprach mit Rehmat. Sie hatte zu ihnen herübergesehen und ihnen von weitem zugenickt und beim Anblick von Rehmat, die gelassen und selbstbewusst und gut gekleidet dasaß, eine Ausnahmeerscheinung in der indischen Gemeinde, ein zweites Mal hergeschaut. Kurzerhand hatte Amina die zuständige Kellnerin einem anderen Tisch zugeteilt und war selbst gekommen, um ihre Bestellung aufzunehmen.

»Aber wie halten Sie das aus?«, fragte Rehmat sie.

»Wie ich das aushalte? Ich fühle mich wohl hier – ich liebe das Land, die Weite. Ich weiß nicht, ich fühle mich hier einfach zu Hause. Es ist nicht wie in Indien.«

»Doch, das ist es«, widersprach Rehmat und schüttelte den Kopf. »Es ist wie Indien in Kleinformat. Unsere Leute sind hierher gekommen, aber sie leben genau wie vorher – die Frauen haben im Haus zu bleiben, die Kinder haben im Haus zu bleiben. Und Gott stehe denen bei, die versuchen, das zu ändern.«

»Gott hilft mir, das zu ändern.« Amina lächelte. »Ich bleibe nicht im Haus. Und ich glaube, Sie haben das wohl auch geändert.«

Rehmat lächelte, aber ihre Augen sahen traurig aus, als sie Amina ansah. »Das habe ich. Ich habe so heftig dagegen gekämpft, dass ich gezwungen war fortzugehen.«

Miriam beobachtete die beiden und sah dann zu Omar hinüber. Er schaute seine Schwester an wie eine Fremde. Dann stand er unvermittelt auf und ging zum Tresen hinüber. Amina drehte sich nach ihm um, und als sie sah, dass er mit Jacob sprach, wandte sie ihre volle Aufmerksamkeit zum ersten Mal Miriam zu.

»Hallo«, sagte sie.

»Hallo.«

»Mögen Sie immer noch *koeksisters?*«

»Sie erinnern sich daran«, erwiderte Miriam. »Ja, ich mag sie immer noch.«

»Und haben Sie seitdem welche gegessen, die besser waren?«, fragte Amina.

Miriam lächelte. »Nein.«

»Gut. Ich werde Ihnen in ein paar Minuten welche bringen lassen – sie werden gerade frisch zubereitet.«

»Das ist doch nicht nötig ...« Aber Amina ging über Miriams höflichen Protest hinweg und sprach bereits von etwas anderem.

Einige Minuten später tauchte Jacob an ihrer Seite auf.

»Amina, dieser Herr hier sucht jemanden, der ihm einen Gemüsegarten anlegt. Hast du Interesse? Oder weißt du jemanden, der das übernehmen könnte?«

Die Frauen drehten sich um und sahen Omar verlegen am Tresen stehen, wo Jacob ihn zurückgelassen hatte. Langsam kehrte er zu ihrem Tisch zurück.

»Sie brauchen jemanden für einen Job«, sagte Amina zu ihm, und es klang mehr wie eine Feststellung als eine Nachfrage.

»Ja.«

»Worum geht's?«

»Ich hätte gern einen Gemüsegarten hinter meinem Haus. Hinter dem Laden«, erklärte er und steckte die Hände in die Hosentaschen. »Wissen Sie jemanden?«

»Ich kann das machen.«

Die Antwort schien Omar aus dem Konzept zu bringen. »Es ist schwere körperliche Arbeit«, meinte er. »Schwerstarbeit. Der Boden muss gerodet werden; es wimmelt von tiefen Wurzeln. Und ich möchte, dass er groß genug angelegt wird. Ich will genug anbauen, um es zu verkaufen, nicht nur für den Eigenbedarf.«

»Gut«, sagte Amina.

»Ich brauche eine große gerodete Fläche, die zum Bepflanzen bereit ist«, wiederholte er.

Amina lächelte – ein entwaffnendes, charmantes Lächeln, das ihre gleichmäßigen weißen Zähne zum Vorschein brachte. »Hören Sie – Sie sind derjenige, der dafür zahlt, dass die Arbeit gemacht wird. Wenn Sie wollen, dass ich es mache, dann mache ich es.«

Omar rieb sich die Stirn. »Wann können Sie anfangen?«

»Wann immer Sie wollen. Was zahlen Sie?«

Omar zögerte. »Zwanzig Shilling. Es sollte nicht mehr als zwei Tage Arbeit erfordern.«

Rehmat schnappte nach Luft, als sie das erbärmliche Angebot vernahm, und starrte ihren Bruder an. »Omar!«, sagte sie.

»Was?«, fragte er abwehrend. »Wenn ich einen Kaffer die Arbeit machen ließe, würde ich ihm weniger dafür zahlen.«

Miriam errötete zutiefst, und Rehmat schüttelte den Kopf.

»Zwei Tage meiner Zeit oder zwei Tage eines Schwarzen sind fünf Pfund wert«, erwiderte Amina. »Ich werde in zwei Tagen fertig sein. Und ich werde Ihnen sogar noch Ableger aus meinem Garten geben.«

Alle warteten schweigend. »Vier«, sagte Omar schließlich.

Amina sah ihn an und lächelte. »Einverstanden – vier. Wie wäre es am Dienstag?«

»Dienstags fahre ich immer nach Pretoria. Können Sie zum Laden kommen, bevor ich aufbreche?«

Amina hielt eine Kellnerin an und nahm ihr den Teller heißer *koeksisters* ab, mit dem sie aus der Küche gekommen war. Amina stellte ihn mitten auf den Tisch und schob ihn dann ein wenig zu Miriam hinüber.

»Um welche Uhrzeit fahren Sie los?«, fragte sie Omar.

»Sieben, halb acht.«

»Gut. Ich werde zwischen halb sieben und sieben da sein.«

»Wissen Sie, wo das ist?«

»Delhof? So ungefähr. Keine Sorge, ich finde es schon. Es war mir ein Vergnügen, Sie kennen zu lernen«, sagte sie an Rehmat gewandt. »Bleiben Sie eine Weile hier?«

»Nur zehn Tage, dann fahren wir nach Nairobi. Mein Mann unterrichtet dort an der Universität.«

»Schade«, sagte Amina. »Ich hoffe, Südafrika gefällt Ihnen ein bisschen besser, wenn Sie abreisen.«

»Das Land gefällt mir durchaus«, sagte Rehmat trocken. »Es sind die Menschen, die mir nicht behagen.«

Amina nickte nachdenklich, und Miriam sah, wie ihr Blick nach oben glitt und einen Moment auf dem Foto ihrer Großmutter ruhte.

»Sie sind nicht die Erste, der es so geht«, sagte sie dann zu Rehmat und sah sie an. »Ich lasse Sie jetzt allein, damit Sie in Ruhe Ihren Tee trinken können. Und wir sehen uns am Dienstag«, fuhr sie an Omar gewandt fort, und obwohl sie diese letzten Worte an ihren Mann gerichtet hatte, registrierte Miriam mit leichter Nervosität, dass Amina sie anschaute.

Kapitel 8

»Das Mädchen kommt zu spät«, bemerkte Omar schroff und trat mit der Jacke in der Hand vom Fenster zurück. »Halb sieben, hab ich ihr gesagt, und wo bleibt sie?«

Miriam sah nicht vom Tisch auf, wo sie das Mittagsbrot für die Kinder zubereitete und gleichzeitig Alisha zu bewegen versuchte, ihren Haferbrei aufzuessen. Sie war müde – das Baby war in der Nacht drei Mal aufgewacht –, und die Kinder schienen an diesem Morgen vor Energie fast zu platzen.

»Sie hat halb sieben, sieben gesagt«, erwiderte sie.

»Es ist jetzt Viertel vor sieben. Ich muss heute nach Pretoria.«

»Ich weiß«, entgegnete sie, ein wenig zu schnell und zu knapp, und sie wusste sofort, dass ihr Ton ihn verärgern würde. Ihr pochte der Kopf, als sie ihn wieder senkte und mit ihren Verrichtungen fortfuhr.

Miriam strich eine dünne Schicht Feigengelee auf zwei warme *chapatis,* schlug sie in Wachspapier ein und packte sie anschließend in zwei kleine braune Papiertüten. Ihr Mann schaute immer noch aus dem Fenster, und als er einen Wagen die Straße heranrumpeln hörte, richtete er sich gerade auf. Die Kinder hießen die Abwechslung vom Frühstück willkommen und rannten zum Fenster, um hinauszusehen, während ihr Vater in den Laden hinüberging.

»Kommt her«, sagte Miriam zu ihren Kindern. Sam gehorchte, wenn auch widerwillig, aber Alisha blieb wie angewurzelt am Fenster stehen und sah fasziniert zu, wie Amina Harjan aus dem Wagen stieg und die Stufen der *stoep* heraufkam. Miriam kümmerte sich weiter um die Kinder, lauschte aber gleichzeitig auf das, was da draußen vor sich ging. Als sie den Blick hob und durch die Tür schaute, die in den Laden führte, musste sie lächeln – Amina schüttelte Omar die Hand, als wäre sie ein Farmer oder jemand, der aus geschäftlichen Gründen gekommen war. Ihr Mann schaute überrascht drein. Omar erklärte, welches Stück Land er bearbeitet haben wollte, und dann kamen sie zur Küche herein, um nach hinten durchzugehen, wo der Gemüsegarten angelegt werden sollte.

Miriam blickte weder Omar noch Amina an. Sie fühlte sich sehr befangen in dem, was sie tat und zu ihren Kindern sagte. Sie kämmte ihnen das Haar, um sie eilig nach draußen zu schaffen.

»Hallo«, sagte Amina, und da blickte Miriam auf und nickte ihr zu.

Amina begrüßte auch die Kinder und blieb kurz stehen, um ihnen sanft über den Kopf zu streichen, und dann folgte sie Omar durch die Hintertür nach draußen, und dann waren die beiden außer Sicht und er beeilte sich, mit seinen Anweisungen zum Ende zu kommen.

»Mami, warum trägt die Frau Hosen?«, fragte Alisha.

»Sie arbeitet draußen. Sie hat sich dazu passend angezogen.«

»Ich will auch Hosen zur Arbeit tragen, wenn ich groß bin«, verkündete das kleine Mädchen.

»Das kommt auf deine Arbeit an«, erwiderte Miriam und kämpfte gegen die Kopfschmerzen an, die in ihren Schläfen zu pochen begannen. »Wenn du brav lernst und Krankenschwester oder Sekretärin wirst, dann musst du einen Rock tragen.«

Robert steckte den Kopf zur Tür herein.

»Der Bus kommt, Madam.«

Miriam scheuchte die Kinder hinaus, und gemeinsam gingen sie den Weg hinunter, dem Bus entgegen, der langsam die staubige Straße entlangkam.

»Mami?«, sagte Sam und sah mit großen Augen zu ihr auf.

»Ja?«

»Wann kommt Salma mit uns zur Schule?«

Miriam lächelte. »Das dauert noch. Vielleicht in fünf Jahren.«

»Fünf Jahre«, wiederholte Alisha schockiert. »Dann bin ich ...«

Sie blieb stehen, um zu rechnen, und Miriam sah ihre Tochter an, deren Gesicht ernst und konzentriert war. »Dann bin ich *zehn,* Mami.«

»Ich weiß«, erwiderte Miriam. »Dann bist du schon ein großes Mädchen. Geht jetzt, seht zu, dass ihr zur Schule kommt.«

Sie rannten auf den Bus zu, der vor dem Haus zum Stehen kam, aber Alisha wandte sich noch einmal um und rief ihrer Mutter zu: »Aber ich bin jetzt schon ein großes Mädchen, Mami!«

Miriam lachte. »Ja, ich weiß«, sagte sie, aber ihre Antwort ging unter in dem Geräusch der sich schließenden Türen und des uralten Getriebes, als der erste Gang eingelegt wurde. Sie winkte ihren Kindern zu und wartete, bis die letzten Staubwolken, die der Bus aufgewirbelt hatte, sich zu setzen begannen. Dann erst wandte sie sich um, ging zurück und betrat den Laden.

Drinnen wartete Omar schon ungeduldig. Er wies nach oben. »Das Baby hört nicht auf zu weinen. Wo hast du gesteckt?«

»Ich habe die Kinder zum Bus gebracht«, antwortete sie und ging zur Treppe.

»Ich fahre jetzt los!«, rief er ihr nach.

Seine Stimme klang verärgert, fast verdrießlich, als wolle er sie nötigen, auch ihm ihre Aufmerksamkeit zu schenken, das Abschiedsritual zu wiederholen, das sie soeben mit den Kindern absolviert hatte. Sie blieb auf der Treppe stehen und überlegte kurz, lauschte auf das weinende Baby. Dann drehte sie sich um und kehrte in den Laden zurück, wo sie in der Tür stehen blieb und zusah, wie ihr Mann in den Wagen stieg und davonfuhr. Er winkte zum Abschied, eine knappe Geste ohne Lächeln, und sie hob zur Antwort die Hand, automatisch und ohne viel Gefühl. Dann ging sie nach oben, um nach dem Baby zu sehen. Sie hielt nur kurz inne, um aus dem Fenster in den Garten zu schauen und Robert anzuweisen, der jungen Dame, die draußen arbeitete, eine Tasse Tee zu bringen und ein wenig Brot.

Miriam wartete. Sie wanderte hinter dem Tresen auf und ab, ließ ihre Hände mit raschen Bewegungen über das polierte Holz gleiten, rückte hier ein Ausstellungsstück zurecht, richtete dort eine Dose aus. Ihre Augen glitten in unregelmäßigen Abständen zu der Uhr über der Tür, und zwischen diesen flüchtigen Blicken ging sie auf und ab und machte sich ein Spiel daraus, wie lange sie es aushielt, nicht wieder hinzuschauen. Die Zeit verrann stetig, bis der erwartete Glockenschlag am Mittag sie zwischen zwei Blicken überraschte.

Sie sah ein weiteres Mal zur Uhr hinauf, wie um sich zu vergewissern. Dann nahm sie die Schürze ab, faltete sie zusammen und legte sie sorgsam auf den Ladentisch. Sie strich sich glättend über das Haar und lauschte auf das Echo ihrer Schritte, als sie in die kühl gekachelte Küche hinüberging. Am Herd hob sie den Deckel von einem großen Topf Kartoffelcurry und rührte es um. Dunstschwaden stiegen auf und brachten einen köstlichen Duft mit sich, und Miriam lächelte. Sie gab eine großzügige Portion – die Menge, die sie normalerweise ihrem Mann gegeben hätte – auf einen großen schweren Teller, nahm zwei *chapatis* von dem am Morgen frisch zubereiteten Stapel und ging zur Hintertür hinaus.

Amina war nirgends zu sehen. Miriam blinzelte angestrengt gegen die Sonne und schaute zu der Stelle hinüber, wo sie gearbeitet hatte – eine große Fläche war bereits gerodet und umgegraben und hob sich von der umgebenden Landschaft ab als ein Ort, der sorgfältig bezwungen worden war.

Sie blickte sich verwundert um, und dann begriff sie, warum sie Amina nicht gleich gesehen hatte – sie lag unter dem spärlich gespendeten Schatten des einzigen Baumes in der Nähe im Gras und schlief. Ihre Beine waren lang ausgestreckt, die Knöchel gekreuzt; die feinen Streifen ihres Baumwollhemdes zogen sich in weichen Falten über ihren Körper. Die oberen beiden Knöpfe des Hemdes waren geöffnet und zeigten die lange Linie ihres gebräunten Halses. Ihren Hut hatte sie über Augen und Nase gezogen, nur der zarte Bogen ihres Mundes lag frei, leicht geöffnet und zu einem halben Lächeln verzogen.

Miriam hielt inne, beobachtete sie einen Moment lang und zählte insgeheim das gleichmäßige Auf und Ab von Aminas Atemzügen. Sie überlegte, ob sie sie wecken sollte, und blickte zu den Zweigen über ihnen hinauf, so konzentriert, dass das tiefe Grün der Blätter und das leuchtende Kornblumenblau des Himmels zu einem betörend bunten Blendlicht verschmolzen.

Als sie schließlich den Blick senkte, flirrten ihr rote Lichter vor den Augen, und die Sonne lauerte noch hinter ihrer Iris, so dass sie kaum etwas erkennen konnte. Als die heiße Blindheit allmählich verging, erkannte sie, dass Amina erwacht war und mit gekreuzten Beinen im Gras saß, den Hut auf dem lockigen Haar zurückgeschoben, und dass sie Miriam anlächelte – ein Lächeln, das um den Mund herum höflich war und ihre Augen amüsiert aufblitzen ließ.

»Ich habe Ihnen etwas zu essen gebracht«, sagte Miriam und hielt ihr den Teller hin. Amina sprang auf, verlor dabei ihren Hut und wischte sich die Hände an den Hosen ab, als sie auf Miriam zutrat. Sie nahm den angebotenen Teller und bedankte sich.

»Das ist aber eine große Portion«, meinte sie.

»Arbeit an der frischen Luft macht bestimmt hungrig«, erwiderte Miriam.

»Oh, ich habe kein Problem damit, das alles aufzuessen«, sagte Amina. Sie lächelte. »Es riecht köstlich. Ich wünschte, ich könnte so gut kochen.«

»Kochen ist doch keine Kunst«, sagte Miriam und wischte das Kompliment beiseite. »Das können alle Frauen.«

»Ich nicht, glauben Sie mir.«

»Aber Sie haben ein Café.«

Amina machte eine abwehrende Handbewegung. »Alles Jacobs Rezepte.«

»Dann sollten Sie es lernen.«

»Das sagt meine Mutter auch immer.«

»Ihre Mutter hat recht«, sagte Miriam entschieden. »Was machen Sie denn, wenn Sie heiraten?«

Amina zuckte die Schultern, lächelte und hielt Miriams Blick einen Moment fest.

»Ich weiß nicht. Ich werde einen Mann finden müssen, der kochen kann«, meinte sie dann, und Miriam spürte wieder die lachenden Augen auf sich ruhen und merkte, wie ihr plötzlich die Röte heiß ins Gesicht stieg.

»Ich werde Ihnen etwas Kaltes zu trinken bringen«, sagte sie und machte sich auf den Weg zum Laden.

Amina rief ihr nach, das wäre schön. Dann setzte sie sich mit dem Rücken an den Baum und begann zu essen.

Es dauerte einige Minuten, bis Miriam mit dem Getränk zurückkehrte. Amina hatte ihren Teller schon halb geleert, als ihr von oben eine geöffnete Flasche Mineralwasser gereicht wurde.

»Danke«, sagte sie und prostete Miriam höflich zu, bevor sie die Flasche an die Lippen hob und einen langen Schluck trank. Als sie die Flasche abgesetzt hatte, holte sie tief Luft und sah zu Miriam auf.

»Haben Sie schon gegessen?«

»Nein.«

»Warum leisten Sie mir nicht Gesellschaft?«

Miriam war verlegen. Worüber sollte sie bloß mit jemandem wie Amina reden, wenn sie sich zu ihr setzte und mit ihr zusammen aß?

»Sie mögen mich nicht, stimmt's?« Amina senkte den Blick.

»Nein, ich mag Sie sehr ...«, erwiderte Miriam überrascht.

»Wirklich?«

»Ja. Es ist nur so ... Vielleicht finden Sie mich langweilig. Sie betreiben ein Café und machen so viele Dinge, und ich bin bloß Hausfrau und Mutter.«

Amina schüttelte den Kopf. »Von ›bloß Hausfrau und Mutter‹ kann keine Rede sein. Es ist doch viel Arbeit. Und abgesehen davon haben Sie doch Gefühle und Gedanken und Vorstellungen und Wünsche wie alle anderen Menschen auch, oder?«

Miriam betrachtete sie. Mit ihrer schlichten Frage hatte Amina sie überrumpelt. Durch ihre Frage gewann etwas Wirklichkeit, das niemand zuvor je bemerkt hatte. Sie stand da, gedankenverloren und mit gerunzelter Stirn.

»Woran denken Sie?«, fragte Amina, den Blick nach oben gerichtet, eine Hand an der Stirn, um die Augen vor der Sonne zu schützen.

»Ach, nichts weiter ...«

Amina wartete.

»Ich habe mich daran erinnert, dass Sie einmal der erste Mensch waren, der mich nach zehn Tagen angelächelt hat«, sagte Miriam dann.

»Das verstehe ich nicht.«

»In Pretoria. Als ich das erste Mal in Ihrem Café war. Mit meinen Schwägerinnen.«

»Daran erinnere ich mich gut.«

»Damals hatte mir seit über einer Woche niemand ein Lächeln geschenkt«, fuhr Miriam fort. »Ich habe die Tage gezählt.« Sie lächelte ironisch, als fände sie es selbst absurd, so etwas zu tun. »Und dann haben Sie mir diese *koeksisters* angeboten. Und mich angelächelt.«

»Dass Sie sich daran erinnern ... Warum hatte Ihnen so lange niemand ein Lächeln geschenkt?«

Miriam zuckte die Achseln. »Ich weiß es nicht. So ist sie eben, meine Schwiegerfamilie.«

»Und Ihr Mann auch?«

Miriam nickte kaum merklich. Dann runzelte sie die Stirn, als tadele sie sich selbst für ihre Illoyalität. Sie wandte sich um, um ins Haus zurückzukehren.

»Kann ich Ihnen sonst noch etwas bringen?«, fragte sie.

»Nein, vielen Dank.« Amina zögerte. Sie wusste nicht recht, ob sie versuchen sollte, das Gespräch mit Miriam fortzusetzen. Doch dann blieb Miriam, kaum dass sie sich abgewandt hatte, stehen und fragte: »Sie haben doch gesagt, dass Sie nicht kochen können?«

Amina nickte.

»Das ist eigentlich nicht schlimm. Es gibt wichtigere Dinge im Leben.« Und kaum hatte sie das gesagt, kehrte Miriam ins Haus zurück.

Amina trank den Rest ihres Mineralwassers und sah zu, wie Miriam leichtfüßig die Stufen zur Veranda hinauflief. Rasch aß sie den Rest ihres Mittagsmahls, dann ruhte sie sich noch eine Minute aus, bevor sie aufstand und – mit einem Summen auf den Lippen – dorthin zurückkehrte, wo ihre Gerätschaften im heißen Gras lagen.

Um halb vier kam der Schulbus wieder die Straße entlanggerumpelt und hielt einige Meter vom Laden entfernt an. Die rostigen Scharniere der Türen öffneten sich, und die beiden Kinder sprangen heraus. Miriam beobachtete sie vom Küchenfenster aus, während sie den Teig für die *rotis* knetete, ein kleines Lächeln auf den Lippen. Sie kamen auf das Haus zugerannt – sie rannten stets und ständig, sie waren nicht in der Lage, langsam zu gehen, und Miriam versuchte sich Bombay in Erinnerung zu rufen und die Wohnblocks, und sie versuchte sich zu erinnern, ob auch sie als Kind andauernd gerannt war. Sie hörte ihre hohen, von Lachen erfüllten Stimmen, als sie einander die Treppe zur Veranda hochjagten und weiter bis in die Küche. Beide redeten gleichzeitig, laut und schnell, und Miriam konnte keinen von beiden verstehen, beugte sich aber herab, um sie zu küssen, während sie ihre mehligen Hände von ihnen fort hielt, hoch über ihre Köpfe.

»Ist die Frau immer noch da?«, fragte Alisha, und Miriam nickte. Bevor sie ihnen verbieten konnte, Amina zu stören, waren sie schon aus der Küche verschwunden. Miriam ging zum Fenster hinüber und sah hinaus zu der Stelle, wo Amina nun in der Hitze des späten Nachmittags arbeitete. Die Kinder kamen um die Hausecke geflitzt wie zwei kleine Windhunde, die unvermittelt stehen blieben, als sie die fremde Frau erblickten. Sie hielten sich in sicherer Entfernung, plötzlich eingeschüchtert, bis Amina sich umwandte, sie entdeckte und zu sich winkte. Miriam sah zu, wie Amina sich hinkniete, um mit ihnen zu reden, wie sie auf das umgegrabene Land wies und ihnen offensichtlich erklärte, was sie da tat. Nach einigen Minuten wandte Miriam sich vom Fenster ab, wusch sich die Hände und holte eine Flasche Cola aus dem geräumigen roten Eisschrank. Sie rief ihren Sohn, und er kam zu ihr, atemlos vor Aufregung.

»Mami, die Frau sagt, es wird Sturm geben!«

Miriam sah zum tiefhängenden Himmel mit den dicken grauen Wolken hinauf und reichte ihrem Sohn die Cola, damit er sie Amina brachte. Er betrachtete die kalte, perlenbeschlagene Flasche begehrlich, und obwohl sie wusste, dass Omar es missbilligen würde, ging Miriam noch einmal an den Eisschrank und nahm zwei weitere Flaschen heraus, die sie dem entzückten Jungen für sich und seine Schwester gab.

Als Amina ihr Tagewerk vollbracht hatte, war es draußen beinahe dunkel, und der Regen setzte ein. Sie spürte, wie die ersten Tropfen ihr Gesicht trafen, als sie zum Himmel hinaufschaute, und sie verteilte sie dankbar auf ihrer heißen Stirn, denn die Luftfeuchtigkeit war im Laufe des Nachmittags fast unerträglich geworden. Sie hatte gearbeitet, bis sie kaum noch die Hand vor Augen sehen konnte. Miriam hatte am frühen Abend immer mal wieder hinausgeschaut und gesehen, wie Amina schuftete – wie ihr das Hemd von der zunehmenden Schwüle an Rücken und

Rippen klebte. Die Kinder hatten ihre Hausaufgaben gemacht und waren fast mit dem Abendessen fertig, als Amina an der Hintertür klopfte. Miriam öffnete, und ihr wurde ein schmales, ledergebundenes Buch hingehalten.

»Was ist das?«, fragte sie.

»Gedichte. Ich bin fürs Erste fertig damit. Sie können sie haben.«

Miriam war neugierig und berührte das Buch, nahm es jedoch erst, als Amina es ihr in die Hand drückte.

»Das kann ich nicht annehmen ...«

»Wieso? Lesen Sie denn nicht gern?«

Miriam sah auf und lächelte, mit leuchtenden Augen, und Amina betrachtete sie aufmerksam. Es war, als sei ein Funke entfacht.

»Ich lese sehr gern. Früher zumindest«, fügte Miriam hinzu, ein bisschen zaghafter. »Früher habe ich viel gelesen.«

Sie erinnerte sich plötzlich an eine kleine abgenutzte Kiste mit Büchern, die sie aus Bombay mitgebracht hatte, eine zusätzliche Kiste, die sie nicht über das Meer hätte mitschleppen sollen, die ihr aber Trost gespendet hatte. Das letzte Mal hatte sie sie im Haus ihrer Schwiegerfamilie in Pretoria gesehen, aber damals war sie vor lauter Kochen, Putzen, Kinderbetreuung nicht dazu gekommen, sie auch nur zu öffnen. Sie fragte sich, was aus den Büchern geworden war – ob sie bei ihrem Umzug nach Delhof mitgekommen waren.

Amina lehnte sich gegen den Türrahmen. »Nehmen Sie es«, sagte sie. »Ich habe genug Bücher.«

»Ach, ja? Wo bekommen Sie sie her?«

»Mal hier, mal dort.«

»Kommen Sie herein und essen Sie etwas«, bot Miriam an. »Sie müssen hungrig sein.«

Amina schüttelte den Kopf. »Danke, aber ich sollte zum Essen zu meinen Eltern fahren. Ich habe sie lange nicht gesehen.« Sie warf einen Blick auf ihre Armbanduhr, ein großes messingfarbenes Rund an einem abgetragenen weichen Lederriemen. Die Uhr ließ ihr Handgelenk schmal und zerbrechlich erscheinen, und einen Moment war Miriam verwundert, dass dieselben Hände da draußen ein so großes Stück Land bezähmt hatten.

»Ich sollte besser gehen. Danke für das Mittagessen und die Getränke«, sagte Amina im Gehen.

»Gern geschehen. Danke für das Buch.«

»Wir sehen uns morgen?«, fragte Amina.

»Ja«, sagte Miriam. »Wir sehen uns morgen.«

Dreißig Minuten nachdem Amina sich verabschiedet hatte, klopfte es vorn an der Ladentür. Während sie einen Krug Wasser über ihr ältestes Kind hielt, schaute Miriam vom Badezimmerfenster aus hinunter, konnte aber nichts erkennen. Der Regen bildete ein leises Gemurmel im Hintergrund, und sie wies den Jungen an, still zu sein, und sah aufmerksam zu, wie das Wasser in kleinen Bächen über seine Schultern rann, um seine spitzen Schulterblätter herum und über die dünnen Muskeln seines Rückens. Wieder klopfte es. Sie wickelte den Jungen in ein raues Handtuch und wies ihn an, sich allein abzutrocknen. Dann lief sie die Treppe hinunter und rief gleichzeitig nach John.

»Madam, es ist eine Frau!«, rief er ihr durch das Fenster zu, damit sie wusste, dass sie sich keine Sorgen zu machen brauchte. Dann sah sie Amina neben ihm draußen auf der Veranda stehen, den Hut in den Händen, das Haar feucht. Sie trat einen Schritt zurück, als Miriam die Ladentür öffnete.

»Ich habe einen Platten«, sagte sie. »Ich habe versucht, das Rad zu wechseln, aber das Ersatzrad ist auch ...«

»Das macht nichts. Kommen Sie herein«, sagte Miriam, trat beiseite und winkte Amina herein.

»Ich wäre ja zu Fuß gegangen, aber das ist nicht ganz ungefährlich, und ich bin nicht so waghalsig, wie manche Leute denken«, fügte Amina hinzu.

»Gut« war alles, was Miriam dazu sagte. Sie kämpfte mit dem letzten Vorhängeschloss, und Amina beugte sich vor und legte ihre Hand um Miriams, um ihr zu helfen, den Metallbügel einrasten zu lassen.

»Danke«, sagte Miriam und schaute auf die langen Finger, die auf ihren lagen.

»Gern geschehen.« Amina lächelte und räusperte sich, dann wandte sie den Blick ab und ging zum Fenster hinüber, von wo aus sie John zusah, wie er sich setzte und seine Hände über die warmen Kohlen hielt.

»Wenn Sie bleiben möchten, dann kommen Sie jetzt besser mit mir nach oben.«

Amina nickte, machte aber keine Anstalten, Miriam zu folgen.

»Wo ist Ihr Mann?«, fragte sie. »Ist er noch nicht zurück?«

»Gewöhnlich ist er dienstags immer erst spät fertig. Er bleibt dann über Nacht bei meiner *bhabhi* ...« Sie hielt erschrocken inne. »Bei seinem Bruder, meine ich.«

»Oh.« Die Fahrt von Pretoria nach Delhof war nicht besonders lang oder beschwerlich, und Amina wusste, dass Omars Gewohnheit keinen Sinn ergab, es sei denn, er führte etwas im Schilde. Dennoch war sie erleichtert, dass er an diesem Abend nicht da sein würde.

»Ich mache Ihnen etwas zu essen.«

»Bitte machen Sie sich meinetwegen keine Umstände«, entgegnete Amina. »Ich bin nicht hungrig.«

»Aber Sie haben den ganzen Tag da draußen gearbeitet. Mögen Sie mein Essen etwa nicht?«, fragte Miriam und lächelte leicht.

»Ich dachte, darüber wären wir uns einig. Es war das leckerste Kartoffelcurry, das ich je gegessen habe. Auch wenn ich das meiner Mutter gegenüber nicht zugeben würde.«

»Dann wollen wir mal sehen, was Sie von diesem *daal* halten«, sagte Miriam, die zum Herd gegangen war und Amina nun einen

Teller köstlich duftender Linsen reichte, die noch warm waren vom Abendessen der Kinder. Amina nahm ihn dankbar an und begann zu essen.

»Danke«, sagte sie.

Miriam sah ihr einen Augenblick zu. Dann meinte sie: »Ich bringe die Kinder ins Bett. Kommen Sie nach oben, wenn Sie fertig sind.«

Amina nickte. »Schmeckt köstlich, Miriam«, sagte sie, und Miriam musste unwillkürlich lächeln, als sie ihren Namen laut ausgesprochen vernahm. Es war ein seltener Moment, denn Robert und die Kinder nannten sie nicht beim Namen, und Omars knappe Gesprächsbeiträge beschränkten sich meistens auf ja oder nein.

»Freut mich«, erwiderte sie. Dann wandte sie sich um und ging rasch die Treppe hinauf.

Als Amina gegessen und ihren Teller gespült hatte und zögernd nach oben kam, hatte Miriam das Baby bereits in den Schlaf gewiegt und die beiden anderen Kinder zu Bett gebracht. Amina wartete verlegen auf dem Treppenabsatz, bis Alisha ihre Anwesenheit bemerkte und etwas zu ihrer Mutter sagte.

»Wir sind hier!«, rief Miriam. »Kommen Sie rein.«

Amina betrat das Zimmer, blieb aber an der Tür stehen. Die Kinder lagen Seite an Seite in ihren kleinen Betten und betrachteten sie mit großen Augen. Sie lächelte sie an.

»Fertig zum Schlafen?«, fragte sie die Kinder.

Alisha schüttelte nachdrücklich den Kopf. »Wir wollen nicht schlafen.«

»Mami, müssen wir jetzt wirklich schlafen?«, griff Sam das Stichwort auf.

»Ja.«

»Warum?«

»Weil ich es sage.«

Miriam sah, wie sie mit sich kämpften; sie wusste, dass die beiden keine Widerworte geben würden, und doch lagen sie da, erfüllt von frischer Energie, erfüllt von der Aufregung, die diese fremde Frau in ihrem Haus mit sich brachte, deren Anwesenheit die übliche Routine durchbrach. Sie konnten ihre kleinen Arme und Beine kaum stillhalten, und Miriam lächelte.

»Ich werde euch eine Geschichte vorlesen«, sagte sie, und die Kinder nickten, glücklich darüber, einen kleinen Aufschub erwirkt zu haben. »Aber dann müsst ihr schlafen. Abgemacht?«

»Abgemacht.«

Amina räusperte sich. »Kann ich mich irgendwo waschen?«, fragte sie.

Miriam wies zum Badezimmer hinüber. »Es ist noch ein bisschen heißes Wasser da«, sagte sie und vernahm noch ein kurzes Dankeschön von ihrem Gast, bevor sich die Badezimmertür schloss und sie ein Buch zur Hand nahm und vorzulesen begann.

Es dauerte nur zehn Minuten, und die Kinder lauschten, als hätten sie die Geschichte nie zuvor gehört – sie lachten, wenn Miriam die Figuren in unterschiedlichen Stimmen sprechen ließ, und warteten atemlos auf das Ende, obwohl sie doch wussten, dass es gut ausgehen würde. Als Miriam aufstand, um sie zuzudecken und ihnen einen Gutenachtkuss zu geben, protestierten sie wieder, aber diesmal nur halbherzig, denn sie ahnten, dass es vergeblich sein würde. Sie beugte sich vor, küsste ihren Sohn und strich ihm über den Kopf und ging dann zu ihrer Tochter hinüber. Das kleine Mädchen schlang ihrer Mutter die Arme um den Hals und sagte, dass sie es nicht mochte, wenn ihre Stimme so tief klang wie die des Bösewichts aus dem Geschichtenbuch.

»Meinst du so?«, sagte Miriam in eben dieser Stimme.

Das Kind kreischte auf und hielt die Mutter noch fester umschlungen, und Miriam lachte, zerzauste ihrer Tochter das Haar, kitzelte sie und brummte mit tiefer Stimme. Alisha lachte heftig, weil sie gekitzelt wurde, und Sam lachte, weil er die beiden miteinander ringen sah, bis Miriam sich schließlich erhob und sich das Haar zurückstrich.

»Schlaft jetzt«, sagte sie, noch immer lächelnd, und ohne auf weiteren Protest zu warten, löschte sie die Öllampe. Sie verließ das Zimmer, zog die Tür hinter sich zu und stieß mit Amina zusammen, die unversehens im Halbdunkel auftauchte, das Hemd über der Hose, das Gesicht geschrubbt und die Spitzen ihrer wilden Locken feucht. Ein frischer, sauberer Geruch hing im Korridor, ein Geruch, den Miriam an diesem Tag schon einmal bemerkt hatte und der wohl Amina eigen war.

»Tut mir leid«, sagte diese, und berührte Miriam leicht am Arm, um sie zu beschwichtigen. »Ich war fertig, wollte Sie aber nicht stören, solange Sie bei Ihren Kindern waren.«

»Ich hatte einen Moment lang vergessen, dass Sie hier sind ...«

»Sind Sie sicher, dass es in Ordnung ist, wenn ich hierbleibe?«, fragte Amina.

»Natürlich. Möchten Sie ein Nachthemd haben?«

Amina schüttelte den Kopf. »Das hier ist ein frisches Hemd. Ich habe immer eines im Auto. Für alle Fälle ...« Sie lächelte, und da war es wieder, dieses beunruhigende halbe Lächeln.

»Für was für Fälle denn?«

»Na, alle eben«, antwortete Amina.

Sie folgte Miriam ans Ende des Korridors, und dann betraten sie das Zimmer neben dem, das Miriam mit Omar teilte. Es war klein, mit einer sich sanft neigenden Decke unter dem Giebel des Hauses. Unter diesem Giebel befand sich ein schmales niedriges Bett, ansonsten war das Zimmer leer bis auf zwei umgedrehte Apfelsinenkisten, auf denen Miriams Nähzeug lag, zusammen mit zwei halben Ballen gestreiften Stoffes.

»Geht das?«, fragte Miriam.

»Wunderbar«, erwiderte Amina. »So kann ich morgen früh wenigstens zeitig anfangen. Wenn der Regen nachlässt. Vielleicht bekomme ich den Garten sogar fertig. Wenn ich noch einen ganzen Tag habe ...«

»Keine Sorge, er wird schon beizeiten fertig werden. Mein Mann ist ungeduldig, aber ich sehe ja, wie schwer Sie schuften.«

Amina schwieg. Sie ging zu dem winzigen Fenster am Fuße des Bettes hinüber und sah zu den Eisenbahnschienen hinaus, die in der Ferne aufeinander zu liefen.

»Wie viele Züge fahren hier am Tag?«

»Am Laden vorbei?«

»Ja.«

»Einer.«

Amina lachte laut auf, doch dann fielen ihr die schlafenden Kinder wieder ein und sie schlug sich die Hand vor den Mund.

»Einer?«, wiederholte sie. »Muss ein ziemliches Ereignis sein, wenn er kommt.« Sie lächelte.

»O ja«, bestätigte Miriam. »Die Kinder sind immer ganz aufgeregt, wenn er kommt und sie zu Hause sind.« Sie lächelte verstohlen. »Dann rennen sie nach draußen und stehen da und winken, während er vorbeifährt.«

»Er hat Passagiere?«

»Nein, es ist ein Güterzug.« Sie sahen einander an und brachen in Lachen aus. Amina schaute wieder aus dem Fenster, den Blick auf die Schienen geheftet, zögernd.

»Sie haben sehr nette Kinder«, sagte sie schließlich.

»Danke.«

Miriam verließ rasch das Zimmer. Einige Minuten später kehrte sie mit einem rosafarbenen Handtuch zurück. Sie legte es auf das Fußende des Bettes.

»Ich meine, es ist sehr schön zu sehen, wie Sie mit Ihren Kindern umgehen«, erläuterte Amina. Sie strich mit dem Finger über die gekachelte Fensterbank. Als sie sich umwandte, sah sie, dass Miriam sie mit gerunzelter Stirn fragend anblickte.

»Ich konnte nicht umhin, mitzubekommen ...« Amina verstummte. Es war ihr peinlich zuzugeben, dass sie Miriam und die Kinder belauscht hatte. »Ich meine, es war sehr schön, zu sehen, wie zugetan Sie Ihrer Tochter sind.«

Das Stirnrunzeln verschwand nicht, und Amina spürte, wie ihr Kälte und Missbilligung entgegenschlugen. Sie zuckte die Achseln und wandte sich erneut dem Fenster zu.

»Mir hat es jedenfalls gefallen, wie liebevoll Sie mit ihr umgehen. Es tut mir leid, dass ich Sie beobachtet habe«, fügte sie noch hinzu.

Miriam ging über die Entschuldigung hinweg. Sie räumte die Nähsachen zusammen, die auf den Kisten lagen, und schlug dann das Bett auf, nahm das kühle Laken wahr und die kratzige schweren Decke.

»Meine Mutter hat mich nie in den Arm genommen«, sagte sie schlicht, ohne aufzublicken, und Amina drehte sich um.

»Nein?«

»Nein«, sagte Miriam und errötete. »Sie hat uns nie viel Liebe gegeben. Ich habe mich daran gewöhnt, aber ich wollte nicht, dass es meinen Kindern genauso geht.«

»Meine Mutter kann auch sehr kalt sein«, sagte Amina.

»Meine Mutter war nicht kalt«, wandte Miriam ein.

»Nein, das wollte ich auch nicht …« Amina rieb sich müde die Stirn. »Das war ungeschickt von mir«, meinte sie. »Ich wollte nicht sagen, dass Ihre Mutter kalt war.«

Sie blickte erneut aus dem Fenster und seufzte. »Es regnet«, sagte sie leise. »Das wird der Erde guttun.«

Nachdem alle zu Bett gegangen waren, lag Miriam noch lange wach und schaute an die Decke. Sie hatte das Doppelbett für sich allein, blieb aber auf ihrer Seite, denn sie war es nicht gewohnt, sich breitzumachen oder mehr Raum einzunehmen, als sie unbedingt brauchte. Sie lauschte, froh über den Regen, der die gewohnte Stille da draußen in dieser Nacht unterbrach. Er trommelte hart und hohl auf das Dach, wie die Hufe von tausend fernen Pferden, und sie vernahm das stete Rauschen, mit dem er sich in den Traufen sammelte, und das Plätschern, wenn er unten auf den aufgeweichten Boden traf. So viele Geräusche, für die ein und dasselbe Wasser verantwortlich war, solch eine Vielfalt von Lauten. Sie schloss die Augen, lauschte weiter und dachte an ihren Mann und was er wohl tun mochte und ob es ihn glücklich machte, für eine Nacht von zu Hause fort zu sein.

Diese Fahrten nach Pretoria waren in den vergangenen Monaten immer häufiger geworden, und fast jede Woche verbrachte er eine Nacht dort, und das war etwas, das er nie zuvor getan hatte. Sie versuchte, nicht zu oft daran zu denken, aber sie wusste, dass seine nächtlichen Besuche mit den Nächten zusammenfallen mussten, in denen Sadru fern von zu Hause auf den Gemüsemärkten feilschte. Und dann gab es da noch die Augenblicke, wenn sie die Wäsche zum Waschen nach unten trug und ihr Gesicht von dem unvermittelten schalen Geruch abwandte, dem vertrauten süßlichen Parfum, das aus seinen Hemden aufstieg. Sie blinzelte entschlossen, verdrängte den Gedanken und lächelte, als sie daran dachte, wie ihre Tochter die Arme um sie geschlungen hatte, und dann hätte sie beinahe laut gelacht, als sie Aminas Gesicht vor sich sah, wie sie beide sich vorgestellt hatten, dass die Kinder dem Güterzug zuwinkten. Sie lauschte angestrengt, ob das Baby wach geworden war, aber der Regen löschte alle anderen Geräusche aus, und dafür war sie dankbar. Sie drehte sich auf die Seite, und das stete Rauschen des Wassers geleitete sie sanft in den Schlaf.

Kapitel 9

Als Miriam erwachte, hatte sie das Gefühl, höchstens einige Momente geschlafen zu haben. Mit weit geöffneten Augen lag sie da und lauschte angestrengt. Was mochte sie geweckt haben? Die Stille vielleicht? Der Regen hatte aufgehört; in der herrschenden Stille war kein Anzeichen mehr davon zu vernehmen. Sie setzte sich auf und horchte nach dem Baby, aber von den Kindern war nichts zu hören.

Sie war nun hellwach, blieb aber noch zehn Minuten liegen, bevor sie aufstand, leise die Treppe hinunterlief und die Küche betrat. Sie hatte Lust auf eine Tasse Tee, aber der Herd war kaum noch warm. Sie zog einen Stuhl heran, entzündete eine Öllampe und schlug das Buch auf, das Amina ihr gegeben hatte. Es öffnete sich bei einem Gedicht von John Keats. Miriam kannte nichts von ihm. Langsam begann sie zu lesen und genoss jedes einzelne Wort, als koste sie ein neues Gericht – ein Gericht, das ihr nicht vertraut war, aber vorzüglich schmeckte.

»*My heart aches and a drowsy numbness pains my sense …*«

Nach wenigen Augenblicken hatte sie das Gefühl, beobachtet zu werden. Instinktiv blickte sie zum Fenster, aber John ging am anderen Ende der *stoep* auf und ab. Doch da war noch etwas dort draußen. Sie sah genauer hin und erblickte eine Frau, schemenhaft, die sich im Glas spiegelte, und es dauerte einen Moment, bis ihr klar wurde, dass es Aminas Spiegelbild war. Miriam wandte den Kopf und sah die junge Frau am Fuß der Treppe stehen.

»Sie haben mich erschreckt!«

»Tut mir leid. Ich habe gehört, wie Sie nach unten gingen und dachte, ich schau mal nach dem Rechten.«

Miriam zog einen zweiten Stuhl heran. »Es ist alles in Ordnung.«

»Haben Sie oft Schlafprobleme?«, fragte Amina.

»Nein«, antwortete Miriam. »Ich glaube, ich bin aufgewacht,

weil der Regen aufgehört hat.« Sie drehte die Öllampe höher, aber das warme Licht vermochte nicht viel mehr zu erhellen als das kleine Rund, in dem sie standen; der Rest der Küche lag in kalter blauschwarzer Finsternis.

»Ich auch. Aber ich bin auch nicht mehr müde.«

»Gut, dann können wir ja reden. Ich kann Ihnen Fragen stellen.« Miriam entließ den Satz in die kühle Luft, bevor sie den Mut dazu verlor.

Amina setzte sich, ein kleines Lächeln auf den Lippen. »Was wollen Sie mich denn fragen?«

»Ach, vieles. Erzählen Sie mir von Ihrem Café, Ihrem Leben.«

»Was ist mit Ihrem Leben?«

»Das ist nicht so spannend wie Ihres.«

»Für mich schon«, erwiderte Amina. »Über mein Leben weiß ich nämlich schon alles.« Sie streckte die Hände nach der spärlichen Restwärme des Herdes aus. »Wann sind Sie nach Südafrika gekommen?«

Miriam schlug den Gedichtband zu und betrachtete den Einband.

»So ungefähr?«, fügte Amina ermunternd hinzu.

»Es muss 1946 gewesen sein. Gleich nachdem ich geheiratet hatte.«

Amina nickte. »Ich auch. Im Januar.«

»Im Juni«, sagte Miriam.

»Dann haben Sie die Proteste des Natal Indian Congress mitbekommen?«, fragte Amina aufgeregt.

»Ja. Sie auch?«

»Ich war dabei – ich habe gegen die Einschränkung der Rechte von Asiaten demonstriert. Ich bin mit Freunden losgezogen. Meine Mutter hat geglaubt, wir besuchen ihre Tante in Durban. Sie hat nie Zeitung gelesen, sonst hätte sie Bescheid gewusst.« Sie lehnte sich zurück und lächelte. »Es war eine unglaubliche Zeit. Mein Gott, ich war siebzehn. Ein neues Land, eine neue

Welt – und dann diese schrecklichen neuen Gesetze – ich habe geglaubt, wir würden die Regierung innerhalb von vierzehn Tagen stürzen. Jede Nacht habe ich mit all den vielen anderen Menschen dagesessen und mir gewünscht, sie würden als Nächstes mich auswählen, um den Park zu besetzen, der den Weißen vorbehalten war.«

»Umbilo Road«, sagte Miriam. »Ich habe einfach bloß dagestanden und zugeschaut. Ich war mir der Bedeutung dessen, was da passierte, gar nicht bewusst. Es war der erste Abend nach der Ankunft unseres Schiffes. Ich war so müde und voller Heimweh, und das alles verängstigte mich sehr. Dass die Regierung einfach so beschlossen hatte, den Menschen ihr Land wegzunehmen, bloß weil sie Inder waren und keine Weißen. Und dann die viele Polizei. Die Waffen.« Sie schüttelte den Kopf. »Ich konnte mir nicht vorstellen, warum mein Mann mich an einen solchen Ort gebracht hatte.«

»Es war bestimmt beängstigend, aber ich war sehr jung und fand es vor allem aufregend. Erst heute, Jahre später, blicke ich zurück und stelle fest, wie viel schlimmer die Zustände geworden sind.« Amina seufzte. »Leben Ihre Eltern noch in Indien?«

»Meine Mutter. Mein Vater starb, als ich noch klein war.«

»Standen Sie sich nahe?«

Miriams Gesicht verdüsterte sich. »Ja. Jedenfalls näher, als ich meiner Mutter stand. Er war ein guter Mensch. Er sorgte dafür, dass ich eine gute Schulbildung bekam, obwohl wir nicht besonders wohlhabend waren. Er sagte immer, dass Mädchen genauso viel lernen sollten wie Jungen, damit wir in der Lage wären, unseren Kindern etwas beizubringen. Das habe ich ihm stets hoch angerechnet – von allein hätte meine Mutter nicht dafür gesorgt.« Sie drehte das Buch in ihren Händen.

»Vermissen Sie Indien?«, fragte Amina.

»Jetzt nicht mehr. Früher schon. Ich habe mich sehr einsam und allein gefühlt, als wir hierherkamen.«

»Delhof ist klein«, meinte Amina, aber Miriam schüttelte den Kopf.

»Auch schon bevor wir nach Delhof kamen. Als wir noch bei meiner Schwiegerfamilie in Pretoria gewohnt haben.«

»Da sind wir uns das erste Mal begegnet – als Sie damals ins Café kamen.«

»Genau. Selbst damals habe ich mich einsam gefühlt. Ich hatte niemanden zum Reden, und alles war neu für mich. Mein Mann war immer unterwegs und hat gearbeitet, aber er unterhält sich ohnehin nicht gern.«

»Und Ihre *bhabhi?*«

Miriam schüttelte den Kopf.

»Und mit wem sprechen Sie jetzt?«, fragte Amina.

Miriam lachte. »Mit Ihnen.«

»Im Moment vielleicht«, sagte Amina. »Aber sonst?«

»Mein Mann ist den ganzen Tag hier im Laden. Und meine Kinder sind auch hier. Und überhaupt ...« Miriam zuckte die Achseln. »Heute ist das anders. Ich habe mich daran gewöhnt. Mir gefällt es hier. Was ist mit Ihnen?« Sie wechselte das Thema.

»Mir gefällt es hier sehr«, sagte Amina. »Ich bin mit sechzehn von der Schule abgegangen, und kurz darauf sind wir nach Springs gezogen. Meine Mutter ist sogar in Südafrika geboren, aber meine Großmutter hat sie als Baby mit zurück nach Indien genommen.«

Miriam sah überrascht auf. »Dann haben Sie noch mehr Familie hier?«

»Wahrscheinlich«, erwiderte Amina. »Aber wir haben keinen Kontakt zu ihnen. Sie wollen das auch gar nicht.«

»Warum nicht?«

Amina sah Miriam ernst an. »Meine Großmutter, Begum, wurde zu ihrer Familie nach Indien zurückgeschickt. Sie haben sich von ihr und meiner Mutter losgesagt. Sie müssen doch davon gehört haben.«

Miriam zögerte. »Ich habe das Bild Ihrer Großmutter im Café gesehen ... Ich meine, es gibt immer Klatsch und Tratsch, aber ich gebe nicht viel darauf.«

Amina wich Miriams Blick aus und sah zum Herd hinüber. Suchte sie einen Weg, dem Gespräch eine andere Wendung zu geben?

»Möchten Sie eine Tasse Tee?«, fragte Miriam.

Amina nickte und griff nach den Streichhölzern. Miriam schickte sich an aufzustehen, aber Amina legte die Hand auf ihre und hielt sie zurück. Ihre Stimme erklang leise und ernst in der Dunkelheit.

»Nein, ich mache Tee. Ich koche Tee für Sie. Für Miriam, die unentwegt Tee für alle anderen kocht.« Sie strich das Streichholz an, ein dramatisches Aufzischen und ein Aufblitzen von Licht in der Finsternis. Amina beugte sich vor und hielt es tief in den Herd. »Sagen Sie mal – wer kümmert sich eigentlich um Sie, Miriam?«

Miriam schwindelte angesichts der Intimität der Frage, ihrer schlichten, unmittelbaren Bedeutung. Verwirrt sah sie auf ihre Hände, die noch immer den Gedichtband umklammert hielten.

Nichts konnte sie bewegen, den Blick zu heben, bis sie sich zumindest ein klein wenig gefasst hatte. Neben sich das Geräusch von Aminas Schritten, das metallische Schleifen des Kessels, der über die eiserne Herdplatte geschoben wurde, das Knarren des Stuhles, als Amina sich wieder hinsetzte – darauf konzentrierte sie sich. Und dann war das Haus still, bis auf das behäbige Knarren im hölzernen Gebälk und das gelegentliche Knacken einer verborgenen Rohrleitung. Miriam wusste, dass Amina sie beobachtete.

»Ich würde Ihnen gern von meiner Großmutter erzählen«, sagte Amina sanft. »Sie würden bestimmt verstehen, warum sie mir so wichtig ist.«

»Lebt sie noch?«, fragte Miriam und konnte nun wieder aufblicken.

Amina schüttelte den Kopf. »Sie starb, als ich sechzehn war. Krebs. Sie war ziemlich hart im Nehmen. Sie war es bereits gewohnt, schreckliche Schmerzen zu haben, ihr Leben lang, im Rücken und in den Beinen, und als sie dann Krebs bekam, hat sie nicht mal darüber geklagt.«

»Auf dem Foto scheint sie sich auf einen Stuhl zu stützen«, sagte Miriam. »Hatte sie Rückenprobleme?«

»Bis neunzehn nicht«, antwortete Amina.

»Was ist passiert?«

»Prügel.«

»Prügel?« Miriam schüttelte den Kopf. »Wie das?«

Amina fuhr sich mit der Hand über die Augen. »Ich erzähle es Ihnen«, sagte sie. »Ich erzähle Ihnen die Geschichte, wie meine Großmutter sie mir erzählt hat, als ich fünfzehn Jahre alt war. Und sie beginnt mit Prügel.«

Pretoria, 1892

Nach dem elften oder zwölften Hieb auf ihren Rücken spürte Begum nichts mehr. Sie lag ausgestreckt auf dem Boden, den Körper auf den Steinfußboden gepresst, auf den sie gestürzt war; ihre Knie hatten schließlich irgendwann unter der Wucht des Birkenprügels nachgegeben. So spürte sie nur noch die Kälte an ihrem Bauch, nun entblößt, nachdem ihre lange Bluse irgendwann hochgerutscht war – irgendwann während der Tätlichkeiten, die den Prügeln vorausgingen.

Sie konnte nichts mehr hören; es gab nur noch ein rauschendes Fließen – wenn ihre Gedanken sich von den Schmerzen lösten, die ihren Körper im steten Rhythmus der Schläge durchzuckten –, aber das spielte sich in ihrem Kopf ab. Sie konnte ihre Verwünschungen nicht mehr hören, und das zumindest war ein Segen. Die Worte, die aus dem Mund ihrer Schwiegermutter und ihrer Familie gekommen waren, hatten sie mehr noch schockiert als der erste Schlag, der sie auf die zarten Knochen ihres Rückens traf, als sie sich von ihnen abgewandt hatte, um sich ihrer neugeborenen Tochter zu widmen. Schlampe, Schlampe, Hure, Flittchen hatten sie gerufen, als sie sich auf sie stürzten, zornig und voller Hass. Sie hatte gesehen, wie ihre offenen Münder die Worte formten, hatte das Glitzern der Goldfüllungen ihrer Schwiegermutter gesehen und war stumm und erschrocken zurückgewichen, die Hände abwehrend erhoben, um ihr Baby zu schützen.

Es war das Kind, mit dem all die Probleme begonnen hatten. Zwei Wochen zuvor hatte sie in ihrem Zimmer oben entbunden, in Anwesenheit ihrer Schwiegermutter und einer schwarzen Hebamme. Keine von beiden hatte großes Interesse an der Geburt gezeigt – sie hatten neben dem Bett gesessen, von Trägheit erfüllt an diesem drückenden Abend, und sie betrachtet, als wäre sie ein nicht sonderlich interessantes Exponat im Zoo. In der Schwüle der Oktobernacht war sie unter Drücken und Dehnen erst vier Stunden in den Wehen, als sie voller Überraschung spürte, wie der Kopf des Babys durch den Muttermund glitt. Die Hebamme war aus ihrem Blickfeld verschwunden; sie drückte Begums Knie weiter auseinander und schien zum ersten Mal an diesem Abend munter zu werden. Sie hatte wieder gepresst, kräftig, eine mächtige Anstrengung, die sie fast die Besinnung kostete. Als sie sich erholt hatte, hörte sie das Greinen ihres Babys, und sie hatte gesehen, wie sich die beiden Frauen über das Kind beugten und es begutachteten. Ihre Schwiegermutter hatte die Stirn gerunzelt und wortlos das Zimmer verlassen, und da wusste sie, dass sie ein Mädchen geboren hatte. Sie selbst war glücklich. Ein Mädchen war das, was sie gewollt hatte, und sie lag da, atmete durch und wartete; sie lauschte darauf, wie die Hebamme das Kind mit einem alten Stück Betttuch säuberte, und dann schloss sie das Baby, das ihr gereicht wurde, in die Arme. Das kleine Mädchen war nun still. Sie war runzelig, und ihre

Augen waren groß und dunkel, mit langen Wimpern, wie bei ihrer Mutter. Erst später, als die Käseschmiere von ihrem Kind gewaschen war, bemerkte Begum das Haar, das dunkel und dicht und lockig war. In einer indischen Familie, in der alle zwar dichtes, aber glattes Haar besaßen, war ein Kind mit lockigem Haar kurios. Begums Magen verknotete sich, und sie drückte das Baby einige Minuten fest an sich, die Augen geschlossen, und weigerte sich, darüber nachzudenken, was der Grund für dieses lockige Haar sein mochte. Dann hielt sie das Kind mit plötzlicher Entschlossenheit von sich und musterte es sorgfältig. Sein Teint schien dunkel zu sein, dunkler als ihr eigener und der ihres Mannes. Ihre eigene helle Hautfarbe war einer der Hauptgründe, warum Begum mit fünfzehn eine so gute Partie gemacht hatte. Ein kostbarer Vorzug, so weiß zu sein. Eine gute Eigenschaft zum Weitervererben. Jetzt war sie neunzehn und hatte ihr zweites Kind geboren. Das Erstgeborene war ein Junge gewesen, und darüber waren alle glücklich. Ihrem Mann missfiel die Vorstellung, Töchter zu haben, und er hatte ihr schon frühzeitig gesagt, dass er nur Jungen wolle. Es sei ein gutes Zeichen, Söhne zu haben, und er baue sich hier in diesem Land eine neue Existenz auf und brauche in Zukunft die Unterstützung seiner Kinder. Sie hatte seinem Bart zugenickt – um sich respektvoll zu erweisen, blickte sie ihm kaum je in die Augen – und sich insgeheim gefragt, was sie tun könnte, um das zu bewerkstelligen. Ihre Schwiegermutter hatte während beider Schwangerschaften über ihrem geschwollenen Leib gebetet, aber beim zweiten Mal schien der Himmel sie nicht erhört zu haben.

Mit sanften Fingern strich sie ihrer Tochter über die Locken und begann still zu weinen. Sie hatte diese Möglichkeit neun Monate lang verdrängt. Sie hatte sie so tief begraben, dass es ihr beinahe vorkam, als sei nie etwas geschehen. Es war zu einer schrecklichen Geschichte geworden, die einer Fremden zugestoßen sein musste. Und doch wusste sie, dass sie sich verändert hatte oder vielmehr dass der Vorfall sie verändert hatte. Sie war seitdem stets nervös und fürchtete sich mehr als früher vor der Dunkelheit und davor, draußen zu sein, selbst am helllichten Tag. Manchmal hatte sie sogar Alpträume; sie waren vage und brachten keine deutliche Erinnerung, aber manchmal mischte sich beim Erwachen der Geschmack der Erleichterung in ihrem Mund mit dem galligen Geschmack jener rauen Haut an ihrem Gaumen. Er hatte ihr den Handballen auf den Mund gepresst, damit sie nicht schreien konnte, und dann hatte er mit raschen, groben Griffen ihre Kleider hochgeschoben. Er arbeitete auf dem Hof des neuen Lagerhauses ihres Mannes, verlud riesige Kisten mit Eisenwaren auf seinem Transportkarren, und manchmal half er beim Streichen, Aufräumen und anderen Gelegenheitsarbeiten. Das war alles, was sie wusste, denn sie hatte diesem schwarzen Arbeiter ihres Mannes nicht mehr Beachtung geschenkt als den anderen, bis er sie plötzlich in dem Winkel der verlassenen Lagerhalle bedrängt hatte, seinen muskulösen Arm auf ihre Rippen gepresst, die Hand um ihre Kehle, so dass sie kaum Luft bekam. Sie hatte gespürt, wie er an seiner Hose nestelte und dann in sie eindrang. Er hätte sich nicht die Mühe machen müssen, ihr den Mund zuzuhalten – sie war zu schockiert, um zu schreien, um auch nur ein Wort herauszubringen. Ihr sich wehrender Leib wurde auf etwas gepresst – Stöße von Säcken, dachte sie im Nachhinein –, und sie zappelte hilflos unter seinem Gewicht.

Hinterher hatte sie unaufhörlich geweint, nicht hysterisch, aber hilflos. Es gab nichts, was sie hätte tun können, und niemanden, dem sie es hätte erzählen können. Selbst wenn sie ihr geglaubt hätten, dass sie vergewaltigt worden war, wäre sie für ihren Ehemann damit wertlos gewesen, ein beschädigtes Gut, und man hätte sie nach Indien zurückgeschickt und ihren Sohn womöglich behalten wollen. Sie konnte nicht davon erzählen, und so brachte sie die Nacht damit zu, das, was ihr passiert war, aus ihrem Kopf zu verbannen, und zu überlegen, ob es irgendeine

Möglichkeit gab, ihren Mann darum zu bitten, den Schwarzen zu feuern. Wie sich herausstellte, war das nicht nötig – am nächsten Tag erschien er nicht zur Arbeit und auch am übernächsten nicht, und nach fünf Tagen heuerte ihr Mann einen anderen an und verfluchte die Unzuverlässigkeit der Kaffern.

Als ihr junger zartgliedriger Leib sich erneut zu wölben begann, bemühte sie sich nach Kräften, den Gewaltakt und die möglichen Konsequenzen aus ihren Gedanken fernzuhalten. Doch jetzt saß sie in ihrem Schlafzimmer mit einem Kind im Arm, das nicht wie ihr Mann aussah, und sie wiegte sich vor und zurück und zog mit sanften Fingern am Haar des Babys und betete darum, dass sie es nicht bemerkten.

Doch sie bemerkten es, und zwar innerhalb von vierzehn Tagen. Ihr Wochenbett war vorüber, sie war wieder auf den Beinen und in der Küche zugange, als sie ihren Mann und seine Brüder oben mit gesenkten Stimmen miteinander sprechen hörte, und sie wusste instinktiv, dass sie der Gegenstand dieses Gesprächs war. An jenem Abend sagten sie nichts zu ihr, und obwohl ihr Mann sie einmal schlug, erhob er keine Anschuldigungen gegen sie. Diese folgten am nächsten Tag, und sie verteidigte sich so gut es ging; sie schwor, dass zwei ihrer Großeltern lockiges Haar gehabt hatten und dass das Kind seines war – wessen denn sonst? Sie hörten nicht auf sie; sie verfluchten sie bloß und sagten, dass sie zu ihrer Familie würde zurückkehren müssen, und dann begannen die Prügel.

So kam es also, dass sie mit dem Gesicht nach unten auf dem Küchenboden lag und den Schmerz der Stöcke nicht länger spürte. Sie verdrehte die Augen, sah an der Wand vor ihr auf, und dann schlug sie die Augen nieder und blickte auf den Steinboden unter ihr, einzig um sich zu vergewissern, dass ein Teil ihres Körpers immer noch ihrem Willen unterlag, auch wenn es nur die Augäpfel waren. Sie spürte, wie ihr Mund sich öffnete und Worte herauskamen, ein schwacher Protest vielleicht, ein Flehen, aufzuhören, und dann spürte sie, wie eine Welle der Anspannung ihren Körper verließ; hilflos, aber erleichtert verlor sie die Besinnung.

Als sie sich nicht mehr rührte, schlugen sie nicht länger auf sie ein; sie sahen auf die reglose junge Frau hinab, die da auf dem Boden lag, und dachten zum ersten Mal, dass sie sie vielleicht umgebracht hatten.

»Sie ist stark«, sagte ihre Schwiegermutter und spie auf den Boden. »Die steht schon wieder auf.«

Alle akzeptierten diese Bemerkung wie eine Art Absolution. Sie verließen die Küche, an ihrem Mann vorbei, der aus dem Esszimmer kam, wo er die letzten zwanzig Minuten reglos dagesessen hatte. Er sah auf den geschundenen Körper seiner Frau herunter. Sie war erst neunzehn Jahre alt und sah mehr denn je aus wie ein Kind, wie sie da reglos auf dem Boden lag. Er richtete eine halbherzige Geste an die junge Magd, die ihm bestätigend zunickte und wartete, bis er seiner Familie aus der Küche gefolgt war.

Sobald sie allein waren, kniete sich die Magd neben die junge Frau und legte ihr sachte die Hand auf die Stirn. Sie konnte ihre Herrin noch atmen hören und war erleichtert. Sie wusste nicht, was sie tun sollte – ohne Erlaubnis ihres Herrn einen Arzt zu rufen stand außer Frage –, also kniete sie einfach neben ihr und wartete, strich der Verletzten über den Kopf und flüsterte ihr beruhigende Worte zu.

Vier Wochen später saß Begum – wegen der Schmerzen in Rippen und Rücken mit einigen Schwierigkeiten – auf der Bettkante und betrachtete ohne große Gefühlsregung ihren Koffer. Sie hatte immer gewusst, dass sie nicht viel besaß, und dennoch war sie ein wenig bestürzt darüber, dass alles, was sie nach vier Jahren in Südafrika rechtmäßig ihr eigen nennen konnte, problemlos in einen mittelgroßen Koffer passte. Gott sei Dank blieben ihr die Kinder. Um sie hatte sie in den vergangenen vier Wochen mit

Zähnen und Klauen gekämpft, während die Familie ihres Mannes erst ihre Zustimmung verweigert und dann argumentiert und schließlich mit ihr verhandelt hatte. Begum hatte zugesehen, wie man ihre Rückreise nach Indien organisierte; sie hatte zugesehen, wie man ihre Sachen packte, und sie war fast um den Verstand gekommen vor Ermattung und den nicht enden wollenden Schmerzen in Rücken und Bauch. Sie fragte sich unablässig, welchen Teilen ihres Körpers sie mit ihren Stöcken unwiderruflichen Schaden zugefügt hatten und ob sie jemals wieder frei sein würde von dem pochenden Schmerz, der sie Tag und Nacht verzehrte. Und trotz alledem hatte sie gegen sie angekämpft und beim Leben ihrer Mutter geschworen, nicht fortzugehen, wenn man ihr nicht erlaubte, ihre Kinder mitzunehmen. Das lockenhaarige Mädchen hatte man ihr sofort angeboten – man wollte nur ihren Sohn –, aber sie hatte sich geweigert, ihren Jungen zurückzulassen und hatte nicht nachgegeben, auch wenn man sie anschrie und behauptete, sie hätte nicht das Recht, ihn zu behalten. Sie blieb hartnäckig, bis ihre Schwiegermutter eines Tages überraschend freundlich nachgab und ihr versicherte, sie könne beide Kinder mitnehmen, wenn sie dafür unverzüglich und ohne weitere Forderungen zu stellen nach Indien zurückkehrte. Sie stimmte erleichtert zu, denn sie wusste, dass sie nach den religiösen Gesetzen, denen ihre Ehe unterlag, keine wirklichen Rechte besaß, und in jener Nacht hatte sie nach zwei Jahren zum ersten Mal inbrünstig zu Gott gebetet und dafür gedankt, dass sie ihre Kinder behalten durfte.

Als sie auf dem Bahnsteig stand, wurde sie einige Sekunden lang von dem Dampf eingehüllt, den der Zug hinter ihr ausstieß. Sie war blind, umgeben von den wogenden Wolken weißen Abgases, und sie umklammerte die kleine Hand ihres Jungen noch ein wenig fester. Das Baby trug sie in einem großen Tuch, das man ihr auf den Rücken gebunden hatte. Das zusätzliche Gewicht verstärkte ihre Schmerzen, und so hatte sie unverzüglich in den Zug nach Durban steigen wollen, als er einlief, aber ihr Mann und seine Familie hielten sie zurück.

»Es besteht kein Grund zur Eile«, hatte er auf Gujerati zu ihr gesagt. »Du wirst noch lange genug im Zug sitzen.«

Also hatte sie schweigend mit ihnen zusammen gewartet, hatte zugesehen, wie die Menschen um sie herumwuselten, und sich sehr bemüht, nicht zu weinen. Sie stand noch immer unter Schock angesichts der Veränderungen, die sich in den vergangenen sechs Wochen in ihrem Leben ereignet hatten. Sie hatte ihr zweites Kind geboren, war von ihrer Schwiegerfamilie bis zur Bewusstlosigkeit verprügelt und verstoßen worden und wurde zu ihrer Familie nach Indien zurückgeschickt. Sie hatte keinen Ehemann und kein Zuhause mehr. Sie war neunzehn Jahre alt, und alle Wege zu einem normalen respektablen Leben waren ihr für immer verschlossen. Sie wusste nicht einmal, ob ihr Vater sie nach allem, was geschehen war, wieder bei sich aufnehmen würde. Vielleicht würde man sie mit einem älteren Mann verheiraten, mit einem Witwer oder mit einem armen Bauern, der sich sonst keine Frau leisten konnte. Ihr schauderte bei der Vorstellung, und sie weinte sich nachts in den Schlaf, doch als sie nun auf dem Bahnsteig stand, umgeben von diesen Menschen, empfand sie kaum etwas. Nur das Bedürfnis, in den Zug zu steigen und sich zu setzen, um die Wellen des Schmerzes, die durch ihren Leib rollten, ein wenig zu lindern.

Der kleine Junge begann zu weinen, und mit einiger Mühe hob sie ihn hoch und drückte seine heißen, salzigen Wangen an ihre. Schließlich erklang die warnende Pfeife, und sie sah ihren Mann erwartungsvoll an. Er nickte und nahm ihren Koffer, ging zum hinteren Ende des Zuges, wo er ein leeres Abteil fand, dessen Fenster dem Sommerwetter geöffnet waren. Er stieg ein und stellte den Koffer ab, dann stieg er wieder aus und trat neben die Tür, um Begum einsteigen zu lassen. Er sah ihr von draußen zu, wie sie den Jungen hinsetzte und das Baby von ihrem Rücken losband, und hatte dann nur noch Augen für seinen Sohn, ohne seiner Frau ein Wort des Abschieds zu gönnen.

»Halt ihn zum Fenster heraus, damit ich ihn küssen kann«, sagte er, und sie blickte ihn überrascht an und versuchte, ihm in die Augen zu sehen, aber er hielt den Blick gesenkt. Er ist traurig, weil er den Jungen verliert, dachte sie, und obwohl sie ihm die Schuld daran gab, dass sie verstoßen wurde, verspürte sie angesichts der ungewöhnlichen Zärtlichkeit seiner Bitte Mitleid mit ihm. Dann hat er also doch Gefühle, dachte sie, und sie nickte ihm zu und legte das Baby auf den Sitz, und dann nahm sie ihren Sohn auf den Arm und stand mit ihm am Fenster. Der Junge war jetzt ruhiger und lächelte die Familie, die er verließ, mit fragenden braunen Augen an. Begums Gesicht war in der Dunkelheit des Abteils verborgen, und ihr Mann konnte nicht sehen, wie sie lächelte, als der Zug in Vorbereitung auf seine Abfahrt leicht zu beben begann. Sie blickte auf sie hinab, auf ihre Schwiegermutter, die beiden jüngeren Söhne, beide bärtig, und auf ihre Frauen, die sie unter ihren Kopfbedeckungen hervor ansahen. Diese Menschen, die ihre Familie gewesen waren und die sie kaum gekannt hatte. Es würde ihr nicht leid tun, sie zu verlassen – aber ihren Mann? Sie verstand nicht, wie es so einfach möglich war, dass dieser Mann, der doch ein Leben lang an sie gebunden sein sollte, nun für immer für sie verloren war. Sie betrachtete ihn traurig und fast ein wenig mitleidig, weil er sie für etwas verstieß, das nicht ihre Schuld gewesen war, und weil er es tat, obwohl er, wie sie wusste, auf seine Weise durchaus etwas für sie empfand.

Der Zug setzte sich in Bewegung, schob sich langsam über die Schienen, und sie hielt die Hand des Jungen hoch, damit er ihnen zuwinkte. Sie gingen den Bahnsteig entlang, begleiteten den Zug, bis die Räder sich unerbittlich drehten und er Geschwindigkeit aufnahm. Ihr Mann war noch immer neben ihnen und begann zu laufen, um mitzuhalten, und wieder rief er ihr zu, sie solle den Jungen aus dem Fenster halten, damit er ihn zum Abschied küssen könne. Sie beugte sich vor und hielt das Kind hinaus, und die Hände seines Vaters reichten hinauf, um seinen Sohn zu berühren, dachte sie, um ihn zu streicheln, aber dann schlossen sich die großen Hände plötzlich um die Taille des Kindes. Sie zog es zurück, verstand nicht, was er da tat, aber sie musste sich schon weit hinauslehnen, und seine starken Hände, die ihren Sohn umfassten und an ihm zogen, brachten sie aus dem Gleichgewicht, und der Zug nahm Fahrt auf, und sie konnte den Jungen nicht länger festhalten, so sehr sie sich auch mühte. Sie begriff kaum, was geschehen war, als sie ihre Hände ansah und sie leer waren. Sie starrte die Gruppe Menschen an, die auf dem Bahnsteig beisammen standen und triumphierten, ihr Sohn in den Armen ihres Mannes. Sie starrte ihnen nach, bis sie ihre Gesichter nicht mehr ausmachen konnte und sie zu winzigen Gestalten schrumpften. Ihre verzweifelten Schreie gellten ihnen nach, als sie eilig den Bahnsteig verließen.

Delhof

»Ich hatte nicht vor, Sie zum Weinen zu bringen«, sagte Amina. Miriam sah auf und trocknete sich die Tränen.

»Ich kann mir nicht vorstellen, auf diese Weise ein Kind zu verlieren. Sie muss sich gewünscht haben zu sterben ...«

Amina seufzte. »Ich glaube, ein Teil von ihr ist an jenem Tag gestorben. Sie hat alles gehasst, was damit zu tun hatte. So lange ich denken kann, hat sie mich immer vor der Gefahr gewarnt, mich in der Ehe zu verlieren oder der Familie unterwerfen zu müssen.«

»Ist das der Grund, warum Sie noch nicht geheiratet haben?«

Amina lächelte, aber ihre Augen zeigten keinen Funken Amüsement, als sie Miriam ansah. »Nein«, antwortete sie. »Das ist keineswegs der Grund.«

Miriam senkte die Augen, und ihr Blick fiel auf Aminas Uhr. »Es ist zwei«, sagte sie. »Wir sollten beide versuchen, noch etwas Schlaf zu bekommen.«

Das Weinen des Babys drang durch die stille Dunkelheit, und sie sahen beide nach oben. Miriam schob rasch ihren Stuhl zurück und eilte zur Treppe.

»Miriam ...«, sagte Amina. Miriam wandte sich um, eine Hand auf dem Geländer, und wartete. Die junge Frau sah dünn und zerbrechlich aus, wie sie da in dem winzigen Lichtkreis in der Küche saß, und Miriam fühlte sich schuldig. Sie war erleichtert gewesen, als sie ihr Baby schreien hörte, denn es hatte ihr einen leichten Ausweg aus dem Aufruhr ermöglicht, den Amina mit ihren Geschichten und ihrer Anwesenheit in ihrem Geist und in ihrem Herzen auslöste.

Sie ging wieder eine Stufe hinunter und sah Amina freundlich an. »Was ist?«, fragte sie.

Amina musterte einen Augenblick lang ihre Hände, dann blickte sie auf und schüttelte den Kopf. »Nichts«, sagte sie. »Gehen Sie lieber – das Baby braucht Sie.«

Kapitel 10

Delhof

Miriam erwachte am nächsten Morgen von der unvertrauten Leuchtkraft der Sonne hinter den Gardinen. Sie setzte sich auf und blinzelte zum Fenster hinüber, die Gedanken noch schwer vom Schlaf. Irgendwas stimmte nicht. Sie konnte sich nicht erinnern, in diesem Haus jemals aufgewacht zu sein, wenn die Sonne bereits so hoch stand. Sie blickte auf die Uhr, die auf Omars Seite des Bettes stand. Es war sieben.

Sie stand eilig auf, zog ihren Morgenrock über und lief zum Zimmer der Kinder hinüber, um sie zu wecken, denn es blieb ihnen kaum eine halbe Stunde Zeit, bis der Schulbus kam. Sie stürmte hinein und sah sich zwei leeren Betten gegenüber. Sie wirbelte herum, dachte, dass sie sich vielleicht hinter ihr versteckten, aber an diesem Morgen sprang kein kicherndes, aufgeregtes Kind hinter der Tür hervor. Sie ging nach nebenan, um in die Wiege zu schauen. Ihr Baby zumindest war noch da und schlief. Sie entdeckte eine leere Flasche neben dem Mädchen und wusste, dass Robert Salma in aller Frühe gefüttert haben musste. Wie hatte sie das verschlafen können? Auf der anderen Seite des Flures stand die Tür zu Aminas Zimmer weit offen, und das Bett war fein säuberlich gemacht. Miriam schaute zu dem winzigen Fenster hinaus. Ihre Kinder waren draußen, neben dem künftigen Gemüsegarten, vollständig angezogen, und Amina Harjan kniete auf dem Boden und zeigte ihnen etwas.

Nach einer raschen Katzenwäsche lief Miriam nach unten und eilte geradewegs zur Hintertür.

»Sam! Alisha!«, rief sie. Sie wartete ungeduldig auf der Türschwelle. Die Kinder kamen rasch herbeigelaufen.

»Was macht ihr da?« Sie wusste, dass sie keinen Grund hatte, ärgerlich zu sein, aber die Abweichung von der üblichen Routine brachte sie aus dem Gleichgewicht. Die Kinder sahen sie mit großen Augen an, verwirrt von dem Tonfall, in dem die Frage gestellt worden war – irgendwo zwischen Neugier und Zorn.

»Nichts«, antwortete Sam.

»Doch!«, widersprach Alisha ihm. »Amina hat uns den Garten gezeigt, Mami. Weißt du, dass wir in einem Monat Gemüse haben werden?«

»*Tante* Amina«, verbessert Miriam sie. »Ihr nennt sie Tante. Sie ist viel älter als ihr.«

»Ich bin vierundzwanzig.« Amina trat zu ihnen. »Noch lange keine alte Dame.«

Miriam lächelte ein wenig verlegen und scheuchte die Kinder in die Küche.

»Ich möchte nur sichergehen, dass sie Älteren mit Respekt begegnen«, sagte sie und setzte die Milch auf den Herd. »Sie sind zu spät dran für den Bus«, fuhr sie fort, aber Amina stand noch draußen vor der Hintertür und hörte sie nicht. Miriam winkte sie herein.

»Kommen Sie – frühstücken Sie mit uns«, sagte sie, und Amina schlüpfte aus ihren Stiefeln und trat ein.

»Danke.«

»Sie werden zu spät zur Schule kommen«, wiederholte Miriam. »Ich habe ihnen noch nicht mal ihre Pausenbrote gemacht.«

»Ich helfe Ihnen«, sagte Amina. »Wo ist das Brot?«

Miriam schien unentschlossen, aber dann wies sie mit dem Kopf auf den abgedeckten Laib Brot auf dem Tisch, zog eine Schublade auf und reichte Amina ein Brotmesser. Sie nahm es und balancierte es auf der Fingerspitze. Als die Kinder lachten, blickte sie auf, als hätte sie deren Anwesenheit vollkommen vergessen gehabt.

»Was esst ihr zum Frühstück?«, fragte sie die Kinder.

»Haferbrei«, antworteten sie.

»Esst ihr ihn direkt vom Tisch?«

Sie schüttelten den Kopf.

»Na dann«, sagte sie und schnitt das Brot auf. »Warum helft ihr eurer Mutter nicht und holt Teller und Löffel?«

Beide liefen zum Geschirrschrank hinüber und hatten in wenigen Augenblicken vier Teller auf den Tisch gestellt. Miriam rührte den Haferbrei um und blickte kurz zu Amina hinüber. Deren Aufmerksamkeit war auf das Brotschneiden gerichtet, aber aus den Augenwinkeln nahm sie die Bewegung von Miriams Kopf wahr und schaute auf.

»Ich hätte nie gedacht, dass ich je so häuslich sein könnte«, sagte sie und lachte.

Miriam zögerte. Dann sagte sie: »Ich bin nie auf eine andere Idee gekommen.«

»Mami, die Milch!«, rief Alisha. Miriam sah erschrocken auf den Herd hinunter, wo die Milch über den Rand des Topfes wallte. Ehe sie sich's versah, spürte sie Aminas Hand auf ihrer, die sich um den Stiel des Topfes schloss und ihn vom Feuer zog.

Amina lächelte Sam und Alisha an. »Wieder ein Frühstück gerettet.« Sie wandte sich Miriam zu. »Ich weiß nicht, womit ich die Brote belegen soll. Warum machen Sie sie nicht fertig, während ich ihnen den Haferbrei aufgebe?«

Sie tauschten die Plätze, und Miriam arbeitete rasch, ohne groß zu reden. Sie war es zufrieden, Amina zu beobachten, wie sie den Kindern das Frühstück gab und währenddessen mit ihnen schwatzte und scherzte. Für Miriam war es eine vollkommen neue Erfahrung, eine solche Hilfe in der Küche zu haben und solchen Spaß beim Frühstück und zu sehen, wie jemand anders als sie sich liebevoll um die Kinder kümmerte, und das alles gefiel ihr.

Amina aß mit den Kindern gemeinsam und gab ihnen ein gutes Beispiel, und so waren sie fast fertig, als Robert aus dem Laden hereintrat und den Schulbus ankündigte. Er lachte, als Amina aufsprang und die Kinder anwies, sich hinter ihr aufzustellen. Steif und starr wie ein Zinnsoldat stand sie da und wartete, während Miriam ihren Kindern die Schulranzen reichte und die Tüten mit den Pausenbroten, und dann begann sie im Stechschritt durch die Küche und den Laden zu marschieren, während Sam und Alisha ihr im Gleichschritt folgten. Sie marschierten zur Veranda hinaus und die Stufen hinunter, und dann drehte Amina sich zu ihnen um und salutierte mit großem Ernst. Kichernd erwiderten die Kinder den Salut und rannten dann zum Bus hinüber.

»Mami?!«, schrie Alisha von der Tür des Busses aus. Miriam trat auf die Veranda hinaus.

»Ja, mein Schatz?«

»Kann Amina ... Kann Tante Amina für immer bei uns bleiben?«

Miriam warf der jungen Frau schräg hinter sich einen raschen Blick zu, aber Amina sah amüsiert zu den Kindern hinüber. Die beiden Frauen standen schweigend am Fuße der Veranda und schauten dem Bus nach, bis er verschwunden war und nichts blieb als das weite Land vor ihnen, die endlose Ebene, die Miriam anfangs gefürchtet hatte, die ihr inzwischen jedoch vertraut geworden war.

»Möchten Sie noch weiter frühstücken?«, fragte sie. »Jetzt sind wir dran.«

Amina wandte sich ihr zu und sah sie aufmerksam an, als wiege sie ein Angebot ab, das von weit größerer Bedeutung war als ein Teller Haferbrei, und wieder konnte Miriam den forschenden Augen nicht standhalten und musste den Blick senken.

»Ich denke, ich mache mich besser wieder an die Arbeit.«

»Sind Sie sicher? Wir bekommen mittwochs frische Eier geliefert.« Omar gestand ihr acht Eier pro Woche zum Kochen und Backen zu.

Miriams Beharrlichkeit ließ Amina lächeln.

»Eier?«, meinte sie. »Nun, das ist was anderes.«

In der Küche setzte Miriam die schwere schwarze Pfanne auf den Herd, während Amina in ihrer Nähe blieb und sie verstohlen beobachtete. Sobald das Öl heiß war, wurden drei Eier in die Pfanne geschlagen, wo sie sich ausbreiteten und zischend und spritzend brutzelten. Miriam zog die Pfanne ein Stück von der Hitze fort und sah zu, wie die Eier brieten.

»Ich habe lange nicht einschlafen können, nachdem ich die Geschichte Ihrer Großmutter gehört hatte.«

»Das tut mir leid«, erwiderte Amina.

»Das braucht es nicht. Ich weiß es sehr zu schätzen, dass Sie sie mir erzählt haben. Es ist Ihnen bestimmt nicht leicht gefallen.«

Sie streute Salz, Pfeffer und ein wenig Kumin über die Eier und wendete sie dann mit einer geschickten Bewegung, so dass alle drei Eigelb unversehrt blieben. Gleich darauf gab sie zwei Eier auf Aminas Teller und das verbleibende auf einen anderen für sich. Dann stellte sie einen Teller *rotis* auf den Tisch.

»Wissen Sie«, meinte Amina, als sie sich zu Tisch setzten, »jedes Mal wenn ich an meine Großmutter zurückdenke, verstehe ich ihre Geschichte ein wenig besser, weil ich inzwischen das eine oder andere erlebt oder gesehen habe.«

»Wie meinen Sie das?«

»Gestern zum Beispiel. Zum ersten Mal habe ich wirklich gespürt, welch eine Qual es sein muss, sein Kind zu verlieren. Wie brutal das ist. Vielleicht hatte es damit zu tun, dass ich Sie mit Sam und Alisha gesehen habe, oder vielleicht lag es auch daran, dass ich Ihnen die Geschichte erzählt habe, aber letzte Nacht hat sie mich mehr berührt als jemals zuvor.«

Miriam brach ein Stück Brot ab. »Ich bin froh, dass Sie sie mir erzählt haben.«

»Ich auch«, sagte Amina, »und Familiengeschichte hin oder her – ich bin froh, dass wir hierher zurückgekommen sind. Es war das Beste, was mir passieren konnte.«

»Warum?«

Amina lachte. »Können Sie sich vorstellen, dass ich in Indien mein eigenes Café hätte eröffnen können – einfach so wie hier?«

»Das ist unwahrscheinlich«, gab Miriam zu. »Doch sehr wahrscheinlich ist so etwas hier auch nicht. Und Sie haben es trotzdem geschafft.«

»Ja. Es war Jacob, der die Idee dazu hatte und der den Großteil des Geldes aufgebracht hat. Ich habe ihn kennen gelernt, als ich bei einem seiner Verwandten das Haus renoviert habe. Seinem Neffen, glaube ich.«

»Was haben Sie dort gemacht?«

»Gestrichen. Fenster und so.«

Miriam lächelte. »Gibt es irgendwas, das Sie nicht können?«

»Sehr wenig.« Amina lächelte. »Deshalb kann man über mich so gut klatschen und tratschen. Egal, jedenfalls hat Jacob mir mehr geholfen, als er denkt. Er hat sich über all die Bedenken, mit denen wir anfangs konfrontiert waren, hinweggesetzt und mir vertraut. Er hat mir eine Chance gegeben, die mir niemand sonst gegeben hätte.«

»Sie mögen Ihre Arbeit wohl?«, fragte Miriam.

»Ja, sehr.«

»Denken Sie stattdessen denn nie daran zu heiraten und eine Familie zu gründen?«

Amina wischte das Eigelb auf ihrem Teller mit einem Stück Brot auf. »Es ist das Wort *stattdessen,* das mir nicht gefällt. Das ich nicht verstehe. Nicht verstehen *will,* wie ein Teil meiner Familie sagen würde. Warum kann eine Frau nicht beides haben – das heißt, wenn sie es möchte?« Sie sah Miriam erwartungsvoll an.

»Ich ... Ich weiß nicht«, erwiderte Miriam. »Dafür gibt es keinen Grund, glaube ich. Es ist ungewöhnlich, nicht wahr?«

»Ja, und das bin ich auch«, sagte Amina lächelnd. »Und Sie auch. Und jedes andere menschliche Wesen. Die Menschen sollten sich darüber klar werden, was sie empfinden, wie sie denken, und dann das tun, was für sie richtig ist. Die meisten Männer tun das. Ihr Mann hat nicht aufgehört zu arbeiten, als er Sie geheiratet hat, oder?«

»Nein. Aber einer muss den Lebensunterhalt verdienen.«

»Warum nicht Sie?«

»Weil er immer gearbeitet hat.«

»Und Sie nicht. Warum?«

»Weil das nicht den Gepflogenheiten entspricht.«

»Warum nicht?«

Diesmal lächelte Miriam. »Weil ich eine Frau bin? Mit Ihrer logischen Argumentation haben Sie mich erwischt, Amina. Mir bleibt kein Ausweg.«

»Es gibt einen Ausweg. Sie könnten mir stundenlang widersprechen, wenn Sie wirklich glaubten, dass die alten Traditionen ihre Berechtigung haben. Aber das tun Sie nicht«, meinte Amina. »Sie glauben das nicht. Tief in Ihrem Inneren glauben Sie *mir*, und deshalb gefällt Ihnen meine logische Argumentation.«

»Möglich.« Miriam sah auf ihre Hände hinab.

»Sie legen sich nicht gern fest, bevor Sie gründlich über alles nachgedacht haben, stimmt's?«, stellte Amina fest. Sie hatte ihr Frühstück beendet und widmete Miriam nun ihre volle Aufmerksamkeit.

»Ist das schlimm?«

»Ganz und gar nicht. Ich selbst bin viel zu impulsiv und bewundere es immer, wenn jemand geduldig und nachdenklich ist. Ich brauche jemanden mit diesen Eigenschaften neben mir, um nicht aus dem Gleichgewicht zu geraten.« Aus irgendeinem Grund veranlassten Aminas dunkle Augen Miriam erneut, ihren Blick zu senken.

»Wie Jacob«, fuhr Amina mit einem kleinen Lächeln fort. »Er hindert mich daran, unseren Laden mit meinen verrückten Ideen zu ruinieren.«

»Noch ein Ei?« Miriam hatte sich schon halb erhoben.

»Nein, danke.« Amina blieb noch einen Augenblick sitzen. Sie hätte das Gespräch gern fortgeführt, aber Miriam schien rastlos zu sein oder vielleicht auch nervös. Amina sah höflich auf die Uhr und zeigte sich überrascht angesichts der Zeit.

»Im Garten wird das Unkraut wuchern, wenn ich ihn noch länger vernachlässige«, sagte sie und stellte die Teller zusammen. »Ich mache mich besser an die Arbeit. Vielen Dank für das Frühstück.«

»Gern geschehen«, erwiderte Miriam und wollte ihr die Teller abnehmen.

»Ich spüle sie«, sagte Amina. »Das ist das Mindeste, was ich tun kann, nachdem Sie die Eier gebraten haben.«

»Nein, nein. Es kostet mich nur zwei Minuten. Kommen Sie schon. Sie haben einen Garten anzulegen.«

Amina überließ ihr die Teller und ging zur Hintertür. Als sie hinaustrat, setzte sie sich den abgetragenen Filzhut wieder auf die Locken.

»Wann kommt Ihr Mann nach Hause?«

»Er muss jede Minute hier sein.«

»Oh.«

Sie klang enttäuscht, dachte Miriam.

»Nun, vielen Dank noch mal für das Frühstück. Und das Gespräch«, sagte Amina und warf Miriam unter der Hutkrempe hinweg einen kurzen Blick zu. »Ich hoffe, dass ich Sie mit meinen sonderbaren Ideen nicht beunruhigt habe.«

Miriam schüttelte den Kopf. »Sie beunruhigen mich nicht. Sie bringen mich zum Nachdenken. Und das ist doch gut, oder?«

Amina grinste sie an. »Kommt drauf an, wen Sie fragen«, antwortete sie und ging davon. Sie hob die Hand, als sie den neuen Abschnitt im Garten erreicht hatte. »Ich zeige Ihnen später, wo ich was gepflanzt habe!«, rief sie, und Miriam nickte. Sie stand noch einige Minuten da und sah zu, wie Amina die Ärmel hochkrempelte und sich wieder an die Arbeit machte.

Kapitel 11

Während der ganzen vergangenen Woche hatte Miriam nie sagen können, welcher Tag es gerade war. Die Tage schienen ihre Fähigkeit verloren zu haben, von einem zum anderen zu wechseln, und nun krochen sie in Miriams Wahrnehmung nahtlos voran, ohne dass irgendetwas sie voneinander getrennt hätte, nicht einmal die Nacht. Vor langer Zeit schon hatte Miriam sich an die Routine gewöhnt, an ein Leben, in dem sich ein Tag kaum vom anderen unterschied, aber das hier war neu, unendlich viel Zeit, die schwer auf ihr lastete, sich ungleichmäßig in einen verborgenen Bereich ihres Bewusstseins eingrub. Sie konnte sich an kleine Bruchstücke der Routine erinnern, die sie durch die langen Stunden getragen hatten – sie wusste, dass sie das Baby gefüttert hatte, wieder und wieder, und das Abendessen zubereitet und den Laden geöffnet und die Regale aufgefüllt. Einmal hatte sie einen Topf mit frisch gekochtem Essen fallen lassen. Doch selbst das hatte sie kaum aufgeschreckt. Sie hatte bloß abgewartet, bis der Krach verklungen war, und dann hatte sie das verschüttete Essen angesehen, als gehöre es genau da hin – auf den Fußboden. Robert hatte die Schweinerei aufgewischt und Miriam mit beunruhigt flatternden Lidern betrachtet, aber sie war einfach nach oben gegangen, um nach dem weinenden Baby zu sehen.

Sie war müde. Sie war erschöpft – sie hatte fünf Nächte lang kaum geschlafen. Sie gab dem Baby die Schuld daran, aber das Kind hatte nur ein Mal pro Nacht geschrien. Wann immer Miriam jedoch aufstand, um es zu füttern oder zu wickeln, blieb sie ihrem Bett eine Stunde, manchmal sogar zwei fern – sie stand am Fenster, hielt das schlafende Kind im Arm und rieb ihm besänftigend den Rücken. Sie verspürte nicht den Wunsch, zu dem schlafenden Mann in ihrem Bett zurückzukehren oder sich selbst dem Schlaf zu überlassen. Omar nahm ihre Träume ein – Bilder von ihm und Farah, wie sie zusammen waren. In diesen Träumen lachte ihre Schwägerin immer, laut und ohne Freude, und davon wachte Miriam jedes Mal auf, mit schweißnasser Stirn und unstetem, rasendem Puls.

Tagsüber wirbelten ihr unablässig Gedanken im Kopf herum und ließen sie keine Ruhe finden. Sie dachte an Rehmat und James und ihre Art zu leben und fragte sich, ob sie selbst sich – wenn ihr diese Möglichkeit überhaupt in den Sinn gekommen wäre – ebenso den Konventionen widersetzt hätte und davongelaufen wäre, wie Rehmat es getan hatte. Sie dachte an Sam und Alisha und welchen Lauf deren Leben nehmen mochte, und ihre Gedanken wanderten zu ihrer Mutter in Bombay, die ihre Enkelkinder noch nie gesehen hatte. Die Briefe, die sie einander schrieben, wurden immer seltener; für gewöhnlich kamen sie mit großer Verspätung; oft gingen sie auch verloren. Sie sann lange Zeit über Amina Harjan nach und betrachtete hin und wieder den neuen Gemüsegarten, der außerhalb der eigenen kleinen Welt des Ladens lag und ordentlich gehackt und bepflanzt war. Obwohl Amina nur zwei Tage bei ihnen gewesen war, hatte Miriam die junge Frau in der vergangenen Woche vermisst, und ihre schlummernde Einsamkeit hatte deutliche Konturen angenommen. Wenn sie ins Bett zurückkehrte, lag sie reglos auf dem Rücken, ihre Gesichtszüge starr wie eine Totenmaske, und lauschte wie damals in den ersten Monaten auf irgendein Zeichen von Leben in der unermesslichen Weite da draußen, auf irgendeinen Laut, der sie von den Stimmen ablenkte, die sich in ihrem Kopf tummelten.

Um auf andere Gedanken zu kommen, begann sie in dem Gedichtband zu lesen, den Amina ihr dagelassen hatte. Es waren allesamt Liebesgedichte – das und die Erinnerung daran, wie Amina sie beobachtet hatte, machte Miriam nervös. Etwas an diesen Gedichten war beunruhigend; ein Zerrbild einer Rose oder eines brechenden Herzens schlich sich in ihre rastlosen Träume, und so erwachte sie traurig und nicht erquickt. Manche Zeilen hatte sie inzwischen so oft gelesen, dass sie auf ewig in ihr Gedächtnis eingebrannt waren, und diese Worte erschreckten sie manchmal während des Tages, wenn sie mit einer Klarheit vor ihr erschienen, die seltsam und zugleich anziehend war, als wären es Worte, die sie sich selbst ausgedacht hatte und einem geliebten Menschen zu Füßen legen würde, der ihr bisher noch unbekannt war.

An diesem Nachmittag um drei Uhr ging Omar nach oben, um seine Jacke zu holen. Er wollte zu einem Großhändler nach Springs fahren. Miriam griff nach dem Besen und wartete darauf, dass Omar wieder herunterkam. Wenige Augenblicke später erschien er in der Tür und strich glättend über sein Revers.

»Ich bleibe nicht lange weg«, sagte er, und sie nickte und begleitete ihn zur *stoep* und sah zu, wie er in den Wagen stieg. Er kurbelte das Fenster herunter und beugte sich hinaus. Sie trat zu ihm, um zu hören, was er zu sagen hatte.

»Rehmat reist morgen ab«, sagte er. »Wir sollten in aller Frühe hinfahren und uns verabschieden.« Er startete den Motor.

»Was ist mit dem Laden?«

»Robert kann darauf aufpassen.«

»Gut.«

Pretoria. Ein bisschen Abwechslung würde die Monotonie der Tage durchbrechen. Miriam kehrte in den Laden zurück und begann den Boden zu fegen, während ihre Gedanken bei der anstehenden Fahrt nach Pretoria und bei Rehmat waren. Hin und wieder zitierte sie leise eines der Gedichte, die sie auswendig kannte; das Versmaß der Strophen verlieh ihrer Arbeit Rhythmus, und sie beobachtete, wie die Astlöcher und die Maserung der Dielen unter den Borsten erschienen und wieder verschwanden, während sie den Besen mit flinken, gleichmäßigen Bewegungen über den Boden gleiten ließ.

Als sie sich fegend auf die offene Tür zubewegte, erblickte sie als Erstes die Füße. Große schwarze Stiefel, die oben glänzten, während die Seiten vom roten Staub der Straße gezeichnet waren. Wie in dem Augenblick, als ihr der volle Kochtopf heruntergefallen war, erschrak Miriam auch in diesem Moment nicht erkennbar. Sie hob langsam die Augen und erblickte zwei Paar Beine, umhüllt von blauen Uniformhosen, dann Gürtel, Pistolenholster, Schlagstöcke, Schulterstücke, zwei Augenpaare – das eine, das sie durchdringend über einem Schnauzbart hinweg anblickte, braun, das andere von leuchtendem Blau. Sie trat einen Schritt zurück und sah zu, wie die beiden Polizisten den Laden betraten. Der Blauäugige tippte sich an die Mütze.

»Tag!«, sagte er freundlich.

»Tag!«, erwiderte sie und wartete ab, den Besen noch in der Hand. Der andere Mann begann im Laden umherzuschlendern und sah sich beiläufig die Auslagen auf dem Tresen an, als betrachte er Angebote im Ausverkauf. Sie öffnete den Mund, um zu fragen, was sie für sie tun könne, doch dann schloss sie ihn wieder. Sie wusste instinktiv, dass die beiden nicht als Kunden gekommen waren.

»Ich bin Officer De Witt. Das hier ist Officer Stewart. Wir müssen dir ein paar Fragen stellen.« Der Polizist, der sie angesprochen hatte, hatte blondes Haar, und er lächelte, während er sprach.

»Mein Mann ist nicht da – er ist gerade weggefahren ... Vielleicht haben Sie ihn noch gesehen«, sagte sie, und dann wurde ihr bewusst, dass sie den Streifenwagen nicht hatte kommen hören.

Die Männer sahen einander an. »Tja, da haben wir ihn wohl verpasst. Aber das macht nichts. Wir sind nicht seinetwegen gekommen.«

Miriam sah zu Robert hinüber, der am Fuß der Treppe aufgetaucht war. Die unverhüllte Furcht in seinen Augen, die auf die dünnen Arme und Beine übergriff, schien ihn daran zu hindern, den Laden zu betreten. Miriam spürte, wie sich seine Angst unverzüglich auf sie übertrug. Sie winkte ihn herbei. Widerstrebend trat er ein und stellte sich neben sie, den Blick gesenkt. Keiner der beiden Polizisten gab zu erkennen, dass sie sein Eintreten zur Kenntnis genommen hatten.

»Möchten Sie eine Tasse Tee? Etwas Kaltes zu trinken?«, fragte sie in kaum hörbarem Flüsterton. Ihre Augen glitten zu dem Schlagstock, den Police Officer De Witt an der Hüfte hängen hatte. Dahinter, so wurde ihr bewusst, befand sich eine Pistole. Sie schluckte.

»Ja«, sagte er und blickte seinen Kollegen mit hochgezogenen Brauen an. »Eine Cola wäre nicht schlecht.«

Sie nickte Robert zu, der verschwand und gleich darauf mit zwei Flaschen und zwei Gläsern zurückkam. Miriam sagte nichts. Sie umklammerte den Besen, als hielte allein er sie aufrecht.

»Einen schönen Laden habt ihr hier.«

»Ja, danke.«

De Witt setzte die Flasche an den Mund, legte den Kopf in den Nacken und nahm einen langen Zug. Miriam sah die Flüssigkeit Schluck für Schluck die straffe Linie seiner Kehle hinunterrinnen. Schließlich setzte er die Flasche mit einem befriedigten Aufseufzen ab und wischte sich mit dem Handrücken über den Mund.

»Wer sind eure Hauptkunden?«, fragte er.

»Das sind wohl vor allem die Farmer.« Miriam räusperte sich und trat hinter den Tresen. Ihre Kehle war wie zugeschnürt; ihre Stimme klang erstickt. »Hier in der Gegend gibt es hauptsächlich Farmer.«

Der Mann nickte. »Interessant«, meinte er, schaute aber gelangweilt drein. »Findest du es hier nicht zu ruhig?«

»Nein, Sir. Ich habe mich inzwischen daran gewöhnt.«

»Also gefällt es dir hier?«

»Ja, Sir.«

»Ist deine Schwägerin hier?«

Miriams Herz machte einen Satz. »Mein Schwager und seine Frau leben in Pretoria«, erwiderte sie so beiläufig wie möglich.

Der Officer lachte und zeigte seine ebenmäßigen weißen Zähne, dann schüttelte er den Kopf, stützte sich entschlossen auf den Tresen und beugte sich zu ihr vor. Unwillkürlich trat sie einen Schritt zurück.

»Du brauchst keine Angst zu haben«, sagte er. Er sah zu Stewart hinüber, der den gesamten Laden durchwandert hatte und nun neben seinem Partner stand und sich gedankenverloren über den Bart strich.

»Lass mich eines klarstellen«, sagte De Witt lächelnd. »Wir suchen James Winston und Missus Rehmat Winston.« Das Wort »Missus« war sarkastisch betont. Er sah zur Treppe hinüber. »Und wir haben guten Grund zu der Annahme, dass die beiden hier bei euch sind. Bei ihrem Bruder.«

»Sie sind nicht hier«, sagte Miriam und zuckte zusammen, als sie das nunmehr breite Lächeln des Officer sah.

»Aha. Aber du weißt, wo sie sind.«

Miriam schwieg und senkte den Blick.

Die beiden Männer nickten sich zu und gingen in den hinteren Teil des Ladens.

»Wo wollen Sie hin?«, fragte Miriam.

»Nach oben – uns umsehen«, erwiderte De Witt. »Ich glaube, dass sie hier sind.«

Der letzte Satz war an seinen Partner gerichtet. Miriam sah hilflos zu, wie sie, zwei Stufen auf einmal nehmend, die Treppe hinaufstürmten. Sie lauschte auf das Quietschen der Gummisohlen ihrer Stiefel und dann auf die Schritte über ihr, die in alle Schlafzimmer drangen. Sofort fiel ihr das Baby ein, das dort oben schlief, und sie eilte die Treppe hinauf und rannte in Salmas Zimmer. Dort waren die Männer noch nicht gewesen, und sie sah auf ihr Kind hinunter, die weiche Wange, die vom Kissen eingedellt wurde, die winzige Brust, die sich hob und senkte in dem gelben Strampelanzug, der früher Alisha gehört hatte. Miriams Hände umklammerten den Rand der Wiege; sie hielt den Blick auf ihr Baby geheftet und lauschte angestrengt, als die Männer in das Schlafzimmer nebenan drangen und das Bett verrückten. Sie hörte, wie eine Schublade nach der anderen aufgezogen und wieder zugeschoben wurden, und sie spürte Zorn in sich aufsteigen, weil die Männer in ihren Sachen herumwühlten.

Sie nahm das schlafende Kind hoch, ging ins Kinderzimmer

hinüber, das sie sich als Nächstes vornahmen, und blickte sie voller Missachtung an. Der gutaussehende blonde, blauäugige Officer musterte sie kurz, aber sein Lächeln war verschwunden. Stewart schenkte ihr keine Beachtung. Er ließ sich auf die Knie nieder, um einen Blick unter die Betten der Kinder zu werfen, und dann schaute er in den alten Kleiderschrank, der in der Ecke stand. In Hüfthöhe befanden sich einige Kerben. Der Officer hielt inne und zeichnete sie mit dem Finger nach.

»Was ist das?«, fragte er. Es war das erste Mal, dass er das Wort ergriff.

»Die Kinder messen, wie groß sie sind«, erwiderte Miriam und wandte sich ab. Das Baby regte sich, wachte aber nicht auf, und De Witt hielt inne und sah sie an.

»Ein hübsches Baby«, meinte er. Sie wartete, dass er ihr aus dem Weg ging, aber stattdessen streckte er seine große Hand aus und strich dem Baby über den Kopf. Miriam drehte sich abrupt weg, und De Witt musterte sie, als wolle er ihre Reaktion einschätzen. Dann trat er einen Schritt auf sie zu.

»Hör mal«, sagte er. »Du kannst eine Menge Ärger bekommen, wenn du ihnen hilfst. Sag mir, wo die beiden sind, dann lassen wir dich in Ruhe.«

»Was haben sie getan?«, fragte sie so leise, dass der Police Officer sie kaum verstand.

»Was sie getan haben?«, wiederholte er. Er sah sie ungläubig an. »Das fragst du mich? *Was sie getan haben?* Sie haben gegen das Gesetz verstoßen. Es gibt ein Gesetz, das gemischtrassige Ehen verbietet«, erklärte er langsam und nicht ohne Sarkasmus, als sei die rechtliche Regelung möglicherweise zu kompliziert, als dass Miriam sie verstehen könnte.

»Das Gesetz über das Verbot von Mischehen. Von 1949«, fuhr er fort und klang offiziell. »Wir versuchen den Leuten klarzumachen, dass wir es ernst meinen. Das Gesetz ist nicht dazu da, um es zu missachten. Kapiert?«

Miriam schwieg.

Der Police Officer seufzte und wandte sich ab. Er ging im Zimmer umher. Dann sah er auf die Uhr, wie um die Zeit zu berechnen.

»Wann kommen deine Kinder aus der Schule?«

Miriam sank das Herz. De Witt sah erneut auf die Uhr. »Ich denke, bald, oder?« Er sah seinen Partner an und gab sich den Anschein unschuldiger Neugier. »Vielleicht sollten wir noch eine Weile bleiben und ein bisschen mit den Kleinen plaudern?«

»Ja, warum nicht?«, meinte Stewart. Er lehnte sich an die Wand und schien sich aufs Warten einzurichten. Sie standen schweigend da, und es war nichts zu vernehmen außer den Atemzügen des Babys. Miriam schüttelte den Kopf, und De Witt sah sie fragend an.

»Bitte befragen Sie nicht meine Kinder. Bitte!«

»Aber das müssen wir. Du hilfst uns ja nicht.« Er beobachtete sie und kratzte sich beiläufig mit dem kleinen Finger das Ohr.

»Sie lassen meine Kinder in Ruhe!«, sagte sie schließlich mit unnatürlich hoher Stimme. »Bitte«, fügte sie hinzu, als sie sich bewusst wurde, dass sie mit einem Police Officer sprach.

»Das hängt von dir ab.«

Sie warteten und ließen Miriam nicht aus den Augen, deren Blick vom Boden zu ihrem Baby wanderte, bis De Witt erneut das Wort ergriff.

»Sind sie bei deinem Schwager in Pretoria?«

Miriam schwieg.

»Sag einfach ja oder nein. Sind sie dort? Du musst nicht sprechen. Nick einfach.«

Miriam schüttelte den Kopf. »Ich weiß nicht, wo sie sind. Und woher sollten meine Kinder wissen ... Sie wissen nicht einmal, wer sie ist.«

»Dann kannst du ja nichts dagegen haben, dass wir sie befragen.«

Der Ton war höhnisch und gemein, und er versetzte Miriam mit einem Schlag in einen Zustand gespannter Wachsamkeit, wie sie ihn seit Tagen nicht verspürt hatte. Sie bemerkte, wie sich ihre Unsicherheit, ihre flackernde Furcht verflüchtigte; sie musste einen Weg finden, die beiden Männer loszuwerden, bevor sie sich ihre Kinder vornehmen konnten.

»Nein«, sagte sie mit fester Stimme und sah dem Officer zum ersten Mal direkt in die Augen. »Ich habe nichts dagegen.«

Und damit verließ sie rasch das Zimmer und ging nach unten. Gleich darauf hörte sie, dass die Männer ihr folgten. Sie drückte das Baby fest an sich und trat hinter den Ladentresen. De Witt kam herein, ohne zu zögern; er baute sich direkt vor ihr auf, sein Gesicht finster und starr wie eine Maske, und unter seinem Blick wich sie zurück.

»Wo sind sie?«, fragte er harsch und bedrängte sie.

»Ich weiß es nicht.«

Sie wich weiter zurück, presste das Baby an sich, das nun zu weinen begonnen hatte, und De Witt folgte ihr, den ganzen Tresen entlang. Bis sie mit dem Rücken gegen ein Hindernis stieß und angsterfüllt stehen blieb. Eine schwere Schauvitrine stand hinter ihr, und Miriam war gefangen. De Witt lächelte müde und beugte sich vor, hob die Arme und stützte sich mit den Händen zu beiden Seiten ihres Kopfes auf die Vitrine. Das Baby weinte, und sie schob seinen winzigen Körper näher an ihren Hals. De Witts blaue Augen näherten sich ihren weit aufgerissenen braunen bis auf wenige Zentimeter, und sie wandte den Kopf ab. Sie musterte seine Unterarme, die eine Schranke zu beiden Seiten bildeten; sie sah seine straffen Muskeln unter der gebräunten Haut und die aufgerichteten blonden Härchen, die sie bedeckten. Er sprach schnell und harsch.

»Sind sie in Pretoria?«

»Nein.«

»Wo sind sie dann?«

»Ich weiß es nicht.«

»Wo sind sie?«, schrie er.

»Ich weiß es nicht.«

»Wo sind sie?«, brüllte er, und sie spürte, wie ein Speichelspritzer ihr Gesicht traf.

Miriam schwieg. Ihre Augen waren fest geschlossen. Das Baby schrie. Der Polizist brachte sein rotes Gesicht noch näher an ihres, und sie konnte seinem heißen Atem nicht ausweichen.

»Willst du wirklich, dass wir deine Kinder befragen?«

Sie öffnete die Augen, wiegte das Baby ein wenig in der Hoffnung, es zu beruhigen, und betrachtete das rot angelaufene, brutale Gesicht und die kalten Augen, die so nah waren. Sie stellte sich dieses Gesicht ganz dicht vor dem ihrer Tochter vor, aber jetzt verspürte sie keine wirkliche Angst vor diesem groben Mann vor sich, sondern einzig Abscheu und Hass. Wieder sah sie ihm direkt in die Augen, registrierte die feinen Adern um seine Iris, und dann sprach sie.

»Sie werden sie nie finden.« Ihr Ton war entschlossen, aber ruhig. »Und jetzt lassen Sie uns in Ruhe.«

Die Augen des Polizisten weiteten sich vor Verblüffung. Aus den Augenwinkeln sah Miriam voller Erleichterung, wie sein Partner herbeikam und ihm beruhigend die Hand auf die Schulter legte. De Witt verharrte einen Moment, die Hände noch immer gegen die Vitrine gepresst, doch dann trat er zurück, wandte sich um und ging in die Küche hinüber. Sein Partner wartete schweigend. Einen Augenblick war es vollkommen still. Dann krachte ein Möbelstück zu Boden. Miriam schrak zusammen. Sie ging auf und ab, streichelte dem Baby den Rücken und verfolgte den Lärm, der nun unablässig aus der Küche herüberdrang. Teller wurden zerschmettert – es klang, als würde jeder einzelne von ihnen zu Boden geschleudert –, und dann vernahm sie ein viermaliges Krachen, das vermutlich von den Stühlen herrührte, die umgestoßen wurden. Metallisches Scheppern folgte, und sie wusste, dass all ihre Töpfe, auch die mit dem frisch gekochten Essen, nun auf dem Boden lagen.

So plötzlich der Lärm begonnen hatte, so plötzlich war er vorbei. In der tiefen Stille, die folgte, wurde ein Wasserhahn in der Küche aufgedreht, und Miriam lauschte, während sie sich bemühte, nicht unkontrolliert zu schluchzen. Wasser trommelte in ihr Spülbecken, und als De Witt in den Laden zurückkehrte, war sein Gesicht feucht, sein blondes Haar dunkel vor Nässe, und er sah ruhiger aus. Stewart hatte ohne ein Wort oder eine Regung – bis auf das Malmen seiner Kiefer – abgewartet, aber jetzt blickte er auf.

»Sie werden sie nie finden«, wiederholte Miriam leise. De Witt schenkte ihr keine Beachtung, doch die angespannten Muskeln in seinem Nacken verrieten ihr, dass er ihre Worte gehört hatte.

Miriam vernahm das leise Brummen des Busses vor den Männern, ließ sich aber nichts anmerken. Sie betete nur darum, dass ein Wunder geschähe und die Kinder dem Laden fernblieben. Als die beiden Männer das Blubbern des Dieselmotors hörten, hoben sie im Einklang den Kopf, wie Kojoten, die einen Kadaver wittern. De Witt brachte sogar ein Lächeln zuwege.

»Von der Schule zurück!«, sagte er fröhlich. »Wie schön.«

»Ich werde nicht zulassen, dass Sie mit ihnen sprechen«, sagte Miriam mit lauter Stimme.

»Keine Panik, Mädchen. Du hast nichts damit zu tun. Wir werden sie einfach mitnehmen und auf dem Revier mit ihnen sprechen.«

»Sie können sie nicht einfach mitnehmen ...«

Stewart wandte sich ihr zu.

»Doch, das können wir«, belehrte er sie. »Sie verfügen möglicherweise über wertvolle Informationen über jemanden, der mutwillig gegen das Gesetz verstößt.«

»Nein!« Sie wollte loslaufen, das Baby noch immer an sich gedrückt, doch eine feste Hand packte sie bei der Schulter und riss sie zurück, ohne mehr Mühe aufzuwenden als beim Verscheuchen einer lästigen Fliege. Die Männer gingen auf die Veranda hinaus und sahen den Kindern entgegen. Sie kamen aus dem Bus gesprungen, wie sie es immer taten, und rannten auf das Haus zu, doch als sie die Polizisten sahen, blieben sie unten an den Stufen stehen und sahen erwartungsvoll zu ihnen hinauf.

»Hallo«, sagte Stewart zu ihnen.

»Wo ist meine Mami?«, fragte Alisha und musterte die beiden Männer misstrauisch.

»Keine Manieren. Genau wie ihre verdammte Mutter«, knurrte De Witt. Er wandte sich um und rief nach Miriam. Sie erschien in der Ladentür und winkte ihre Kinder zu sich. Sie rannten die Stufen hinauf, kamen aber nicht an den stämmigen Beinen der Polizisten vorbei, die den Ladeneingang blockierten.

»Lassen Sie sie bitte rein«, sagte Miriam.

Sie bekam keine Antwort. Stattdessen schnappte sich jeder der beiden Männer ein Kind. De Witt schwang Sam hoch über seine Schulter.

»Bist du schon mal auf einer Polizeiwache gewesen, junger Mann?«, fragte er. Miriam blickte ihren Sohn an, sah die Mischung aus Angst und Verwirrung in seinen Augen, sah die lächelnden weißen Zähne des Mannes dicht vor dem Gesicht ihres Jungen. Stewart schob ihre Tochter unterdessen zum Auto.

»Mami!«, rief Alisha tränenerstickt. »Mami, komm mit uns! Wo fahren wir hin, Mami?«

Endlich erschien Robert. Er nahm ihr das Baby ab, und Miriam wollte die Stufen hinuntereilen, aber De Witt stieß sie zurück.

»Wir bringen sie später wieder. Oder morgen. Je nachdem, wann wir Zeit haben.«

Jetzt weinte auch Sam, denn die Wagentür schloss sich hinter seiner Schwester, die mit tränenverschmiertem Gesicht aus dem Fenster sah und ihre Mutter um Hilfe rief.

»Aufhören!«, rief Miriam. »Aufhören, bitte! Ich sage Ihnen, wo sie sind – ich sage Ihnen alles, aber lassen Sie mir die Kinder hier. Bitte lassen Sie sie hier!«

De Witt stieß Sam auf den Rücksitz des Wagens.

»Schnauze!«, brüllte er. »Soll ich dir eins überziehen?« Seine Hand glitt drohend zu seinem Gürtel. Das Weinen verstummte.

Stewart sah Miriam an.

»Ich sage es Ihnen«, wiederholte sie und hielt seinem Blick stand. »Bitte. Geben Sie mir meine Kinder zurück! Bitte!«

Stewart wandte sich um und sprach mit seinem Partner. Sie konnte nicht verstehen, was er sagte, aber sie vernahm De Witts Antwort.

»Das Miststück lügt! Wir werden ihr auf jeden Fall eine Lektion erteilen. Komm, los!«

Jetzt erhob Stewart die Stimme. »Wie viel Zeit willst du noch verplempern? Lass uns hören, was sie zu sagen hat.« Er öffnete die Wagentür und winkte die Kinder heraus, ließ sie aber noch nicht gehen.

»Rühr dich nicht!«, sagte er und sah Miriam an. »Also, wo sind sie?«

Miriam brachte keinen Ton heraus.

Er verstärkte seinen Griff um Alishas Arm.

»Sie sind in Pretoria!«, rief sie.

»Du weißt, dass ich dich und die Kinder und das Baby verprügeln werde, wenn du lügst?«, sagte De Witt gleichmütig.

»Ja, ich weiß.«

»Und wo sind sie? In einem Hotel?«

Miriam schüttelte den Kopf und spürte, wie ihr die Tränen über die Wangen rollten. »Bei meinem Schwager. In der Boom Street.«

Er musterte sie scharf. »Bist du sicher?«

»Ja, ich bin sicher«, antwortete sie, den Blick auf die Kinder geheftet. Stewart betrachtete Miriam noch einen Moment gründlich, dann wandte er sich ab und nickte De Witt zu.

»Verdammt, ich hätte es wissen sollen ...!«, rief De Witt.

»Was hätten wir wissen sollen?«, fragte Stewart stirnrunzelnd.

»Dass ausgerechnet die Bekloppte die Wahrheit gesagt hat ...«

Miriam hörte ihnen verständnislos zu und bangte noch immer um ihre Kinder.

De Witt gab dem Verandapfosten einen so kräftigen Tritt, dass er splitterte. Er warf seinem Partner einen finsteren Blick zu, aber Stewart sah Miriam an.

»Danke, Ma'am«, sagte er. »Sie haben uns sehr geholfen.«

Er tippte sich an die Mütze, nunmehr der Inbegriff guter Manieren, und dann ließ er die Kinder gehen. Sie stürzten sich in die Arme ihrer Mutter, und sie drückte sie kurz an sich, bevor sie sie in den Laden schob. Dort stand Robert mit dem Baby im Arm.

»Sieh nach, ob sie weg sind«, sagte sie zu ihm. Der Junge ging zum Fenster hinüber und spähte hinaus. Der Streifenwagen war verschwunden und ließ nichts als eine Staubwolke zurück.

»Sie sind weg, Madam«, sagte er.

Miriam durchquerte schnurstracks den Laden und trat zur Hintertür hinaus.

»Wohin gehen Sie, Madam?«, fragte Robert alarmiert.

Ihre Bewegungen waren rasch und entschlossen wie seit Tagen nicht mehr. Sie rannte die Treppe hinunter, hielt nur kurz inne, um Robert zu sagen, er solle den Kindern etwas zu essen machen und die Türen verschließen. Sie rannte, stolperte in ihren Hausschuhen, rannte durch das Gras, ließ den Pfad links liegen, denn das war der längere Weg zur Farm der Westons und dem nächsten Telefon, und während sie rannte, spürte sie, wie ihr die Tränen übers Gesicht liefen und das Herz ihr in der Brust zersprang, und sie hoffte, dass Rehmat sie nicht hassen würde für das, was sie getan hatte.

»Du hast uns auf eine falsche Fährte gelockt«, sagte Officer De Witt. Wie er so dastand, hatte seine Haltung etwas Unabänderliches – die Beine gespreizt, die Füße fest verankert, die Arme verschränkt, und er achtete darauf, jedes einzelne seiner Worte sorgfältig zu artikulieren. Farah schluckte schwer. Wie ihr Mann gleich nach der Hochzeit herausgefunden hatte, war diese Frau in der Lage, auf die schlechte Laune eines anderen mit zehnmal schlechterer Laune zu reagieren, aber sie begriff instinktiv, dass sie in dem Officer nun ihren Meister gefunden hatte. Er war groß und blond und gutaussehend – so hatte sie zumindest gedacht –, aber im Augenblick ließen sein Ton und seine Miene jede Spur von Freundlichkeit oder Charme vermissen.

Farah wandte sich ab.

»Was hat sie Ihnen erzählt?«, fragte sie.

»Die Wahrheit«, erwiderte er ironisch. »Ich glaube ihr mehr als dir. Sie mag eine Landpomeranze sein, die lebt, wo Fuchs und Hase sich gute Nacht sagen, aber solch ein Mensch *weiß* noch nicht einmal, wie man lügt. Sie hat mir erzählt, dass das Miststück hier ist. Dass sie die ganze Zeit über hier war.«

»*Sie* hat Ihnen das erzählt?«

»Ja.«

Farah staunte über Miriam. Sie hätte, da es um Rehmat ging, mehr Loyalität von ihr erwartet, so wie sie gestrickt war. Ihre Überraschung verflüchtigte sich jedoch augenblicklich angesichts des drängenden Problems, mit dem sie sich nun konfrontiert sah. Sie hatte keine Ahnung, wo Rehmat in diesem Augenblick steckte, und jetzt hatte sie ausgerechnet mit den Menschen Ärger, denen sie hatte helfen wollen. Sie erwog ihre Möglichkeiten und beschloss – wie es ihrem Charakter entsprach –, dass Angriff vermutlich die beste Verteidigung war.

»Sie war hier«, sagte sie und wandte sich den beiden Männern herausfordernd zu. »Na, und? Was haben Sie erwartet? Dass ich Ihnen das bei Ihrem ersten Besuch rundheraus sage?«

»Genau das hättest du tun sollen«, entgegnete De Witt. »Du hast uns schließlich angerufen – schon vergessen?«

»Im Beisein meines Mannes? Er stand direkt neben mir. Er hätte mich umgebracht. Wie hätte ich es Ihnen sagen können, wenn *sie* mich gehört hätte? Sie, die sich oben versteckt hielt. Es ist Ihre Schuld – Sie hätten gründlicher suchen müssen. Was ist das für eine Polizei, die nicht mal ein Haus durchsuchen kann?«

Im nächsten Augenblick nahm sie nichts mehr wahr außer den glühenden Schmerz, als er ihren Arm ergriff und verdrehte. De Witt funkelte sie an, bis sie den Blick senkte.

»Wo ist sie jetzt?«

»Ich weiß es nicht. Ich bin den ganzen Nachmittag einkaufen gewesen.« Sie wies auf die Tüten, aus denen sich die Lebensmittel über den Boden ergossen hatten. »Als ich zurückkam, war sie nicht da.«

»Und wenn die Landpomeranze sie gewarnt hat, wird sie auch nicht mehr herkommen.« De Witt ließ ihren Arm los und stieß sie von sich. Er blickte seinen Partner an.

»Sieh oben nach!«

Amina Harjan hielt sich in dem kleinen, schlicht möblierten Zimmer auf, das sich hinter dem Café befand. Sie lag auf dem Bett, mitten in dem orangefarbenen Glühen der untergehenden Sonne und schlief. Sie hatte es sich zur Gewohnheit gemacht, nachmittags, wenn im Café nicht viel los war, ein Schläfchen zu halten, vor allem am Wochenende, wenn sie das Lokal bis tief in die Nacht geöffnet hielt, lange nachdem Jacob Feierabend gemacht hatte. Aus diesem Grund hatte er die atemlose Frau, die aufgelöst ins Café gestürmt war, höflich gebeten, später wiederzukommen, wenn sie Miss Harjan sprechen wolle, denn Miss Harjan dürfe nicht gestört werden. Er hatte jedoch nicht gewusst, was tun, als die Frau ihn ansah, als ergäben seine Worte keinerlei Sinn, und an ihm vorbei zu Aminas Zimmer geeilt war.

Das hastige Klopfen an der Tür weckte Amina, aber sie meinte noch mitten in einem Traum zu sein, als sie das Gesicht von Rehmat erblickte, die sich zu ihr hinunterbeugte.

»Können Sie mir helfen?«, fragte Rehmat mit blasser, angespannter Miene.

Amina rieb sich die Augen und schob sich das lockige Haar aus der Stirn. Sie lächelte Rehmat an, als fände sie nichts Ungewöhnliches an der Situation.

»Was ist los?«

»Sie sind hinter mir her. Sie wissen, wo ich bin.«

Aminas Lächeln verschwand, als sie sah, wie Rehmats Augen sich mit Tränen füllten. »Die Polizei?«

»Ja. Sie können jeden Moment auftauchen. Sie sind entschlossen, die ganze Gegend zu durchkämmen, und ich bin sicher gesehen worden ...«

»Das genügt«, sagte Amina. »Und weinen Sie nicht.«

Rehmat bemerkte kaum, wie Amina aufstand, aber sie registrierte, dass sie vorwärts geschoben wurde, dass eine Hand auf ihrem Arm sie dirigierte, und kurz darauf hörte sie eine Tür hinter sich ins Schloss fallen und fand sich von Dunkelheit umgeben.

Officer De Witt warf Farah noch einen knappen Blick zu, dann schlenderte er in die Küche. Die untergehende Sonne, die durch die hohen Fenster und das Oberlicht hereinfiel, zwang ihn, die Augen zusammenzukneifen. Die Küche war klein und bot wenig Möglichkeit, sich zu verstecken. Halbherzig öffnete er ein paar Schranktüren, dann wandte er sich um und erblickte den schmalen Korridor, der zu Jehans Zimmer führte. Farah war alarmiert, als er diesen Weg einschlug.

»Wecken Sie sie nicht auf!«, rief sie, aber er war schon im Zimmer verschwunden, und Farah schimpfte verärgert vor sich hin. Trotz ihres Grolls auf Rehmat bedauerte sie inzwischen, die Polizei eingeschaltet zu haben. Sie hätte sich einen anderen Weg überlegen sollen, ihrem Hass freien Lauf zu lassen. Sie hörte Jehan lachen, ein plötzliches teuflisches Lachen, das dem Polizisten einen überraschten Fluch entlockte, und wusste, dass ihre zwei Stunden Frieden – die Auszeit, die sie hatte, während ihre verrückte Schwägerin schlief – für diesen Nachmittag zu Ende waren. Oben knallten Türen, und einen Augenblick später kam Stewart wieder nach unten. De Witt tauchte aus Jehans Zimmer auf, die schütteren blonden Augenbrauen fragend erhoben.

»Nichts«, antwortete Stewart. »Bis auf ein paar schöne Kleider. Mit französischen Etiketten.«

De Witt sah Farah an. »Wir finden sie – keine Sorge.«

»Ich mache mir keine Sorgen.«

»Solltest du aber, denn wenn wir mit ihr fertig sind, bist du die Nächste, die wegen Beihilfe in den Knast wandert.«

»Ich habe ihr nie helfen wollen«, gab sie bitter zurück.

»Dann hilf uns.«

»Aber ich weiß nicht, wo sie hingegangen ist. Warum versuchen Sie es nicht bei ihrem Mann im Hotel?«

»Er ist dort schon vor Tagen ausgezogen. Er wohnt mal hier, mal da. Er ist nicht dumm«, entgegnete Stewart.

Sie musterten einander. Die Sonne ging nun rasch unter und ließ die untere Hälfte der Küche im Schatten verschwinden. Officer De Witt schlug mit der Faust auf den Tresen, und Farah zuckte zusammen. Das Geräusch hallte in dem kleinen Raum wider. Stewart wartete ruhig ab. Unter dem Bart malten seine Kiefer unaufhörlich.

»Wo – ist – sie?«

Farah öffnete den Mund, um zu antworten, aber zu hören war nichts als ein Schrei aus Jehans Zimmer, ein anhaltender kontrollierter Laut, der langsam in die Länge gezogen wurde, an Höhe zunahm und sich zum Crescendo steigerte wie der Takt einer Orchesterpartitur, um schließlich in schallendem Gelächter zu kulminieren, das manisch anmutete.

»Schnell, schnell, *schnell!*«, schrie Jehan. *»Sie kommen, sagt Miriam, sie kommen. Sagt Miriam, sagt Miriam.«*

Die drei Menschen in der Küche starrten die Wand zu Jehans Zimmer an, als ob diese zu sprechen begonnen hätte.

»Sie kommen!!!«, kreischte Jehan. *»Wo soll ich hin? Hilf mir, Jehan, wo soll ich hin, wo soll ich hin?«*

Dann folgte Stille. De Witt machte Anstalten hinüberzugehen, aber Farah schüttelte den Kopf, und er blieb, wo er war. Jehans Äußerungen hatten an Lautstärke abgenommen. Jetzt murmelte sie unartikuliert vor sich hin. Sie lauschten angestrengt.

»Ich fasse es nicht. Woher wussten sie das? Sie kommen, sagt Miriam, sagt Miriam. Miriam hat angerufen. *Wo soll ich hin, Jehan, wo soll ich hin?«* Das erneute Schreien ließ die drei zusammenfahren, und die Stimme klang verzweifelt, wie aus zugeschnürter Kehle, als ob sie genau nachahmte, wie die Worte geklungen hatten.

»Zu dem Harjan-Mädel. Zu dem Harjan-Mädel, zu dem Harjan-Mädel.« Jehan lachte verzückt. Sie hatte offenkundig eine Reihe von trällerbaren Silben gefunden, die ihr Vergnügen bereiteten, denn sie wiederholte sie unablässig wie einen Singsang. *»Zu dem Harjan-Mädel, dem Harjan-Mädel, dem Harjan-Mädel«*, sang sie fröhlich vor sich hin. »Zu dem Harjan-Mädel, dem Harjan-Mädel. Sagt Miriam«, fügte sie plötzlich wie ernüchtert hinzu. »Sie kommen. Sagt Miriam.«

»Dem Harjan-Mädel?«, fragte De Witt mit gerunzelter Stirn. Sein Partner nickte.

»Das Basar-Café«, meinte er. »Du erinnerst dich. Amina Harjan und Jacob Williams.«

Beide Männer sahen Farah an. Ihr Lächeln war dünn, aber ihre Augen leuchteten triumphierend.

»Worauf warten Sie?«, fragte sie.

»Auf nichts«, erwiderte De Witt, und sie verließen das Haus.

Es dauerte einen Moment, bis alle Gäste im Café – und das waren viele am frühen Samstagabend – die Anwesenheit der Polizisten wahrgenommen hatten, doch einer nach dem anderen registrierten die Menschen an den Tischen die uniformierten Männer an der Tür, und sie hielten mit dem Essen inne und warteten still und mit gesenktem Kopf darauf, was nun passieren würde. De Witt sah sich im Raum um, aber niemand begegnete seinem Blick. Jacob blieb hinter dem Tresen und hielt seine Hände mit den Dingen beschäftigt, die sich ihm boten, sein Gesicht glatt und ausdruckslos. Es hatte Zeiten gegeben, da war die Polizei regelmäßig erschienen, um mit Amina zu sprechen. Man hatte ihr Zimmer und das Lokal auch schon mehrfach durchsucht – einmal auf der Suche nach einer schwarzen Frau, mit der Amina Gerüchten zufolge etwas gehabt haben sollte –, aber sie waren nie fündig geworden. Jacob war ein ehrlicher Mann, aber er konnte seine Gefühle mühelos und gründlich verbergen. Das verlieh ihm einen Anstrich von Gelassenheit – als ob nichts in seiner Umgebung seinen Gleichmut je erschüttern könnte – weder eine völlig aufgelöste Frau, noch zwei ungeduldige Polizisten. Die Ankunft der Polizei verursachte ihm Magengrimmen, aber er fuhr mit seiner Arbeit fort, als ob das Polieren der Gläser seine einzige Sorge wäre.

Die beiden Polizisten kamen auf ihn zu, Stewart voran.

»Jacob«, sagte er und nickte ihm zu.

Jacob nickte zurück.

»Wir suchen jemanden. Eine Frau.«

Jacob kam hinter dem Tresen hervor, eine Streichholzschachtel in der Hand, und ging langsam zu einer der Paraffinlampen hinüber, die an den Wänden rings um den Essbereich hingen. Er entzündete ein Streichholz und hielt es geduldig an den Docht, sah zu, wie das Paraffin hochstieg und dann einen warmen Lichtschein auf den Tisch unter der Lampe warf. Er löschte das Streichholz und ging langsam zur nächsten Lampe hinüber.

»Was für eine Frau?«, fragte er höflich-interessiert.

Stewart folgte ihm und sah zu, wie die nächste Lampe entzündet wurde. »Eine Inderin. Gut gekleidet, höchstwahrscheinlich. Hast du sie gesehen?«

Wieder wurde ein Streichholz entfacht und zischte kurz in dem halbdunklen Raum auf.

»Alle unsere Gäste sind Inder. Warum schauen Sie sich nicht um?«, erwiderte Jacob. De Witt sah seinen Partner an und verdrehte die Augen, aber trotzdem musterten sie die Gäste an jedem einzelnen Tisch. Es waren überhaupt keine Frauen da. Das Café sah jetzt sehr einladend aus, wo die Zungen des Lampenlichts in die Ecken leckten und sich schemenhaft auf dem groben Holz der Dielen und Tische abzeichneten.

»Wo ist Amina?«, fragte Stewart. Die letzte Lampe erwachte zum Leben, und Jacob kehrte an seinen Platz hinter dem Tresen zurück. Leises Stimmengemurmel breitete sich im Raum aus, und die Gäste begannen wieder zu essen. Jacobs methodisches Lampenanzünden, seine augenscheinliche Unbekümmertheit angesichts der Polizei, seine gemessenen Bewegungen hatten sie gewissermaßen beruhigt.

»Miss Harjan schläft.«

De Witt sah ungeduldig auf die Uhr. »Ein bisschen früh, oder?«

»Sie steht bald auf, um ihre Schicht anzutreten«, erwiderte Jacob. »Samstags arbeitet sie immer bis in die Nacht hinein. Warum setzen Sie sich nicht und warten auf sie?« Als er die Verärgerung auf ihren Gesichtern registrierte, fügte er rasch hinzu:

»Oder ich gehe sie wecken.«

»Sie wohnt hier?«, fragte De Witt seinen Partner.

»Sie hat hinten ein Zimmer.« Stewart sah Jacob an. »Wenn du nichts dagegen hast, gehen wir einfach rein und sprechen mit ihr.«

Jacob schwieg. Er wusste, dass er nichts dagegen haben durfte, wenn sie es so wollten, und so sah er hilflos zu, wie die Männer ihn stehen ließen und durch die Küche hindurch zu Aminas Zimmer gingen.

Kapitel 13

Zwischen dem Klopfen an der Tür und dem Eintreten der Polizisten verstrich keine Sekunde. Das Zimmer war jetzt vollkommen dunkel, und alles, was sie erkennen konnten, war die langgestreckte Gestalt im Bett. Schweigend standen sie da und verfolgten Aminas tiefe, gleichmäßige Atemzüge. Stewart trat um das Bett herum, um ihr ins Gesicht sehen zu können, und der Klang seiner Stiefel ließ die junge Frau aus dem Schlaf hochfahren.

»Jacob?«, sagte sie verwirrt.

»Police Officers Stewart und De Witt.«

Amina richtete sich unverzüglich auf. Sie griff nach den Streichhölzern, die auf dem Nachttisch lagen, zündete eines an und hielt es an die Kerze. Dann sah sie zu den beiden Männern auf, die sie im warmen Kerzenschein ausmachte, als ihre Augen sich an die Helligkeit gewöhnt hatten.

»Ja, bitte?«, fragte sie höflich, als sei sie im Begriff, eine Frühstücksbestellung aufzunehmen.

»Wir wissen, dass sie hier ist«, sagte De Witt in autoritärem Ton.

Amina sah verwirrt drein. Sie kannte Officer Stewart gut – er war recht vernünftig, soweit man das von einem Polizisten unter den gegebenen Umständen sagen konnte, aber den anderen, diesen De Witt mitsamt seiner Pistole, betrachtete sie voller Argwohn.

»Wer?«, fragte sie ihn.

»Rehmat Winston.«

»*Wer?*«

De Witt setzte sich auf die Bettkante, und Amina runzelte die Stirn bei dieser Anmaßung und sah Stewart fragend an. Doch der reagierte nicht, sondern stand ungerührt da und wartete.

»Rehmat Winston«, wiederholte de Witt. »Boom Street vierzehn. Du kennst sie. Sie war hier und hat dich gebeten, sie zu verstecken.«

»Lieber Himmel«, sagte Amina. »Ich glaube, das hätte ich gemerkt.«

»Wir wissen, dass sie hier ist.«

»Tja, dann wissen Sie mehr als ich.«

De Witt beugte sich vor. Sie vernahm den scharfen Geruch von Schweiß und von Staub in seinem Hemd.

»Werd' bloß nicht frech«, erwiderte er. Dann stand er unvermittelt auf und ging im Zimmer umher. Es gab keine weitere Tür außer derjenigen, durch die sie eingetreten waren, und nur ein Fenster. Das einzige Möbelstück neben dem Bett und dem Tisch – auf dem sich eine Waschschüssel, ein Wasserkrug, Seife, eine Kerze und zwei Bücher befanden – war ein großer Wandschrank. Officer Stewart kniete nieder, um unter das Bett zu gucken, obwohl er wusste, dass es zu niedrig war, um darunter einem Menschen Platz zu bieten. Müde stand er wieder auf und wartete, während De Witt zum Schrank hinüberging. Amina blieb im Bett sitzen, kreuzte die Beine und beobachtete die beiden Männer. Sie sah gelangweilt und leicht gereizt drein. Sie gähnte kurz, aber vernehmlich, während De Witt am Türknauf des Schrankes rüttelte.

»Aufmachen!«, sagte er.

Sie hörte seinen Befehl nicht, denn plötzlich klopfte ihr Herz so heftig, dass ihr das Blut in den Ohren rauschte und alle Außengeräusche ausblendete, aber sie wusste, was er wollte. Sie schwang die nackten Beine aus dem Bett – sie trug nur ein baumwollenes Männerhemd – und griff nach ihrer Hose. Sie schlüpfte hinein, griff nach einem Schlüssel, der unter dem Bett lag, und schickte sich an, die Schanktüren zu öffnen. Sie bewegte sich methodisch, ihr Gesicht zeigte keine Spur von Besorgnis, doch ihr war, als könnte sie jeden Moment das Bewusstsein verlieren, so sehr bemühte sie sich, das Adrenalin, das durch ihre Adern rauschte, zu drosseln. Sie drehte den Schlüssel mit einer kräftigen Handbewegung um und machte die Türen auf. De Witt starrte sie an.

»Was ist das für Zeug?«, fragte er stirnrunzelnd.

»Vorräte. Einkäufe. Deshalb schließe ich ab«, antwortete sie. »Sie kennen doch diese Kaffern«, fügte sie hinzu. »Die lassen alles mitgehen.« Das war die Art Spruch, die sie für gewöhnlich gern hörten und auf die sie verständnisvoll reagierten, doch sie vernahmen ihren ironischen Unterton und wussten, dass sie sie verhöhnte.

Der Schrank war nicht tief, aber hoch und von oben bis unten mit Marmelade, Mehl, Bohnen, Linsen und anderen haltbaren Vorräten gefüllt. In einer Ecke hingen sechs Hemden, drei Hosen und ein Mantel. Die Polizisten traten zurück, und mit einem jähen Tritt kickte De Witt die Tür zu.

»*Wo ist das Luder?*«, schrie er, und Amina wandte sich von ihm ab. Sie versuchte zur Tür zu gelangen, aber Stewart versperrte ihr den Weg.

»Sag's uns«, meinte er.

»Ich weiß nicht einmal, von wem Sie reden.« Sie versuchte zu lächeln. »Sie wissen so gut wie ich, dass ich die eine oder andere Frau hier gehabt habe, aber diesmal weiß ich nicht mal ...«

Sie brachte ihren Satz nicht zu Ende, denn De Witt versetzte ihr einen Hieb in den Nacken.

»Dreckige Lesbe!«

Ein zweiter Schlag traf sie mit solcher Wucht, dass sie auf das Bett flog. Sie blieb liegen, die Arme schützend vor sich erhoben, und wartete benommen auf den nächsten Hieb. Doch er kam nicht. Stewart hatte seinen Partner gepackt und schob ihn in Richtung Tür, der Sinn seiner Worte ging in der Wut, mit der sie hervorgestoßen wurden, verloren.

»Lass sie in Ruhe!«, befahl er. »Warte im Wagen. Geh schon! Los!«

Sie hörte, wie De Witt aus dem Raum stolperte und das Café verließ. Stewart stand noch immer auf der Schwelle von Aminas Zimmer.

»Hey«, sagte er. Sie setzte sich auf. Ihr Nacken brannte, aber sie würde ihn nicht betasten, solange er sie beobachtete. Sie sah auf ihre Hände hinab, studierte eingehend die blassen Umrisse der Adern und wartete darauf, dass er das Wort ergriff.

»Habe ich dir nicht schon öfter einen Gefallen getan?«, fragte er.

Sie sah ihn an.

»Dein Café ist das einzige Lokal in der Stadt, in dem die Kaffern, die dort arbeiten, neben den Indern und den Farbigen essen, und das lasse ich dir durchgehen. Das hier ist mein Revier, und ich habe keine Lust, ein Drama daraus zu machen, also sehe ich darüber hinweg. Ich habe letztes Mal darüber hinweggesehen, stimmt's?«

»Ja«, sagte sie ruhig.

»Ich hätte deinen Laden dichtmachen können.«

»Ja.«

»Das kann ich immer noch.«

»Ich weiß.«

»Meinst du nicht auch, dass du mir einen Gefallen schuldest?«

Sie schwieg, und ihr Blick wanderte nachdenklich zu dem dunklen Fenster hinüber.

»Wahrscheinlich«, sagte sie schließlich.

»Also dann«, meinte er, und sein Ton verriet, dass sie beide soeben eine Abmachung getroffen hatten. »Ist sie hier?«

Amina sah ihn an, ihre Augen klar und offen und ernst.

»Nein«, antwortete sie.

»Weißt du, wo sie ist?«

Sie zuckte die Achseln. »Ich weiß es wirklich nicht«, sagte sie. »Tut mir leid.«

Er nickte, endlich zufrieden.

»Gut«, meinte er. »Tut mir leid – mein Kollege ...«

Amina machte eine wegwerfende Geste. »Schon vergessen«, sagte sie, obwohl sie wusste, dass sie es nie vergessen würde. »Danke, dass Sie mir geholfen haben. Vielleicht kann ich mich ein andermal revanchieren.«

»Ja«, sagte Stewart. »Ein andermal vielleicht.«

Nachdem die beiden Polizisten fort waren, lag Amina noch eine halbe Stunde lang ruhig auf dem Bett, dachte gründlich nach und beobachtete die tanzenden Schatten, die die flackernde Kerze an die Wände ihres Zimmers warf. Sie hasste es, durch schiere körperliche Gewalt außer Gefecht gesetzt zu werden, und obwohl sie wusste, dass es De Witts eigene Schwäche war, die ihn bewogen hatte, sie zu schlagen, minderte das ihre Abscheu und Verachtung für ihn nicht. Als genug Zeit verstrichen war, ging sie zum Fenster hinüber.

Die Lichter der Küche waren direkt gegenüber, und sie konnte die Silhouetten ihrer Angestellten sehen, wie sie kochten und abwuschen. Auch Jacob war in der Küche, und sie schaute auf die Uhr und wusste, dass er nach Hause wollte. Die langen Arbeitstage, die das Wochenende für sie beide bedeutete, erschöpften ihn. Sie betastete ihren Nacken, der vermutlich immer noch rot war vom Schlag des Polizisten; dann ging sie zum Bett hinüber und griff erneut nach dem Schrankschlüssel. Sie wog das kalte Metall einen Moment in der Hand, dann steckte sie den Schlüssel ein und verließ das Zimmer. Sie ging zur Haustür und öffnete sie langsam.

Draußen schlug sie einen weiten Bogen um das Café, spähte aufmerksam in die Dunkelheit und spitzte die Ohren, um vielleicht über das Zirpen der Grillen hinaus ein Geräusch zu erhaschen. Als sie sich vergewissert hatte, dass die Polizei tatsächlich fort war, kehrte sie in ihr Zimmer zurück, ging direkt zum Schrank, schloss ihn auf und öffnete weit die Türen.

Sie räumte die Konserven und Säcke fort, stapelte die Dosen in der Nische zwischen Wand und Schrank, schaffte den Zucker und das Mehl und die Linsen wieder an den Platz, wo sie normalerweise lagerten. Sie arbeitete methodisch wie zuvor, in gleichmäßigem Rhythmus, und schon bald war ihr warm, denn die Säcke waren schwer, und sie hielt kurz inne, um den obersten Knopf ihres Hemdes zu öffnen. Als sie den Schrank nahezu leergeräumt hatte, richtete sie sich auf und ließ ihre Hand über die rückwärtige Wand gleiten, bis ihre Finger die winzige Vertiefung fanden und drückten. Mit ihrem ganzen Gewicht stemmte sie sich dagegen, bis das Paneel zur Seite glitt.

Rehmat hockte in dem engen Raum, die Arme schützend um die Knie geschlungen, und blinzelte zu ihr hoch. Amina lehnte sich gegen den Schrank, legte die Stirn müde auf den aufgestützten Arm und sah mit schiefem Lächeln zu ihr hinunter.

»Sie sind weg«, sagte sie.

Rehmat stieß ein zittriges Seufzen aus und sah Amina stumm an. Ihre Augen schwammen in Tränen. Amina reichte ihr schweigend die Hand, und Rehmat griff fest nach den langen Fingern; sie hatte schon lange kein Gefühl mehr in den Beinen und brauchte Aminas Hilfe, um aufstehen zu können. Amina geleitete sie zum Bett, wo Rehmat niedersank. Langsam und schmerzvoll begann das Blut in ihren Beinen wieder zu zirkulieren. Sie rieb sich die Waden und die Kniekehlen.

»Es tut mir leid, dass ich Ihnen das zugemutet habe«, sagte sie. »Ich habe gehört, wie sie herumgeschrien haben.« Sie musterte Amina, entdeckte den nur langsam verblassenden roten Striemen in ihrem Nacken und schnappte nach Luft.

»Die haben Sie geschlagen?«, fragte sie entsetzt.

»Nein«, antwortete Amina und ging ein paar Mal auf und ab. »Es war nicht so schlimm. Sie waren bloß frustriert.« Sie blieb stehen und schaute Rehmat einen Augenblick an wie eine Skulptur, die zur Begutachtung und vielleicht auch zur Bewunderung einlud, studierte gründlich ihre Augen, ihre Nase, ihren Mund. Befremdet wandte Rehmat den Blick ab und fragte Amina rasch, ob sie keine Angst vor den Polizisten gehabt hätte.

»Ach, nein«, entgegnete Amina. »Ich habe viel Übung darin.«

»Im Umgang mit der Polizei?«, sagte Rehmat erstaunt.

Amina lachte. »Ja, das auch, aber ich meinte Übung im Umgang mit dem Versteck im Schrank.« Ihre Augen lächelten, und Rehmat griff das Lächeln auf, ein wenig zögerlich, unsicher, wie sie reagieren sollte. Amina bemerkte ihre Verwirrung und änderte ihren Tonfall. Nun klang sie geschäftsmäßiger.

»Ich muss bald zurück an die Arbeit«, meinte sie.

»Natürlich – es tut mir leid, dass Sie meinetwegen so viel Ärger hatten.«

»Macht nichts. Was werden Sie jetzt tun? Wo ist Ihr Mann?«

»Ich weiß es nicht. Im Flugzeug nach Paris oder London, hoffe ich. Ich habe ihn angerufen, gleich nachdem Miriam mich vor der Polizei gewarnt hatte. Er wollte mich nicht allein zurücklassen, aber ich habe ihn beschworen, direkt zum Flughafen zu fahren und wenn möglich das Land zu verlassen. Ich hoffe, das hat er getan. Wir hatten beide vor, morgen abzureisen. Es wäre nur noch ein Tag gewesen.«

An ihrem Waschtisch goss Amina ein wenig Wasser in die

Schüssel, um sich frischzumachen. Sie wandte sich Rehmat zu, als sie die Seife zur Hand nahm.

»Wer hat Sie hierher geschickt?«

»Jehan hat mich auf die Idee gebracht. *Das Harjan-Mädel, das Harjan-Mädel* hat sie immer wiederholt. Seit ein paar Tagen hat sie das immerzu vor sich hin gesagt. Sie muss gehört haben, wie irgendjemand über Sie gesprochen hat.«

Amina sagte nichts, und Rehmat fuhr fort. »Als der Telefonanruf kam –«

»Von Miriam?«, fragte Amina noch einmal nach.

»Ja, die Polizei ist in Delhof gewesen.«

Amina wusch sich das Gesicht. Dann griff sie nach dem Handtuch und ließ Rehmat nicht aus den Augen, während sie sich abtrocknete.

»Woher wussten die, dass Sie hier sind?«

»Die Polizei?«

Amina nickte. »Ich meine, wir sind nicht verwandt. Ich stehe zwar in dem Ruf, schon öfter mit der Polizei zu tun gehabt zu haben, aber dennoch ... Warum sind die direkt hierher gekommen?«

»Sie müssen zuerst bei meiner Familie gewesen sein.«

»Also muss sie einer von denen hierher geschickt haben«, sagte Amina schlicht, und Rehmat runzelte die Stirn.

»Nein«, sagte sie. »Das ist unmöglich. Als ich ging, war nur Jehan zu Hause, und sie hätte nicht mal die Tür geöffnet.«

»Wo war Farah?«

»Einkaufen. Ich habe sie jeden Augenblick zurückerwartet ...« Rehmat schwieg unvermittelt und rieb sich wieder die Beine. Sie hatte den Blick gesenkt und mochte Amina nicht in die Augen sehen. Amina hatte ihre langen Locken lose im Nacken zusammengebunden und schlüpfte in eine Jacke.

»An Ihrer Stelle würde ich nicht dahin zurückkehren«, meinte sie.

»Wir wissen nicht, ob es Farah war. Und sie werden sich Sorgen um mich machen«, erwiderte Rehmat.

»Vielleicht«, sagte Amina ohne große Überzeugung. »Aber abgesehen davon wird die Polizei das Haus vermutlich überwachen. Ich finde, Sie sollten heute Nacht hier bleiben. Sie können lesen – da drüben liegen ein paar Bücher – und sich ausruhen. Versuchen Sie zu schlafen. Morgen früh bringe ich Sie dann zum Flughafen.«

»Das geht nicht ...«

»Warum nicht?«

»Sie haben schon mehr als genug getan. Ich will nicht, dass Sie meinetwegen noch mehr Risiken eingehen.«

»Was wollen Sie denn sonst tun?«

Darauf wusste Rehmat keine Antwort.

»Machen Sie sich keine Sorgen«, sagte Amina freundlich. »Nehmen Sie sich ein Hemd aus dem Schrank – ich glaube, da hängt sogar noch ein Schlafanzug drin.«

Rehmat nickte. Der kleine, von weichem Licht erhellte Raum vermittelte ein Gefühl von Sicherheit, genau wie Aminas ruhige Zuversicht und ihre besonnenen Worte.

An der Tür wandte Amina sich noch einmal um. »Ich werde jemanden anrufen, der am Flughafen arbeitet, und einen Flug für Sie buchen. Aber Ihre Sachen ...«

»Unwichtig«, sagte Rehmat. »Es sind ohnehin nur meine Kleider.«

»Was ist mit Ihrem Reisepass und Ihrem Flugticket?«

»Habe ich bei mir. Ich habe all meine Papiere mitgenommen, als ich hierher gekommen bin.«

»Gut. Dann versuchen Sie jetzt, sich auszuruhen.«

»Das mache ich. Danke.«

Amina lächelte und zog die Tür hinter sich zu. Rehmat begann zu weinen, und ihr Schluchzen war eine Mischung aus Angst, Kummer und Erleichterung.

Fünfzehn Minuten später klopfte es an der Tür. Rehmat erstarrte, ihr Magen schien sich vor Angst zu verknoten, und sie saß nur da, hielt den Atem an und lauschte.

Ein Schlüssel wurde ins Schloss gesteckt und langsam umgedreht.

»Ich bin's – Jacob, Ma'am!«, rief eine tiefe, freundliche Stimme, und sie stand rasch auf, benommen vor Erleichterung. Es war ihr peinlich, Jacob mit verweintem Gesicht zu begrüßen, aber er blickte sie nicht direkt an. Er stellte nur ein Tablett mit abgedeckten Tellern auf den Nachttisch.

»Amina schickt Ihnen Ihr Abendessen«, sagte er. »Verzeihen Sie bitte, dass ich einfach so eingetreten bin, aber ich wollte nicht draußen vor der Tür warten, für den Fall, dass die Polizei uns noch beobachtet.«

»Danke!«, rief sie ihm nach, denn er war bereits wieder verschwunden und schloss die Tür hinter sich ab. Etwas zu essen schien ihr in diesem Augenblick vollkommen unwichtig und wenig verlockend. Dennoch hob sie die Deckel von den Tellern. Das aufsteigende Aroma und die Wärme der Speisen weckten unverzüglich ihren Appetit. Die Gerichte waren allesamt südafrikanisch – ein großer Teller *bredies,* Gemüseeintopf mit Fleischeinlage, *bobotie,* ein mit einer Milchkruste überbackenes Hackfleischgericht mit Lamm und Rosinen, und zum Nachtisch ein großes Stück *milk tart,* ein Blätterteigkuchen mit Cremefüllung. Eine frisch geöffnete Flasche Mineralwasser mit einem umgestülpten Glas befand sich ebenfalls auf dem Tablett. Sie goss sich etwas zu Trinken ein und betrachtete die Speisen. Der Nachttisch war zu klein, um mehr als einem Teller Platz zu bieten, und so legte sie Aminas Bücher auf den Boden, stellte das Tablett daneben und holte sich dann einen Teller nach dem anderen auf den Nachttisch.

Sie aß langsam und mit einer seltsamen Mischung aus Genuss und Bedauern. Es war ein Essen, wie sie es aus ihrer Kindheit kannte – nicht aus dem Haus ihres Vaters, wo hauptsächlich indisch gekocht wurde, sondern aus der Schule und aus den Cafés, die sie in ihrer Jugend verbotenerweise aufgesucht hatte. Die Erinnerungen schnürten ihr die Kehle zu und erschwerten das Schlucken, doch sie aß trotzdem weiter, denn sie wusste, dass sie diese Gerichte wohl nie wieder in ihrem Heimatland würde essen können.

Es war beinahe ein Uhr morgens, als Amina die Hintertür des Cafés verriegelte und Anstalten machte, in ihr Zimmer zurückzukehren. Das einzige Licht kam von dem schwachen Brennen einer Straßenlaterne, und hinter dem Fenster ihres Zimmers zeichnete sich ein weicher Schimmer gegen die zugezogenen Vorhänge ab. Rehmat musste noch wach sein, oder sie hatte die Kerze brennen lassen. Halb hoffte sie, dass Rehmat noch nicht schlief und sie noch eine Weile miteinander reden könnten. Während ihrer Spätschicht im Café hatte Amina über die Ereignisse nachgedacht, die zu Rehmats Auftauchen in ihrem Zimmer geführt hatten. Sie wusste, dass die Polizei bei Miriam gewesen war, aber wer hatte sie dazu veranlasst? Sie runzelte die Stirn bei dem Gedanken daran, dass Miriam mit diesen Männern allein gewesen war. Sie wusste, dass Miriam schüchtern war, aber sie hatte gespürt, dass sie Charakterstärke besaß, und hoffte, dass Miriam den Männern keinen Anlass geliefert hatte, sie zu bedrohen oder ihr weh zu tun. Was genau ihr Interesse an Miriam geweckt hatte, konnte sie nicht recht sagen. Sie war attraktiv, sicher, aber das waren viele andere Frauen auch. Amina hatte intuitiv erfasst, dass sich hinter Miriams beherrschter Fassade eine rasche Auffassungsgabe und große Sensibilität verbargen, aber vielleicht las sie in ihre kurzen Treffen zu viel hinein. Sie überlegte, ob ihre Besorgnis einen triftigen Grund lieferte, Miriam in Delhof zu besuchen. Wahrscheinlich nicht.

Amina hoffte, dass Rehmat ein wenig Licht in die Vorgänge

der vergangenen Tages bringen könnte, aber ebenso gern wollte sie mit dieser Frau über ihr Leben reden, darüber, wie und weshalb sie ihrer Familie der Liebe wegen davongelaufen war. Selbst Amina begegnete selten einer Inderin, die es wagte, Tradition und Konvention zu trotzen. Sie trat an ihre Tür, schob den Schlüssel ins Schloss und drehte ihn so leise wie möglich um.

Rehmat lag auf der einen Seite des Bettes und war in tiefen Schlaf versunken. Die Kerze, die noch auf dem Nachttisch brannte, warf ein weiches, flackerndes Licht auf ihr ebenmäßiges Gesicht. Amina schloss geräuschlos die Tür und beobachtete die Frau, die schlafend vor ihr lag. Rehmat war wunderschön, fand sie, und sie hatte große Ähnlichkeit mit ihrem Bruder. Amina fand Omar durchaus gutaussehend, doch in ihren Augen mangelte es seinen regelmäßigen, klaren Zügen an Charakter. Sein Gesicht zeigte keinerlei Offenheit, und seine Natur bot keinen Raum für das Unvorhersehbare. In Aminas Augen waren das die Eigenschaften, die gewöhnliche Schönheit unwiderstehlich machten. Rehmat war anziehend, doch Aminas Bewunderung war nur oberflächlicher Natur – es war die Bewunderung, mit der man ein ausgezeichnetes Gemälde betrachtet, ohne den Wunsch zu verspüren, es bei sich daheim aufhängen zu wollen. In wenigen Augenblicken hatte sie sich ein sauberes Hemd zum Schlafen übergestreift. Sie war zum Schrank geschlichen, um sich den ungewohnten Schlafanzug anzuziehen, aber er war nicht da gewesen, und sie nahm an, dass Rehmat ihn unter der hochgezogenen Bettdecke trug. Amina hob einen Zipfel der Bettdecke an und glitt behutsam darunter. Das leise Geräusch, dass ihr Körper zwischen den gestärkten Baumwolllaken machte, störte Rehmat auf, aber nur einen Moment, nur lange genug, um den Kopf auf dem Kissen abzuwenden, so dass Amina nun ihr vollkommenes Profil betrachten konnte.

Amina holte tief Luft. Dann atmete sie ruhig und langsam aus und spürte, wie die Muskeln ihres schlanken Körpers sich entspannten. Sie sah Rehmat noch einmal an, doch in dem Moment erlosch die flackernde Kerze und tauchte sie in eine Dunkelheit, die so dicht wie Flüssigkeit war. Amina drehte sich auf ihre Seite, schloss die Augen und glitt, begleitet von den gleichmäßigen Atemzügen der schlummernden Frau neben sich, in den Schlaf.

Kapitel 14

Erst nachdem sie ihr Frühstück beendet hatte, faltete Amina die Zeitung zusammen. Als sie aus der Sitznische glitt, bemerkte sie die große, grobschlächtige Gestalt eines Mannes, die über ihr aufragte. Es war ein Inder, aber keiner, der zu ihren Stammgästen im Café zählte. Sie nickte ihm höflich zu, doch er sah sie weiterhin nur nervös an und spielte mit seinem Uhrarmband.

»Miss Harjan?«

»Ja.« Sie stand nun vor ihm, zog ihre Jacke an und wartete.

»Ich bin Sadru – Rehmats Bruder.«

Amina war überrascht. Seine Gesichtszüge und seine Gestalt wiesen weder mit Rehmat noch mit Omar die geringste Ähnlichkeit auf. Er schien auch nicht so redegewandt wie die beiden, und es hatte ihn einige Mühe gekostet, sie anzusprechen.

»Was kann ich für Sie tun?«

»Meine Schwester – wo ist sie?«

Sein Ton war beinahe klagend – irritierend bei einem Mann seiner Statur –, und Amina ließ ihren Blick durch das Café schweifen, um sich einen Moment Zeit zu verschaffen. Sadru folgte ihren Augen hoffnungsvoll, als könnte er Rehmat auf diese Weise ausfindig machen. Amina glaubte nicht, dass er etwas mit dem Auftauchen der Polizei zu tun hatte – sie war sicher, dass seine Frau das allein fertiggebracht hatte –, aber Rehmat war nur mit knapper Not davongekommen, und Amina wollte kein Risiko eingehen.

»Das weiß ich nicht«, antwortete sie. »Warum fragen Sie mich das?«

»Farah hat mir erzählt, dass sie hierher wollte.«

»Tatsächlich?«

Sadru runzelte die Stirn. Seine Schultern sackten nach unten, als spürte er, dass wieder einmal eine Frau im Begriff war, ihn vorzuführen. Amina lächelte und beugte sich zu ihm vor, damit sie die Stimme senken konnte.

»Hören Sie. Ihr geht es gut. Das kann ich Ihnen versprechen. Sie ist nicht hier, aber es geht ihr gut.«

»Wirklich?« Er sah erleichtert aus. »Ich möchte nicht, dass ihr irgendwas geschieht, wissen Sie. Und James hat angerufen.«

Aminas Interesse war geweckt. »Ihr Mann? Wo ist er?«

»Schon in Nairobi. Er fliegt morgen nach Paris.« Sadru runzelte wieder die Stirn. »Er hat keine Zeit verloren. Er ist einfach auf und davon.«

»Gut gemacht«, meinte Amina. »Das macht es für beide leichter. Hören Sie. Sagen Sie James –«

»Er ruft in einer Stunde wieder an«, fiel Sadru ihr ins Wort und wies auf seine Uhr.

»Gut. Sagen Sie ihm, dass es ihr gutgeht und dass er einfach nur zusehen soll, dass er nach Hause kommt, ja? Sagen Sie ihm das?«

»Dass er zusehen soll, dass er nach Hause kommt«, wiederholte Sadru mit großem Ernst, als prüfe er den Satz auf eine geheime Botschaft.

»Ja. Und nun«, sagte Amina und blickte nach draußen zu ihrem Wagen. »Wenn Sie mich nun entschuldigen wollen, ich muss etwas ausliefern, Mr. ...«

»Sadru. Bitte lassen Sie mich Ihnen danken, dass Sie uns geholfen haben ...«

»Ich habe nichts getan.«

Er streckte ihr seine grobschlächtige Hand hin. Amina ergriff sie und führte ihn zur Tür.

»Wir können Ihnen gar nicht genug danken, Farah und ich ...«

»Dazu besteht keine Veranlassung. Ich habe nichts getan.« Sie sah ihm ins Gesicht und wiederholte die Worte noch einmal. »Ich habe nichts getan.«

Er hob die Augenbrauen. »Wirklich nicht?«

»Wirklich nicht. Falls Sie jemals jemand danach fragt. Klar?«

Er nickte und zwinkerte ihr zu, als er in seinen Wagen stieg. Sie sah zu, wie er die Fensterscheibe herunterkurbelte, um seinen kräftigen Arm aufzustützen, bevor er den Motor anließ und auf die Straße einbog.

Amina blickte ihm nach, bis sein Wagen verschwunden war, und hoffte, dass die Polizei, falls sie noch herumlungern sollte, ihm folgen würde und nicht ihr. Dann winkte sie Jacob durch die Tür zu. Er schenkte ihr ein ermutigendes Lächeln und sah zu, wie sie zu ihrem Wagen hinüberging.

Sie ging rasch um das Fahrzeug herum, überprüfte gewohnheitsmäßig die Reifen. Im asiatischen Basar und all den anderen indischen und farbigen Gegenden waren die Straßen, vor allem die kleineren, in üblem Zustand, und seit dem Erlass des Gesetzes über die Gebietseinteilung für die verschiedenen Bevölkerungsgruppen hatte sich dieser Zustand noch verschlimmert. Amina hatte kaum Veranlassung, in die schwarzen Gegenden zu fahren, aber sie wusste, dass die Straßen dort noch erbärmlicher waren, sofern sie überhaupt existierten. Sobald sie sich überzeugt hatte, dass alles in Ordnung war, öffnete sie die Tür und schickte sich an einzusteigen.

»Einen Moment!«

Ihr stellten sich die feinen Nackenhaare auf, als sie die Stimme von Officer De Witt erkannte. Seine Hand lag auf ihrer Schulter. Sie drehte sich um und lächelte den Polizisten an.

»Wir dürfen uns nicht länger treffen«, sagte sie. »Die Leute fangen schon an zu reden.«

Er bedachte sie mit einem Lächeln, das mehr eine Grimasse war. »Daran hast du dich doch längst gewöhnt, oder? Dass die Leute reden.«

Amina zuckte die Achseln und sah an dem Polizisten vorbei. Sie runzelte die Stirn, als sie den Streifenwagen keine fünfzig Meter entfernt auf der anderen Straßenseite erblickte. Wie hatte sie den bloß übersehen können? Officer Stewart saß darin, und als er sah, dass sie zu ihm hinblickte, stieg er aus und kam stirnrunzelnd herbei. Er tippte sich an die Mütze und wandte sich leicht gereizt an seinen Partner.

»Wir haben zu tun. Wenn du der Lady guten Morgen gesagt hast, können wir uns vielleicht auf den Weg machen.«

De Witt beachtete ihn kaum. Er ging zum hinteren Fenster des Wagens und spähte hinein. Auf dem Rücksitz befanden sich Konserven und ein Pappkarton, aus dem verschiedene Lebensmittel lugten. Der lange Hohlraum zwischen Vorder- und Rücksitz war ebenfalls mit Vorräten vollgepackt und mit einigen Lagen Sackleinen abgedeckt.

»Kutschierst du immer so viel Zeug durch die Gegend?«, fragte er in kriegerischem Ton.

»Sie wissen ja, wie es ist«, erwiderte Amina. »Es ist immer etwas abzuholen oder auszuliefern. Meistens kann man sich nicht darauf verlassen, dass die Leute die Waren pünktlich ausliefern. Also macht man es am besten selbst.« Sie warf Officer Stewart einen Zustimmung heischenden Blick zu, und er nickte höflich. Sie blieb ganz ruhig, versuchte, ihre Not nicht zu zeigen und sich gelassen zu geben, als mache ihr das Interesse der Polizisten an ihrem Wagen überhaupt nichts aus.

»Kann ich noch irgendwas für Sie tun, meine Herren, oder kann ich mit meinem Tagewerk fortfahren?«, fragte sie schließlich und setzte sich hinter das Steuer. Doch während sein Partner lächelte und meinte, dass sie ebenfalls aufbrechen sollten, riss Officer De Witt die hintere Tür auf und hieb zwei Mal mit aller Kraft auf die Säcke ein, die hinter Aminas Sitz lagen. Ihr setzte das Herz aus. De Witt schrie auf vor Schmerz, riss seine Hand zurück und schüttelte sie aus.

»Was zum Teufel hast du da drin – Steine?«

»Konserven«, erwiderte Amina automatisch. Sie war ganz benommen vor Anspannung. Sie ließ den Motor an und legte den ersten Gang ein. »Man sieht sich!«, rief sie im Davonfahren.

De Witt stand da, die Hand um die Faust gelegt, und schrie ihr nach. »Hau bloß ab! Wenn ich dich nie wiedersehe, wär' das immer noch zu früh!«

Amina war schon zu weit fort, um die Worte zu verstehen, aber Jacob im Café vernahm sie, als er dem ersten Gast des Tages eine Tasse Kaffee einschenkte, und er blickte kurz auf und gestattete sich ein Lächeln.

Amina fuhr die Straße in einem Tempo entlang, das gemäßigt war und, so hoffte sie, keinen Verdacht erregte, und beobachtete die beiden Polizisten im Rückspiegel. Sie kehrten zu ihrem Streifenwagen zurück und schienen zu streiten.

»Ich glaube nicht, dass sie uns folgen werden«, rief sie über die Schulter nach hinten. »Alles in Ordnung mit Ihnen? Er hat so fest zugeschlagen.«

Sie bekam keine Antwort, vernahm nur das Motorengeräusch. Sie blickte sich um und schaute auf das Sackleinen hinab. Sie drosselte die Geschwindigkeit ein wenig und schlug einige Lagen beiseite, fand aber nichts als die Konserven, von denen sie der Polizei gegenüber gesprochen hatte.

Amina bremste ab, überlegte dann aber, dass es nur die Aufmerksamkeit auf sich ziehen würde, wenn sie anhielt.

»Wo stecken Sie?«, rief sie, als könne sie die verschwundene Frau auf diese Weise dazu bewegen, Gestalt anzunehmen.

Amina starrte auf die Straße vor sich und überlegte, was sie tun sollte. Wenn sie zurückfuhr, würde die Polizei das mitbekommen. Amina hatte Rehmat über eine Stunde zuvor nach draußen geschickt, um sich im Wagen zu verstecken. Sie musste die Polizei bemerkt haben. Oder hatten sie sie bereits erwischt? Ein kalter Schauer überlief sie. Vielleicht war die ganze Szene vorhin eine Farce gewesen? Lachte De Witt, dieser Mistkerl, sich in diesem Moment über sie kaputt?

Sie musste ausscheren, um einer schwarzen Frau auszuweichen, die ohne Vorwarnung die Straße überquerte und fast unter die Räder gekommen wäre. Amina hielt an und schaute zurück, um sich zu vergewissern, dass der Frau nichts passiert war, aber diese kam auf sie zugerannt und löste die Decke, in die sie gehüllt war. Ohne ein Wort riss sie die Beifahrertür auf und schickte sich an, in den Wagen zu klettern.

»Helfen Sie mir, ja?«, sagte Rehmat atemlos. Amina umfasste ihre Handgelenke und zog sie hoch. Dann fuhr sie sogleich wieder an und gab ordentlich Gas. Rehmat lehnte sich zurück, schloss die Augen und atmete tief durch. Amina warf einen Blick auf die bunte Decke, die Rehmat um die Schultern trug.

»Der Pariser Mode überdrüssig?«

Rehmat lächelte. »Ja. Ich wollte mal was Neues ausprobieren.«

»Was um aller Welt ist passiert?«

»Ich habe sie gesehen, als ich zur Tür hinauswollte«, antwortete Rehmat, »also bin ich hinten rausgegangen, habe mich hinter einem Baum im Hof versteckt und sie beobachtet.«

»Und dann?«

»Ich wusste nicht, was ich tun sollte«, fuhr Rehmat fort. »Erst wollte ich in Ihr Zimmer zurückkehren, aber dann dachte ich, dass sie dort bestimmt zuerst nachsehen. Also bin ich die Straße hinuntergegangen, weg von ihnen, und habe gehofft, dass Sie denken, ich bin im Wagen, und einfach losfahren und mich unterwegs sehen.«

»Ich habe tatsächlich geglaubt, Sie sind im Wagen.« Amina lächelte. »Ich dachte, Sie sind verletzt. Dieser miese Polizist hat mit der Faust auf die Säcke eingedroschen und sich an den Konserven verletzt.«

»Welcher? Der, der Sie geschlagen hat?«

»Ja.«

»Gut«, meinte Rehmat und lachte.

Plötzlich zitterte sie und drehte sich um, aber die Straße hinter ihnen war immer noch leer.

»Jetzt haben Sie sich verraten«, sagte sie einen Moment später. Amina runzelte die Stirn und blickte in den Rückspiegel. Rehmat lächelte.

»Nein, nicht denen gegenüber«, sagte sie. »Mir gegenüber. Sie haben mich gestern angelogen. Sie haben mir gesagt, sie hätten Sie nicht geschlagen.«

Amina lächelte.

»Warum haben Sie das gemacht?«, fragte Rehmat.

Amina zuckte die Achseln. »Ich wollte nicht, dass Sie deswegen ein schlechtes Gewissen haben.«

»Sie sind sehr rücksichtsvoll«, erwiderte Rehmat. »Der Mann ... oder der Mensch, der Ihr Herz gewinnt, kann sich glücklich schätzen.«

»Der Mensch«, bekräftigte Amina mit einem Lächeln. »Dann haben selbst Sie die Gerüchte über mich gehört?« Sie lachte, aber Rehmat biss sich auf die Lippen und schaute angelegentlich auf die Straße, die sich vor ihnen erstreckte. Nach kurzem unbehaglichem Schweigen ergriff sie das Wort.

»Was Sie tun und wie Sie leben ist Ihre Sache und geht niemanden etwas an«, sagte Rehmat, leicht verärgert, weil ihre tolerant gemeinte Bemerkung übergangen worden war. »Wenn jemand das versteht, dann ich. Ich wollte nett sein, nicht Ihren Lebensstil kritisieren.«

Amina warf ihr einen Seitenblick zu. »Ich weiß. Seien Sie nicht böse. Ich war nur überrascht, das ist alles. Niemand hat mir je zuvor ein solches Kompliment gemacht.«

Rehmat zuckte die Achseln, dann lächelte sie. »Ich hatte schon befürchtet, Sie würden nicht halten«, meinte sie dann. »Ich habe gewinkt und gewinkt.«

»Tut mir leid, ich war in Gedanken. Als ich gemerkt habe, dass Sie nicht im Wagen sind, bin ich fast in Panik geraten. Und Ihre Verkleidung hat mich hinters Licht geführt.«

Rehmat schüttelte den Kopf. »Diese arme schwarze Frau. Sie ging mit ihrem Kind die Straße entlang, und ich bin ihr nachgelaufen und habe sie angefleht, mir ihr Tuch und ihre Decke zu verkaufen. Sie hat mich bestimmt für verrückt gehalten.«

»Aber sie hat Ihnen die Sachen trotzdem gegeben.«

»Sie hätten sehen sollen, was ich ihr dafür bezahlt habe«, entgegnete Rehmat.

Ein paar Minuten fuhren sie schweigend dahin. Amina behielt die Straße hinter sich im Auge, doch sie war sicher, dass die beiden Polizisten aufgegeben hatten.

»Ihr Bruder Sadru ist heute Morgen im Café gewesen.«

»Tatsächlich?«

»Er wollte wissen, wo Sie sind und ob es Ihnen gutgeht. Ich habe gesagt, ich wüsste es nicht, aber er solle James ausrichten, dass er sich keine Sorgen machen soll.«

»Geht es James gut?«

Amina nickte. »Er ist in Nairobi – es besteht also kein Grund zur Sorge. Er fliegt morgen nach Paris.«

Rehmat ließ sich zurücksinken. »Gott sei Dank.«

»Sobald Sie in der Luft sind, sehe ich zu, dass er die Flugdaten bekommt.«

Weiter sagte Amina nichts mehr. Sie war es zufrieden zu fahren und Rehmat ihren eigenen Gedanken zu überlassen. Einige Minuten vergingen, dann ergriff Rehmat wieder das Wort.

»Mein Bruder tut mir leid«, sagte sie.

Amina sah sie an. »Sadru?«, fragte sie.

»Er ist so naiv. Er ist so ...« Ein zorniger Unterton schlich sich in ihre Stimme. »Sieht er denn nicht, was seine Frau für eine ist?«

»Um Omar machen Sie sich also keine Gedanken?«

»Nein. Um Omar nicht.« Rehmat lachte. »Omar ist gewitzt. Er kann auf sich selbst aufpassen, und er weiß, was er im Leben will. Und er kann von Glück sagen, eine Frau wie Miriam zu haben. Genau das, was er sich gewünscht hat, würde ich sagen. Eine Frau, die mit ihm mitten in der Einöde lebt und für ihn sorgt.«

»Ich denke, sie ist mehr als das!«, entgegnete Amina scharf.

»Da bin ich sicher«, erwiderte Rehmat und sah sie an. »Aber ob mein Bruder das weiß oder ob es ihn auch nur interessiert, ist eine andere Sache.« Sie langte in ihre Tasche und holte eine Schachtel Zigaretten hervor. Sie bot Amina eine an, aber die schüttelte den Kopf.

»Sind Sie mit Miriam befreundet?«, fragte Rehmat.

Amina zögerte. »Eigentlich nicht. Warum fragen Sie?«

»Ich weiß nicht. So wie Sie bei unserem Besuch im Café ...«

»Das war erst unsere zweite Begegnung«, sagte Amina.

»Ach ja? Sie haben ja nicht viel gesagt, aber mir schien ... Ich weiß nicht ... Mir schien großes Einvernehmen zwischen Ihnen zu herrschen. Wie bei Menschen, die gern beisammen sind.«

Amina zuckte die Achseln. »Ich mag sie. Sie scheint sehr intelligent zu sein, aber sie ist es nicht gewohnt, viel zu reden. Oder angehört zu werden. Wir haben uns ein bisschen miteinander unterhalten, als ich bei ihnen da draußen gearbeitet habe.« Sie rutschte ein wenig auf ihrem Sitz herum.

»Dann kennen Sie sie also gut?«

»Nicht so gut, wie ich ...« Amina hielt inne und wandte den Blick ab. »Ich kenne sie nicht näher. Sie scheint nett zu sein.«

Rehmat nickte und nahm einen Zug von ihrer Zigarette, aber Aminas verräterischer, wenngleich unvollendeter Satz war ihr nicht entgangen.

Einige Meilen später bog Amina scharf ab auf eine kleinere geteerte Straße. »Wir sind gleich am Flughafen.«

Rehmat sah sie an. »Ich bin froh, dass ich Ihnen begegnet bin. Und nicht nur, weil Sie mir das Leben gerettet haben.«

»Ich habe Ihnen wohl kaum das Leben gerettet.«

»Sie haben mich vor dem Gefängnis gerettet, und das ist dasselbe«, erwiderte Rehmat. »Wie dem auch sei – jedenfalls bin ich froh, dass wir uns begegnet sind. Ich hoffe, Sie tun in Ihrem Leben immer das, was Sie für richtig halten.«

»Das werde ich«, versicherte Amina ihr.

»Gut. Denn ich habe mich jahrelang insgeheim gefragt, ob ich wirklich das Richtige getan hatte. Davonzulaufen. Nicht, dass ich nicht glücklich wäre mit James – das bin ich. Aber meine Familie hat mir lange das Gefühl vermittelt, ich hätte etwas Schreckliches getan. Das kann einen Menschen zermürben.«

Amina lächelte. »Wenn man es zulässt. Ich habe schon vor langer Zeit die Verantwortung für mich und meine Entscheidungen übernommen, und heute muss ich auf niemanden hören, den ich nicht respektiere.«

Die Straße wurde schmaler, als sie das Flughafengelände erreichten.

»Glauben Sie, der Flughafen wird überwacht?«, fragte Rehmat.

»Nein«, antwortete Amina mit einer Zuversicht, die sie nicht empfand. »Machen Sie sich keine Sorgen. Ich habe dafür gesorgt, dass Sie direkt zum Flugzeug gebracht werden, ohne Einzuchecken und all das.«

»Wie haben Sie das geschafft?«

Amina lächelte nur und brachte den Wagen vor dem Terminal zum Stehen. Drinnen im Gebäude wimmelte es von Menschen, und Rehmat verharrte einen Augenblick, um sich an die vielen Geräusche und Gerüche und das Gewusel zu gewöhnen – ein scharfer Kontrast zu der einsamen Straße, wo nichts ihre Sinne in Anspruch genommen hatte außer Amina und das Tuckern des Wagens. Amina war bereits davongeeilt und kehrte wenige Minuten später mit ihrem Kontaktmann zurück. Es war ein angenehmer Mensch, ein Malaie aus Kapstadt, der Rehmat herzlich die Hand schüttelte, bevor er sie bat, ihm direkt zum Flugzeug zu folgen.

»Hier trennen sich unsere Wege«, sagte Amina. Rehmat nickte und sah sie an, ohne ein Wort herauszubringen. Amina mochte Abschiede nicht und scheute instinktiv von jeder Überschwänglichkeit zurück, aber Rehmat trat rasch auf sie zu und schloss sie in die Arme.

»Ich kann Ihnen gar nicht genug danken«, sagte sie. »Ich werde nie vergessen, was Sie für mich getan haben.« Dann wandte sie sich dem wartenden Malaien zu und gab ihm zu verstehen, dass sie bereit sei. Kurz bevor sie in der Menschenmenge verschwanden, drehte Rehmat sich noch einmal um, um zu winken, aber Amina hatte schon wieder ihren Hut aufgesetzt und eilte zu ihrem Wagen zurück, denn sie hatte beschlossen, bei ihrer Rückkehr als erstes Miriams Telefonnummer herauszufinden – wenn es denn eine gab –, und sie wissen zu lassen, dass alles gutgegangen war.

Kapitel 15

Der Tag war kühl und bewölkt gewesen, ein langer, trister Tag, der sich nicht unterschied von all den anderen, die an Miriam vorüberzogen. Seit Rehmat fort war und der Aufruhr um ihre Abreise verklungen war, verlief das Leben aller wieder in den vertrauten Bahnen. Niemand von der Familie hatte Rehmat abreisen sehen, aber Amina hatte ihnen die Nachricht übermitteln lassen, dass Rehmat sicher an Bord des Flugzeugs gelangt war.

Miriam hatte Amina für ihre Hilfe danken wollen, aber sie fand keinen triftigen Grund, nach Pretoria zu fahren, nachdem Omar kurz und knapp verkündet hatte, dass Sadru Amina im Namen aller bereits hinreichend gedankt hätte.

Da es Ende des Monats war, erwarteten sie einen Besuch ihrer Vermieter, aber die lange, glänzende Limousine war nicht aufgetaucht, und am frühen Abend schlüpfte Miriam aus dem neuen Baumwollkleid, das sie in Erwartung ihres Besuches getragen hatte, und Omar legte seine Krawatte ab. Sie aßen gemeinsam mit den Kindern zu Abend und saßen wie gewöhnlich um den großen Holztisch, aber das Baby war müde und quengelig, und Miriam musste ihre jüngste Tochter vorzeitig zu Bett bringen. Sie hörten sie noch einige Minuten weinen, während sie weiteraßen, doch irgendwann verstummte sie plötzlich.

»Sie schläft«, sagte Sam, und Miriam nickte. Omar sagte nichts; er aß rasch, wie immer; dann stand er auf, ließ seinen Teller stehen, wo er war, und ging zu dem einzigen Sessel hinüber, nahm seine Zeitung auf und vertiefte sich in die Lektüre. Wie von einem Bann erlöst, begannen Miriam und die Kinder zu reden. Kleine Gesprächssplitter – eine Geschichte, die sich in der Schule ereignet hatte, und was die Lehrerin dazu sagte, eine Frage hier, eine Antwort da. Miriam sprach leise, denn zu viel Lärm reizte Omar, und wenn die Stimmen der Kinder zu laut wurden vor Aufregung oder Neugier, bat sie sie widerstrebend und mit einem Lächeln, leiser zu sein. Sie liebte diesen Austausch mit den Kindern, und als sie mit dem Essen fertig waren, nahmen Sam und Alisha ihre Teller und folgten Miriam zum Spülstein und stellten ihr Geschirr hinein. Dann kam der Abmarsch nach oben, der unvermeidlich ins Bett führte. Wenn Miriam müde war, war es ein langer Kampf, die Kinder zu waschen und ins Bett zu stecken, doch an Tagen wie diesem genoss sie ihre Aufgabe: Die hellen Kinderstimmen boten eine willkommene Abwechslung von den schroffen Stimmen, die sie den ganzen Tag über im Laden hörte, und ihre vertrauensvollen Gesichter erlösten sie für eine Weile aus ihrer zunehmenden Einsamkeit.

Später an diesem Abend saß sie mit Omar hinten in der Küche, wo sie ihre Stühle in das letzte bisschen Wärme gezogen hatten, die der schwarze Eisenherd abgab. Die Stille draußen war tief und undurchdringlich, und Miriam war dankbar, drinnen zu sein, wo die Wände ihres Heims lebendige Menschen umschlossen und Geräusche und Regungen, wie verhalten sie auch sein mochten. Omar schrieb hin und wieder etwas nieder, die Öllampe nah an seinem Ellenbogen; er machte die Buchhaltung für den Laden, während Miriam ein Kleid für Alisha nähte. Sie hatte am Tag zuvor einen Brief von Rehmat aus Paris erhalten, der allein an sie adressiert gewesen war, und sie war versucht, ihn erneut zu lesen, obwohl sie seinen Inhalt inzwischen fast auswendig kannte. Es war ein kurzer Brief, eine Seite voll des Dankes für die erwiesene Gastfreundschaft und Hilfe. Er war auf cremefarbenes Papier geschrieben, wie Miriam es noch nie zuvor gesehen hatte, so zart und dünn wie ein Zwiebelhäutchen. Miriam warf ihrem Mann einen verstohlenen Blick zu und erinnerte sich an sein finsteres Gesicht, als er begriffen hatte, dass der Brief nicht an ihn gerichtet war. Sie verschob die erneute Lektüre auf den folgenden Tag und fuhr mit ihrer Näharbeit fort. Wenn er die Buchhaltung machte, ließ Omar sich nicht gern ablenken, deshalb war das Radio ausgeschaltet, und Miriam vermisste die tröstliche Stimme des unbekannten Mannes, der jeden Abend im Rundfunk Geschichten vorlas. Nur der äußerste Rand des Lichtscheins erreichte sie, denn Omar hielt die Flamme niedrig, um Öl zu sparen, aber ihre jungen Augen waren gut, und sie hatte das Gewebe genau im Blick, während ihre Finger die Nadel geschickt durch den umgeschlagenen Saum des Stoffes führten. Omar hatte die Angewohnheit, sich alle ein, zwei Minuten zu räuspern, und sie machte sich ein Spiel daraus zu sehen, wie viele Stiche sie schaffte, bevor er es das nächste Mal tat. Einmal blickte er kurz auf und sah sie an, und sie hob gleichfalls den Kopf. Sie erwiderte seinen Blick und hätte ihren Mann beinahe angelächelt, aber er schaute ernst drein, und so senkte sie den Kopf wieder und widmete sich dem dunklen Stoff, der ihr aus den Fingern geglitten war.

In diese tiefe Stille hinein erklang plötzlich ein Lärm an der Ladentür, der sie beide zusammenschrecken ließ. Omar sprang sofort auf.

»Was ist das?«, fragte er sie, und sie erwiderte seinen Blick mit großen Augen und biss gleichzeitig den Faden ab.

Er nahm die Lampe, ging durch den Laden und rief nach John.

»John ist krank, das weißt du doch!«, rief sie ihm nach.

Das Hämmern an der Tür wiederholte sich – jemand bat nachdrücklich um Einlass, und Miriam legte ihre Näharbeit auf den Stuhl und folgte Omar in den Laden. Das Klopfen war verstummt, und Omar war damit beschäftigt, die Schlösser und Riegel der Tür zu öffnen.

»Was machst du da?«, fragte sie, aber dann erschien der Mensch da draußen im Lichtkegel – ein weißer Mann, der auf der Veranda auf und ab wanderte, ein Farmer, der einige Monate zuvor im Laden eingekauft hatte.

Als die Tür endlich geöffnet wurde, scholl ein Schwall halbunterdrückter Flüche zu Miriam hinüber, die hinter dem Ladentisch stand. Der Farmer betrat den Laden, als gehöre er ihm.

»Mein Auto ...« Er wies nach draußen. »Es ist beschädigt. Beide Scheinwerfer sind kaputt, und ich fahre in der pechschwarzen Dunkelheit herum, ohne das verdammteste bisschen zu sehen.« Er stampfte mit dem Fuß auf wie ein entrüstetes Kind.

»Ihre Scheinwerfer gehen nicht mehr?«, fragte Omar nach.

»Ja. Ich hab einen Kaffer angefahren, der mitten auf der ver...« Er erblickte Miriam und verkniff sich den Fluch. »... mitten auf der Straße rumlief, als gehöre sie ihm, und beide Scheinwerfer sind zu Bruch gegangen. Ich dachte, ich hätte ihn nur mit einer Seite erwischt, aber sie funktionieren beide nicht mehr.«

Omar trat auf die Veranda hinaus, und der Mann folgte ihm.

»Wo ist das passiert?«, fragte er.

»Gleich hier.« Der Mann wies dahin, wo die staubige Straße in der Dunkelheit verschwand. »Zweihundert Meter weiter. Nicht mal. Gott, war ich froh, als ich auf Ihren Laden stieß.«

Die beiden Männer gingen zum Auto hinüber und begutachteten den Schaden gemeinsam. Der Farmer betastete eine Beule neben dem einen zerbrochenen Scheinwerfer, zog die Hand dann aber rasch zurück und streckte sie von sich.

»Blut! Verdammter Kaffer!«, Er sah sich um und wischte sich die Hand dann am Hosenbein ab. »Ich weiß nicht, warum beide Scheinwerfer nicht gehen. Aber ohne Licht komme ich nicht nach Hause.«

»Einen Scheinwerfer habe ich auf jeden Fall im Laden.« Omar wandte sich um und kehrte auf die Veranda zurück.

»Miriam!«, rief er.

»Ja.«

»Hol den Autoscheinwerfer. Er ist auf dem letzten Regal, bei den großen Paraffinlampen.«

»Ja.«

Der Laden war nahezu dunkel, nur ab und zu fiel ein fahler Lichtstrahl von Omars Lampe auf die Holzregale, aber Miriam kannte sich aus und tastete sich vorsichtig an den langen Reihen aufgestapelter Waren entlang, befühlte das Regal über ihrem Kopf, bis ihre Finger über sämtliche Lampen geglitten waren, von den kleinen kerzenförmigen Leuchtern bis zu dem schweren Autoscheinwerfer. Sie zog ihn herunter, nahm sich Zeit dabei, verspürte trotz des Aufhebens der Männer da draußen keine Dringlichkeit. Sie lauschte dem Auf und Ab ihres Gespräches, ohne die Worte verstehen zu können, und spürte, wie ein ungewohntes Gefühl von Kontrolle, von Gelassenheit sie überkam.

Ihre Gedanken überschlugen sich, aber ihr Körper schien sich zu bewegen, wie er sollte. Wieder und wieder gingen ihr die ersten Worte der Erklärung, die der Weiße gegeben hatte, durch den Kopf. »Ich hab einen Kaffer angefahren ...« Und nun war sein Auto kaputt. Sie drehte sich um, ging am Tresen entlang und trat hinaus auf die Veranda, wo Omar ihr entgegenkam und den Scheinwerfer abnahm. Der Farmer blickte hoffnungsvoll auf, erfreut.

»Ja«, nickte er. »Der könnte passen.«

Er nahm den Scheinwerfer und machte Anstalten, ihn einzubauen.

»Wo ist er?« Der Klang ihrer Stimme, die sie in den letzten Stunden kaum gebraucht hatte, überraschte selbst Miriam. Die Männer schauten sie an.

»Was?«, fragte der Farmer. Sie trat einen Schritt zurück und sah Omar an. Er wusste, worauf sie hinauswollte, aber er sagte nichts, sondern stand einfach nur da und hielt die Lampe.

»Der Schwarze«, sagte sie ruhig. »Wo ist er?«

Omar sah sie stirnrunzelnd an. Er war verstimmt. Der Farmer musterte sie kalt. Sie wich einen weiteren Schritt zurück, dann wandte sie sich um, kehrte in den Laden zurück und nahm sich eine der mittelgroßen Lampen. Sie zitterte nun, vor Kälte, dachte sie, und zog ihre Strickjacke fester um sich. Sie ging in die Küche, stellte sich dicht an den Herd und dachte nach. Sie öffnete die Paraffindose und goss ein wenig in die Lampe, zündete sie an und sah zu, wie sich ein dünner schwarzer Kringel Rauch von dem frisch getränkten Docht nach oben zog. Der Gedanke an die kalten hellen Augen des Farmers ließ sie erschaudern, und sie wanderte auf und ab und versuchte den Tumult in ihrem Inneren zu zähmen. Der Mann erinnerte sie an die Polizisten, die sie vor nicht allzu langer Zeit bedroht hatten. Die gleiche Achtlosigkeit, der gleiche Mangel an Respekt, die gleiche Gefühllosigkeit. Alte Erinnerungen und neue Eindrücke schwirrten ihr im Kopf herum, und sie bemühte sich, einen Sinn darin zu erkennen. Ein Mann wurde angefahren – ein Kaffer, ein schwarzer Mann, aber immerhin doch ein Mensch –, und der Mann, der ihn angefahren hatte, stand da draußen mit dem Mann zusammen, den sie geheiratet hatte und der der Vater ihrer Kinder war, und machte sich Sorgen über die Beule in seinem Wagen. Die Kosten der neuen Scheinwerfer. Die Unannehmlichkeiten. Zählten schwarze Menschen wirklich nicht? Sah sie Robert und John Tag für Tag ins Gesicht und erblickte niemanden, keinen Menschen, kein Herz und keine Seele unter der dunklen Haut? Was war mit Amina, die sie so sehr mochte und bewunderte? Auch sie hatte schwarzes Blut. Sollte sie sie deswegen geringer schätzen? Immer noch ging sie auf und ab und stellte sich Fragen. War der Schwarze möglicherweise verletzt oder sogar tot? Hatte er vielleicht Kinder, die zu Hause auf ihn warteten, eine Frau oder eine Mutter? Würden sie nicht weinen, wenn sie erführen, dass er angefahren worden war? Von draußen vernahm sie noch immer die Stimmen der Männer. Sie hörte das raue Afrikaans, barsch und gereizt, und dann den bereitwillig zustimmenden Tonfall ihres Mannes, und ohne weiter darüber nachzudenken, nahm sie die Lampe, füllte einen Krug mit Wasser und ging zur Küchentür hinaus. Sie eilte durch den Gemüsegarten und hoffte, dass John recht hatte, der ihr am Tag zuvor lachend erklärt hatte, es sei zu kalt, als dass viele Schlangen unterwegs wären. Sie blieb nur einmal stehen, hinter dem kleinen Holzschuppen am Ende des Gartens, und schaute zum Haus zurück, zu den Fenstern, hinter denen ihre Kinder schliefen, und beinahe wäre sie umgekehrt. Doch dann setzte sie ihren Weg zielstrebig und entschlossen – und mit einem flüchtigen Gedanken an Amina Harjan – fort.

Sie hätte nicht zu sagen gewusst, was sie zu finden erwartete, eine gute Weile nachdem der Mann angefahren worden war, aber sie wollte aus dem Haus fort und weg von den Stimmen der

Männer. Die Nacht umfing sie, tief und dicht wie ein Wald, und zum ersten Mal empfand sie Furcht. Er musste längst fort sein, dachte sie, der Schwarze. Aber was, wenn nicht? Was, wenn er wütend war und sie angriff? Das Geräusch von Insekten, die durch die Dunkelheit surrten, wurde deutlicher, je weiter sie sich vom Haus entfernte. Als sie sich noch einmal umwandte, war die Nacht pechschwarz, so dass sie nicht einmal die Umrisse ihres Hauses erkennen konnte. Sie war draußen, sie war fort, sie war allein und tat etwas Undenkbares. Doch ihr Körper gehorchte ihr, und zielstrebig setzte sie ihren Weg fort und presste die Lampe und das Wasser an sich.

Als erstes vernahm sie sein Atmen, ein menschlicher Laut in der Nacht. Sie versuchte, ihren Atem anzuhalten, still zu verharren, und dachte keinen Moment daran, dass ihre brennende Lampe sie verriet, sondern verfluchte ihr Herz, das so laut gegen die Rippen pochte. Sie wirbelte herum, versuchte, den rasselnden Atem in der alles umfassenden Dunkelheit zu orten, aber er hatte sie ebenfalls wahrgenommen und war still. Sie warteten beide reglos und angespannt, nachtblind, bis ein unwillkürlicher Schmerzenslaut ihn verriet.

Sie wandte sich in die Richtung, aus der der Laut gekommen war, und hielt die Lampe mit ausgestrecktem Arm vor sich.

»Hallo?«, rief sie und erblickte gleich darauf ein sehniges Bein, das über den Boden davongezogen wurde, fort aus dem Lichtschein ihrer Lampe in die dahinterliegende Dunkelheit. Sie folgte ihm und sah es wieder fortrutschen, klebrig von Blut.

»Warten Sie!«, rief sie und schwang die Lampe nach vorn, und nun war der Mann im Lichtschein gefangen. Seit Atem ging schwer, und er hielt den Blick von ihr abgewandt.

»Sie brauchen keine Angst vor mir zu haben«, sagte sie, und er drehte den Kopf, der fast kahlgeschoren war und von Schweiß glänzte, und blickte auf. Das Weiße in seinen Augen blitzte, und er sah sie voller Hass an. Die Intensität dieses Hasses ließ sie abrupt innehalten, schnitt ihr jegliche Unerschrockenheit ab wie mit einer scharfen Rasierklinge, und Miriam blieb stehen, den Krug Wasser noch in der Hand. Sie schluckte und hielt ihn dem Mann hin, aber der machte keine Anstalten, ihn zu nehmen.

»Es ist Wasser«, sagte sie und trat auf ihn zu. Irgendetwas strich an ihr vorbei – sie schrak zusammen und erschreckte ihn ebenfalls, aber dann merkte sie, dass es bloß eine Fledermaus war oder irgendein fliegendes Insekt.

»Eine Fledermaus«, sagte sie laut. Sie stellte das Wasser auf dem Boden ab. »Sie sind verletzt. Lassen Sie mich Ihnen helfen. Sonst schaffen Sie es nicht bis nach Hause.«

Keine Antwort war aus der Dunkelheit zu vernehmen, nur das gelegentliche Aufblitzen seiner Augen und seine spürbare körperliche Anwesenheit. Sie brauchte ein Stück Stoff, um sein Bein zu verbinden, eine Decke, um ihn warmzuhalten. Sie blickte zurück, dorthin, wo sie den Laden vermutete. Sollte sie ihn zu ihrem Holzschuppen schaffen und ihn dort übernachten lassen? Was, wenn Omar ihn fand? Was, wenn er sie bestahl?

»Ich brauche Ihre Hilfe nicht.« Seine Stimme war nah, noch viel näher, als sie gedacht hatte.

»Ich kann Ihnen eine Decke bringen und Ihnen einen Verband anlegen.«

Keine Antwort. Dann klang es nach Anstrengung; sie vernahm heftiges Atmen und ein kleines Schmerzensstöhnen. Er versuchte aufzustehen, und sein Kopf erschien im Lichtschein. Sie stellte die Lampe ab, er schwankte unsicher auf den Beinen. Ohne zu zögern, trat sie zu ihm und ergriff seinen Arm, der trotz der Kälte bloß war, und er stützte sich einen Moment auf sie, seine große Gestalt lehnte an ihrer schmalen, bevor er sich wieder aufrichtete. Sie ließ ihn sofort los, errötete in der Dunkelheit und staunte über ihre Verwegenheit. Wenn ihre Familie je erführe, dass sie einen fremden Mann auf eine solche Weise berührt hatte, wäre sie empört. Egal, wie die Umstände waren.

»Lassen Sie mich ...«

»Ich brauche Ihre Hilfe nicht«, wiederholte er, und diesmal war seine Stimme kräftiger, hart. Er blickte sie verächtlich an, dann drehte er sich um und humpelte davon.

Sie wäre am liebsten in Tränen ausgebrochen, überwältigt von der dunklen Nacht, dem Hass, dem Blut. Betrachtete er sie als Weiße? Als jemanden, der genau so kalt war wie der Farmer? Sie schickte sich an, zum Laden zurückzugehen und sah den Wasserkrug vor sich, unberührt. Sie bückte sich rasch, nahm ihn an sich und eilte dann den kurzen Weg zurück, bis die *stoep* vor ihr auftauchte. Das Auto des Farmers war fort, und das Haus schien in völliger Dunkelheit dazuliegen. Sie ging leise zur Vorderseite herum und sah Omars Licht im Laden, sah, wie sein Schatten sich zwischen den Waren bewegte. Sie eilte zur Küchentür zurück, hielt vor der Stufe inne und tauchte die Hände in den Krug, rieb sie heftig, um das Blut abzuwaschen, das an ihren Fingern klebte. Dann goss sie das Wasser fort und griff nach der Türklinke. Die Tür war verschlossen. Sie versuchte es noch einmal, und dann sah sie das Licht ihres Mannes aus dem Laden in die Küche kommen und sich auf die Hintertür zubewegen, an der sie stand, stumm und nervös. Omar hielt die Lampe am Fenster hoch und sah zu ihr hinaus, dann drehte er den Schlüssel im Schloss und trat zurück, um sie einzulassen.

Sie staunte über sich selbst – wie sie ganz normal eintrat, als käme sie am helllichten Tage aus dem Garten herein. Sie ging zum Tisch, stellte die Lampe ab, strich glättend über ihre Strickjacke und schob den heruntergerutschten Ärmel hoch, auf dem, wie sie nun entdeckte, Blut war.

»Wo bist du gewesen?«, fragte er ruhig.

»In der Waschküche«, antwortete sie. »Ich wollte eine saubere Decke holen.« Ihr Ton war ruhig und fest, aber die Lüge klang nicht echt, und das wusste sie. Sie hatte ja nicht einmal eine Decke dabei. Er trat zu ihr und beugte sich vor. Sie hob die Hände, glaubte, er wolle sie schlagen, aber er roch nur an ihr, wie ein Hund einen unvertrauten Gegenstand beschnüffelt. Sie wusste sofort, was er riechen würde – den schwachen süßlichen Schweißgeruch des verletzten Mannes – und dass das Blut auf ihrer Kleidung ihm nicht entgehen würde, und als er sich aufrichtete, schlug er sie tatsächlich. Der Schlag war hart, und sie taumelte zurück, stieß mit der Hüfte an den Tisch und hob die Hände, um den nächsten Schlag abzuwehren. Er traf sie im Gesicht, trotz ihrer Abwehr, und ihre Lippe platzte auf, so dass ihr ein schmales Rinnsal Blut über Kinn und Hals lief. Zum ersten Mal, seit sie ins Haus zurückgekehrt war, wurde ihr bewusst, dass das Baby oben weinte.

Er schlug sie vier Mal, und es war ein Schock für sie, dass er wirklich dazu fähig war. Sie stand mit dem Rücken am Küchentresen, die Arme vor dem Gesicht, und als er aufhörte, vermochte sie ihn nicht anzusehen. Er konnte sie ebenfalls nicht ansehen. Stattdessen löschte er die Öllampe und ging wortlos nach oben.

Diesen Moment hatte sie stets gefürchtet; nicht wegen des körperlichen Schmerzes – obwohl sie auch davor Angst gehabt hatte –, sondern weil sie wusste, welch eine schreckliche Erkenntnis das war: dass ihr Mann sie wirklich und wahrhaftig schlug. Früher hatte sie immer gedacht, dass Schläge das einzige waren, was sie nie erdulden würde. Doch nun war es passiert, und sie wusste, dass sie nach oben gehen würde, sobald er sich beruhigt hatte. Was sollte sie sonst tun, wo die Kinder in ihren Betten lagen und es keinen anderen Ort gab, an den sie hätte flüchten können? Sie kannte ihn besser als er sich selbst; sie wusste, dass er verabscheuen würde, was er getan hatte. Sie sah ihn oben im Badezimmer vor sich, wie er sich die Hände wusch, als ob er sich vom Makel der Gewalttätigkeit reinwaschen könnte, und wie er sich das Haar kämmte und seinem Blick im Spiegel auswich. Das Blut in ihrem Mund schmeckte so, wie sie sich den

Geschmack von Metall vorstellte: kühl und scharf. Blut wie sein Blut – das Blut des verletzten Schwarzen, dort auf der Straße.

Miriam richtete sich auf und wartete, bis ihre Benommenheit vergangen war; dann ging sie zur Pumpe hinüber und hielt ihr Gesicht darunter, bis das eingetrocknete Blut fortgewaschen war. Ihr war eiskalt, ihre Glieder waren steif, und sie zitterte. Mit bleischweren Beinen stieg sie die Treppe hinauf und ging zum Zimmer ihres Babys, doch als sie die Tür öffnete und hineinsah, bemerkte sie, dass Salmas Weinen verstummt war. Müde ging sie zur Wiege hinüber und sah, dass ihre kleine Tochter jetzt schlief, die rundlichen rosa Fäuste über dem Kopf erhoben wie zum Kampf. Miriam war zum Weinen zumute, aber sie tat es nicht. Sie wischte sich die Hand unwillkürlich an ihrem Rock ab, dann langte sie hinunter und strich sachte über den weichen dunklen Flaum auf dem Kopf des Mädchens. »Schlaf«, sagte sie und betrachtete Salma noch eine Weile. Dann ging sie zu Omar.

Kapitel 16

Robert mühte sich, die hölzerne Falltür zum Keller aufzuziehen, während Miriam daneben stand und zusah.

»Bist du nicht letzte Woche erst hinuntergestiegen?«, fragte sie ihn.

»Ja, Madam. Da ging sie gut auf«, bestätigte er. »Ich versuche es einfach weiter, Madam. Sie hat sich wohl vom Regen verzogen.«

Miriam nickte und kehrte in den Laden zurück, wo Christina, das Hausmädchen der Westons, in aller Ruhe das Warenangebot betrachtete. Obwohl der Laden hauptsächlich die Grundversorgung abdeckte, freute sich Christina stets auf ihren wöchentlichen Besuch und entdeckte immer wieder etwas Neues.

»Kann ich Ihnen helfen?«, fragte Miriam. Sie warf einen raschen Blick zurück und sah, wie Robert sich mit seiner ganzen Kraft ins Zeug legte. Das Holz knarzte laut, und dann begann sich die Kellertür langsam zu heben. Miriam lächelte.

»Nein, nein, danke, Missus«, erwiderte Christina. »Ich schaue mir nur die Stoffe an. Ich möchte mir bald ein neues Kleid nähen.«

Miriam nickte. Sie hörte kaum zu. »Lassen Sie sich Zeit, Christina«, sagte sie und kehrte zu der Falltür zurück, um nach dem Jungen zu sehen.

In dem schwarzen Viereck, das sich aufgetan hatte, waren nur die obersten Sprossen einer Holzleiter zu sehen. Robert stand mit den Füßen am Rande der Dunkelheit.

»Ich gehe da runter, Madam«, sagte er und schickte sich an hinabzusteigen, aber Miriam hielt ihn zurück.

»Nein«, sagte sie. »Ich weiß, wonach ich suche. Ich klettere selbst hinunter.«

»Aber da unten gibt es viele Spinnen, Madam«, wandte Robert ein und lächelte kaum merklich. Miriam dachte einen Augenblick darüber nach, dann blickte sie den Jungen an, der jetzt unverhohlen grinste. »Manchmal sind da auch Schlangen«, fügte er hinzu.

»Ich suche nach einer Kiste mit Büchern«, sagte Miriam. »Die Bücher, die ich gelesen habe, als ich ein junges Mädchen war. Es sind Romane«, fügte sie hinzu.

»Ich weiß, was Bücher sind«, entgegnete Robert. »Ich finde sie.«

Er war schmal und schmächtig und kletterte die Leiter in wenigen Sekunden hinab; auf der letzten Stufe hielt er inne, bevor er mit einem dumpfen Aufprall auf den Boden sprang. Geduldig wartete er einen Moment, bis seine Augen sich an die Dunkelheit gewöhnt hatten. Dann ging er schnurstracks zu einem Stapel Kisten, die, seit er sich erinnern konnte, unberührt hinten in der Ecke standen.

Oben im Laden schellte es. Miriam eilte hinüber und erblickte Christina, die mit der Glocke in der Hand dastand.

»Ich dachte schon, Sie wären alle nach Hause gegangen«, sagte sie und lächelte nervös.

»Wir wohnen hier«, sagte Miriam und hob den Blick zur Decke, wo sie die Schritte ihres Mannes hörte. Das beharrliche Läuten hatte ihn ohne Zweifel aus seinem Nachmittagsschlaf gerissen. Sie eilte rasch die halbe Treppe hinauf und sah Omar, der aus dem Bad trat.

»Es tut mir leid«, sagte sie. »Ich war mit Robert draußen, und Christina hat die Glocke geläutet.«

Er nickte, noch immer verschlafen.

»Leg dich wieder hin«, drängte Miriam ihn mit leiser Stimme. »Schlaf noch eine Weile. Ich wecke dich dann schon.«

»Jetzt bin ich auf«, sagte er gereizt.

Miriam gab sich geschlagen. »Na schön«, sagte sie. »Aber du brauchst dich nicht zu beeilen. Lass dir Zeit.«

Er sah sie misstrauisch an, aber sie eilte schon wieder die Treppe hinunter.

Endlich war Christina fort, und Miriam kehrte zur Kelleröffnung zurück. Gleich darauf erschien ein Pappkarton, gefolgt von Roberts Kopf. Er hievte die Kiste mit einiger Mühe auf den Boden und präsentierte sie Miriam mit einer stolzen Geste.

»Die Bücher, Madam.«

Miriam kniete sich hin und riss die Kiste auf. Es waren in der Tat ihre Bücher – die Bücher, die sie auf dem Schiff aus Indien mitgebracht hatte und dann auf dem Lastwagen aus Pretoria.

»Hatten Sie sie vergessen, Madam?«, fragte Robert und sah zu, wie Miriam sie aus der Kiste nahm, eines nach dem anderen.

»Ja«, antwortete sie. »Bis mich jemand daran erinnert hat.«

Sie ging sie rasch durch, nahm sich nicht die Zeit, sie aufzuschlagen oder sich daran zu erinnern, wann sie dieses oder jenes Buch zuletzt gelesen hatte. Dies und die neuerliche Lektüre würde sie sich für einen anderen Tag aufheben, wenn sie sich in der Stille eines späten Abends einsam fühlte. Sie stapelte sie vor sich auf – es mussten etwa fünfzehn Bücher sein – und legte *Am grünen Rand der Welt* und *Jane Eyre* beiseite, entschied sich dann aber doch für *Betty und ihre Schwestern*, an das sie sich gut aus ihrer Schulzeit erinnerte. Damals hatte sie sich immer mit der temperamentvollen, unabhängigen Jo identifiziert, aber wenn sie jetzt darüber nachdachte, sah sie jemand anderen in dieser Rolle.

Miriam trug das Buch in den Laden. Wieder vernahm sie Omars Schritte im oberen Stockwerk, und sie wusste, dass ihre Kinder jeden Moment aus der Schule heimkommen würden. Sie legte das Buch behutsam auf den Ladentisch und wühlte in einigen Schubladen, bis sie einen Bogen Packpapier und ein Stück Schnur gefunden hatte. Sehnsüchtig schaute sie zu dem festlichen Geschenkpapier hinüber, das in großen Bogen am anderen Ende des Tresens lag, aber sie wusste, dass Omar es merken würde, wenn sie etwas davon nahm. Sie schlug das Buch auf und hatte eine weiche, weiße Seite vor sich, leicht stockfleckig, aber sauber. Eine Seite, die zum Schreiben einlud, die sich für eine Widmung anbot.

Miriam holte sich einen Federhalter. Dann hielt sie ihn etliche Minuten lang zum Schreiben bereit über dem Deckblatt, während sie nach den besten Worten suchte. Schließlich senkte sich die Feder auf die Seite:

»Für die Liebhaberin«, schrieb Miriam, dann hielt sie inne. Sie begutachtete die Schriftzüge, die ihre Feder auf dem Papier hinterlassen hatte und war zufrieden, dass die Buchstaben klar und sauber auf der Seite standen. Damals in der Schule war ihre Handschrift schön gewesen. Sie beugte sich vor und schrieb weiter, brachte ihren Satz zu Ende: »Für die Liebhaberin der Bücher. Alles Liebe, Miriam«.

Bei dem Wort »Liebe« hatte sie kurz gezögert, unsicher, ob »Mit besten Grüßen« oder etwas Ähnliches nicht besser wäre.

Doch dann hatte sie gedacht, dass sie bei jemand anderem kaum gezögert hätte, mit »Alles Liebe« zu unterschreiben – warum sollte sie es also in diesem Fall nicht tun? Sie wartete darauf, dass die schwarze Tinte trocknete, blies ein wenig nervös darauf, als sie sich Omars Schritte erneut bewusst wurde. Sie hörte, wie er etwas zu Robert sagte und der Junge die Treppe herunterkam.

Sie klappte das Buch zu und schlug es flink in das Packpapier ein. Dann band sie die Schnur zweimal darum, sicherte sie mit einer Schleife und schrieb in Großbuchstaben rasch eine Adresse in Pretoria darauf.

»Robert!«, rief sie, und der Junge eilte aus der Küche herbei. »Hier«, sagte sie und reichte ihm das Päckchen. »Nimm das.« Aus ihrem Portemonnaie nahm sie mehr Geld, als die Paketgebühr ihrer Ansicht nach betragen würde, und gab es ihm.

»Bring das morgen zum Postamt, ja?«

»Ja, Madam.« Er befühlte das Päckchen vorsichtig. »Ist das ein Buch?«

»Ja«, antwortete sie, und zum ersten Mal verspürte sie ein leichtes Zögern angesichts ihrer Idee. Sie hörte Omars Schritte auf der Treppe und streckte Robert die Hand hin, um das Buch zurückzufordern. Doch er hielt es fest und flüsterte ihr beschwichtigend zu, dass er es am nächsten Morgen für sie aufgeben würde. Dann war er fort, kümmerte sich um das Gemüse im Spülstein, das Buch sicher in seiner Tasche verwahrt, und Miriam wandte sich gerade noch rechtzeitig der Treppe zu, um ihren Mann zu begrüßen.

Das Päckchen lag zwei Wochen auf dem Postamt, bevor es schließlich mit der Briefpost zusammen abgeholt wurde. Miss Smith, die Postangestellte, hatte sich gezwungen gesehen, es seiner Größe wegen außerhalb von Aminas Postfach aufzubewahren. Sie hatte es an ihrem Arbeitsplatz liegen und sich an seinen Anblick neben den Gummistempeln und Couponheftchen gewöhnt, und nach einer Weile nahm sie es gar nicht mehr als ein Päckchen wahr, das zugestellt werden wollte.

Erst als sie es versehentlich mit roter Tinte bespritzte, rückte es wieder in ihr Bewusstsein. Es war unauffällig in glattes braunes Papier eingeschlagen und mit schlichter Paketschnur verschnürt, und als Miss Smith die Tinte umstieß und die sich ausbreitende rote Pfütze betrachtete, nahm sie das Päckchen zur Hand und murmelte auf Afrikaans vor sich hin, welche Hoffnung ihr wohl für den Rest ihres Lebens noch bliebe, wenn sie schon im Alter von dreiundsechzig so tatterig und vergesslich war? Sie drehte das Päckchen in den Händen, die aus jüngeren Tagen von Sommersprossen gesprenkelt waren; dann legte sie es direkt vor sich in das kleine Fenster, durch das sie die Kundschaft bediente, denn sie wusste, dass Jacob Williams an diesem Tag wieder kommen und das Päckchen – endlich – für Amina mitnehmen würde.

Es war kurz nach elf, als Jacob das Postamt betrat. Er kam zweimal die Woche, um die Post für das Café abzuholen, dienstags und freitags; Amina überließ diese Aufgabe ihm, denn zum einen vergaß sie es regelmäßig, und zum anderen war sie einmal mit ihm zusammen im Postamt gewesen und hatte bemerkt, dass zwischen ihm und Miss Smith eine zarte Romanze zu erblühen schien.

»Morgen, Ma'am«, sagte Jacob zu der Postangestellten und tippte sich grüßend an den Hut. Sie lächelte, und ihre Augen schienen ihm blauer denn je. Sie leuchteten geradezu, fand Jacob, während er sie beobachtete, eine Farbe, wie er sie in der Natur noch nie gesehen hatte.

»Guten Morgen, Mr. Williams«, erwiderte sie und erkundigte sich nach seinem Befinden, und er fragte nach dem ihren, und sie unterhielten sich einige Minuten lang über den Schalter hinweg, bis ein weiterer Kunde eintrat. Der Mann sah Jacob am Schalter »Nur für Weiße« lehnen und die Postangestellte anlächeln und runzelte die Stirn. Jacob wandte sich um und glitt geschwind zum Schalter für Farbige hinüber; er wartete geduldig, bis Miss Smith, die einzige Postangestellte, die vormittags anwesend war, den neuen Kunden bedient hatte. Rasch und sicher trennte sie Streifen mit Briefmarken ab und ignorierte den zornigen Blick ihres Kunden.

»Es ist warm draußen, nicht wahr?«, sagte sie zu dem Mann. Sie blickte ihn über die stählerne Fassung ihrer Brille hinweg an und registrierte die Schweißperlen, die ihm von den Schläfen rannen. Im Postamt selbst war es still und kühl, allein die beruhigenden Geräusche von Miss Smiths Stempeln und das Klingeln der Kasse klangen im Raum wider. Die Fenster befanden sich weit oben an den Wänden und ließen breite Vierecke von Sonnenlicht in den Raum ein, aber der Bereich um den Tresen lag im Schatten. An der Decke surrten gemächlich zwei Ventilatoren und erzeugten weiche Luftströme, die über ihren Köpfen zirkulierten.

Der Mann wischte sich mit dem Ärmel über die Stirn. »Das kann man wohl sagen«, murmelte er und blickte zu Jacob hinüber, der die Anschläge an der hinteren Wand studierte. Miss Smith schob einige Briefmarken unter der gläsernen Trennwand in der Mitte des Tresens hindurch und nannte den Preis. Sie wartete, die Hand auf der Kasse, aber der Mann sah noch immer zu Jacob hinüber. Sie spürte, wie ihre Fingerspitzen vor nervöser Anspannung kribbelten.

»He, du da!«, rief der Mann quer durch den Raum, und obwohl er der einzige andere Kunde im Postamt war, begriff Jacob erst gar nicht, dass die Worte ihm galten.

»He!«, rief der Mann noch einmal. Jacob blickte auf und hob die Augenbrauen. »Hol mir gefälligst ein Glas Wasser!«, sagte der Mann und wies mit dem Kopf in Richtung des Trinkbrunnens hinten in der Ecke. Jacob sah ihn an und fuhr sich mit der Hand über den Kopf. Er war von Natur aus kein Mann schneller Entschlüsse, und unter diesen besonderen Umständen, so fand er plötzlich, hatte er eine Menge nachzudenken. Jacob wäre bereitwillig eine Meile gegangen, um jemandem, der ihn höflich bat, ein Glas Wasser zu bringen, aber unter keinen Umständen würde er über den Mangel an Respekt hinwegsehen, der ihm gerade erwiesen worden war. Von einem Fremden, der zwanzig Jahre jünger war, wie ein Dienstbote herumkommandiert zu werden, ging zu weit. Auf der anderen Seite verabscheute er es, Streit vom Zaun zu brechen. Und in Gegenwart von Miss Smith erst recht.

»Na los!«, rief der Mann. »Bist du taub oder was?«

Jacob glühte vor Zorn und Verlegenheit, aber er rührte sich nicht. Er sah vollkommen entspannt aus, auch wenn er es nicht fertigbrachte, Miss Smith anzusehen. Die Postangestellte sah allerdings auch gar nicht zu ihm hinüber. Sie kam bereits hinter dem Tresen hervor.

»Das ist nicht nötig«, entgegnete sie scharf. »Ich bin hier angestellt, und ich werde Ihnen das Wasser holen, wenn Sie selbst nicht dazu in der Lage sind.«

Miss Smith hatte zwanzig Jahre ihres Lebens damit verbracht, in einer höheren Schule Mathematik zu unterrichten und war es gewohnt, Menschen, die jünger waren als sie, als Schülerinnen und Schüler zu behandeln, die angeleitet, gelobt oder getadelt wurden, je nachdem, wie die Situation es erforderte. Sie ging flink zum Wasserspender hinüber, füllte ein Glas und hielt es dem Mann hin.

»Bitteschön«, sagte sie.

Er konnte es nicht fassen. »Was ist denn mit Ihnen los, Lady? Haben Sie noch nie etwas von Apartheid gehört?«

Als sie ihm ins Gesicht sah, glaubte Miss Smith einen Augenblick das Gesicht ihres einzigen Sohnes zu sehen, der mittlerweile in England lebte. Es gab keine wirkliche Ähnlichkeit zwischen diesem Mann und dem Jungen, auf den sie so stolz war, aber sie mochten im gleichen Alter sein, und ein Schauder überlief sie, als sie sich einmal mehr gewahr wurde, wie leicht ein junger Verstand zur Dummheit erzogen werden konnte. Sie blinzelte, merkte, dass der Mann sie noch immer anstarrte, und seine Frage fiel ihr wieder ein; der Nachklang seiner Worte schien noch in den hohen Ecken des Raumes widerzuhallen.

»Ja, von Apartheid habe ich gehört«, erwiderte sie. »Und ich kann gut darauf verzichten, besten Dank auch.«

Er machte keine Anstalten, das Glas Wasser zu nehmen, also stellte sie es auf dem Trinkbrunnen ab und bat ihn noch einmal um das Geld, das er für die Briefmarken schuldig war. Abrupt angelte er die Münzen aus seiner Tasche, ignorierte Miss Smiths ausgestreckte Hand und warf das Geld auf den Tresen. Es landete mit einem Geklimper, das die angespannte Stille im Raum brach, und eine Münze sprang auf den Boden und rollte unter einen Stuhl. Der Mann ging hinaus, doch nicht ohne kurz innezuhalten, um Jacob, der auf den Knien lag und die Münze aufhob, mit einer Verwünschung zu bedenken. Dann fiel die Tür krachend ins Schloss.

Jacob stand langsam auf und reichte Miss Smith das Geld.

»Danke«, sagte sie leise und hielt seine Hand einen Moment länger fest als nötig. »Wir alle verlieren unsere Menschenwürde in diesem Land, nicht wahr?«, sagte sie.

»Manche schneller als andere«, erwiderte Jacob mit gesenktem Blick.

»Das dürfen Sie nicht denken!«, widersprach sie heftig. »Es sind Menschen wie er, die am meisten verlieren ...«

»Vielleicht.«

Miss Smith verschwand eilig hinter dem Tresen und entdeckte zu ihrer Erleichterung das Päckchen, das vor ihr lag.

»Mr. Williams«, rief sie Jacob zu. »Ich habe hier ein Päckchen für Sie. Oder vielmehr für die junge Miss Harjan.« Sie blickte schuldbewusst drein. »Es liegt schon eine ganze Weile hier, fürchte ich. Zwei Wochen. Ich habe immer vergessen, es Ihnen zu geben. Hier, bitte.«

Sie hielt ihm das Päckchen hin, und Jacob war froh über ihren geschäftsmäßigen Ton und darüber, dass sie ihm etwas in die Hand gab, das er betrachten konnte, damit er nicht sie ansehen musste. Er nahm das Päckchen und drehte es um.

»Kein Absender«, bemerkte er überflüssigerweise.

»Nein«, stimmte Miss Smith ihm zu. »Vielleicht ist es von einer heimlichen Liebe«, fügte sie hinzu, aber dann erinnerte sie sich an all die Gerüchte, die sie über Aminas Privatleben gehört hatte, und errötete. Sie schalt sich innerlich, weil sie unbedacht und taktlos gewesen war.

»Ich gehe jetzt besser. Die Arbeit wartet«, sagte Jacob, der spürte, dass es für sie beide das Beste war, diesen Besuch zu beenden. Er lüpfte den Hut und ging zur Tür.

»Guten Tag!«, sagte er.

»Mr. Williams!« Jacob wandte sich um. Miss Smith zögerte einen Augenblick, unentschlossen, ob sie sich für den Vorfall entschuldigen sollte oder nicht.

»Ich komme bald wieder vorbei«, sagte er, nachdem er in ihrem Gesicht gelesen hatte. Sie betrachtete ihn über ihre Brille hinweg und lächelte plötzlich. Fältchen erschienen um ihre blauen Augen.

»Ich bitte darum«, erwiderte sie, und auch Jacob lächelte, als er die Tür hinter sich zuzog.

Jacob betrat das Café, das sich während seiner Abwesenheit beträchtlich gefüllt hatte. Amina erwiderte seinen Blick zur Begrüßung, und er hob das Päckchen in seiner Rechten kurz in die Höhe, bevor er es auf den Tresen legte.

Amina sprach mit einigen Gästen, und während sie wartete, um deren Bestellung aufzunehmen, warf sie einen raschen Blick auf das kleine Paket. Es war schlicht verpackt, in braunes Papier mit einer Schnur, und sie überlegte, ob ihre Mutter es geschickt hatte.

»Ist Ihr *bredies* frisch?«, fragte einer der Gäste sie, und sie schenkte ihm ein leicht erstauntes Lächeln.

»Wir bereiten alle Gerichte frisch zu«, erwiderte sie. Dann notierte sie die Bestellung, und auf dem Weg zur Küche schnappte sie sich das Päckchen. Sie gab die Bestellung durch die viereckige Durchreiche weiter und bekam gleich darauf eine Bestätigung zugerufen. Die Handschrift auf dem Päckchen stammte weder von ihrer Mutter noch von ihrem Vater. Als sie hinter dem Tresen nach einem Messer griff, um die Schnur zu durchtrennen, fiel ein Glas herunter und zersprang klirrend auf den Holzdielen. Es folgte ein Moment der Stille, bevor die Gäste ihr Gespräch wieder aufnahmen.

Jacob stand da, starrte auf die Scherben und wunderte sich, wie ihm das Glas aus den Händen hatte gleiten können. Amina betrachtete ihn aufmerksam und stellte fest, dass sie nie zuvor gesehen hatte, dass er etwas zerbrach, nicht einmal einen Teller. Seine Hände zitterten, wenn auch nur leicht. Eine der Kellnerinnen hockte bereits mit Handfeger und Kehrblech zu seinen Füßen, und gleich darauf waren alle Spuren des zerbrochenen Glases beseitigt. Niemand schenkte der Sache weiter Beachtung. Nur Jacob stand immer noch da und sah zu Boden.

»Was ist los?« Amina erschien neben ihm.

»Es ist mir aus der Hand geglitten. Beim Polieren. Tut mir leid.«

»Ich rede nicht von dem Glas«, sagte Amina leise. »Was ist los?«

Jacob benutzte das Geschirrtuch, das er immer noch in der Hand hielt, um damit über den glänzenden Tresen zu fahren. »Nichts«, erwiderte er. Sie ließ ihn gewähren. Sie wartete geduldig, bis er fortfuhr.

»Da war ein Weißer auf dem Postamt«, sagte er schließlich und wich ihrem Blick aus. »Er hat mich wie seinen Dienstboten behandelt und mir befohlen, ihm ein Glas Wasser zu holen. Ein junger Kerl.«

Amina seufzte gereizt. »Was ist dieser Tage los mit der Welt?«

Jacob zuckte die Achseln. »Keine Ahnung.«

»Komm, setz dich zu mir«, sagte sie. Jacob legte das Geschirrtuch beiseite und folgte ihr zu einer Nische.

»Da warten Gäste«, meinte er. »Wir sollten uns um sie kümmern.«

»Doris und Mary schaffen das schon«, entgegnete sie und sah zu den beiden Kellnerinnen hinüber, die einen Tisch nach dem anderen bedienten.

Amina besorgte eine Tasse Kaffee und stellte sie Jacob hin; dann setzte sie sich zu ihm.

»Ich frage mich, was da drin ist«, sagte sie und legte das Päckchen zwischen sie auf den Tisch. Sie wollte ihm Zeit geben, sich zu sammeln, seine Fassung zurückzugewinnen, und so schnitt sie die Schnur durch und riss das Packpapier auf. Vor ihr lag ein Buch. Es war alt, mit einem puderblauen Schutzumschlag und feinziselierter Schrift.

»Betty und ihre Schwestern«, las Jacob auf dem Kopf. »Wer schickt dir das?«

»Ich weiß nicht«, antwortete Amina, ein wenig zu schnell, und als sie zu Jacob aufblickte, lächelte sie.

»Kein Brief?«, fragte er.

»Kein Brief.«

»Vielleicht steht etwas drin«, schlug er hilfsbereit vor.

Amina zögerte, das Buch aufzuschlagen. Jacob bemerkte, dass ihre Augen leuchteten – sie schien kaum in der Lage stillzusitzen.

»Jacob, lass dich von solchen Idioten nicht unterkriegen. Sie sind einfach dumm.«

»Ich weiß«, sagte er. »Es lohnt sich nicht, sich Gedanken darüber zu machen, aber es war mir peinlich.«

Sie nickte. »Miss Smith?«

»Ja.«

Er stand vom Tisch auf und lächelte sie an.

»Danke, dass du mich beruhigt hast«, meinte er. »Und nun genieß dein Buch.«

Er wandte sich um und ging zur Tür hinüber, wo eine Gruppe von Gästen wartete. Als er sie zu ihrem Platz geführt hatte, warf er einen Blick zu Amina hinüber und sah, dass sie immer noch da saß. Sie las die Widmung in dem Buch und lächelte still vor sich hin.

Kapitel 17

Amina freute sich noch an dem eben erhaltenen Buch, als sie ein Anruf ihrer Mutter erreichte. In ihrem seligen Zustand konnte sie sich nicht vorstellen, dass es schlechte Nachrichten gab, und so dauerte es einige Minuten, bis sie bemerkte, dass der gedämpfte Ton ihrer Mutter bedrückter war als üblich. Als Mrs. Harjan schließlich stammelnd übermittelt hatte, dass Aminas Großmutter von ihnen gegangen war, kam es Amina so unwirklich vor, dass sie ihre Mutter bat, es noch einmal zu wiederholen.

»Wie ist es passiert?«, fragte sie.

»Ein Herzanfall.«

»Einfach so?«

Schweigen am anderen Ende der Leitung. »Ich glaube, es war der Schock«, sagte ihre Mutter dann mit versagender Stimme. »Diese Leute waren wieder da, und sie haben herausgefunden ...«

»Was für Leute?« Es kam keine Antwort, und Amina versuchte es noch einmal: »Was haben sie herausgefunden, Mama?«

Sie vernahm ein Knistern in der Leitung, dann möglicherweise Weinen, und dann war die Verbindung abgebrochen. Amina sah Jacob an, der das Gespräch mitangehört hatte.

»Meine Großmutter ist gestorben«, sagte sie.

Ihre Eltern saßen am Küchentisch, als Amina eintrat. Draußen hatte sie sich Zeit gelassen, hatte den Weg von ihrem Wagen zum Haus bewusst langsam und gemessenen Schrittes zurückgelegt, denn sie wusste nicht recht, wie sie ihrem Vater nach dem Tod seiner Mutter begegnen sollte. Er war stets ein Mann gewesen, der seine Gefühle kaum zeigte, und so hatte sie keine Vorstellung davon, wie er sich verhalten würde, wo seine Mutter nun in einem Zimmer im oberen Stock aufgebahrt war und sich nie wieder erheben würde. Sie selbst hatte diffuse Schuldgefühle, weil sie in den Stunden nach dem Tod ihrer Großmutter so wenig empfunden hatte. Von deren letzten Besuch in Südafrika abgesehen, hatten sich ihre Wege kaum gekreuzt. Ihr Großvater war bis vor drei Jahren am Leben gewesen und hatte mit seiner Frau seine eigene Wohnung besessen und nicht bei seinen Kindern gelebt. Amina kannte ihre Großmutter von klein auf nur als eine alte Dame, die zu Besuch kam und die sie nicht besonders mochte.

Draußen vor der Hintertür blieb sie stehen und setzte die zwei Säcke Mehl ab, die sie ihrer Mutter mitgebracht hatte – sie wollte sie nicht ins Haus tragen, wo ihr Vater sie vielleicht sehen und merken würde, dass nicht alle Lebensmittel von dem knappen Haushaltsgeld gekauft wurden, das seine Frau zur Verfügung hatte.

Ihre Eltern blickten auf, als Amina zur Tür eintrat. Sie beugte sich herab, um sich von ihrer Mutter zögerlich auf die Stirn küssen zu lassen, und sah dann zu ihrem Vater hinüber. Ihre Augen trafen sich kurz, bevor er den Blick wieder auf die Tasse Tee senkte, die vor ihm stand und abkühlte. Sie ging nicht zu ihm, um ihn zu begrüßen – das entsprach nicht den Gepflogenheiten ihrer Familie –, aber sie zog einen weiteren Stuhl an den Tisch und setzte sich.

»Möchtest du eine Tasse Tee?«, fragte ihre Mutter.

Amina schüttelte den Kopf. Sie sah zu, wie ihre Mutter aufstand und zum Herd hinüberging, wo ein großer Topf *daal* vor sich hin köchelte. Sie gab drei Teller Linsen auf, und Amina erhob sich und trug das Essen zum Tisch. Ein Teller mit *rotis* folgte.

Amina nahm wieder Platz und sah auf ihren Teller. »Wie ist es passiert?«, fragte sie schließlich.

Ihre Mutter schaute sie mit tragischem Gesichtsausdruck an, und Amina fühlte sich schuldig, obwohl sie nicht hätte sagen können warum.

»Sie hatte einen Herzanfall«, sagte ihr Vater tonlos. Er hob seine Tasse und trank mit der Miene eines Mannes, der alles gesagt hatte, was zu sagen war.

»Oh«, meinte Amina, obwohl sie das bereits gewusst hatte. Sie wartete einen Moment, aber niemand schien gewillt, das Gespräch fortzusetzen.

»Wie kam es dazu?«, fragte sie zögernd.

Ihre Mutter schaute sie wieder an, wieder mit diesem tragischen Ausdruck, und Amina schluckte. Noch immer sprach niemand, und sie wartete mit wachsendem Unbehagen und zunehmender Ungeduld.

»Wir hatten Besuch«, sagte ihre Mutter schließlich. Sie schluchzte, als ob dieser Satz alles erklären würde.

»Besuch?«

Mrs. Harjan nickte. »Die Alis.«

Die Familie des geeigneten jungen Mannes. Amina starrte ihre Mutter an; sie selbst hatte die Alis längst vergessen gehabt und fragte sich verwundert, was diese mit dem Ableben ihrer Großmutter zu tun haben könnten.

»Sie waren gestern Abend da, um uns ihre Antwort mitzuteilen.«

»Ihre Antwort?«, fragte Amina, und dann erst dämmerte ihr, was ihre Mutter meinte.

»Was dich anbelangt.« Mrs. Harjans Augen füllten sich mit Tränen. »Sie wollen dich nicht als Frau für ihren Sohn.«

Amina hatte sich zwar nicht ernsthaft mit dem Gedanken getragen, den Sohn der Alis zu heiraten, dennoch kam ihr die Absage gelegen. Und es überraschte sie nicht im Mindesten, dass sie anscheinend für nicht gut genug befunden worden war.

»Warum haben sie denn jetzt erst geantwortet?«, fragte sie.

Ihre Mutter schluchzte wieder. »Ich glaube, sie sind uns aus dem Weg gegangen. Weil sie dich nicht wollten. Deine Großmutter hat jedoch nicht locker gelassen, so dass sie irgendwann kommen mussten.«

Die letzten Worte wurden von ihrem Schluchzen erstickt, und Amina sah verzweifelt zu ihrem Vater hinüber, der unbeirrt seine Linsen löffelte und seiner Frau gleichmütig zuhörte. Amina war hungrig – ob sie wohl anfangen konnte zu essen, obwohl ihre Mutter mit ihrer Geschichte noch nicht am Ende war? Sie zog ein großes sauberes Taschentuch hervor.

»Sie war schockiert, weil die Alis abgesagt haben?«, soufflierte sie ihrer Mutter.

Mrs. Harjan schüttelte den Kopf und tupfte sich die Augen, offenbar nicht in der Lage zu sprechen. Sie schniefte ausgiebig und bemerkte schließlich das Taschentuch, das Amina ihr hinhielt. Sie nahm es und schnäuzte sich.

»Sie haben ihr von deinem Café erzählt. Von dem Farbigen ... Von Jacob«, fügte sie schnell hinzu, als sie den grimmigen Ausdruck sah, der über das Gesicht ihrer Tochter glitt.

»Und dann haben sie zu ihr gesagt, dass du nicht ... nicht weiblich genug wärst.«

Der letzte Satz war von erneutem Schluchzen begleitet, und am Ende barg Mrs. Harjan ihr ganzes Gesicht in dem großen Taschentuch.

Dann hob sie plötzlich den Kopf und rief: »Siehst du! Es sind Dinge wie das hier, die sie zu solchen Äußerungen bewegen!«, Anklagend hielt sie das großzügig bemessene Viereck aus weißer Baumwolle hoch. »Was für eine Frau hat schon ein solches Taschentuch einstecken? Das ist ein Männertaschentuch. Das ist nicht richtig.«

Amina schob ihren Teller von sich und warf ihrem Vater einen raschen Blick zu. Er hatte aufgehört zu essen und sah sie an, aber es lag kein Vorwurf in seinem Blick, und sein gelassener Gesichtsausdruck beruhigte sie ein wenig. Er blickte zu seiner weinenden Frau hinüber, ohne eine Gefühlsregung erkennen zu lassen, und dann kehrte sein Blick zu seiner Tochter zurück.

»Deine Großmutter hat immer zu viel gegessen«, sagte er ausdruckslos. »Und sich nie genug bewegt. Schlecht fürs Herz.«

Amina senkte dankbar den Blick.

»Komm«, sagte er. »Iss.«

Anfangs hatte niemand bemerkt, dass Aminas Großmutter gestorben war. Zuerst hatte sie den Alis mit wachsendem Entsetzen zugehört, als sie die Gründe für ihre Absage aufzählten, und sich heftig an ihrem Tee verschluckt. Dann griff sie sich an den üppigen Busen und rief nach einem Schluck Wasser. Zu diesem Zeitpunkt beschloss der Besuch zu gehen, und kaum dass er fort war, rief die alte Dame nach ihrem Sohn und befahl ihm, sofort nach Amina zu schicken, denn das Mädchen bedürfe offenkundig sofort strengster Disziplin. Dann aber überlegte sie es sich anders und bat ihn stattdessen, einen Arzt zu rufen, denn sie sterbe gerade an dem Schock.

Mr. Harjan war an die dramatischen Auftritte seiner Mutter gewöhnt – sie hatte ihren engsten Familienangehörigen die vergangenen dreißig Jahre immer wieder versichert, dass ihr Ableben unmittelbar bevorstünde. Es war ihre Art, sich in Zeiten von Anspannung, Ärger oder Krankheit Aufmerksamkeit zu verschaffen, und es hatte in den ersten zwei Jahren funktioniert, in den nächsten achtundzwanzig hingegen nicht mehr. Deshalb nahm Mr. Harjan die Worte seiner Mutter lediglich zur Kenntnis; er verließ das Zimmer und schaute in der Küche vorbei, um seine Frau zu bitten, der alten Dame bei Gelegenheit ein Glas Wasser zu bringen und eine Tasse Tee.

Als Mrs. Harjan Rosemary mit dem Tee zu ihr schickte, schien sie zu schlafen, und so schenkte Rosemary ihr eine Tasse Tee mit Milch ein und störte sie nicht weiter. Als Mrs. Harjan selbst einige Minuten später nach ihr sah, saß die alte Frau – zweifellos erschöpft von all dem dramatischen Gezeter – in ihrem Sessel und schien tief zu schlummern. Mrs. Harjan rückte die Teetasse auf dem Tablett zurecht und ging wieder. Eine Stunde später kehrte sie zurück, um ihre Schwiegermutter zum Abendessen zu holen. Sie saß noch genau so da wie zuvor, doch Mrs. Harjan bemerkte, dass sie ziemlich bleich geworden war. Sie trat zu ihr und berührte sie leicht an der Schulter, und nun sackte die alte Dame nach vorn und sank, mit der Nasenspitze voran, auf das Tablett mit dem Tee und den Plätzchen. Mrs. Harjan stieß einen kleinen Schrei aus, aber dann brachte sie keinen Ton mehr heraus. Stumm und verzweifelt begann sie um Hilfe zu beten. Binnen Sekunden schickte Gott ihr Rosemary, die in der Küche Kartoffeln geschält hatte, aber sie erschien nur einen Augenblick in der Tür, eben lange genug, um zu begreifen, dass die alte Dame ihren Tee nicht etwa trank, sondern gestorben und mit dem Kopf auf das Tablett gesunken war; dann rannte sie auch schon schreiend in den Garten hinaus.

»Ich habe nicht die Zeit, wegen einer alten Frau, die wir nicht einmal kannten, durch die Lande zu kutschieren«, sagte Omar, als er in den Laden zurückkehrte.

Miriam folgte ihm. »Es geht nicht um die alte Dame. Sie ist ja bereits tot. Es geht um die Familie. Du kennst Mr. Harjan.«

»Kaum«, erwiderte er und schritt im Laden auf und ab, als suche er nach einem räumlichen Ausweg aus dem Gespräch.

»Du sprichst mir und den Kindern gegenüber immer von unserer Verantwortung und unserer Tradition, und nun willst du nicht einmal kondolieren gehen?«

»Schrei mich nicht so an.« Obwohl sie ihre Stimme gar nicht erhoben hatte, sah Omar sie vorwurfsvoll an. Sie schwieg. Er blätterte durch das Auftragsbuch und ließ die Seiten sirrend zurückfallen.

»Diese Familie pflegt keinen Umgang mit unsereins, aber wenn es ihnen in den Kram passt, erwarten sie, dass wir angerannt kommen.«

Miriam holte tief Luft und unternahm einen letzten Versuch. »Sie erwarten gar nichts. Doch es ist das Mindeste, was wir tun können.«

»Ich schulde diesen Leuten überhaupt nichts!«, schrie er sie an.

»Doch, das tust du«, erwiderte sie ruhig. »Das tust du. Amina Harjan hat deine Schwester gerettet, erinnerst du dich?«

Omar schleuderte das Auftragsbuch quer durch den Raum. Es prallte gegen die Wand, wenige Schritte von Miriam entfernt. Sie starrte es einen Augenblick an, dann hob sie es auf, strich glättend über die zerknitterten Seiten und legte es auf den Tresen zurück. Ohne Omar anzusehen, verschwand sie in der Küche.

Im Haus der Harjans waren sämtliche Fußböden im Erdgeschoss mit weißen Laken bedeckt. Auf diesen Laken saßen verschiedene Menschen aus der indischen Gemeinde, die gekommen waren, um ihr Beileid zu bekunden und der trauernden Familie beizustehen. Die meisten von ihnen waren Frauen, und die meisten davon wiederum ältere Frauen, für die ein Todesfall – insbesondere einer, der ihnen nicht naheging – ein Ereignis darstellte, das sie nicht missen mochten. Er bot ihnen eine Gelegenheit zusammenzukommen, ein wenig Wirbel zu machen, zu kochen und in

Erinnerungen zu schwelgen, auch wenn sie die Verstorbene gar nicht gekannt hatten.

Mr. Harjan war außerordentlich unglücklich. Angesichts der vielen Fremden, die sich in seinem Haus breitmachten, gebot ihm sein Instinkt, auf dem Absatz kehrtzumachen und in seine Werkstatt zu flüchten, aber er merkte schon bald, dass das unmöglich war – als Sohn der Verstorbenen wurde seine ständige Anwesenheit erwartet.

Und so saß er resigniert auf einem der Esszimmerstühle – seinen Lieblingssessel hatte er schon gleich zu Anfang den nacheinander erscheinenden alten Leuten abtreten müssen – und nahm stoisch die fortwährend gemurmelten Beileidsbekundungen entgegen. Man versicherte ihm, dass er von Glück sagen könne, seine Mutter nun an einem Ort zu wissen, wo sie in Frieden ruhen könne, und er nickte, und indem seine Augen zur Decke wanderten, stellte er sich die massige Gestalt der alten Dame vor, die dort oben auf dem Bett zur letzten Ruhe aufgebahrt war.

Aus der Küche erklang ein unablässiges Gemurmel weiblicher Stimmen, das ab und zu anschwoll und überzulaufen drohte wie ein vor sich hin köchelnder unbeaufsichtigter Topf, bevor es wieder abschwoll. Inmitten dieser Frauen befand sich Mrs. Harjan, die eifrig registrierte, welche Gerichte ihre neuen Freundinnen anbrachten, denn traditionsgemäß wurde im Haus einer Verstorbenen nicht gekocht. Von Zeit zu Zeit schüttelte sie den Kopf und erzählte einmal mehr auf Geheiß der Frauen von den Umständen, die das Sterben ihrer Schwiegermutter begleitet hatten. Die Einzelheiten der Absage, die die Familie des geeigneten jungen Mannes Amina erteilt hatten, ließ sie fort, aber die Todesszene selbst wurde mehr und mehr ausgeschmückt, jedes neuerliche Erzählen polierte die Fassung auf wie Silber, das zum Glänzen gebracht wurde. Und dann gab es Zeichen zu deuten – nahezu alle, die die alte Dame in der vergangenen Woche gesprochen hatten, fanden etwas, das im Nachhinein bedeutungsvoll klang.

»Wissen Sie, zu mir hat sie letzte Woche erst gesagt, dass sie des Lebens überdrüssig wäre.«

»Mir hat sie neulich erst anvertraut, dass sie, wenn Gott sie zu sich rufe, bereit wäre. Es war, als ob sie es gewusst hätte.«

Und so weiter und so fort. Als Omar und Miriam in der Abenddämmerung des zweiten Tages eintrafen, ging Omar gleich zu Mr. Harjan hinüber, kondolierte und schüttelte ihm die Hand und zog sich dann in die Ecke zurück, in der sich die Männer mit gedämpften Stimmen unterhielten. Er hatte vernommen, dass sie über Premierminister Malan sprachen und seine Regierung und die Wahlgesetze. Zumindest würde er auf diese Weise von den letzten Entwicklungen der National Party erfahren und ob die neuesten Apartheid-Gesetze sein Geschäft zu beeinträchtigen drohten. Sein Interesse an der Politik des Landes war mehr auf die praktischen als die ethischen Konsequenzen ausgerichtet.

Miriam war unterdessen schnurstracks in die Küche gegangen, wo sie sich gleich zu den geschäftigen Frauen gesellte, die mit der Vorbereitung des Abendessens befasst waren. Sie stellte einen Teller *samosas* ab, die sie als ihren Beitrag zur Verköstigung mitgebracht hatte. Die Frauen stürzten sich darauf, schoben sie in den Ofen und fuhren fort zu kosten, zu vergleichen, anzurichten. Amina befand sich nicht unter ihnen, wie Miriam sofort bemerkte. Sie wartete eine Weile, half beim Servieren der fertigen Gerichte, die zu den Männern hinausgetragen wurden, und sprach dann sie leise mit Mrs. Harjan und fragte sie nach Amina, um dieser ihr Beileid auszusprechen. Mrs. Harjan hielt inne und schaute Miriam an. Sie kannte sie nicht, schien aber erfreut, dass diese junge, konservativ wirkende Frau offensichtlich eine Freundin ihrer Tochter war.

»Sie ist oben«, sagte Mrs. Harjan beinahe flüsternd. »Gehen Sie nur hinauf, wenn Sie wollen – und ich bitte Sie, sehen Sie zu, ob Sie sie nicht bewegen können, nach unten zu kommen.«

Miriam sah die flehenden Augen und nickte beschwichtigend.

Sie verließ die Küche und ging rasch hinaus in den Flur. Hier brannte kein elektrisches Licht, und nur das abendliche Zwielicht erhellte die dunklen Wände. Miriam fröstelte und sah die Treppe hinauf, deren oberste Stufen bereits im Dunkeln lagen. Sie ging langsam nach oben und hoffte, Amina zu finden, ehe sie zu dem Raum kam, in dem ihre verstorbene Großmutter lag.

Aus einem kleinen Zimmer zu ihrer Rechten drang Licht, und Miriam lugte hinein. Auf dem Boden lag ein Kissen und daneben ein aufgeschlagenes Buch, doch ansonsten war das Zimmer leer. Irgendetwas in der Stille und der Dunkelheit, die das obere Stockwerk beherrschten – und vielleicht das Wissen, dass der Leichnam hier irgendwo aufgebahrt war –, hinderte Miriam daran, nach Amina zu rufen. So zog sie sich in den Flur zurück und stand einen Augenblick unentschlossen da.

Alle anderen Türen waren geschlossen, bis auf eine, die in ein Zimmer zu ihrer Linken führte – sie stand weit offen, aber der Raum dahinter lag im Dunkeln. Mit geräuschlosen Schritten ging Miriam hinüber und schaute hinein. Einen Moment erkannte sie nichts, die Augen noch blind vom Licht im ersten Zimmer. Doch sie nahm einen Geruch wahr, einen stechend süßlichen Geruch, den Miriam nicht zu benennen wusste, der ihr aber entfernt vertraut war. Sie blinzelte, und dann erkannte sie ein Paar Augen – durchdringend blickende Augen, das war im ersten Moment alles, was sie von der Gestalt wahrnahm, die da auf dem Boden saß. Miriam erschrak, bis sie den Umriss eines *shalwar kamiz* ausmachte. Trotz des traditionellen Gewandes und des flüchtig gebändigten Haares, wusste sie sofort, dass es sich bei der jungen Frau um Amina handelte. Die dunkle Eindringlichkeit ihres Blickes war Miriam so vertraut wie das Lächeln, das langsam über das Gesicht glitt, als sie erkannte, wer da kam und sie störte. Sie sprang von ihrem Platz an der Wand auf und kam zur Tür.

»Sie haben mich erschreckt«, sagte sie. »Einen Moment dachte ich, meine Großmutter sei zurückgekehrt, um mich in Augenschein zu nehmen.« Sie machte eine Geste, und Miriam sah die Gestalt der alten Dame auf dem Bett neben ihr.

»Gott vergib uns«, sagte Miriam unwillkürlich und zog sich hastig aus dem Zimmer zurück. Amina folgte ihr und zog die Tür hinter sich zu, bevor sie sich Miriam mit amüsierten Augen zuwandte.

»Ich hätte nicht erwartet, Sie hier zu sehen.«

Miriam schüttelte den Kopf und wusste plötzlich, dass sie den Geruch aus ihren Jugendtagen in Bombay kannte – es war der Geruch des Todes. Zwei ihrer Tanten waren kurz nacheinander gestorben, als sie vierzehn Jahre alt war, und über deren Leichnamen hatte der gleiche stechend süßliche Geruch gehangen. Einen Moment war ihr übel und schwindlig, und sie streckte die Hand aus, um sich an der Wand abzustützen, aber da ergriff Amina auch schon ihren Ellbogen und legte ihr die andere Hand auf den Rücken, stark und stützend.

»Alles in Ordnung?«, fragte sie.

Miriam nickte und lächelte, verlegen angesichts ihrer Schwäche. Amina jedoch zog sie zu dem erleuchteten Zimmer.

»Ich hatte nicht erwartet, Sie heute hier zu sehen«, wiederholte sie. »Ich wusste nicht, dass Sie meine Eltern kennen.«

»Ich kenne sie auch nicht«, erwiderte Miriam. »Wir sind Ihretwegen gekommen. Um unser Beileid auszusprechen.«

»Das ist sehr freundlich. Niemand sonst ist extra meinetwegen gekommen. Wahrscheinlich weil alle denken, ich hätte meine Großmutter auf dem Gewissen wegen meiner Hosen und dem Leben, das ich führe«, fügte sie mit ironischem Unterton hinzu.

Miriam blickte sie an. Amina sah sehr schön aus in ihrem Gewand, groß und aufrecht, mit einer Eleganz, die zu dem langen fließenden *shalwar kamiz* passte, aber gleichzeitig wirkte sie sehr fremd. Amina war Miriams Blick gefolgt und lächelte.

»Ihrem Gesichtsausdruck kann ich nicht entnehmen, ob Sie meine Aufmachung gutheißen oder nicht.«

Miriam errötete. »Weder noch. Es steht mir nicht an, ein Urteil darüber zu fällen ...«

»Nun sagen Sie schon. Was denken Sie?«

»Es sieht sehr schön aus.«

Amina verstand sie absichtlich falsch. »Sie meinen, es ist ein schönes Gewand?«

»Ich meine«, stammelte Miriam, »dass Sie sehr schön darin aussehen.«

»Ah«, meinte Amina. »Das ist was anderes.«

Miriam lachte nervös und wich Aminas Blick aus.

»So«, nahm Amina den Faden wieder auf. »Sie ziehen es also vor, mich in traditioneller Kleidung zu sehen?«

Miriam runzelte die Stirn. Aminas Ton war schwer einzuordnen – manchmal hatte sie das Gefühl, geneckt zu werden, und dann wieder glaubte sie auf dem Prüfstand zu stehen.

»Nein«, entgegnete Miriam. »Sie sehen schön aus in diesen Kleidern; Sie sind groß und schlank ... und gutaussehend, und Ihnen würde alles stehen. Aber« – sie holte tief Luft und mied Aminas eindringlichen Blick – »Sie sehen nicht wie Sie selbst aus.«

Aminas Lachen schien die kalte Stille des Zimmers zu erwärmen. »Ich bin froh, dass Sie das gesagt haben, denn ich fühle mich auch nicht wie ich selbst.« Sie sah mit kläglichem Blick auf die Goldstickerei und den bunten Stoff.

»Aber ich muss einem Menschen zu Gefallen sein – möge er in Frieden ruhen –, der nicht einmal in der Lage ist, mich zu sehen.«

»Es klingt absurd, wenn Sie das so sagen.«

»Ich weiß.« Amina bot Miriam einen Platz an, aber sie schüttelte den Kopf und blieb stehen, während Amina sich mit gekreuzten Beinen auf dem Kissen niederließ. »Ich betrachte die geltenden Konventionen aus einem falschen Blickwinkel – und sobald man sich das einmal angewöhnt hat, kann man sie nicht mehr auf die alte Weise sehen.«

»Vielleicht betrachten Sie sie gar nicht aus dem falschen Blickwinkel«, meinte Miriam, die zwar nicht wusste, worauf sie hinauswollte, aber entschlossen war, ihren Teil zum Gespräch beizutragen.

»Alle anderen denken das.«

Miriam schwieg. Amina beobachtete sie amüsiert.

»Glauben Sie, ich habe recht und alle anderen irren sich?«, hakte Amina nach.

»Vielleicht. Ich weiß nicht, ob Sie auf etwas Bestimmtes anspielen. Aber nur weil alle etwas glauben, heißt das noch nicht, dass es stimmt.«

»Aber was die Leute für richtig halten, setzt einen unter Druck, nicht wahr? Ich meine, warum haben Sie geheiratet?«

Miriam war verwundert. »Wie meinen Sie das?«

»Sind Sie Ihrem Mann begegnet und haben Sie sich in ihn verliebt und wussten Sie dann, dass Sie für den Rest Ihres Lebens mit ihm zusammensein wollten?«

Das Zimmer besaß nur ein kleines Fenster, das sich gegen das Lampenlicht ausnahm wie ein schwarzes Viereck. Dahinter war nichts zu erkennen, und trotzdem trat Miriam einen Schritt darauf zu und studierte die Dunkelheit, als hätte sie ihr Leben lang auf diesen Anblick gewartet. Amina schwieg. Sie hielt den Blick gesenkt und betrachtete Miriams Schuhe.

»Nein«, erwiderte Miriam ruhig.

»Warum haben Sie dann geheiratet?«

Miriam wandte sich ihr mit einem kleinen Lächeln zu und zuckte die Achseln, als gestehe sie ihre Niederlage bereits ein, kaum dass die Auseinandersetzung begonnen hatte.

»Er hat mich ein paar Mal gesehen und um meine Hand gebeten, und meine Familie hat in meinem Namen zugestimmt«, sagte sie. »Das ist es doch, was Sie hören wollen, nicht? Dass ich ihn geheiratet habe, weil man so übereingekommen war. Aber es ist mir nie in den Sinn gekommen, das in Frage zu stellen, Amina. Ich habe geheiratet, weil man das von mir erwartet hat.«

Aminas Namen auszusprechen hatte Miriam verlegen gemacht, und sie wandte sich wieder dem dunklen Fenster zu.

»Mir ist es schon in den Sinn gekommen, das in Frage zu stellen«, sagte Amina.

»Ich weiß.«

Amina senkte unzufrieden den Blick und heftete die Augen auf das Buch, das aufgeschlagen neben ihr lag.

»Ich habe Ihnen noch nicht für das Buch gedankt«, sagte sie dann. »Die Widmung hat mir sehr gefallen.«

Miriam errötete, versuchte aber, gleichmütig zu klingen. »Sie brauchen mir nicht zu danken. Ich müsste Ihnen danken. Sie haben mir all die Bücher in Erinnerung gerufen, die ich aus Bombay mitgebracht hatte.«

»Aus Bombay?«

»Ja. Ich weiß, es ist ein langer Weg, um eine Kiste Bücher mitzuschleppen, aber mein Mann wusste nichts davon – er hat gedacht, die Kiste gehört zu meiner Grundausstattung. In gewisser Weise war es auch so. Als Mädchen habe ich diese Bücher geliebt, und sie mitzunehmen hat mein Heimweh verringert. Es war, als hätte ich Freundinnen bei mir. Auch wenn es nur Romanfiguren waren.«

Als sie sich vom Fenster abwandte, sah Miriam, dass Amina mit großer Aufmerksamkeit zugehört hatte, und ihr Blick machte sie wieder verlegen.

»Nun hör sich einer das an«, sagte Miriam mit einem kurzen Lachen. »Ich bin gekommen, um Ihnen mein Beileid auszusprechen, nicht um Ihnen meine Lebensgeschichte zu erzählen.«

»Die höre ich mir gern an«, sagte Amina, aber beim Wort Beileid war Miriam wieder Mrs. Harjans Bitte eingefallen.

»Ihre Mutter möchte, dass Sie nach unten kommen.«

Amina seufzte.

»Kommen Sie«, lockte Miriam. »Mein Mann würde Sie auch gern begrüßen.«

Amina versuchte sich ihre Zweifel nicht allzu sehr anmerken zu lassen.

»Doch, das würde er«, beharrte Miriam. »Um Ihnen zu danken.«

»Wofür?«

»Sie wissen, wofür. Für Rehmat. Was Sie getan haben, war ...«

»Nichts«, fiel Amina ihr ins Wort. »Es war nichts. Das hätte jeder andere auch getan.«

»Ich habe es nicht getan«, sagte Miriam, und wieder schaute sie zum Fenster hinaus, um Aminas Blick auszuweichen.

»Sie haben sie gewarnt, dass die Polizei hinter ihr her war«, sagte Amina, »und so hatte sie genügend Zeit, zu mir zu kommen. Sie haben Ihren Teil beigetragen, und sie dann weitergereicht. Wir waren wie Läuferinnen beim Staffellauf.« Sie lachte und freute sich über ihren Vergleich, aber Miriam schüttelte den Kopf.

»Ich habe meinen Teil *nicht* beigetragen. Ich habe sie verraten und dann zugesehen, wie Sie sie gerettet haben.«

»Kommen Sie mit?«, fragte Amina. »Ich möchte meine normalen Kleider anziehen, bevor wir hinuntergehen.«

Miriam folgte Amina ins Nebenzimmer und wartete, während Amina den langen blauen *shalwar kamiz* ablegte und ein Hemd vom Bett nahm.

»Sie glauben, Sie haben Rehmat verraten? Weil Sie der Polizei erzählt haben, dass sie in Pretoria ist?«, fragte Amina.

»Ja.«

»Man hat Sie nicht geschlagen, oder?«

»Nein. Sie haben mich nicht angerührt. Sie wollten meine Kinder mitnehmen. Auf die Polizeiwache.« Sie sah Aminas Haut in der Düsternis aufschimmern, sah das Aufblitzen ihrer Augen. Die junge Frau zog sich ihre Hosen an.

»Dann haben Sie das Richtige getan«, versicherte Amina ihr. »Rehmat wusste, dass sie ein Risiko einging, als sie hierher zurückkam. Es gibt keinen Grund, warum Ihre Kinder das hätten ausbaden sollen.«

Miriam nickte, als räume sie ein, dass Amina in diesem Punkt recht hatte. »Aber dann gab es auch keinen Grund, dass Sie ein Risiko eingehen.«

»Ich bin erwachsen«, entgegnete Amina. »Ich kann meine eigenen Entscheidungen treffen, im Gegensatz zu Sam und Alisha. Und ich hatte meine Gründe, das Risiko einzugehen – ich verabscheue die Apartheid und ihre dummen Gesetze und ich kann es nicht ausstehen, wenn die Polizei Menschen schikaniert und ungeschoren davonkommt.« Amina blickte auf und knöpfte sich das Hemd zu. Miriam wandte sich rasch ab, als ihr bewusst wurde, dass sie Amina betrachtet hatte.

»Ich glaube, wir sollten jetzt hinuntergehen«, sagte sie.

Amina nickte.

»Wissen Sie, Amina«, sagte Miriam plötzlich, »ich wünschte, ich wäre mehr wie Sie.«

Amina war bereits an der Tür, doch als sie das hörte, blieb sie stehen, wandte sich um und ging auf Miriam zu, bis sie so nah voreinander standen, dass Miriam selbst im Dämmerlicht die Belustigung in Aminas Augen erkennen konnte.

»Nehmen Sie sich mit Ihren Wünschen in Acht«, sagte sie und lächelte.

Kapitel 18

»Jacob«, sagte Amina. »Ich habe eine Idee.«

»Und zwar?«

»Indisches Essen.«

Jacob lächelte in sich hinein und seufzte gleichzeitig. Er saß mit Amina im Café, und sie tranken Kaffee. Es war früh am Morgen, und noch war es ruhig – die wenigen Minuten der Stille, bevor die ersten Frühstücksgäste eintrafen, obwohl wegen der heftigen Regenfälle weniger zu erwarten waren als sonst. Seit drei Tagen regnete es unablässig, und das Wasser sammelte sich in immer größeren Lachen und breitete sich wie geschmolzenes Glas über die Straßen und Gehwege aus. Der Regen war warm und roch seltsam nach Gras, dachte Jacob, ein Geruch aus seiner Kindheit, die schon fünfzig Jahre zurücklag. Er mochte das metallische *Pling!*, mit dem der Regen vom Dach tropfte und auf die Pfützen traf. Er lauschte dem Getrommel auf dem Dach und fühlte sich von der Wärme und dem Licht im Café getröstet.

Amina wartete. Sie summte leise vor sich hin und registrierte sein langsames Lächeln, sah, wie er die Hand hob und sich über das kurzgeschorene Haar fuhr, ein sicheres Zeichen dafür, dass er über ihren Vorschlag nachdachte. Jacob war ein Mann fester Gewohnheiten, der große Veränderungen für gewöhnlich nicht mochte. Aminas Ideen zogen fast immer Veränderungen nach sich, doch waren ihre Ideen auch fast immer brillant. Jacob saß auf seinem Lieblingsplatz, dem Holzstuhl neben dem Grammophon, das Amina den ganzen Tag laufen ließ, und als er soweit war, blickte er seine Geschäftspartnerin an.

»Currys?«

»Ja, und vieles andere. Samosas, Reispilaws, Biryani. So was sollten wir anbieten. Ich meine, zusätzlich zu unserer bisherigen Speisekarte.«

Jacob griff nach seiner Kaffeetasse, die auf dem Tresen stand. Er trank einen Schluck und überlegte. Er wusste, dass es seine Aufgabe war, auf mögliche Probleme hinzuweisen, wann immer Amina mit einer neuen Idee ankam. Ihr unverwüstlicher Optimismus ließ keinen Gedanken an einen Rückschlag oder Misserfolg zu, und obwohl er diese Eigenschaft grundsätzlich zu schätzen wusste, raubte sie ihm manchmal den letzten Nerv.

»Die meisten unserer Gäste sind Inder«, sagte er. »Warum sollten sie bei uns dasselbe essen wollen wie zu Hause?«

»Die Menschen mögen das, was sie kennen. Und überhaupt – ich rede ja nicht von irgendwelchem Essen – es müsste sehr gut sein. Erstklassig.«

»Ich weiß nicht ...«

»Vielleicht nur ein Gericht pro Tag. Wie wäre das? Ein indisches Tagesgericht?« Sie legte nachdenklich die Stirn in Falten. »Oder an einem Tag der Woche eine Auswahl indischer Gerichte?«

Er sah, wie ihre Augen vor Begeisterung leuchteten.

»Jacob, sieh mal. Die Männer, die hier in der Gegend arbeiten, können zum Mittagessen nicht nach Hause gehen. Und auch die Frauen, die jeden Tag zwei warme Mahlzeiten auf den Tisch bringen müssen, wollen mal eine Auszeit haben. Sie alle würden kommen.«

Jacob sah inzwischen weniger skeptisch aus, aber dann brachten neuen Bedenken seine Stirnfalten zurück.

»Unsere Mädchen«, sagte er mit gerunzelter Stirn und wies mit dem Kopf in Richtung Küche, »haben nicht die leiseste Ahnung, wie man ein anständiges Curry zubereitet. Wer soll das Kochen übernehmen?«

Amina sah ihn an und lächelte auf eine Weise, die seinen Bedenken neue Nahrung gab.

»Keine Sorge«, meinte sie. »Das habe ich mir bereits überlegt.«

Noch immer fiel warmer Regen, und Amina fluchte innerlich, als die Räder ihres Wagens durchdrehten und nur mühsam auf dem breiten unbefestigten Weg Halt fanden, der die Hauptstraße von Delhof bildete. Sie spähte durch die nasse Windschutzscheibe und hielt hin und wieder an, um den Kondensfilm mit einem alten Lappen wegzuwischen.

»Was für ein Ort«, murmelte sie. Sie war ungewöhnlich nervös an diesem Tag, an dem sie versuchen wollte, sich der Dienste einer neuen Köchin zu versichern. Es war ein Dienstag, und sie hoffte, dass Omar trotz des Regens seine übliche Fahrt nach Pretoria unternommen hatte. Wenn er zu Hause war, würde es sehr viel schwerer sein, Miriam dazu zu bewegen, für das Café zu kochen. Amina hatte einiges an Klatsch über Omar und Farah mitbekommen. Es war interessant, wie sorglos die indische Gemeinde in ihrer Hörweite oftmals war – als ginge man davon aus, dass eine Außenseiterin wie sie sich für die Menschen, über die gesprochen wurde, nicht interessierte. Der Klatsch entsprach dem, was sie über Omars Nächte in Pretoria bereits vermutet hatte, und deshalb war sie an diesem Morgen zuerst an Farahs Haus vorbeigefahren, hatte seinen Wagen dort aber nicht entdeckt. Vielleicht war doch nicht viel dran an den Gerüchten, aber irgendwie bezweifelte sie das.

Einige Minuten später kam der Laden in Sicht, und sie fuhr langsam die Zufahrt hoch und parkte so nah wie möglich an der *stoep*. Obwohl sie nur wenige Schritte durch den strömenden Regen laufen musste, wurde sie ziemlich nass – die feuchten Locken ringelten sich, und Gesicht und Schultern waren regengesprenkelt, als sie die Tür erreichte. Sie war allein im Laden, der an diesem düsteren Nachmittag von einer einsamen Paraffinlampe erhellt wurde. Ihr blassgelber Schein wurde vom Tresen widergespiegelt. Amina wischte sich mit dem Ärmel über das Gesicht und strich sich das Haar zurück.

»Hallo!«, rief sie. Leichtfüßige Schritte erklangen auf der Treppe, und dann eilte Miriam herein, in der Hand ein Fläschchen, halbvoll mit Milch. Sie sah Amina überrascht und sprachlos an.

»Sie füttern sie gerade«, sagte Amina und schaute auf das Fläschchen. »Machen Sie nur. Ich kann warten.«

Miriam nickte bloß, dann verschwand sie wieder nach oben und fragte sich, warum Aminas unverhofftes Auftauchen sie in eine solche Verwirrung stürzte – wie eine Idiotin hatte sie vor ihr gestanden, unfähig, auch nur ein Wort herauszubringen.

Amina wanderte in der Zwischenzeit im Laden umher und betrachtete das Warenangebot. Sie war erleichtert, dass Omar nicht zugegen war. Und nun vernahm sie auch die leise Musik – sie schaute sich um und entdeckte einen Radioapparat in der Ecke. Sie drehte die Musik ein wenig lauter und summte ein Lied von Doris Day mit. *»Once I had a secret love …«,* erklang es aus dem Radio, und bei diesen Worten musste Amina lächeln. Sie griff nach einem bunten Haarband, das mit anderen zusammen an einem Stück Pappe hing, und band sich das feuchte Haar zurück. Auf der Rückseite der Pappe fand sie den Preis, und sie angelte in der Tasche nach den entsprechenden Münzen, die sie an der Kasse hinterließ – nur für den Fall, dass sie später nicht ans Bezahlen dachte. Dann lehnte sie sich an den Tresen und las dreimal die Schlagzeilen der Zeitschriften, die in dem Ständer vor ihr steckten. Schließlich tauchte Miriam wieder auf, das Baby im Arm.

»Hallo«, sagte Miriam, jetzt ein wenig gefasster. »Tut mir leid, dass Sie warten mussten. Ich war überrascht. Ich hatte nicht damit gerechnet, dass Ihr Weg Sie hier vorbeiführen würde.«

»Mein Weg führt mich nicht hier vorbei. Ich bin Ihretwegen gekommen.«

»Oh.«

»Sie ist bezaubernd«, sagte Amina und lächelte das Baby an. »Darf ich sie mal halten?«

»Natürlich«, erwiderte Miriam und hielt ihr das Mädchen hin. Salma begegnete Amina, wie sie allen Menschen begegnete – ohne sich zu beschweren, auch wenn Amina sie anfangs etwas unbeholfen im Arm hielt. Sie stand da und sah von Miriam zu dem Baby und begann dann im Laden umherzugehen und der Kleinen Dinge zu zeigen und zu erläutern. »Sieh mal, die Bonbons da«, sagte sie, »und hier, sieh mal, ein Hammer und Nägel und hier ist eine Tasse mit einer Untertasse, sieh mal …« Salma sah jedoch nur Amina an, mit ernstem Gesicht, und dann beugte sie sich vor und ergriff mit ihren winzigen Fingern eine vorwitzige Locke. Amina lachte und schwang das Kind im Kreis herum. Das Baby roch sauber und frisch, und sie drückte es einen Moment an sich und küsste es schließlich auf die Stirn.

»Sie ist wunderschön«, sagte sie zu Miriam.

Miriam lächelte sie an. »Nicht wahr?«

Amina fühlte sich befangen unter Miriams Blick, und so trat sie mit Salma in die offene Ladentür, stand mit ihr da und blickte in den Regen hinaus, während sie sich den Kopf zerbrach, was sie mit Miriam reden könnte.

»Scheußliches Wetter haben wir«, sagte sie schließlich so förmlich, dass Miriam lachen musste. Amina errötete.

»Sie haben recht«, sagte Miriam und lächelte. »Es ist scheußlich.« Sie ging zum Tresen hinüber und griff nach ihrer Schürze. Sie stand nun im warmen Schein der Lampe, und Amina tätschelte dem Baby den Rücken und betrachtete Miriam mit leicht gerunzelter Stirn. Nie zuvor hatte ein Mensch sie derart verwirrt, und während sie so in der Düsternis dastand, betrachtete sie Miriam, als wäre sie ein gerahmtes Bild an der Wand. Amina sah, wie ihre schmalen Hände die Schürze um die Taille banden, sah die dünnen Muskeln, die sich wie zarte Fische unter der Haut ihrer Unterarme bewegten. Sie betrachtete das hell erleuchtete Gesicht, das Miriams Konzentration verriet, die schattigen Winkel unter ihren Wangenknochen und die langen Wimpern, die über ihre Wangen strichen, wenn sie blinzelte. Miriam spürte Aminas Blick auf sich ruhen und sah zu ihr hinüber. Bis auf den Lichtkreis der Lampe lag der Laden im Dunkeln, und sie kehrte dem Licht den Rücken und ging zur Tür hinüber.

»Ich kann nicht glauben, dass Sie durch diesen Regen gefahren sind«, sagte sie. Das Baby wurde unruhig, und Amina reichte es Miriam zurück. Ihre Hände berührten sich kurz, und Miriam fragte sich, warum sie diese kleinen Dinge so bewusst wahrnahm, wenn sie mit Amina zu tun hatten.

»Ich bin es gewohnt, bei Regen zu fahren.«

»Ach, ja. Sie sind ja früher Taxi gefahren«, erwiderte Miriam.

»Das tue ich noch«, sagte Amina. »Nächste Woche bin ich wieder unterwegs. Nach Kapstadt.«

»Nach Kapstadt«, wiederholte Miriam, und ihr Staunen war nicht zu überhören. »Wie ist es denn dort – in Kapstadt?«

»Wunderschön«, sagte Amina. »Sehr hübsche kleine Viertel. Und dann die Berge und die Strände. Es gibt dort wunderschöne Strände – vor allem für Weiße.« Sie hielt inne und schaute wieder in den Regen hinaus. »Ich bleibe nicht lange dort«, fuhr sie dann fort. »Ich finde, die Fahrt ist das Beste daran – auch wenn die Strecke nicht so malerisch ist wie die berühmte Gartenroute – es gibt immer etwas zu sehen. Selbst wenn man an den Townships vorbeifährt – all diese Menschen, die ein völlig anderes Leben führen als wir.«

Miriam drückte das Baby an sich und dachte, dass auch sie und Amina völlig unterschiedliche Leben führten.

»Sie sind die Gartenroute entlanggefahren?«, fragte sie sehnsüchtig.

Amina nickte. »Schon zwei Mal.«

Miriam drehte sich um und setzte Salma zwischen ihr Spielzeug auf den Boden hinter den Tresen. Sie strich ihr noch einmal über das seidige Haar.

»Ich bin noch nie irgendwo gewesen«, sagte sie und richtete sich auf. »Nur in Pretoria.«

Miriam bemerkte kaum, dass Amina sich bewegte, aber plötzlich stand sie direkt vor ihr, zwischen ihnen nur noch der Tresen.

»Kommen Sie mit mir nach Kapstadt«, bot sie an, und der Ton, in dem sie das sagte, war Miriam vertraut – werbend und lachend. Sie sah Miriam in die Augen, und dann glitt ihr Blick beunruhigenderweise zu ihrem Mund. Miriam wich zurück, denn Amina war ihr so nah, dass sie ihren frischen Duft riechen konnte, einen Duft, den sie aus jener Nacht kannte, in der Amina dageblieben war. Miriam sagte nichts, kam aber hinter dem Tresen hervor und trat an die Tür.

»Kommen Sie mit mir«, wiederholte Amina, diesmal in ernsterem Ton. »Sie könnten mir wunderbar Gesellschaft leisten. Und wir könnten uns beim Fahren abwechseln.«

»Ich kann nicht Auto fahren«, sagte Miriam.

Amina überlegte kurz. »Na ja, im Grunde brauche ich beim Fahren nicht unbedingt eine Ablösung –«

»Ich kann nicht mitkommen«, fiel Miriam ihr unvermittelt ins Wort. »Ich habe einen Mann und drei Kinder und einen Laden, um den ich mich kümmern muss.« Sie wandte den Blick ab, und sie schwiegen beide, lauschten dem Regen und der Blues-Melodie, die aus dem Radio erklang.

»Na schön«, sagte Amina schließlich ruhig, um die plötzliche Gereiztheit zu beschwichtigen. Sie setzte sich auf die Fensterbank und sah zu Miriam auf. »Na schön. Egal, das ist nicht der Grund, aus dem ich gekommen bin.«

»Verstehe«, sagte Miriam, obwohl sie nichts verstand. Sie wollte nicht, dass Amina schlecht von ihr dachte, und ihr kleiner Ausbruch war ihr peinlich. Sie wünschte sich nichts sehnlicher, als nach Kapstadt zu fahren, aber sie war für immer in dieser weiten und zugleich so begrenzten Einöde gefangen.

»Ich habe Ihnen nicht mal eine Tasse Tee angeboten«, sagte Miriam dann. »Oder etwas Kaltes zu trinken?«

Amina schüttelte den Kopf. »Danke, ich möchte nichts. Aber ich bin gekommen, um Sie etwas zu fragen. Es geht um das Café. Es läuft recht gut, aber in letzter Zeit ist es ein wenig ruhig geworden, und wir möchten etwas Neues ausprobieren.«

Sie schwieg einen Moment und holte tief Luft, denn Miriams Blick brachte sie immer ein wenig aus dem Konzept.

»Also«, fuhr sie dann fort. »Wir wollen indische Küche anbieten. Ein oder zwei Mal die Woche, nur ein paar Gerichte mittags und abends.«

»Das ist eine gute Idee«, sagte Miriam. »Indische Männer essen gern, was sie von zu Hause kennen, und wenn sie zum Mittagessen nicht heimgehen können, kommen sie zu Ihnen.«

»Genau das habe ich Jacob auch gesagt.«

»Und ...?«, fragte Miriam.

»Wir brauchen eine Köchin. Nicht irgendjemanden. Wir brauchen eine Frau, die sehr gut kocht – besser als die anderen.«

Miriam musterte sie. Sie sah den Zusammenhang immer noch nicht.

»Ich möchte, dass Sie für uns kochen«, sagte Amina.

»Ich?«

Amina lächelte. »Ja.«

»Aber Sie wissen ja nicht mal, wie ich koche ...«

»Doch, das weiß ich. Ich habe hier zu Mittag und zu Abend gegessen, erinnern Sie sich?«

»Daal! Kartoffelcurry!«, rief Miriam verächtlich. »Bauernküche!«

Amina hob die Augenbrauen, und Miriam lächelte. »Ich meinte das nicht abwertend. Wir essen das alle Tage. Es ist bloß ...«

»Was?«

»Kartoffelcurry – das ist doch nichts.«

»Es ist nicht nichts, und es hat köstlich geschmeckt«, entgegnete Amina. Ihre frühere Verlegenheit war verschwunden, und sie sprach voller Entschiedenheit.

Miriam verspürte große Aufregung bei dem Gedanken daran, im Café zu arbeiten – weg vom Laden, etwas Neues, Nützliches tun –, aber die Gewissheit, dass sie das Angebot nicht würde annehmen können, folgte auf dem Fuß.

»Ich muss im Laden arbeiten ...«, erklärte sie Amina.

»Wir würden Sie natürlich gut bezahlen.«

»Meine Kinder ...«

»Sie wären nur vormittags zum Kochen im Café.«

»Meinem Mann würde das gar nicht gefallen ...«

»Ich biete Ihnen die Stelle an, nicht Ihrem Mann.««

Bei dieser Bemerkung wurde Miriam unruhig. Sie sah zur Treppe hinüber, die nach oben führte, und Amina begriff, dass sie doch nicht allein waren.

»Wo ist er?«, fragte sie.

»Oben. Er schläft. Er wird bald herunterkommen. Ich höre ihn schon.« Sie wies nach oben, und Amina sah an die Decke und vernahm die gedämpften Geräusche, die sie Robert zugeschrieben hatte. Sie senkte den Kopf. Miriam beobachtete sie aus den Augenwinkeln. Sie wusste nicht, was sie sagen sollte.

»Sie überraschen mich«, sagte Amina dann. Sie hatte sich abgewandt und sah wieder in den Regen hinaus. »Ich dachte, Sie hätten eine gehörige Portion Wagemut. Ich dachte, Sie hätten das Zeug zu kämpfen, wenn Sie müssten.«

Miriam starrte sie an. »Wovon reden Sie? Woher wollen Sie wissen, ob ich wagemutig bin oder nicht?«

»Das habe ich gehört«, sagte Amina schlicht.

»Was haben Sie gehört?« Miriam trat zu ihr und versuchte in ihrem Gesicht zu lesen.

»Sind Sie nicht mitten in der Nacht hinausgegangen, um einem Schwarzen zu helfen, der von einem Auto angefahren wurde?«

Miriam war erstaunt. Amina musterte sie und musste beim Anblick ihres verwirrten Gesichts lächeln. Miriam warf einen flüchtigen Blick in den Laden, dann wandte sie sich wieder Amina zu.

»Wie haben Sie davon erfahren?«, fragte sie mit gedämpfter Stimme. »Es gibt nur zwei Menschen, die davon wissen – mein Mann und ich.«

»Drei.«

»Was?«

»Drei Menschen.« Sie lächelte Miriam an. »Ich weiß, dass die Regierung uns gern erzählt, dass sie nichts als Wilde wären, aber die Schwarzen sind der Sprache ebenso mächtig wie wir.«

Amina hatte erwartet, dass Miriam sie erschrocken ansehen würde, aber diesmal lachte sie. Es war ihr noch immer ein Rätsel, wie die Worte dieses Schwarzen Amina Harjan zu Ohren gelangt sein konnten, aber sie nahm es als gegeben hin, und ihr wurde klar, dass sie mittlerweile kaum noch etwas überraschte, was diese junge Frau anging.

Plötzlich kamen zwei Kunden aus dem Regen in den Laden gerannt, und die beiden Frauen schraken zusammen. Es waren schwarze Arbeiter von der Farm der Westons, die ein paar Säcke *mealies* holen sollten, und als gleich darauf Omar in den Laden trat, fand er seine Frau hinter dem Tresen, wie sie zwei Schwarze bediente, und Amina Harjan, die auf der Fensterbank hockte und in den Regen hinaussah. Seine Frau sah nicht zu ihm herüber, schien aber ein wenig nervös zu sein, und sein Blick kehrte zu Amina zurück, der er zum Gruß kurz zunickte. Er ging zu Miriam hinüber und übernahm die Kasse, und als die Einkäufe bezahlt und die Männer gegangen waren, schaute er seine Frau erwartungsvoll an.

»Möchtest du eine Tasse Tee?«, fragte sie ihn.

»Jetzt nicht«, antwortete er. »War viel los?«

»Nein, eigentlich nicht.«

»Wo ist Robert?«

»Er macht oben sauber«, sagte sie. »Hast du ihn nicht gesehen?«

»Ja. Hatte ich vergessen.« Er blickte zu Amina hinüber. »Wie geht es Ihnen?«, fragte er sie, aber eigentlich wollte er wissen, was sie in seinem Laden zu suchen hatte. Amina begriff das und kam ohne Umschweife zur Sache.

»Ich bin gekommen, um zu fragen, ob Miriam bei uns im Café kochen würde. Nur ab und zu«, fügte sie hinzu, denn sie wusste, dass sie gegen einen Mann wie diesen keine große Chance hatte. Omar war es vermutlich egal, ob seine Frau arbeiten wollte oder nicht; es würde ihm jedoch entschieden missfallen, wenn die Leute dächten, seine Frau müsse für ihren Lebensunterhalt arbeiten – in dieser Hinsicht war er gewiss wie die meisten Männer, die sie kannte.

Und natürlich sah Omar missmutig drein, traf aber nicht gleich eine Entscheidung im Namen seiner Frau.

»Was hast du geantwortet?«, fragte er Miriam.

»Ich habe gesagt, da wäre der Laden und die Kinder, um die ich mich kümmern müsste, und dass ...« Sie verstummte und sah ihn an. »... und dass du vermutlich nicht damit einverstanden wärst.«

Omar nickte zufrieden. »Meine Frau versteht mich«, meinte er und schenkte Amina beinahe ein Lächeln. »Sie hat es nicht nötig zu arbeiten. Der Laden läuft gut, und sie hat hier mehr als genug zu tun.«

Amina erhob sich von der Fensterbank. »Es geht nicht darum, ob sie es nötig hat«, sagte sie, und ihr Ton war kühl, wenngleich höflich. »Es geht darum, dass ich eine hervorragende Köchin suche.«

Niemand sagte etwas. Omar ging zum Radioapparat hinüber und stellte ihn aus. Amina beobachtete ihn und überlegte, ob sie einen weiteren Versuch unternehmen sollte.

»Es handelt sich bloß um einen oder zwei Vormittage in der Woche«, sagte sie und stellte in Gedanken rasch das Wochenmenü um. »Und von Pretoria hierher ist es nur eine kurze Fahrt.«

»Nein!«, sagte er scharf, und Miriam errötete vor Verlegenheit. Omar bedauerte seine herrische Reaktion und versuchte sofort, den gebieterischen Ton seiner Absage zu übertünchen.

»Leider kann meine Frau nicht Auto fahren. Immer wieder habe ich ihr zugeredet, sie solle Unterricht nehmen, aber sie wollte nie. Hätte sie nur ...«, meinte er und zuckte gleichmütig die Schultern.

Miriam wurde fast übel, als sie seine faule Ausrede hörte. Sie schaute zu Boden und wünschte, Amina würde gehen.

»Oh, das trifft sich gut!«, sagte Amina. »Ich gebe Fahrstunden.«

»Seit wann?«, fragte Omar stirnrunzelnd.

Amina machte eine wegwerfende Geste. »Seit Jahren. Ich habe schon etlichen Leuten das Fahren beigebracht. Hören Sie«, sagte sie und änderte ihre Pläne im Nu, denn sie wusste, wann Schadensbegrenzung angesagt war, »vergessen Sie das mit dem Kochen – wenn es nicht geht, dann geht es nicht. Aber wenn Sie Auto fahren lernen möchten«, sie sah Miriam freundlich an, »dann komme ich gern einmal in der Woche her und unterrichte Sie ein paar Stunden.«

Miriam war überrascht und freute sich insgeheim, wie Amina Omar zu diesem Kompromiss genötigt hatte, aber die steife Haltung ihres Mannes hielt sie davon ab zu lächeln. Andererseits wollte sie sich Amina gegenüber nicht noch einmal als so schwach erweisen.

»Einverstanden«, sagte sie und sah Amina zum ersten Mal, seit Omar den Laden betreten hatte, in die Augen. »Vielen Dank.« Sie zögerte nur einen kurzen Moment, bevor sie noch einen Schritt weiter ging. »Mein Mann drängt mich in der Tat schon seit langem, es zu lernen.«

Omar räusperte sich, wusste aber nichts weiter zu sagen. Seine Augen waren auf die Papiere geheftet, die vor ihm lagen, und Miriam spürte seinem Schweigen nach und wusste, dass sein Zorn tief ging. Sie verbot sich jedoch, an die möglichen Konsequenzen zu denken.

Amina machte sich zum Gehen bereit. »Dann ist es also abgemacht«, sagte sie und knöpfte sich die Jacke zu. »Nächste Woche bin ich mit dem Taxi unterwegs, aber danach komme ich zu Ihnen, ja?«

Miriam nickte, und Amina verabschiedete sich von den beiden. Dann blickte sie in den Regen hinaus.

»Wollen Sie warten, bis der Regen nachlässt?«, fragte Miriam höflich.

Amina lächelte und sah zum Himmel hinauf. »Ich glaube, dann müsste ich mich für eine ganze Weile hier niederlassen«, meinte sie. Sie lief die Stufen hinunter und stieg in ihren Wagen. Während sie die beschlagenen Scheiben freiwischte, überlegte sie, was sie da gerade getan hatte – wie weit sie gegangen war, bloß um Miriam künftig regelmäßig zu sehen. Sie gab sich den Anschein, weiterhin die Scheibe zu putzen, beobachtete aber insgeheim die Frau, die da in der Tür stand, und wünschte sich, es würde nicht fast zwei Wochen dauern, bis sie sich wiedersahen. Sie wusste, dass sie sich diese Gefühle besser nicht erlauben sollte. Die Hochstimmung, die sie verspürt hatte, weil sie den herrischen Omar mit seinen eigenen Waffen geschlagen hatte, wich langsam einer bösen Ahnung, gemischt mit Verzweiflung. Sie ließ den Motor an, runzelte die Stirn und fuhr langsam mit immer wieder durchdrehenden Rädern davon.

Kapitel 19

Amina hatte eine gute Stunde damit verbracht, den undichten Auspuff des Wagens zu reparieren, mit dem sie nach Kapstadt fahren wollte, doch ohne Erfolg. Sie beugte sich über den Fahrersitz, um den Motor noch einmal zu starten, trat auf das Gaspedal, und wieder erklang das vertraute metallische Geknatter hinten am Wagen.

»Es knattert schon viel weniger«, rief Jacob ermutigend. Er lehnte in der offenen Tür des Cafés und beobachtete sie. Amina hörte ihn, hatte den Blick aber weiterhin auf den Auspuff geheftet. Dann wischte sie sich mit dem Handrücken über die Stirn und ging langsam um den Wagen herum nach vorn, beugte sich hinein und stellte den Motor aus. Um diese Zeit am Sonntagmorgen waren nur wenige Autos unterwegs, und sie konnte die Vögel in den Bäumen hinter dem Café zwitschern hören. Amina seufzte und warf dem Auspuff einen letzten finsteren Blick zu. Dann holte sie aus und versetzte ihm einen Fußtritt. Sie trat so heftig zu, als hätten sich sämtliche Enttäuschungen der Welt in ihr angestaut, und Jacob zuckte bei dem Geräusch zusammen. Amina gab keinen Schmerzenslaut von sich, aber ihre Unterlippe zitterte ein wenig, und sie hielt den Blick gesenkt.

Seit drei Tagen war sie nun schon in dieser seltsamen Stimmung. Jacob glaubte Amina besser zu kennen als die meisten anderen Menschen, und er konnte voller Überzeugung sagen, dass seine Geschäftspartnerin vollkommen anders war als sonst. Nicht zum ersten Mal sah er sie so verstimmt – aber ihr Kummer oder auch Zorn hatte nie zuvor so lange angehalten. Ein weiterer Grund für seine Beunruhigung war die Tatsache, dass es für ihre aktuelle Mißstimmung keinen offenkundigen Grund gab. Er hatte versucht, ihre Laune zu heben, indem er über die neue indische Speisekarte sprach, aber es hatte nichts gefruchtet. Sogar die Begeisterung für diese Idee schien ihr abhanden gekommen zu sein, als Jacob endlich zu dem Schluss kam, es sei genau das, was sie brauchten. Er lungerte auf den Stufen zum Café herum, denn er mochte sie nicht allein lassen, auch wenn ihm nichts Hilfreiches einfiel, was er hätte sagen können. Sie machte sich noch immer am Wagen zu schaffen und wich seinem Blick aus. Dann hob sie die Hand und strich sich das Haar aus dem Gesicht, doch während sie die Hand wieder sinken ließ, hielt sie plötzlich inne. Diese Geste, mit der sie sich durch die Locken fuhr, war so charakteristisch und Jacob so vertraut, dass ihm die leiseste Veränderung auffiel, und an dem ungewöhnlichen Bewegungsablauf ihrer Hand und dem Verharren auf Gesichtshöhe merkte er, dass sie weinte und sich heimlich die Tränen abwischte.

Jacob ging die Stufen hinunter und trat auf sie zu, während er einem ankommenden Gast zunickte.

»Hey«, sagte er leise, als er neben ihr stand. »Vielleicht solltest du diese Fahrt verschieben. Nimm den nächsten Auftrag an, der sich bietet ...«

Sie blickte nicht auf, sie räusperte sich bloß. »Ein Tapetenwechsel ist genau das, was ich jetzt brauche«, sagte sie unvermittelt. Er wartete auf eine nähere Erklärung, aber die kam nicht. Stattdessen berührte sie leicht seinen Arm, um ihm für seine Fürsorge zu danken; dann drehte sie sich um und kehrte in ihr Zimmer zurück.

Bei den Leuten, die sie nach Kapstadt fuhr, handelte es sich um zwei weiße Geschäftsleute. Sie schienen überrascht und fasziniert, von einer jungen Inderin chauffiert zu werden, aber Amina ermutigte sie nicht zu ausgiebigen Gesprächen. Sie war höflich, aber mehr nicht. Ursprünglich hatte sie diese Taxifahrten angenommen, weil sie oft rastlos war und einen Ortswechsel brauchte, weil sie sich gern das Land ansah und weil sie gern neuen Menschen begegnete. Diesmal jedoch machte sie sich nichts aus der Fahrt oder dem Auftrag oder den Geschäftsleuten, die untätig im Fond saßen. Sie begegnete ihnen mit demselben Desinteresse, das sie in den vergangenen Tagen allem anderen entgegengebracht hatte. Es war eine Art geistiger und gefühlsmäßiger Lethargie, wie sie sie nie zuvor verspürt hatte und die sie überfiel wie ein Sommerregen, sachte und ohne Vorwarnung. Insgeheim war sie sich bewusst, dass es außer ihr selbst noch einen Menschen gab, der maßgeblich zu ihrer Stimmung beitrug, und während der vergangenen Stunden hatte sie sich mit den Möglichkeiten befasst, die sich ihr boten. Diese Innenschau hatte ihre Stimmung jedoch noch mehr gedrückt, denn je gründlicher sie über ihre Situation nachsann, desto sicherer gelangte sie zu der Einsicht, wie aussichtslos der Weg war, den ihr Herz einschlug.

Sie fuhren am frühen Montagmorgen los, und obwohl der Tag frisch und klar war, kamen sie langsamer voran als üblich, denn die kleineren Straßen waren von den jüngsten Regenfällen in Mitleidenschaft gezogen worden. Amina sah nicht oft nach links und rechts, und wenn sie es doch tat, nahm sie kaum etwas wahr. Ab und zu drosselte sie die Geschwindigkeit und wies ihre Passagiere auf eine Sehenswürdigkeit hin, die lange vor ihr jemand für bedeutsam erklärt hatte; die Männer schauten hin und dankten ihr und stellten vielleicht ein, zwei Fragen, die sie so gut sie konnte beantwortete. Die restliche Zeit fuhr sie schweigend dahin, in sich gekehrt und mit düsterem Gemüt.

Am Abend des ersten Tages stellte sie fest, dass mehrere Stunden verstrichen waren, ohne dass sie es gemerkt hatte. Sie war so in Gedanken versunken gewesen, dass sie nicht mitbekam, wie sie auf der Straße vorankamen oder welche Route sie einschlugen. Mehr und mehr waren es nur die mechanischen Bewegungen des Fahrens, die sie an die physikalische Welt banden. Sie wechselte die Gänge, blickte in die Spiegel, wich dem gelegentlichen Schlagloch aus, das nach dem Regen zum Vorschein kam. Und wann immer die Männer sie darum baten, hielt sie an einem Café oder Restaurant zum Mittag- oder Abendessen. In diesen Pausen baten die Männer sie nicht, ihnen Gesellschaft zu leisten, nicht einmal um sich ein belegtes Brot zu kaufen, denn ihre Miene war verschlossen, und ihre Augen wichen dem Blick der Männer aus. Doch ohnehin wäre ein gemeinsames Mittagessen, bei dem sie alle drei um einen Tisch herum saßen, wegen der Rassentrennung nicht möglich gewesen. Amina hatte überhaupt keinen Appetit, aß aber in unregelmäßigen Abständen, weil es sein musste. Und dann war sie gezwungen, den Teil des Lokals aufzusuchen, in dem sie sitzen durfte, oder den Tresen, an dem sie als Nicht-Weiße bedient wurde. Einmal hatte sie mittags aus Versehen an einem Tisch Platz genommen, der Weißen vorbehalten war, und die Kellnerin hatte sie gebeten, sich woanders hinzusetzen. Sie hatte der Frau ins Gesicht gesehen, die höflich und leicht verlegen gewesen war, und es hatte einen Moment gedauert, bis Amina verstand, was sie wollte. Die Kellnerin sagte etwas, das Amina nicht hörte, aber sie folgte der erhobenen Hand der Frau mit den Augen und entdeckte das neue glänzende Schild in der Mauernische über sich, das sorgsam auf Englisch und Afrikaans verfasst war und sie aus diesem Teil des Restaurants verbannte. Amina hatte genickt und war aufgestanden und nach draußen gegangen und hatte sich nicht mehr die Mühe gemacht, sich etwas zum Mittagessen zu besorgen.

Als sie bei Einbruch der Dämmerung erneut hielten, waren sie nur noch etwa vier Stunden von Kapstadt entfernt. Aminas Passagiere dirigierten sie zu einem kleinen Restaurant, das bleich leuchtend an der einzigen staubigen Straße einer kleinen Ortschaft lag. Es war im für Kapstadt typischen niederländischen Stil errichtet, mit einem Reetdach, und pries traditionelle Küche an: *Hausgemachte Bredies und Boboeties!* Als sie das weiß gekalkte Café und die üppige grüne Landschaft ringsum betrachtete, kam Amina sich vor wie in einem anderen Land – einem Land fern der staubigen braunen Umgebung von Pretoria, und sie verspürte Erleichterung und Heimweh zugleich. Die Männer gingen hinein, um zu essen, und Amina blieb noch eine Minute im Auto sitzen, bevor sie um das Restaurant herum zum Nebeneingang ging, wo einige Schwarze – vermutlich Küchenpersonal – plaudernd auf den Stufen saßen. Sie nickte ihnen zu und fragte, wo sie etwas zu essen bekommen könne.

»Gehen Sie rein, meine Dame«, sagte einer der Schwarzen. Er musterte sie von Kopf bis Fuß. »Inder werden dort bedient.«

»Ich will nicht drinnen essen«, erwiderte Amina. »Ich brauche nur ein belegtes Brot oder so etwas.«

Der Mann zuckte die Achseln. »Wollen Sie einen Teller *bredies?*«

»Ja, danke.«

Er stand auf und verschwand in der Küche, und Amina blieb wartend in der Nähe stehen. Gleich darauf erschien eine weiße Frau in der Tür, offenkundig die Besitzerin.

»Na los«, sagte sie zu den Schwarzen. »Was glaubt ihr, was das hier ist? Drinnen warten Gäste.« Sie alle sprangen auf, zwängten sich an der Frau vorbei und gingen hinein. Die Frau hielt noch einen Moment inne und musterte Amina.

»Suchen Sie Arbeit?«, fragte sie freundlich.

»Nein«, antwortete Amina und wandte sich ab.

Sie fragte sich, ob das Küchenpersonal sie vergessen hatte, wo nun zwei weiße Gäste im Restaurant waren, aber einige Minuten später erschien der Mann wieder in der Küchentür und reichte ihr einen großen Teller Gemüseeintopf mit Fleischeinlage.

»Danke«, sagte sie, und nun, wo ihr der Duft des Essens in die Nase stieg, bemerkte sie erst, wie hungrig sie war. »Was schulde ich Ihnen?«

Als sie bezahlt hatte, nahm sie ihren Teller und sah sich nach einem ruhigen Ort um, wo sie sich niederlassen konnte. Es war ein heißer Abend, doch die späte Hitze wurde dann und wann von Windböen aufgewirbelt. Auf der gegenüberliegenden Straßenseite war eine breite Veranda, die zu einem Drogerieladen gehörte, der für diesen Tag schon längst geschlossen hatte. Hier hockte sie sich hin, balancierte den Teller auf den Knien und ließ den Blick schweifen, um ihre Gedanken daran zu hindern, wieder einmal zur Herrin des einzigen Ladens in Delhof zu wandern. Ein Stück weiter spielten Kinder auf der Straße – sie hatten kurz innegehalten, als Amina ihren Weg kreuzte, aber nun nahmen sie ihr Spiel wieder auf und warfen sich einen Ball zu, obwohl es immer dunkler wurde und sie kaum noch in der Lage sein durften, ihn zu sehen.

Amina aß rasch. Dann ging sie quer über die Straße zurück zu der Küchentür, die nun als orangefarbenes Rechteck in der Dunkelheit aufschien. Sie warf einen Blick hinein, aber die Köche waren beschäftigt und bemerkten sie nicht. Sie stellte ihren Teller auf die oberste Stufe und kehrte zu ihrem Platz auf der Veranda zurück, von wo aus sie die Eingangstür des Restaurants im Blick hatte und sehen konnte, wenn die Männer herauskamen.

Sie schaute sich nach den Kindern um, aber die waren mittlerweile verschwunden, und Amina stellte sich vor, wie sie zu Hause zum Abendessen gerufen und gewaschen wurden. Sie hatte nie darüber nachgedacht, eigene Kinder zu haben, aber nun fragte sie sich, wie ihr Leben wohl mit Kindern verlaufen würde. Vollkommen anders, befand sie. Mehr von Routine bestimmt, geregelter. Sie wäre nicht mehr in der Lage, einfach ein paar Tage wegzufahren, so wie jetzt. Sie nickte, aber der Gedanke tröstete sie nicht in dem Maße, wie sie es sich erhofft hatte.

In der Brusttasche ihres Hemdes steckte ein Päckchen Zigaretten. Sie schüttelte eine heraus und rollte sie zwischen ihren langen Fingern hin und her. Sie hatte zwei Jahre lang überhaupt nicht geraucht, und auch vorher nur selten. Sie steckte sich die Zigarette zwischen die Lippen und fand Trost darin, während sie nach ihren Streichhölzern suchte. Um sie herum wurde der Abend dunkler, der Himmel nahm ein tiefes Tintenblau an. Ganz schwach vernahm sie das Sirren der Insekten, selbst an der Hauptstraße, an der sie saß. Ein Auto fuhr vorüber, und die Räder knirschten leise auf dem Rollsplitt. Sie strich das Streichholz auf dem groben Holz der Veranda an; es loderte auf, und die Flamme tanzte in der Dunkelheit. Sie sah aus wie ein übermütiger Dämon, der sich vor ihren Augen wand und reckte. Sie führte die Flamme an ihre Zigarette und löschte sie dann mit einer raschen Handbewegung.

Während sie rauchte, konzentrierte sie sich voll und ganz darauf, nicht an Miriam zu denken. Nach einer Weile merkte sie, dass diese Strategie ziemlich widersinnig war.

»Du bist eine Idiotin, Amina«, sagte sie laut. Sie erlaubte sich ein Lächeln. »Und jetzt redest du auch noch mit dir selbst.« Sie runzelte die Stirn. »Du musst logisch vorgehen«, fuhr sie fort, und es war beruhigend, eine menschliche Stimme in der Dunkelheit zu vernehmen, auch wenn es bloß ihre eigene war. »Geh logisch vor. Erstell eine Liste. Für und wider. Pro und contra.« Sie nickte, glücklich darüber, eine praktische Entscheidung getroffen zu haben, und stand auf, um Stift und Papier aus dem Auto zu holen. Doch als sie sich dem Wagen näherte, tauchten die Männer auf, und so ging sie um das Auto herum, überprüfte die Reifen und warf einen flüchtigen Blick auf den Auspuff, während die Männer zur letzten Etappe der Strecke einstiegen.

»Abfahrbereit?«, fragte sie, und die Männer nickten.

»Wie weit ist es noch?«, erkundigte sich der eine.

»Ungefähr vier Stunden«, antwortete sie. »Nicht mehr weit.«

»Haben Sie etwas gegessen?«, fragte der andere.

»Ja«, sagte sie. »Danke.«

Sie schwiegen, und Amina kehrte zu ihrer Liste zurück. Miriam – für und wider. Die Nacht war mittlerweile rabenschwarz, die Straße nur von den beiden Lichtkegeln der Scheinwerfern erhellt. Amina hatte einen Finger auf dem Lichthebel, stets bereit, abzublenden, wenn ihnen jemand entgegenkam, doch die Strecke, die sie gewählt hatte, war keine Hauptverkehrsroute, und es waren nur wenige Fahrzeuge unterwegs. Amina warf einen Blick in den Rückspiegel. Der eine Passagier schlief, der andere schaute zum Fenster hinaus.

Sie wollte positiv beginnen, mit der Liste der Gründe, die dafür sprachen, aber auf Anhieb fiel ihr keiner ein. Kein praktisch umsetzbarer zumindest. Sie wusste, dass sie sich heftig in Miriam verliebt hatte, heftiger als jemals zuvor, und dass ihre Tage von der Vorfreude auf ihr Wiedersehen erfüllt waren. Wenn es jedoch um die praktische Seite dieser Angelegenheit ging, fiel ihr partout nichts Positives ein. Sie ging zu den Gründen über, die dagegen sprachen. Die überschlugen sich in ihrem Kopf. Der offenkundigste Grund war, dass Miriam eine Frau war, aber diese Überlegung spielte für Amina schon seit längerem keine große Rolle mehr. Sie beschloss, darüber hinwegzusehen und fortzufahren. *Verheiratet* war das Wort, das ihr als Nächstes in den Sinn kam. Dieser Grund war weniger leicht beiseitezuschieben, ebenso wie *Kinder (drei) – Inderin – Familie – Skandal* – und die Frage, welches Recht sie hatte, von einem anderen Menschen zu erwarten, sich gegen die allgemein akzeptierten Normen der ganzen Welt zu stellen.

Sie verwarf ihre Listen und konzentrierte sich stattdessen ganz aufs Fahren, lauschte auf das Geräusch der Reifen auf dem Asphalt, der unter ihnen dahinzog, und verbat sich jeden Gedanken, jedes Gefühl, bis sie den unverhofften Klang von Miriams Stimme vernahm, erstaunlich wahr und echt. Im Laufe der vergangenen Woche hatte sie sich bemüht, sich jede Geste, jede Miene, jedes Wort Miriams ins Gedächtnis zu rufen, und jedes Mal waren ihr die Nuancen mehr und mehr entglitten. Und doch war sie nun hier – die sanfte, leise Stimme war so echt, als säße Miriam neben ihr.

»Mein Mann drängt mich in der Tat schon seit langem, Auto fahren zu lernen«, sagte die Stimme, sanftmütig und zugleich von einer neuen Stärke erfüllt, und Amina lächelte bei der Erinnerung. Diese Worte Miriams hatten sie entzückt, und sie hatte sich sehr bemühen müssen, ihr Lächeln zu unterdrücken, bis sie zur Ladentür hinaus war.

»Kommen Sie mit mir«, erinnerte sie sich an ihre eigenen Worte. »Kommen Sie mit mir nach Kapstadt ...«

»Ich habe einen Mann und drei Kinder und einen Laden, um den ich mich kümmern muss. Ich kann hier nicht einfach so weg ...« Der abweisende Ton entmutigte Amina auf der Stelle.

Sie schaute auf die Straße vor sich, die von der Schwärze der Nacht verschlungen wurde, und trat ein wenig fester aufs Gaspedal, als könne sie die Dunkelheit, die stets knapp vor ihr lag, auf diese Weise einholen, um von ihr verschlungen zu werden. Sie stellte das Radio an, hielt die Lautstärke gering und lenkte ihre Aufmerksamkeit auf die knisternde Musik, die daraus erklang. Dann umfasste sie das Lenkrad fest mit beiden Händen und beschloss, ihre Listen ein für allemal zu vergessen, denn in dem Augenblick fiel ihr kein einziger Grund ein, warum sie nicht einfach das tat, was sie sich selbst einige Zeit zuvor geschworen hatte: sich Miriam aus dem Kopf zu schlagen.

Kapitel 20

Miriam hatte schon lange aufgehört, die Tage zu zählen – stattdessen zählte sie die Stunden. Nach langem Abwägen hatte sie beschlossen, dass Dienstagmittag der Zeitpunkt war, auf den hin sie zählen sollte, denn Amina kannte Omars Gepflogenheiten mittlerweile recht gut und würde sicherlich bis Dienstag warten, wenn er nach Pretoria fuhr, um ihr die versprochene Fahrstunde zu geben.

Sie erwachte in der weichen Dunkelheit der bevorstehenden Dämmerung und lag reglos da, bis die Vorboten des Tageslichts unter den Vorhängen sichtbar wurden. Als es draußen endlich hell genug war, um aufstehen zu können, ohne Verdacht zu erregen, war sie erleichtert. Unten widmete sie sich ihren üblichen Aufgaben; sie winkte John zu, der sich nach der Nachtwache auf den Heimweg machte; sie plauderte mit Robert und dann mit ihren Kindern, als sie ihnen beim Waschen und Anziehen half; sie fütterte das Baby, bereitete dann Omars Frühstück zu und beobachtete ihn verstohlen, während er seinen Teller Haferbrei aß.

»Was ist los?«, fragte er sie. »Warum frühstückst du nicht?«

Sie blickte auf ihren Teller hinunter.

»Ich weiß nicht. Mir ist flau im Magen«, antwortete sie. Es stimmte, doch auch wenn sie es nicht zugeben mochte, nicht einmal vor sich selbst, handelte es sich nicht um eine Magenverstimmung, sondern um einen Anflug von Nervosität, der sie gleichzeitig mit kribbelnder Energie erfüllte. Die Kinder hatten gefrühstückt und waren auf dem Weg zur Schule, ohne dass Miriam die Zeit hätte verstreichen sehen, und Omar schien von der Unruhe, die seine Frau ausstrahlte, angesteckt zu werden.

»Bist du krank?«, fragte er sie, bevor er aufbrach.

»Mir geht es gut«, erwiderte Miriam – und sie sah in der Tat bestens aus, wie ihr Mann stirnrunzelnd feststellte. Sie lächelte, als sie ihm seine Jacke reichte, und ihre Augen waren fröhlich.

»Gute Fahrt«, sagte sie, und ihm fiel auf, dass sie diese Worte lange nicht gesagt hatte, wenn er sich dienstags auf den Weg machte. Er war sich vage bewusst, dass sie wegen seiner nächtlichen Abwesenheit Verdacht schöpfte; vermutlich kannte sie sogar die Wahrheit. Doch nichts würde je zwischen ihnen zur Sprache kommen; wenn sie es je wagen sollte, das Thema anzusprechen, würde er ein solches Gespräch im Keim ersticken.

Er beobachtete sie mit schmalen Augen, griff sich an den Kragen und überprüfte den Sitz seiner Krawatte. Es war eine Geste, die sie tausend Mal gesehen hatte – er hatte eine ganz bestimmte Art, den Krawattenknoten zwischen Daumen und Zeigefinger zu nehmen. Es war eine behutsame Bewegung – Omar besaß eine Sorgfalt, wenn es um kleine Details ging, die Miriam immer gemocht hatte. Seine Fingernägel waren stets sauber und ordentlich geschnitten, und wenn er bei der Buchführung den Federhalter niederlegte, achtete er stets darauf, dass er parallel zum Buch ausgerichtet war.

Miriam folgte ihrem Mann nach draußen. Sie wusste, dass er die oberste Stufe auslassen würde, wenn er zum Auto hinunter ging; dass er den Motor anlassen und den Spiegel richten würde, ohne ihr einen Blick zu schenken; dass er nur kurz zurückschauen würde, wenn er davonfuhr, denn im Grunde seines Herzens fühlte er sich schuldig, weil er sie verließ. Sie kannte jede einzelne seiner Eigenheiten, doch an diesem Morgen war ihr, als beobachte sie einen Fremden. Es muss an mir liegen, dachte sie; er hat sich nicht verändert.

Sie winkte, als er langsam davonfuhr, und sah aus den Augenwinkeln, wie zwei Arbeiter von der Farm der Westons über das struppige Gras auf den Laden zukamen. Sie freute sich über Kundschaft, denn dieser Morgen würde noch langsamer vergehen als die vorherigen.

Wie gewöhnlich erwachte Farah an diesem Morgen um vier Uhr, um ihren Mann zu verabschieden, der zu seinem zweitägigen Marktbesuch aufbrach. Sie hätte sich nicht die Mühe gemacht aufzustehen, wenn er beim Waschen und Anziehen nicht so laut herumgepoltert hätte, dass an Weiterschlafen ohnehin nicht zu denken war. Außerdem gefiel es ihm, wenn sie mit ihm aufstand und ihm das Frühstück machte, was sie widerwillig jede Woche tat. Und schließlich sah der vorsichtige Teil in ihr ihn gern in seinem Lieferwagen davonfahren, um sich zu vergewissern, dass er auch wirklich fort war, bevor sein Bruder später eintraf. An diesem Tag gähnte sie ausgiebig, als sie am Fenster stand und ihn wegfahren sah; dann ging sie wieder nach oben, um noch zwei Stunden zu schlafen, bevor sie die Kinder zur Schule schickte, ihrer verrückten Schwägerin das Frühstück zubereitete und sich für Omar zurechtmachte.

Um zehn Uhr hatte sie ihren Haushalt versorgt und machte Wasser für ein Bad heiß, als sie hörte, wie die Haustür aufgeschlossen wurde. Sie schlüpfte in einen Morgenmantel, ein blassgelbes Seidengewand, das Rehmat zurückgelassen hatte, und ging langsam, ein Lächeln auf den Lippen, die Treppe hinunter.

»Du bist früh dran ...«, sagte sie und blieb wie angewurzelt stehen. Sadru starrte sie mit offenem Mund an.

»Du bist sehr früh dran!«, fuhr sie so unbekümmert wie möglich fort. »Was ist geschehen?« Sie zog den Morgenmantel fester um sich und musterte Sadru von der Treppe aus.

Sadru schüttelte den Kopf und sah sie weiterhin unverwandt an. »Er ... Er hat geschlossen.«

»Geschlossen?«

Er nickte.

»Der Markt hat geschlossen?«

Sadru nickte wieder.

Farah wurde ärgerlich. »Warum hat der Markt geschlossen?«

»Wegen irgendeiner Demonstration. Aktionstag der Schwarzen.«

»Verdammte Kaffern!«, meinte Farah und ging wieder nach oben. Sie legte den Morgenmantel ab und stieg in die Badewanne. Ihr Verstand arbeitete auf Hochtouren. Es gab keine Möglichkeit, mit Omar in Verbindung zu treten. Er war vor über zwei Stunden losgefahren und musste bereits in Pretoria sein, um sich mit welchen Leuten auch immer zu treffen, mit denen er seine wöchentlichen Geschäfte abwickelte. Sie sann ein paar Minuten lang über ihre heikle Lage nach, dann zuckte sie die Achseln und tauchte so tief wie möglich in das knappe warme Wasser ein. Es klopfte an der Badezimmertür. Ihr Mann. An ihn hatte sie gar nicht mehr gedacht.

»Was ist?«, rief sie und richtete sich auf. Es kam keine Antwort, und sie lächelte. Sie wusste, dass er auf eine Einladung wartete. Sie hörte ihn vor der Tür mit den Füßen scharren.

»Ich will ein zweites Frühstück«, sagte er plötzlich, und sein Ton klang verdrießlich.

»Dann musst du einen Moment warten«, erwiderte sie, schloss die Augen und ließ sich wieder ins Wasser zurücksinken.

Um zwölf Uhr trat Miriam wieder auf die *stoep* und blickte auf die leere Straße. Sie lauschte und wartete. Über ihr erklang das Zwitschern der Vögel, und dann vernahm sie das bedächtige Rattern des einzigen Zuges am Tag. Es war ein vertrautes Geräusch, das ferne Stampfen der Lok, und sie hob die Hand an die Augen und schaute nach Osten, wo der Zug jeden Moment auftauchen musste.

Als er am fernen Horizont vorüberzog, dachte sie daran, wie sie mit Amina zusammen gelacht hatte, als sie sich vorstellten, wie ihre Kinder hinausliefen, um einen Blick auf den Zug zu erhaschen und zu winken, und sie lächelte und hob die Hand, um ihm zuzuwinken, bevor sie sich umwandte und in die Küche zurückkehrte, um das Essen auf dem Herd umzurühren.

Zu Aminas Verdruss war das Café den ganzen Morgen über ziemlich leer gewesen. Gereizt schritt sie auf den gebohnerten Dielen auf und ab, behielt den einzigen besetzten Tisch im Auge und versuchte, nicht ins Grübeln zu kommen.

»Wenn du irgendwohin musst, dann geh nur«, rief Jacob ihr zu. »Ich komme schon allein zurecht.«

Amina winkte ungeduldig ab. »Ich muss nirgendwo hin.«

Doch, musst du, dachte Jacob und wandte sich wieder dem Brief zu, den er schrieb. Es fiel ihm nicht leicht, sich schriftlich mitzuteilen; sein Schreibstil war noch karger, als seine Art zu reden, aber er wusste, dass er seinen Schwestern und seinem Onkel schreiben musste, und außerdem lieferte ein fertig geschriebener Brief ihm einen hervorragenden Grund, aufs Postamt zu gehen, wo Miss Smith ihm die erforderlichen Briefmarken verkaufen würde. Er verlangte nie mehr Briefmarken, als er brauchte, und Miss Smith schlug ihm nie vor, Briefmarken auf Vorrat zu erwerben. Sie hatte in sich hineingelächelt, als sie feststellte, dass er in letzter Zeit beinahe täglich einen Brief zu versenden hatte, aber nie einen aufgab, wenn er kam, um die Post abzuholen. Sie verkaufte Jacob seine Briefmarken stets mit großem Ernst und ließ sich nicht anmerken, dass sie den Grund für seinen plötzlichen Schreibeifer ahnte. Auch sie freute sich, ihn täglich zu sehen und mit ihm zu plaudern.

Das lange Kratzen der Nadel, die unachtsam auf die Schallplatte gesetzt wurde, ließ Jacob erschaudern. Er wandte sich um.

»Entschuldigung«, sagte Amina.

Ein Lied von Cole Porter begann, die Noten noch ein wenig verzerrt, bis die Schallplatte ruhig lief. Amina hörte einen Moment zu, dann begann sie sich zu langweilen. Sie ging in die Küche, wo sie herumstöberte und der Köchin auf die Finger sah, bevor sie wieder ins Café zurückkehrte.

»Ich muss weg«, verkündete sie, und ihr Ton war ein wenig zu beiläufig nach der nervösen Energie des Vormittags. »Geht das klar?«

Jacob sah gleichmütig auf. »Hab ich doch schon gesagt.«

Sie nahm ihren Hut und suchte nach den Schlüsseln, bevor sie feststellte, dass sie sie bereits in der Hand hielt.

»Ich bin in ein paar Stunden zurück«, rief sie, aber diesmal sah Jacob nicht einmal auf, sondern hob nur die Hand.

Amina verspürte Erleichterung, weil sie sich nun zum Handeln entschlossen hatte, auch wenn sie sich das Ziel noch nicht eingestand. Sie fuhr langsam und hielt nach einer bestimmten Seitenstraße Ausschau. Plötzlich riss sie das Steuer scharf herum, bog in die Straße ein und parkte. Selbst von hier aus konnte sie Omars Wagen vor dem Haus seines Bruders stehen sehen; er war eben eingetroffen. Sie duckte sich instinktiv hinter dem Lenkrad, als sie beobachtete, wie er ausstieg, das Jackett auszog und es sorgsam auf den Rücksitz legte. Sie war jedoch zu weit entfernt, um entdeckt zu werden, und konnte ungestört zusehen, wie er seine Krawatte lockerte, rasch den kurzen Weg hinaufging und dann seinen Hausschlüssel ins Schloss steckte. Amina schob sich eine verirrte Locke aus dem Gesicht und betrachtete sich im Rückspiegel. Ihre Augen sahen traurig aus, und unter ihren Wangenknochen lagen dunkle Schatten. Sie hatte in den vergangenen Wochen an Gewicht verloren.

»Du bist ein schlechter Mann«, sagte sie leise und sah wieder zu der Tür hinüber, hinter der Omar verschwunden war. »Du setzt mir allerlei Flausen in den Kopf, wie ich den Dienstagnachmittag verbringen könnte.«

Zum ersten Mal seit Tagen lächelte Amina vor sich hin. Dann legte sie den Rückwärtsgang ein, wendete und kehrte auf die Hauptstraße zurück, wo sie rasch ihr übliches hohes Tempo erreichte, bis sie auf die kleine Straße abbog, die nach Delhof führte.

Miriam wiegte das Baby in den Armen, und erst als sie die raschen, tiefen Atemzüge vernahm, die der Schlaf mit sich brachte, erlaubte sie sich erneut auf die Uhr zu sehen. Es war halb zwei, und sie ging nach unten, um das Essen vom Herd zu nehmen.

Als Omar durch die Tür kam und seinen Bruder halb schlafend auf der Couch fand, wich er zurück. Er starrte Sadru vom Flur aus an, die Augen weit aufgerissen. Sadru schien es zum zweiten Mal an diesem Morgen, als träume er. Eben erst hatte er die Überraschung darüber verwunden, nach Hause zu kommen und seine Frau derart lasziv zurechtgemacht vorzufinden, als arbeite sie in einem Bordell. Jetzt sah er sich mit dem Anblick seines Bruders konfrontiert, der am helllichten Tage zur Tür hereinplatzte. Eine dumpfe Ahnung erhob sich wie kräuselnder Rauch in seinem Hinterkopf, doch ehe er einen klaren Gedanken fassen konnte, hörte er Farahs Stimme, die schrill von der Treppe herübertönte.

»Mein Gott – *bhai!* Hattest du vor, uns zu überraschen? Wie schön, dich zu sehen. Was bringt dich heute hierher? Hast du gewusst, dass Sadru schon zurück ist?«

»Nein, das wusste ich nicht«, antwortete Omar wahrheitsgemäß. Er wich Farahs Blick aus und warf Sadru ein gezwungenes Lächeln zu. »Ich bin heute früher fertiggeworden«, fuhr er fort, »und da dachte ich, ich komme vorbei und sag hallo ...«

Sadru schwang die Beine von der Couch und rieb sich schläfrig die Augen. »Ich bin heute auch früher fertiggeworden. Aktionstag der Schwarzen.«

»Ah.« Omar nickte. Er trat ein und setzte sich. Nun hatte er die Situation wieder unter Kontrolle, und er dankte Farah mit seiner üblichen distanzierten Höflichkeit, als sie ihm ein Glas Cola brachte.

»Sie wird Mittagessen machen«, sagte Sadru. »Du bleibst doch, oder?«

Omar trank einen Schluck und überlegte kurz.

»Nein, danke. Ich sollte zum Laden zurückkehren.«

»Wie läuft das Geschäft, *bhai?* Viel los?«

»Nicht schlecht«, antwortete Omar.

Sadru beugte sich vor und hörte zu, seine Aufmerksamkeit ganz auf seinen jüngeren Bruder gerichtet. Er schämte sich bei dem Gedanken an den leisen Verdacht, der ihm erst vor wenigen Augenblicken durch den Sinn gehuscht war, und als er Omar nun anblickte, empfand er eine glühende Zuneigung für seinen gutgekleideten Bruder und beschloss, sein Bestes zu tun, damit er sich bei ihnen ganz wie zu Hause fühlte.

Kapitel 21

Omar hatte Robert angewiesen, das schmiedeeiserne Gitter zu polieren, mit dem die Ladentür abends gesichert wurde. Die Politur war zäh und schwarz, und er konzentrierte sich sehr auf seine Arbeit, um sich mit dem schwarzen Zeug nicht zu bekleckern. Daher bemerkte er den Wagen nicht, der den Weg heraufkam und am Laden vorbeifuhr und einige Meter weiter zum Stehen kam, und er blickte erst auf, als sich rasche Schritte näherten. Aminas Blick glitt an ihm vorbei zum Laden, und als er den Mund öffnete, um sie zu begrüßen, legte sie den Finger auf die Lippen.

»Ich möchte die beiden überraschen«, flüsterte sie. »Wo sind sie?«

»Sir ist nach Pretoria gefahren«, flüsterte er zurück. »Madam ist im Laden.«

Madam war in der Tat im Laden. Sie saß auf einem Stuhl hinter dem Tresen. Sie hielt den Kopf gesenkt, und Amina schlich hinein und beobachtete sie und nahm an, dass Miriam las.

»Handelt es sich um Liebesgedichte oder um die Straßenverkehrsordnung?«, fragte sie dann.

Miriam schrak zusammen. Dann hob sie mit einem Lächeln den Gedichtband hoch, den Amina ihr gegeben hatte.

»Ich habe nicht geglaubt, dass Sie kommen«, sagte sie.

»Im Café war heute Morgen ziemlich viel Trubel ...«

»Tatsächlich?«, fragte Miriam mit echtem Interesse, doch Amina erwiderte ihren Blick nicht.

»Nun ... nein. Im Grunde nicht. Nein. Ich ... Ich war bloß nicht sicher, ob ich kommen sollte.«

Miriam kam hinter dem Tresen hervor und küsste Amina beiläufig auf die Wange – ein wenig zu beiläufig, um als normale Begrüßung zu gelten.

»Natürlich sollen Sie kommen. Wer bringt mir sonst das Auto fahren bei? Ich habe den ganzen Tag auf Sie gewartet.«

»Wirklich?« Die Vorstellung schien Amina zu freuen.

»Ja.«

»Nun, dann fangen wir am besten gleich an. Bevor Ihr Mann nach Hause kommt.« Der letzte Kommentar klang wie eine Frage, und Miriam begriff sogleich.

»Er kommt nicht vor morgen zurück«, sagte sie, und um die Röte zu verbergen, die ihr ins Gesicht stieg, wandte sie sich um und trat schnell aus dem Laden.

Robert war noch mit dem Polieren des Gitters beschäftigt, als seine Herrin ihm auftrug, mit den Vorbereitungen für eine Suppe zum Abendessen zu beginnen. Obwohl es erst drei Uhr war und bereits drei Töpfe voller Essen unberührt auf dem Herd standen, hielt er es für besser, keine Einwände zu erheben. Ihre Stimme war fest, ihre Anweisung unmissverständlich. Er nickte und ging hinein, um sich die Hände zu waschen und das Gemüse zu putzen.

Miriam wartete geduldig, während Amina sich am Fahrersitz zu schaffen machte und versuchte, ihn nach vorn zu rücken. Schließlich gelang es ihr, ihn zwei, drei Zentimeter vorzuziehen, und sie trat beiseite, um Miriam einsteigen zu lassen.

»Tut mir leid. Die Sitze sind alt und lassen sich kaum noch verrücken.«

Miriam kletterte auf den Fahrersitz und musste die Beine lang machen, um mit den Füßen an die Pedale zu reichen. Sie legte beide Hände auf das Lenkrad, bewegte es sachte von links nach rechts und wieder zurück und blickte konzentriert geradeaus, als ob sie sich bereits auf offener Straße bewegte. Amina beobachtete sie amüsiert.

»Es geht noch besser, wenn der Motor an ist«, sagte sie und ging zum Beifahrersitz hinüber. Der Wagen war in der Tat alt, wie Miriam feststellte, aber peinlich sauber. Auf dem Armaturenbrett lag kein Staubflöckchen, und sogar der Boden war erst kürzlich geschrubbt worden. Sie fragte sich kurz, ob der Aufwand ihretwegen betrieben worden war, aber dann sah sie den kleinen Stapel ordentlich zusammengefalteter Karten und Papiere in der Ablage unter dem Armaturenbrett, und sie musterte Aminas Kleider, als sie auf den Beifahrersitz kletterte. Sie waren ein wenig abgetragen, aber makellos sauber, wie immer, und Miriam begriff, dass Amina ihrer unmittelbaren Umgebung und ihrer persönlichen Erscheinung eine besondere, ihr eigene Sorgfalt widmete, die Miriam ein wenig an Omar erinnerte.

»Lassen Sie mich Ihnen als Erstes die Pedale erklären«, sagte Amina, und ihr leicht förmlicher Ton verriet, dass sie nun in die Rolle der Fahrlehrerin geschlüpft war. Sie beugte sich halb über

Miriam, um auf den Boden zu deren Füßen zu zeigen, und wieder erhaschte Miriam den inzwischen vertrauten Duft ihrer Haut und ihrer Kleider.

»Das da«, sagte Amina, »ist das Gaspedal.«

Miriam nickte.

»Und das da«, sie ließ ihren Zeigefinger weiterwandern, »ist die …?«

»Bremse?«, riet Miriam. Amina sah sie an.

»Ja. Und das hier ist …?«

»Die Kupplung.«

Amina richtete sich auf und lächelte. »Können Sie insgeheim doch Auto fahren?«, fragte sie.

»Warum hätte ich Sie dann gebeten, mich zu unterrichten?«

Amina zuckte die Achseln. Ihre Augen tanzten. »Ich weiß nicht. Vielleicht wollten Sie mich einfach nur sehen.«

Miriam senkte den Blick. »Ich kann nicht Auto fahren, aber mein Mann hat mir die Pedale erklärt, als er einmal versucht hat, mir das Fahren beizubringen. Es sind ja nur drei. Das ist nicht schwer zu merken.«

»Welch Selbstvertrauen!«, meinte Amina. »Wollen wir hoffen, dass Sie sie auch bei vierzig Meilen die Stunde noch auseinanderhalten können.«

Nach einem kurzen Überblick über die Gänge, das Licht und die Zündung wurde der Motor gestartet und erwachte bebend zum Leben. Die Sonne war schon im Sinken begriffen und traf schräg auf die Windschutzscheibe, so dass Aminas Augen von Licht und Farbe erfüllt waren, als Miriam sie anblickte.

»Also. Kennen Sie sich mit der Gangschaltung aus?«

Miriam verneinte.

»Na schön. Da ungefähr ist der erste Gang – das ist der Gang, den Sie benutzen sollten, wenn Sie anfahren. Versuchen Sie ihn zu finden.«

Miriam versuchte es.

»Sie müssen erst die Kupplung treten«, sagte Amina. »Treten Sie die Kupplung durch, während Sie versuchen, den Gang einzulegen.«

Miriam tat, wie geheißen, legte einen Gang ein. Der Wagen erbebte.

»Nein. Das ist der dritte. Der erste ist nicht ganz leicht zu finden ...« Miriam drückte und ruckelte, doch vergeblich.

»Ich schaffe es nicht«, sagte sie schließlich und lehnte sich zurück.

»Doch, Sie schaffen das. Ich zeige es Ihnen.« Aminas Hand legte sich um Miriams, und gemeinsam bewegten sie langsam den Schaltknüppel, bis er wie von selbst in den ersten Gang glitt.

»Sehen Sie?«, sagte Amina.

Miriam nickte, obwohl sie überhaupt nichts sah, denn ihr Herz hatte fast ausgesetzt, als Aminas Hand sich um ihre schloss, und danach hatte sie bloß noch gemerkt, wie Aminas lange Finger ihre behutsam dirigierten.

»Jetzt können Sie die Kupplung kommen lassen«, sagte Amina sehr leise, und Miriam nahm den Fuß fort. Der Wagen macht einen Satz nach vorn, und der Motor erstarb.

»Tut mir leid«, sagte Miriam. Sie blickte zur Seite, um festzustellen, dass sie aufmerksam gemustert wurde. Sie schluckte und schaute wieder nach vorn.

Die Sekunden, die daraufhin folgten, schienen sich auszudehnen und all ihre Sinne zu erfüllen, bis Miriam nichts mehr wahrnahm als das heftige Pochen und Brausen des Blutes in ihren Ohren. Der Duft der jungen Frau neben ihr war nicht länger etwas Flüchtiges, das sie in einem kurzen Moment erhaschte, sondern erfüllte die Luft um sie herum. Es war das Einzige, dessen sie gewahr war, denn Amina beugte sich über sie, und zwar so dicht, dass Miriam für einen Augenblick die weichen Falten des Baumwollhemdes über ihr Kinn streifen spürte, dann über ihre Stirn, doch es war gar nicht das Hemd, das sie berührte – es waren

Aminas Lippen. Miriam hielt den Atem an und verharrte reglos, als die Lippen langsam abwärts glitten und sachte ihre Wangen berührten, bis sie endlich ihren Mund fanden.

Miriam spürte die sengende Sonne auf ihren geschlossenen Lidern und die federleichte Berührung der Lippen auf ihren. Dann riss sie ihren Kopf abrupt fort und wich zurück, als sei sie gestochen worden. Ihre Hand fuhr zu ihrem Mund, und sie starrte Amina an.

»Was tust du da?«

Amina öffnete die Hände, als wolle sie damit sagen, dass Miriam die Antwort auf diese Frage doch längst wusste.

»Das können wir nicht machen.«

»Doch, das können wir«, entgegnete Amina und seufzte. »Aber wir sollten es vermutlich nicht.«

Miriam schluckte und senkte die Augen. Sie befürchtete, jeden Moment in Tränen auszubrechen.

»Du wolltest doch, dass ich das tue«, sagte Amina sanft.

Miriam schwieg, und Amina streckte die Hand aus, um ihr beruhigend die Schulter zu tätscheln, als irgendetwas – ein Geräusch oder vielleicht ihr Instinkt – sie bewog, einen Blick durch die Heckscheibe zum Laden hinüber zu werfen.

Robert war überrascht gewesen, seinen Herrn so früh von seiner Reise in die Stadt zurückkehren zu sehen, und er lächelte ihn an und fragte ihn, ob er eine Tasse Tee wolle. Omar sah ihn nur finster an und fragte ihn, wo seine Herrin sei. Robert kam bis zu dem Wort »Fahrstunde« – dann spürte er das Brennen einer Ohrfeige auf seiner Wange, gefolgt von einem groben Tritt gegen seine Beine. Er stürzte und blieb einige Minuten am Boden liegen, mehr vor Angst und Schrecken als vor Schmerz, und in Gedanken ging er den kurzen Wortwechsel mit seinem Herrn wieder und wieder durch und versuchte zu begreifen, was er Falsches gesagt haben könnte.

Als Omar auf den Wagen zumarschierte, saßen die beiden Frauen so weit wie möglich auseinander und schienen vollkommen in die Funktionsweise der verschiedenen Armaturen versunken.

»Bleib ruhig!«, sagte Amina, als er an das Fenster klopfte. Miriam griff nach der Kurbel und begann das Fenster zu öffnen, als Omar auch schon die Tür aufriss. Mit hochrotem Gesicht starrte er sie beide an, aber er sagte nichts, während er versuchte, den aufflammenden Zorn unter Kontrolle zu halten. Als er die beiden Frauen betrachtete, war er sich vage bewusst, dass er später auf sein Verhalten während der vergangenen Stunde zurückblicken würde – wie er von Pretoria zurückgerast und wie er Robert gegenüber gewalttätig geworden war, und sein Verstand würde nicht in der Lage sein zu benennen, was da eigentlich in ihn gefahren war. Er würde nicht begreifen, dass sein Zorn gar kein Zorn war, sondern eine Mischung aus dem Schrecken, den es ihm eingejagt hatte, als er Sadru zu Hause vorfand und er und Farah um ein Haar erwischt worden wären, dem Schuldgefühl, das er seinem vertrauensvollen Bruder gegenüber empfand, und der Angst, langsam die Kontrolle über seine Frau zu verlieren.

»Hallo«, sagte er in einem höflichen Ton, der so weit entfernt war von dem, was die beiden Frauen seinem Blick und seinem Gebaren nach erwartet hatten, dass sie ihn überrascht anstarrten.

»Hallo«, sagte Amina. »Wir halten gerade eine Fahrstunde ab.«

Omar nickte, schlug aber nicht vor, den Unterricht fortzusetzen. Er hielt die Tür auf und erwartete, dass Miriam ausstieg. Amina sprang auf der Beifahrerseite aus dem Wagen. Dann merkte sie, dass Miriam sich nicht gerührt hatte, sondern einfach dasaß, ihre rechte Hand noch immer auf dem Lenkrad.

»Miriam ...«, sagte Amina sanft. Sie spürte die Widerspenstigkeit der reglos dasitzenden Frau neben sich. »Komm ...«

»Die Stunde ist noch nicht zu Ende«, verkündete Miriam, an ihren Mann gewandt.

»Steig aus dem Wagen!«, schrie er.

»Komm«, sagte Amina ruhig.

Miriam stieg aus dem Wagen.

Omar hielt noch immer die Tür auf der Fahrerseite auf, als Amina um den Wagen herumtrat. Ihre Augen glitten zu Omars Hand, die um Miriams Oberarm lag, und dort entdeckte sie zum ersten Mal einen Bluterguss. Sie warf Miriam einen kurzen Blick zu und zögerte einzusteigen, denn sie wollte sie nicht der Obhut eines zornigen Mannes überlassen, wusste aber nicht, wie sie ihr Bleiben hätte rechtfertigen können. Doch Miriam hatte den Blick gesenkt.

Amina legte die Hand auf das Lenkrad, hob den Fuß auf das Trittbrett und wandte sich dann Omar zu.

»Wie war Ihr Tag?«, fragte sie ihn.

Die Frage war so unerwartet und so fehl am Platze in dieser angespannten Situation, dass beide, Omar und Miriam, sie überrascht anblickten. Omars Gesichtsausdruck war seltsam, fand Amina, und sie war sicher, eine Spur von Erleichterung in seinen Augen zu entdecken, als hätte sie ihm einen Ausweg aus seinem Zorn aufgezeigt.

»Ganz in Ordnung. Nicht gerade der beste, den ich je hatte«, fügte er hinzu.

Ihre Augen erwiderten seinen Blick für einen Moment, und sie bedachte ihn mit einem halben verschwörerischen Schulterzucken, das ihn erneut irritierte. Dann sah sie Miriam noch einmal an, und diesmal nickte diese leicht und dankte ihr für ihr Kommen. Amina schwang sich hinter das Steuer und drehte den Zündschlüssel. Sie ließ sich Zeit beim Wenden und wünschte, sie wäre sicher, dass sie das Richtige tat, indem sie verschwand. Als sie schließlich langsam den Weg hinunterfuhr, war sie erleichtert und eifersüchtig zugleich, als sie sah, dass Omar Miriam beschützend den Arm um die Schultern gelegt hatte.

Miriam hätte sich der Berührung ihres Mannes am liebsten entzogen. Sie war seinen Zorn und seine Kälte leid, und jede Geste der Zuneigung, selbst eine so zögerliche wie diese, war so untypisch, dass sie prompt misstrauisch wurde.

Er spürte ihr Unbehagen und nahm seinen Arm fort. Sie wandte sich um.

»Ich möchte mit dir sprechen«, hörte er sich mit beträchtlicher Mühe sagen, aber sie ging einfach weiter, und während er zusah, wie sie aus der brennenden Sonne in der kühlen Tiefe des Ladens verschwand, begriff er, dass er so leise gesprochen hatte, dass sie ihn nicht hatte hören können. Er griff sich seufzend an die Stirn, sah auf die Uhr und ließ seinen Blick dann über die verlassene Landschaft ringsum schweifen. Seine Kinder – ihre Kinder – würden jeden Moment aus der Schule heimkommen, und in der kurzen Zeitspanne, die ihm noch blieb, musste er einen Weg finden, mit einer lebenslangen Gewohnheit zu brechen und mit seiner Frau zu reden.

In der Küche köchelte eine Gemüsesuppe auf dem Herd vor sich hin.

»Wo ist der Junge?«, fragte Miriam leicht gereizt.

Omar hängte sein Jackett über eine Stuhllehne und setzte sich hin.

»Vermutlich geht er mir aus dem Weg. Ich habe mich vorhin über ihn geärgert.«

Die ungewöhnliche Offenheit seiner Antwort bewog Miriam, ihrem Mann zum ersten Mal seit dem frühen Morgen ins Gesicht zu blicken. Sie erinnerte sich daran, wie sie ihm beim Losfahren nachgeschaut hatte; sie erinnerte sich an die Aufregung, die sie bei dem Gedanken, Amina könnte kommen, ergriffen hatte; sie erinnerte sich, wie sie ihm in aller Aufrichtigkeit einen schönen Tag gewünscht hatte. Warum hatte sie ihm alles Gute gewünscht, obwohl sie tief im Inneren wusste, mit welchem Vorhaben er sie verließ? Vielleicht weil sie an diesem Tag zum ersten

Mal seit ihrer Heirat gespürt hatte, dass ihr Leben nicht zwangsläufig von seinem abhing.

Jetzt sah sie ihn an und errötete, als sie daran dachte, wie Amina sie im Wagen geküsst hatte. Sie räusperte sich und versuchte ihre Verlegenheit zu überwinden. Sie ging zum Herd hinüber, um die Suppe umzurühren, während sie ihn fragte: »Warum hast du dich über ihn geärgert?«

Omar schwieg. Sie hörte auf zu rühren, und er zählte in Gedanken mit, als sie mit dem Löffel drei Mal gegen die Seite des Topfes schlug, wie sie es immer tat, und dann drehte sie sich zu ihm um und stellte ihm dieselbe Frage noch einmal. Sie sah ihm dabei nicht ins Gesicht, sondern guckte auf die Beine seines Stuhles.

»Warum hast du dich über ihn geärgert?« Ihre Stimme war leise und verriet die Anspannung, die es sie kostete, ihre Tränen zurückzuhalten. »Warum bist du immer zornig auf uns alle?«

Noch immer schwieg er.

»Ich bin es, die zornig auf dich sein sollte.« Es war das erste Mal, dass sie auf seine Affäre anspielte. Sie wusste, dass sie sich auf gefährliches Terrain begab, aber sie sprach einfach weiter, denn es kümmerte sie nicht mehr, was er ihr antun mochte.

»Wie kannst du mir das antun? *Mit ihr?*«

»Es ist vorbei«, sagte er.

»Was?«

»Es ist vorbei. Ich werde sie nicht wiedersehen.« Sie starrte ihn überrascht an, und erst einen Augenblick später nahm sie den Schulbus wahr, der am Ende des Weges abbremste.

Omar hörte es ebenfalls. Er stand auf und nahm seine Jacke, um das Zittern seiner Hände zu verbergen.

»Hasse mich nicht«, sagte er, so leise, dass sie nicht sicher war, ob sie ihn richtig verstanden hatte. Er drehte sich um und ging rasch zur Treppe hinüber, und sie hatte keine Zeit mehr, ihm zu sagen, dass sie ihn nicht hasste, bevor die Kinder hereinstürmten, um ihrer Mutter aufgeregt von ihrem Tag zu erzählen.

Kapitel 22

»Ich habe Miss Smith gebeten, mit mir zu Abend zu essen«, sagte Jacob lächelnd.

Amina schaute ihn verwirrt an. Es war früh am Morgen, und sie hatte den Großteil der Nacht wachgelegen, und das kurze Gastspiel des Schlafes war voller Alpträume gewesen, so dass sie froh war, wieder aufzuwachen. Als es dämmerte, war sie aufgestanden, hatte gebadet und sich einen starken Tee gekocht. Dann saß sie in dem leeren Restaurant und trank ihn langsam, während sie die Schlagzeilen der Zeitung überflog. In der vergangenen Woche hatte es weitere Festnahmen unter den Demonstrierenden gegeben, und ein schwarzer Mann war inhaftiert worden, weil der Verdacht bestand, er habe mit einer weißen Frau verkehrt.

»Du hast sie zum Essen eingeladen?«, wiederholte sie.

»Ja.«

»Was hat sie gesagt?«

»Sie hat ja gesagt.«

Jacob lächelte so breit, dass Amina nicht anders konnte als ihm zu gratulieren. Nach außen hin war er ein stiller Mann, und im Alter von sechzig Jahren schien er in Frieden mit sich und seinem Leben zu sein. Amina wusste, wie hart errungen seine Zufriedenheit war. Mit fünfunddreißig hatte er sich in eine junge Frau aus Kapstadt verliebt. Sie hatte in ihm eine Seelengröße erkannt, die sie leidenschaftlich liebte, und sie hatten schon bald geheiratet. Beide hatten sie tagsüber hart gearbeitet und jeden Abend genossen, indem sie Gespräche führten und Pläne schmiedeten und gemeinsam lernten. Vier Jahre hatten sie auf einer Wolke der Glückseligkeit verbracht, und Jacob dankte dem lieben Gott jeden Tag dafür, dass er ihm einen solchen Menschen geschickt hatte, mit dem er sein Leben teilen konnte. Der einzige Schatten, der auf seine Freude fiel, war die winzige Furcht, dass eigentlich niemand auf der Welt so glücklich sein konnte wie er, und die größere Furcht, dass seine Frau ihm auf irgendeine Weise genommen werden könnte.

Eine Woche nach ihrem vierten Hochzeitstag war sie innerhalb weniger Augenblicke an den Folgen einer Hirnblutung gestorben: Nach ihrem Tod war Jacob dreieinhalb Jahre lang unfähig gewesen, auch nur ein Wort an jemanden zu richten. Langsam und unter schmerzvollem Bemühen hatte er seine Sprache wiedergefunden, aber in Herz und Geist war er sich selbst vollkommen fremd geworden.

Amina beobachtete ihn und war im Stillen gerührt angesichts seines offenkundigen Glücks. Und doch war ihre Miene ernst, als sie zuhörte, wie Jacob sein Gespräch mit der Postangestellten wiedergab.

»Jacob ...« Sie seufzte und schaute aus dem Fenster. Ihre Kellnerinnen kamen die Straße herauf, bereit zur Frühstücksschicht.

»Was?«

»Du weißt, worauf du dich da einlässt?«

Jacob nickte. »Ja, ich glaube, das weiß ich.«

»Ich habe gerade von einer solchen Sache in der Zeitung gelesen«, fuhr sie fort. »Es ist riskant, wie wunderbar die Frau auch sein mag.«

Jacob stand auf.

»Eine solche Sache?«, wiederholte er, und sie zuckte zusammen, als sie aus seinem Mund vernahm, wie ihre Worte klangen.

»Ich meine ja nur, dass du vorsichtig sein sollst. Wir leben in einer Welt, wo gewisse menschliche Beziehungen nicht akzeptiert werden.«

»Meinst du, das weiß ich nicht längst?« Er wandte sich um, aber sie rief in entschuldigendem Ton seinen Namen, und er kam zurück, doch sie fand keine Worte und konnte ihn nur ansehen.

»Ich hätte nie gedacht, dass ich mir von dir so etwas würde anhören müssen«, sagte er schlicht.

»So etwas?«

»›Es ist riskant‹«, wiederholte er. »Es wird ›nicht akzeptiert‹. Seit wann weißt du, wie man ein akzeptables Leben führt? Wenn du so leben würdest, wie du solltest, und nur mit Menschen Umgang hättest, mit denen du Umgang haben solltest, dann wärst du längst mit einem netten indischen Mann verheiratet.«

Jacob hatte die Stimme erhoben, und die Kellnerinnen, die eben eingetreten waren, blieben verlegen in der Tür stehen.

»Nicht, Jacob«, sagte Amina mit gedämpfter Stimme. »Setz dich. Bitte!«

Jacob nahm wieder Platz, und Amina sah, dass seine Hand zitterte, als er nach seiner Kaffeetasse griff.

»Ich weiß, dass du sie magst, Jacob, aber du kannst euch beiden eine Menge Ärger einhandeln. Das ist alles.«

»Es ist nicht richtig«, sagte er.

»Ich weiß.«

»Sie haben nicht das Recht, uns zu verbieten, uns mit den Menschen zu verabreden, mit denen wir uns verabreden wollen.«

»Ich weiß, Jacob.«

Er trank ein paar Schlucke Kaffee und sagte nichts mehr, bis die Kellnerinnen ihre Schürzen umgebunden hatten und in der Küche verschwanden, um zu frühstücken. Dann sah er Amina an. Zu ihrer Erleichterung entdeckte sie in seinen Augen wieder eine Spur seines üblichen Funkelns.

»Amina, ich weiß, dass du es gut meinst, und ich werde vorsichtig sein. Ich bin nicht dumm. Aber das Leben ist kurz, und ich möchte nicht allein und unglücklich sterben, weil ich nach den Regeln anderer leben muss. Gerade du solltest das doch verstehen.«

Amina seufzte und schob sich das Haar aus dem Gesicht. Jacob sah die tiefen Schatten unter ihren Augen.

»Natürlich verstehe ich das«, erwiderte sie. »Aber selbst ich habe mich in letzter Zeit gefragt, ob es den Preis immer wert ist, das zu tun, was man tun will ...« Sie verstummte, als ob sie sich den Rest des Satzes verkniffen hätte, doch dann fügte sie mit leiser Stimme hinzu: »... und sich um Menschen zu bemühen, um die man sich nicht bemühen sollte. Egal, wie stark die Gefühle sind.«

Jacob fuhr sich gedankenvoll über das Haupt und überlegte, was er darauf entgegen sollte, denn Amina sah ihn mit fragenden Augen an, und er wusste, dass sie nicht länger von ihm sprach.

»Es ist die Sache wert«, sagte er schließlich. »Das hast du mich mehr als irgendjemand sonst gelehrt, meine junge Freundin, und ich sage dir noch etwas.«

Amina wartete.

»Wenn du jetzt klein beigibst, verzeihe ich dir das nie.« Damit stand er auf und ging zur Tür, um die ersten Morgengäste einzulassen.

Und so fand Amina sich später an diesem Vormittag hinter dem Lenkrad ihres Wagens wieder am Ende der Straße, in der Sadru und Farah wohnten, und wartete auf Omar. Sie wusste, dass er wahrscheinlich aus geschäftlichen Gründen nach Pretoria kommen würde, sah aber keine andere Möglichkeit, sich dessen zu vergewissern, als vor dem Haus seines Bruders auf sein Erscheinen zu warten. Ungeduldig saß sie da, summte vor sich hin und behielt die Straße im Auge. Einige Frauen verließen ihre Häuser, um einkaufen zu gehen, ansonsten war es ruhig in der Straße. Die Kinder waren in der Schule, die Männer auf der Arbeit, und nur die Ehefrauen und Mütter waren zurückgeblieben und putzten oder kochten oder, so dachte Amina, warteten auf ihre Liebhaber.

Omar kam früher als erwartet, und als sie ihn erblickte, duckte sie sich unwillkürlich hinter das Lenkrad. Sie war jedoch ein gutes Stück entfernt, und er blickte sich nicht um. Sie sah zu, wie er aus dem Auto stieg, doch diesmal ließ er sein Jackett nicht auf dem Rücksitz zurück. Obwohl der Tag heiß war, langte er ins Auto und zog seinen Mantel an, knöpfte ihn zu und prüfte den Sitz seines Krawattenknotens.

»O nein«, sagte Amina leise. »Warum so förmlich gekleidet? Hast du vor, die Sache zu beenden? Heißt das, du wirst nicht lange bleiben?« Sie starrte ihn an und wartete auf eine Antwort, die sie würde erraten müssen.

Sie trommelte mit den Fingern auf das Lenkrad. Sie wusste, dass sie schnell fahren konnte, aber selbst wenn sie nach Delhof raste, würde Omar gewiss dicht hinter ihr sein, und es wäre nicht genug Zeit, Miriam all die Dinge zu sagen, die sie ihr sagen wollte.

Amina ließ den Motor an und legte den Rückwärtsgang ein. Sie blickte über die Schulter zurück und fuhr bis ans Ende der Straße und um die Ecke. Neben einer Gruppe farbiger Jungen, die auf dem Gehweg Kricket spielten, hielt sie an.

»Hey!«, rief sie und sprang aus dem Wagen.

Ein kleiner Junge mit dünnen Armen und Knopfnase ließ seinen Schläger sinken und musterte sie lässig.

»Willst du dir was verdienen?«

»Wie viel?«, erwiderte er.

Sie lachte. »Du wirst es noch weit bringen.«

Sie griff in ihre Hosentasche, zog eine glänzende Münze hervor und hielt sie ihm hin. Der Junge ließ den Schläger fallen und kam näher, doch als er nach der Münze griff, schloss Amina die Finger darum.

»Was wollen Sie, Lady?«, fragte er in höflichem Ton. Seine Stimme war hoch und zeichnete sich durch den starken Singsang aus, den auch Jacob besessen hatte, als sie ihn kennen lernte. Die Familie des Jungen war vermutlich aus Kapstadt hierher gekommen. Sie beugte sich herab, so dass sie mit ihm auf Augenhöhe war.

»Weißt du, wie man die Luft aus Reifen lässt?«, fragte sie ihn.

Der Junge war beleidigt. »Na klar.«

»Ich meine, so richtig – so dass sie richtig platt sind?«

»Na klar, Lady.«

»Gut«, sagte sie. »Ich möchte, dass du das bei zwei Reifen machst – den beiden, die zur Straße zeigen.«

Er sah sich um. »Bei welchem Wagen?«

Amina nahm ihn bei der Schulter und ging mit ihm um die Ecke. Sie blieb kurz stehen, um seinen Freunden, die ihnen mit großen Augen folgen wollten, zu sagen, dass sie bleiben sollten, wo sie waren.

»Da«, sagte sie und wies die Straße hinunter. »Der grüne. Der vor dem Fahrrad.«

»Ich sehe ihn.«

»Gut. Geh direkt zu ihm, schraub die Ventile auf und komm zurückgerannt wie der Teufel. Es gibt bestimmt eine gelangweilte alte Dame, die die Straße beobachtet. Alles klar? Du *rennst* zurück.«

»Klar«, sagte er leicht ungeduldig. »Wo bleibt das Geld?«

»Wenn du zurückkommst«, sagte sie lächelnd. »Ich sitze in meinem Wagen um die Ecke.«

Er sah sie misstrauisch an, aber die Münze auf ihrer Handfläche glänzte, und so nickte er, und nachdem sie gesehen hatte, dass er bereit war, schlug Amina ihm ermutigend auf die Schulter, bevor sie ihn losschickte und selbst um die Ecke verschwand. Der Junge sprang los wie ein Hase, die langen Beine flogen nur so, und in Null Komma nichts hockte er an den Reifen und schraubte die Ventile los. Gleich darauf kam er zurückgerannt, die Rufe einer aufmerksamen Nachbarin im Rücken, und Amina stieg in ihren Wagen und ließ den Motor an. Der Junge kam um die Ecke geschossen wie ein kleiner Windhund. Amina fuhr bereits los. Ihr Arm erschien im Fenster, als sie auf seiner Höhe war, ihre Handflächen trafen sich eine Sekunde, das Geld wechselte den Besitzer, und der Junge fiel zurück und bestaunte überrascht und erfreut die beiden Silbermünzen in seiner kleinen Hand.

Als er wieder aufblickte, sah er nichts als eine Staubwolke, die den davonbrausenden Wagen auf dem Weg nach Delhof verschluckte.

Sam war an diesem Morgen mit Fieber und Halsschmerzen aufgewacht. Miriam hatte nur einen Blick auf den Jungen geworfen und gewusst, dass er nicht zur Schule gehen konnte. Fürsorglich brachte sie ihn wieder ins Bett, drängte ihn, einige Löffel Haferbrei zu essen, und unterhielt sich eine Weile mit ihm. Miriam hatte die Tage der vergangenen Woche gezählt und wieder einzig mit dem Gedanken an den folgenden Dienstag gelebt, um erneut die Qual des Wartens und Zweifelns, ob Amina auftauchen würde, zu durchleben. Jetzt, an besagtem Morgen, war ihr Sohn krank, und ihre Aufmerksamkeit galt ausschließlich dem Jungen, dem Zustand seines dünnen, knochigen Körpers.

Omar sah zur Tür des Kinderzimmers herein, bevor er nach Pretoria aufbrach.

»So krank sieht er gar nicht aus«, bemerkte er.

Miriam saß an Sams Bett und legte ihm zum zehnten Mal an diesem Morgen die Hand auf die Stirn.

»Er glüht«, erwiderte sie. In den vergangenen sieben Tagen hatte sie sich angewöhnt, nur so viele Worte wie zur Verständigung unbedingt nötig mit ihrem Mann zu wechseln. Selbst ein Satz wie »Er hat hohes Fieber« oder »Seine Stirn glüht förmlich« kam ihr ein, zwei Worte zu lang vor.

Omar hatte in den vergangenen sieben Tagen nichts falsch gemacht. Im Gegenteil, er schien sich ihrer Gegenwart offenkundiger als sonst gewahr zu sein und war rücksichtsvoller, als sie ihm zugetraut hätte. Er hatte versucht, ihr seine Zuneigung zu zeigen; er hatte nur ein, zwei Mal die Geduld verloren; er hatte sich gemäßigt, wenn er ihr Anweisungen gab, aber die Wahrheit war, dass sein verändertes Verhalten für Miriam kaum einen Unterschied machte, denn es interessierte sie nicht länger.

Nie zuvor hatte sie innerhalb einer Woche, eines Tages, ja einer Stunde dermaßen extrem zwischen Glück und Verzweiflung geschwankt. In einer Woche großer Gemütsverwirrung hatte sie nach einer Routine gesucht, die ihr einen Anker bieten würde, jenseits der Gewohnheiten, die sich um ihren Mann und ihre Kinder drehten. Deshalb hatte sie sich angewöhnt, jeden Tag ein oder zwei Kapitel in ihren alten Büchern zu lesen, und sie las mit einem Gefühl von Wirklichkeitsflucht, das sie aus ihren Schultagen kannte, aber gleichzeitig mit großer Sorgfalt und Aufmerksamkeit, als ob die rhythmische Struktur der Sätze und die Worte selbst möglicherweise irgendwelche Hinweise für sie beinhalteten.

An diesem Morgen war sie beim Hüten des Ladens bereits in ihre Lektüre vertieft, noch bevor Omar aus dem Haus gegangen war. Auf dem Weg hinaus blieb er stehen und betrachtete seine Frau – er war es nicht gewohnt, sie zu dieser Stunde stillsitzen zu sehen, und insgeheim sehnte er sich nach ihrer üblichen Geschäftigkeit, die ihm ein Gefühl von Ruhe und Sicherheit vermittelte.

»Ich gehe jetzt«, sagte er, und in seiner Stimme schwang die vertraute Bitte um Aufmerksamkeit mit, die ihr so lästig war. Sie blickte von ihrem Buch auf.

»Gut«, sagte sie. Und dann fiel ihr ein, dass Dienstag war, und sie erwiderte seinen Blick.

»Dann bis morgen«, sagte sie, betont ungezwungen, aber er sah erfreut drein, als habe er auf diese Gelegenheit gewartet, um sie zu überraschen.

»Nein«, sagte er mit einem kleinen Lächeln. »Ich bin heute Nachmittag zurück.«

Sie zeigte nicht die Dankbarkeit, die er sich erhofft hatte, und so wandte er sich ab und ging, und sie sah ihm nach und wünschte sich ausnahmsweise, dass er sich mit der Rückkehr nicht beeilen würde.

Gegen zwei Uhr an diesem Nachmittag, just als es zu regnen begann, brauste Amina Harjan durch die Hauptstraße von Delhof und dachte flüchtig, dass dieser Ort von Mal zu Mal weniger wie ein Dorf aussah und mehr wie eine Handvoll aneinandergereihter Häuser an einem Stück unbefestigten Weges. Das rasche Vorüberflitzen ihres Wagens brachte den baufälligen Häusern mehr Aufregung, als sie in letzter Zeit gesehen hatten, und beim Anblick einer Gruppe zerlumpt aussehender Kinder, die mit einigem Ernst Spalier standen und ihr zuwinkten, als sie vorüberfuhr, drückte Amina auf die Hupe. Sie lächelte, aber nur kurz, denn ihr war flau im Magen. Sie holte tief Luft und begann ein Liedchen vor sich hin zu summen, um sich am Grübeln zu hindern, und sie summte noch immer, als sie am Laden vorfuhr.

Miriam hatte auf sie gewartet, aber im entscheidenden Moment waren ihre Gedanken nicht bei Amina. Im Laden warteten drei Kundinnen darauf, bedient zu werden, als sie eintrat, und so musste Amina ihre atemlosen Sätze zurückhalten, die sie gleich hatte sagen wollen, bevor sie womöglich den Mut verlor. Miriam erblickte sie sofort, und Amina lächelte, als sie sah, dass Miriam errötete und es vermied, noch einmal in ihre Richtung zu schauen, während sie die Kundschaft bediente. Im Laden war es wegen des Regens ein wenig dunkel geworden, und Amina sah zu, wie Miriam eine Lampe anzündete, um den Stoffballen, den sie vor sich liegen hatte, besser sehen zu können. Ihre Hände hielten die große Schere ein wenig unbeholfen, aber der Schnitt war glatt und gerade, und die wartende Kundin sah zufrieden aus.

Das Tableau wechselte. Amina schaute zu, wie eine Kundin nach der anderen bedient wurde, und Geld wechselte unter zuvorkommenden Worten und dem Austausch von Neuigkeiten die Besitzerin. Robert ging Miriam zur Hand, und binnen zehn Minuten war der Laden leer.

»Du siehst sehr gedankenvoll aus«, sagte Miriam und räusperte sich.

Amina lächelte und warf einen flüchtigen Blick aus dem Fenster. »Ich dachte gerade, dass es immer regnet, wenn wir uns begegnen.«

»Ja«, sagte Miriam. Sie zögerte. »Diese dunklen, regnerischen Nachmittage erinnern mich jetzt immer an dich.«

Amina sah zu Robert hinüber und grüßte ihn höflich, und Miriam verstand ihren Blick und legte die Schürze ab.

»Robert, pass bitte auf den Laden auf.«

»Ja, Madam.«

»Und auf das Baby.«

»Ja, Madam.«

Amina hatte Salma nicht bemerkt, die hinter dem Tresen auf dem Boden saß, als passe sie zusammen mit der Mutter auf den Laden auf.

»Amina, kommst du mit mir nach oben? Sam ist krank und hütet das Bett. Ich möchte nach ihm sehen.«

Amina hob die Augenbrauen – mit einem kranken Kind im Haus hatte sie nicht gerechnet. Sie wünschte, sie hätte ein Spielzeug oder ein Buch oder sonst irgendetwas für den Jungen dabei gehabt. Sie mochte ihn und hatte bemerkt, dass er, obwohl er der Ältere war, oftmals im Schatten seiner gesprächigen Schwester stand. Amina folgte Miriams flinken Schritten die Treppe hinauf, den Blick auf die schlanken Fesseln geheftet, und oben angekommen blieben sie in der offenen Tür des Kinderzimmers stehen. Sie lauschten und warteten, eine hinter der anderen, wobei Aminas schlanke Gestalt Miriam überragte. Das Kind schlief, und Aminas Blick glitt zu Miriams Profil, während diese ihren Sohn betrachtete. Dann senkte sie den Blick, runzelte kurz die Stirn und trat leise von der Tür zurück. Miriam folgte ihr und zog die Tür hinter sich zu.

Sie stand nun direkt vor Amina, und diese wich nicht zurück. Sie wartete einfach, sah Miriam unverwandt in die Augen, und auf ihrer Stirn zeichneten sich einige feine Falten der Besorgnis ab. Ihre Hand fuhr zu ihrem Haar und sank wieder, und Miriam wusste, dass Amina höchst nervös war.

»Du bist nicht gekommen, um mir Fahrunterricht zu geben, oder?«

»Nein.«

»Das dachte ich mir. Warum bist du gekommen?«

Als Amina Miriams Blick begegnete, flammte in ihren Augen für den Bruchteil einer Sekunde das verschmitzt-verschwörerische Funkeln auf, das Miriam von ihren früheren Begegnungen so gut kannte.

»Um dich zu sehen«, erwiderte Amina mit aufmerksamem Blick. »Und um mit dir zu sprechen. Ich muss dir etwas sagen.«

Miriam spürte, wie ihr das Herz sank. Dies ist nun das Ende, dachte sie, noch bevor es angefangen hat. Sie wies auf die offene Tür zu ihrem Schlafzimmer, und Amina trat ein und stand verlegen da. Miriam folgte ihr, setzte sich auf die Bettkante und wartete.

Amina räusperte sich. Dann krempelte sie sich die Ärmel hoch, als bereite sie sich auf einen Kampf vor. Miriam sah zu, wie die schlanken, gebräunten Arme langsam entblößt wurden und Amina tief Luft holte.

»Als ich dich neulich geküsst habe«, begann Amina, »habe ich es getan, weil ich mich nicht länger beherrschen konnte.«

Miriam spürte, wie sie errötete, und Amina lächelte wieder dieses schalkhafte Lächeln, das Miriam so vertraut und beruhigend fand. Dann biss sich Amina auf die Lippe und lehnte sich so betont lässig an die Kommode, dass ihre Verlegenheit offenkundig war. Miriam legte die Hand neben sich auf die Tagesdecke.

»Möchtest du dich nicht setzen?«, fragte sie.

Amina nahm neben ihr Platz. Dann sagte sie etwas, das Miriam nicht hörte. Ihre ganze Aufmerksamkeit galt dem nackten Arm der anderen Frau, der so nah neben ihrem lag. Sie berührten einander nicht, nur eine Falte von Aminas Hemd streifte Miriams

Schulter, aber sie konnte die Wärme von Aminas Haut spüren, und wenn Amina sich regte, spürte sie, wie ihr eine Gänsehaut über den Arm lief.

»Hast du mich verstanden?«

Miriam sah überrascht auf.

»Ich liebe dich«, wiederholte Amina. Miriam verschlug es den Atem, aber ihr Blick musste weiterhin erwartungsvoll sein, denn Amina fuhr fort, ihr Ton ernst und verzweifelt.

»Ich habe wieder und wieder versucht, dich zu vergessen, Miriam, und nicht mehr an dich zu denken und mich nicht in dich zu verlieben, aber es ging nicht. Es geht nicht. Und ich weiß, dass du dasselbe empfindest. Oder etwas Ähnliches«, fügte sie hinzu.

»Das tue ich nicht«, sagte Miriam leise. »Wie könnte ich? Es ist nicht richtig. Ich bin verheiratet, und du bist eine Frau.«

»Das tust du doch. Ich weiß es. Sonst wäre ich nicht hier.«

Miriam sah auf ihre Hände hinunter. Sie hörte das stete Prasseln des Regens, sie vernahm Aminas Stimme, die Stimme, nach der sie sich in einem fort sehnte und die den Regen sanft übertönte, und sie spürte die Hitze des Körpers neben sich und roch den frischen Duft von Aminas Haar. Sie wollte sie ansehen, aber sie brachte es nicht fertig, den Blick zu heben, den Kopf zu heben, um jenen Augen zu begegnen und dem Mund, der ihr so nah war.

»Ich hätte dich niemals kommen lassen dürfen«, sagte Miriam so leise, dass Amina sich noch näher zu ihr beugen musste.

»Miriam.«

»Ja?«

»Miriam, sieh mich an.«

Miriam sah sie an.

»Ich muss dich etwas fragen.« Wieder ließ Miriam den Kopf sinken, aber diesmal legte Amina ihr den Finger unter das Kinn und drehte Miriams widerstrebendes Gesicht zu sich.

»Liebst du mich?«

Keine Antwort.

»Wessen Gesicht taucht morgens, wenn du aufwachst, als Erstes vor dir auf?«

Aminas.

»An wen denkst du als Letztes, bevor du abends einschläfst?«

An Amina.

»Miriam, liebst du mich?«

»Ja.«

»Ich wünschte, du würdest etwas sagen«, seufzte Amina, und Miriam begriff, dass ihre Antwort so leise gewesen war, dass Amina sie nicht gehört hatte. »Egal was. Du kannst auch sagen, dass ich gehen soll.« Sie fuhr sich mit der Hand über die Augen.

»Ich habe ... ja gesagt«, wiederholte Miriam, und Amina starrte sie an, und Miriam spürte, wie die Angst und die Anspannung, die sie seit Monaten unterdrückt hatte, sich lösten und ihr heiße Tränen über das Gesicht rannen. Amina legte den Arm um sie und zog sie mit sich auf das Bett herunter, und dann hielt sie Miriam im Arm und streichelte ihren Kopf und wartete, während sie die Tränen an ihrem Hals spürte.

»Schon gut, schon gut. Alles wird gut. Alles wird gut.« So lagen sie einige Minuten da, bis Miriam anfing zu lachen. Amina wandte ihr das Gesicht zu und lächelte.

»Was ist?«

»Nichts. Ich ... ich bin glücklich hier mit dir.«

»Dann bleib die ganze Zeit bei mir.«

Miriam sah ihr in die Augen, die so hoffnungsvoll und ernst und jung waren, und sie merkte, wie die kühle Klarheit ihres Verstandes zurückkehrte. Abrupt richtete sie sich auf und rutschte ein Stück nach vorn, so dass sie auf der Bettkante saß.

»Das kann ich nicht, Amina. Ich kann nicht einmal einen Tag lang bei dir bleiben. Oder auch nur eine Stunde.«

»Warum nicht?«

»Weißt du das wirklich nicht?« Miriams Stimme klang verzweifelt.

Amina stand bedächtig auf und ging im Zimmer auf und ab. Dann hielt sie inne und musterte Miriam und das Bett, auf dem sie saß. Ihr Ehebett. Auf der Kommode stand ein Foto der ganzen Familie, das offenbar kurz nach Salmas Geburt aufgenommen worden war. Amina trat näher und betrachtete es genau. Omar stand hinter dem Stuhl, auf dem seine Frau mit dem Baby saß. Er sah gut aus, wenngleich ein wenig kalt, und sein Jackett und seine Krawatte waren tadellos. Miriam blickte nicht in die Kamera, sondern auf das Baby; Sam und Alisha standen links und rechts neben ihr, und die Hand des Vaters ruhte auf den Schultern seines Sohnes.

Amina wandte den Blick ab. Dann sah sie erneut hin. Sie fühlte sich elend und zuckte zusammen, als Miriam ihr die Hand auf den Arm legte.

»Ich habe einen Mann. Drei Kinder, die ich nie verlassen würde.«

»Ich will gar nicht, dass du sie verlässt«, entgegnete Amina trotzig.

Miriam hätte beinahe gelacht. »Was soll ich tun – sie mitbringen?«

»Ja.«

»Was du willst, ist verrückt. Wir wären Ausgestoßene. Wo würden wir leben? Wie würden wir leben?«

»Ich habe Geld. Ich verdiene eine Menge mit dem Café. Wir könnten woanders hinziehen – weg von hier.« Sie fuhr sich mit der Hand durch die ohnehin zerzausten Locken.

»Du wolltest immer schon mal nach Kapstadt«, sagte sie zu Miriam und lachte kurz. Sie ließ die Augen durch das Zimmer schweifen, als nähme sie es nun als Gefängniszelle wahr, und sie fuhr fort zu reden und erklärte, wie sie alles machen würden, in einer Stimme, die selbst zwischen den kurzen Sätzen atemlos klang.

»Ich würde mich um dich und die Kinder kümmern …«

»Hör auf – bitte!«

»Es ist mir ernst. Ich weiß, dass du denkst, ich wüsste nicht, wovon ich rede, aber ich habe mein Leben lang nach meinen Vorstellungen gelebt – mein ganzes Leben lang. Es ist möglich, Miriam, es geht ...«

»Amina, bitte hör auf ...«

Die junge Frau sah sie an, Verzweiflung in den Augen, die starken, geraden Schultern gesenkt, und Miriam verspürte eine Woge der Liebe und des Mitgefühls.

»Komm her«, sagte sie und zog Amina an sich. Sie drückte deren Kopf an ihre Schulter und lauschte auf den unregelmäßigen Atem, sie schloss die Augen und küsste die Stirn, die auf Höhe ihrer Lippen war. Ihre Lippen berührten Aminas Haar, dann die ausgeprägten Wangenknochen und die geschlossenen Lider, und als sie das Salz schmeckte, wusste sie, dass Amina weinte, und sie küsste sie wieder, suchte und fand ihren Mund, und dann küsste sie sie erneut, anfangs leicht zögernd, aber dann mit sanfter Entschlossenheit. Doch bevor sie sich vergaß und zu tief einließ, wich sie rasch zurück und drückte Aminas Kopf wieder an ihre Schulter. Einen langen Augenblick saßen sie so da. Bis Miriam sich umwandte und auf die Uhr schaute.

»Alisha«, sagte sie. »Sie wird jeden Moment heimkommen.«

Amina nickte und hob die Hand, um Miriam über die Wange zu streichen, aber Miriam drehte sich zur Seite.

»Ich kann nicht. Es ist nicht richtig.«

»Weil wir zwei Frauen sind?«, fragte Amina mit gepresster Stimme.

»Weil ich verheiratet bin.«

»Mit einem Mann, den du nicht liebst.«

Miriam legte den Arm um sie und küsste sie sachte auf die Wange, dann auf den Hals und atmete – zum letzten Mal? fragte sie sich – Aminas frischen Duft ein. Sie durfte sich nicht erlauben, Amina in die Augen zu schauen, wenn sie tun wollte, was sie tun musste, also saß sie ihr einfach gegenüber und sah auf ihr Kinn und ihren Mund und ihre Schlüsselbeine, und sie berührte den offenen Kragen von Aminas Hemd und die aufgekrempelten Ärmel.

»Ich kann nicht«, sagte sie wieder, und dann schloss sie kurz die Augen, wandte den Kopf ab, stand auf und verließ das Zimmer. Sie ging die Treppe hinunter und durch die Küche nach draußen, wo sie auf und ab wanderte und auf das Gras zu ihren Füßen schaute, das sie durch ihre Tränen nur verschwommen wahrnahm.

Als sie sich hinreichend gesammelt hatte, um ins Haus zurückzukehren, wartete ihre Tochter schon am Küchentisch, ihr Sohn kam die Treppe herunter, mit klaren Augen nach dem Schlaf, und Amina war fort, ohne die geringste Spur zu hinterlassen, die auf ihren Besuch verwies.

Kapitel 23

Jacob wurde nervös. Wieder blickte er auf die Uhr, richtete seine Krawatte und vergewisserte sich zum dritten Mal, dass seine Schuhe auf Hochglanz poliert waren. Er sah zu, wie drei weitere Gäste das Restaurant betraten, dann ging er zur Eingangstür und schaute auf die Straße hinaus. Amina war nirgends zu sehen, aber das hieß nicht, dass sie nicht kam. Jenseits der Kreuzung gab es nur wenige Straßenlaternen, und sie konnte jeden Augenblick aus der frühen Abenddämmerung erscheinen.

Er ging wieder hinein und löste Doris beim Anzünden der Lampen ab, die an allen vier Wänden des Cafés hingen. Bei einem Tisch blieb er stehen, um die Gäste zu begrüßen, und als er gerade beschlossen hatte, zu riskieren zu gehen, hörte er das vertraute Geräusch ihres Wagens, der draußen zum Stehen kam. Das hastige Zuschlagen der Tür weckte sofort seinen Argwohn. Er drehte sich um und sah sie eintreten, und sie hielt nach ihm Ausschau, wie sie es immer tat. Er nickte und sah, wie sie innehielt und seine förmliche Kleidung registrierte, seinen Anzug mitsamt Krawatte, seinen frischen Haarschnitt.

Amina nahm die Gäste gar nicht wahr, die sie grüßten, als sie das Café durchquerte. Sie ließ sich am Ende des Raumes in der Sitznische bei der Küche nieder, und Jacob gesellte sich zu ihr.

»Tut mir leid, dass ich so spät komme«, sagte sie. »Es gab ein Problem.«

Ihr Ton lud nicht zu weiterem Nachfragen ein. Jacob bemerkte die Schatten unter ihren Augen, sah, dass sie die gewöhnlich straffen Schultern hängen ließ.

»Schon gut«, erwiderte er. »Ich wollte eben gehen ...«

»Wohin?«

Ihr Ton war so scharf, dass Jacob sie überrascht ansah. »Zum Essen«, antwortete er. »Mit Madeleine Smith. Du erinnerst dich?«

»Oh, ja.« Amina saß zusammengesunken da und fuhr sich mit der Hand über die Augen. Dann blickte sie ihn an.

»Wohin führst du sie aus?«, fragte sie. Ihre Stimme war neutral, aber Jacob wusste, dass sie an genau das Problem dachte, von dem er gehofft hatte, sie würde es übergehen.

Er zögerte. »Ich bin nicht sicher«, sagte er. »Ich denke, zu mir.«

Amina schwieg einen Moment, sah ihn aber mit großem Ernst an.

»Wohin könnten wir sonst gehen?«, fragte er.

»Ich weiß es nicht. Was ist, wenn deine Nachbarn euch sehen?«

»Sie werden nichts sagen ...«

»Und wenn doch?«

»Werden sie nicht.«

»Vielleicht doch. Was ist, wenn sie euch erwischen? Was ist, wenn sie *sie* erwischen? Willst du das?«

»Amina, wenn du Ärger hast, kannst du immer mit mir darüber sprechen, aber lass ihn nicht an mir aus.« Jacob stand auf und zog sein Jackett glatt. »Ich bin spät dran.«

»Ich lasse gar nichts an dir aus«, sagte Amina und versuchte, nicht gereizt zu klingen. »Aber du lebst in einer Traumwelt, Jacob, und ich hasse es, dir solche Dinge sagen zu müssen und alles zu ruinieren, aber irgendjemand muss die Sache benennen, wie sie ist.«

»Ist es in Ordnung für dich, wenn ich jetzt gehe?«, fragte Jacob. Amina seufzte und musterte ihn.

»Natürlich. Geh. Und ich hoffe, du hast einen schönen Abend. Wirklich.«

»Danke«, erwiderte Jacob. Er verließ das Café, ohne sich noch einmal umzudrehen.

Im hinteren Bereich des Postamts war Miss Smith noch dabei, alles für die Nacht wegzuschließen. Sie hatte auf Jacobs Kommen gelauscht, und als sie seine Schritte und seine Stimme vernahm, rief sie ihm einen Gruß zu. Er grüßte zurück und wartete im Schatten des hohen dunklen Raumes, den Hut in der Hand, und überlegte, wie es möglich war, dass ein vertrauter Ort am Abend derart anders wirken konnte. Das bernsteinfarbene Licht einer Straßenlampe fiel durch die hohen Fenster herein und erhellte das Metallschild, das den Bereich für Nicht-Weiße auswies. Automatisch trat Jacob einen Schritt zurück, so dass er auf keinen Fall in dem Bereich für Weiße stand. Miss Smiths Gesicht tauchte hinter dem Schalter auf.

»Entschuldigen Sie, Jacob. Ich bin spät dran heute Abend. Wir hatten heute Nachmittag so viele Sendungen, das ich kaum hinterhergekommen bin.«

»Das macht doch nichts«, sagte Jacob. Sie verschwand wieder, und er hörte, wie sie hinten einige Türen verriegelte. Dann war alles still. Jacob sah angestrengt in die Dunkelheit.

»Alles in Ordnung, Miss Smith?«

Ihr Lachen drang zu ihm herüber.

»Ich glaube, es ist an der Zeit, dass wir ›Miss Smith‹ fallen lassen und ›Madeleine‹ sagen«, meinte sie. »Jacob?«

»Ja, Madeleine?«

»Kannst du mir bitte mit diesem Vorhängeschloss helfen?«

Jacob glitt rasch hinter den Schalter, wo Madeleine Smith stand und das Schloss betrachtete. Er streckte die Hand danach aus, und als er niederkniete, um es an der Tür anzubringen, hielt er inne und sah die Postangestellte an.

»Was ist?«, fragte sie.

»Ich glaube, ich habe einen großen Fehler gemacht, Madeleine.«

Sie sah weder überrascht noch besorgt aus – sie wartete ruhig ab, dass er fortfuhr.

»Ich glaube, ich habe die Sache nicht gründlich durchdacht. Wo wir hingehen könnten, wer uns sehen könnte, was die Leute denken könnten ... Ich dachte nur, es wäre schön, sich zu treffen, und ich habe erst auf dem Weg hierher begriffen, was ich da tue.«

»Was *wir* tun«, verbesserte sie ihn.

Jacob war dankbar für diese Reaktion, aber er verdrängte sie rasch. Wieder sah er die kleine, entschlossene Frau an, die erwartungsvoll vor ihm stand.

»Warum tust du das?«, fragte er. »Du hast bestimmt viel früher darüber nachgedacht als ich ...«

»Ich mag dich«, sagte sie schlicht. »Ich mag dich sehr. Und ich mag keine Vorschriften. Nicht die Art von Vorschriften jedenfalls, nach denen sie uns zwingen wollen zu leben.«

Er hatte keine Zeit zu antworten, denn sie hörten, wie die Haupteingangstür geöffnet und wieder geschlossen wurde.

»Hallo!«, ertönte es aus dem Eingangsbereich des Postamts.

»Hallo?«, rief sie zurück.

»Officer David hier, Ma'am.«

»Postangestellte Smith hier, Sir!«, erwiderte sie in einer Parodie seines offiziösen Tones.

Der Polizist räusperte sich. »Alles in Ordnung, Ma'am? Ich fuhr gerade vorbei und sah, dass die Tür einen Spaltbreit offen stand.«

»Alles in Ordnung«, sagte sie und trat an den Schalter. Der runde Lichtkegel einer Taschenlampe huschte über ihr Gesicht.

»Tut mir leid, Sie gestört zu haben«, sagte der Polizist, doch dann erhaschte der Schein seiner Taschenlampe etwas, und er richtete ihn gezielt in die Dunkelheit hinter Miss Smith. Jacobs Gestalt wurde erkennbar, und der Polizist runzelte die Stirn.

»Wer ist da?«

Miss Smith zögerte einen Moment – sie wusste den jungen Officer, den sie da vor sich hatte, nicht recht einzuschätzen.

»Das ist Jacob«, sagte sie dann.

Dem Polizisten schien nicht an einer Vorstellung gelegen.

»Der Bereich, in dem du dich befindest, ist nur für Weiße«, sagte er.

»Er hat mir geholfen abzuschließen«, sagte Miss Smith scharf, als Jacob vortrat.

»Nun, er sollte nicht hier sein. Wer ist er überhaupt?«, fragte der Polizist herablassend, und seine Taschenlampe glitt über die förmliche Kleidung des farbigen Mannes, der da vor ihm stand. Dann strich das Licht über die Postangestellte und ihr schickes Kostüm, und er runzelte die Stirn.

Miss Smith warf Jacob, der reglos dastand, einen Blick zu. Der Schein der Taschenlampe erhellte die Gitterstäbe des Schalters, und ihr schoss ein Bild von Jacob hinter den Gitterstäben einer Gefängniszelle durch den Kopf. Sie wandte sich wieder an den Polizisten.

»Er ist mein Fahrer«, sagte sie.

Im Café fingen zwei Gäste Streit an wegen eines Postens auf ihrer Rechnung, und obwohl sie schon über ein Jahr dort arbeitete, war Doris sich nicht sicher, wie sie sich verhalten sollte, denn ausnahmsweise waren weder Jacob noch Amina da. Sie schickte eines der Mädchen los, um an Aminas Tür zu klopfen, erhielt aber zwei Minuten später die Auskunft, dass sie den strittigen Betrag von der Rechnung streichen sollte und Amina nicht noch einmal gestört werden wollte.

»Du kommst mir bekannt vor«, sagte der Polizist und musterte Jacob sorgfältig.

Miss Smith seufzte verärgert auf.

»Officer, sollen wir den ganzen Abend hier herumstehen? Ich hatte einen langen Tag und würde jetzt gern heimgehen.«

Der Polizist trat einen Schritt zurück und senkte die Taschenlampe.

»Dann kommen Sie. Ich begleite sie nach draußen.« Er hielt Miss Smith die Eingangstür auf, ließ dann Jacob hinaus und richtete seine Taschenlampe auf das Schloss, während sie zusperrte. Dann ging er neben ihr die Straße hinauf, während Jacob mit einigen Schritten Abstand folgte. Als sie ihren Wagen erreicht hatte, blieb Miss Smith stehen und suchte in ihrer Handtasche nach den Schlüsseln.

»Warum hat Ihr Fahrer die Schlüssel nicht?«, fragte der Officer.

»Ich habe sie lieber bei mir«, antwortete sie.

»Verstehe«, erwiderte er lächelnd. »Vorsicht ist besser als Nachsicht, nicht?«

»Ganz recht.«

Sie reichte die Schlüssel Jacob, der die hintere Tür öffnete und wartete, während Miss Smith einstieg. Dann ging er mit steifen Schritten zur Fahrerseite herum und stieg ein. Seine Beine fanden kaum Platz – schließlich war er ein gutes Stück größer als Miss Smith –, aber er ließ den Motor an und setzte zurück, bereit davonzufahren. Nicht ein einziges Mal löste er die Augen von der Windschutzscheibe vor sich.

»Nichts für ungut, Ma'am!«, rief der Polizist, und Miss Smith hob die Hand zum Gruß, als Jacob losfuhr.

Als Aminas Vater an diesem Abend das Café betrat, spürte er, wie ihn eine seltsame Niedergeschlagenheit überkam. Er war ein Mann von solchem Gleichmut, dass jede ausgeprägte Gefühlsregung ihn aus dem Lot zu bringen drohte, und er blickte sich im Café um, um nach einem Grund für die Schwermut, die sein Herz erfasst hatte, zu suchen. Doch alles sah aus wie gewöhnlich. Die dichte Dunkelheit, die draußen über der Straße lag, wurde drinnen von Kerzen und Lampen gebannt. Von der Tür aus war der Lichtschein einladend, und doch ... Er spürte eine Veränderung – etwas fehlte. Es spielte keine Musik an diesem Abend, stellte er fest, und er blickte zu dem Grammophon hinüber, das er Amina vor langer Zeit geschenkt hatte. Einen Moment lang erinnerte er sich an die Freude, die ihr Gesicht damals erhellt hatte, und wie ihr Strahlen ihn so überwältigte, dass er ihr Dankeschön schroff beiseite gewischt hatte und zu seinem Sessel hinübergegangen war, um die Zeitung zu lesen, während er innerlich frohlockte.

Er sah sich nach Amina um, entdeckte sie jedoch nicht. Auch von Jacob war nichts zu sehen, und dann begriff er, woran es der Atmosphäre im Café an diesem Abend mangelte. Er ging in Richtung Küche, um zu Aminas Zimmer zu gelangen, aber Doris hielt ihn auf und fragte, ob er Platz nehmen wolle. Er stellte sich vor, und die Kellnerin starrte ihn überrascht an.

»Ihr Vater, ja? Sie sehen aus wie sie«, meinte sie.

»Sie sieht aus wie ich«, verbesserte er sie, und ohne ein weiteres Wort wies er mit dem Kopf auf ihr Zimmer, und Doris trat beiseite, um ihn vorbeizulassen.

Unter dem leisen Surren des Motors seufzte Jacob auf. Er sah in den Rückspiegel, und seine Augen begegneten Miss Smiths. Sie blickte ihn mit einem seltsamen Ausdruck an, halb Stirnrunzeln, halb beschwichtigendes Lächeln.

»Er ist noch immer hinter uns«, sagte Jacob zu ihr.

»Ich habe seinen Wagen gar nicht gesehen«, erwiderte sie.

»Er hat ein Motorrad.«

»Ach so.«

Jacob hatte die Richtung des Viertels eingeschlagen, in dem Madeleine Smith wohnen musste. Er schwieg, denn er wusste nicht, was er hätte sagen sollen. Eine so tiefe Traurigkeit wie diese hatte er lange nicht empfunden. Nach einigen Minuten ergriff Miss Smith wieder das Wort.

»Wohin fahren wir?«

Er antwortete nicht gleich, sondern blickte weiter auf die Straße vor ihm.

»Wo wohnen Sie?«, fragte er dann, sein Ton freundlich, um die Bedeutung, die sie seiner Frage beimessen mochte, zu mildern.

»512 Cortell Street«, sagte sie. »Sie geht von der Hauptstraße ab auf Höhe ...«

»Ich glaube, ich weiß, wo das ist.«

»Folgt er uns immer noch?«, fragte sie, und diesmal drang ihre Stimme vom Rücksitz kaum bis nach vorn. Jacob sah wieder in den Rückspiegel und begegnete ihrem Blick. Er schüttelte den Kopf.

Als sie ankamen, brachte Jacob den Wagen behutsam vor dem kleinen neu errichteten Wohnblock zum Stehen. Noch vor gar nicht langer Zeit war in dieser Gegend eine vorwiegend indische Bevölkerung ansässig gewesen, aber man hatte sie genötigt fortzuziehen.

»Mein Sohn hat die Wohnung für mich gekauft«, sagte Miss Smith und beobachtete Jacob, der sich den Wohnblock ansah.

»Sehr schön.«

Er öffnete ihr die Tür und reichte ihr die Hand. Sobald sie ausgestiegen war, gab er ihr die Autoschlüssel zurück.

»Ich verabschiede mich jetzt«, sagte er, förmlich in Ton und Ausdruck.

»Jacob, es tut mir schrecklich leid, was passiert ist. Ich hatte Angst. Ich schäme mich, es zuzugeben, aber ich hatte Angst vor diesem jungen Polizisten, Angst davor, was er dir antun würde, wenn er erst einmal Verdacht schöpfte.«

»Ich weiß«, erwiderte Jacob und sah sie nun freundlicher an. »Ich mache Ihnen keinen Vorwurf. Wirklich nicht. Aber ich kann nicht ...«

Sie wartete, aber er war nicht in der Lage, sich verständlich zu machen.

»Es ist schon gut«, sagte sie schließlich. »Ich verstehe. Es tut mir trotzdem leid ...«

Er wollte ihr sagen, dass auch er es bedauerte, aber er brachte kein Wort heraus. Er knöpfte sein Jackett zu und streckte ihr die Hand hin.

»Auf Wiedersehen, Miss Smith«, sagte er.

»Jacob, du kennst meinen Namen.«

Jacob nickte. »Auf Wiedersehen, Madeleine.«

»Auf Wiedersehen, Jacob. Auf Wiedersehen.«

Sie wartete vor dem Haus und sah zu, wie er sich umwandte und den Weg zurück zur Hauptstraße einschlug. Sie öffnete den Mund, um zu fragen, ob sie ihn zurückfahren solle, aber sie wusste, dass er ablehnen würde, also schwieg sie und sah der aufrechten Gestalt nach, die in der Dunkelheit verschwand. Sie hob die Hand zum Gruß, als sie glaubte, er drehe schließlich den Kopf, um zurückzuschauen, doch zu ihrem Bedauern tat er das nicht.

Amina versuchte zu entscheiden, welche ihrer Besitztümer sie mitnehmen und welche sie zurücklassen sollte, als es erneut an ihrer Tür klopfte. Sie blickte gereizt auf.

»Ich dachte, ich hätte euch gesagt, dass ich nicht gestört werden will!«

Erst geschah nichts, dann wurde langsam der Türknauf gedreht. Amina vernahm das Klicken und sah ungläubig zu, wie sich die Tür trotz ihrer ausdrücklichen Anweisung öffnete. Das bleiche Gesicht ihres Vaters erschien, gefolgt vom Rest seiner hageren Gestalt.

»Ich hatte nicht die Absicht, dich zu stören«, sagte er.

Amina starrte ihn einen Moment an und schüttelte kurz den Kopf.

»Das tust du auch nicht«, erwiderte sie. Sie bat ihn herein, schob rasch den Koffer unter das Bett und hoffte, dass er ihn nicht bemerkt hatte.

»Ich dachte, es wäre Doris oder eines von den Mädchen«, erklärte sie.

Er sagte nichts dazu, und sie bot ihm ihren einzigen Stuhl an und entzündete eine Lampe, um das armselige flackernde Kerzenlicht, das ihr bis dahin genügt hatte, zu verstärken.

»Kann ich dir etwas anbieten? Etwas zu essen? Eine Tasse Tee?«

Er schüttelte den Kopf. Er sah sie nicht direkt an; er begegnete kaum jemals dem Blick seines Gegenübers, nicht einmal bei den seltenen Gelegenheiten, wenn er sich an einem Gespräch beteiligte. Er bemerkte jedoch, dass das Gesicht seiner Tochter schmal geworden war. Die Schatten, die ihre hohen Wangenknochen warfen, und ihre großen müden Augen verliehen ihrem Aussehen etwas Fremdes, Unirdisches, das ihn beunruhigte.

»Ist alles in Ordnung, Vater?«

»Ja, alles in Ordnung.« Er räusperte sich. »Wir haben seit drei Wochen nichts von dir gehört«, fügte er hinzu, denn er wusste, dass sie sich fragte, was er hier tat. »Deine Mutter hat sich Sorgen gemacht.«

»Es war eine Menge los. Ich habe gar nicht gemerkt, wie die Zeit verflogen ist.«

»Ich weiß, dass du viel zu tun hast, aber es wäre nett, wenn du deine Mutter anrufen könntest.«

»Mach ich«, sagte sie ruhig. Plötzlich war ihr zum Weinen zumute – am liebsten wäre sie zu ihrem Vater gelaufen und hätte ihn gebeten, sich um sie zu kümmern und dafür zu sorgen, dass alles gut wurde. Doch sie konnte sich nicht daran erinnern, das jemals getan zu haben, selbst nicht als kleines Kind. Sie überlegte, was sie ihn fragen könnte, um das sich ausbreitende Schweigen zu brechen und von ihrem Kummer abzulenken.

»Warum hast du mich nicht einfach angerufen?«

Mr. Harjan schaute verlegen drein. »Ich wollte dich sehen. Um mich zu vergewissern, dass es dir wirklich gutgeht.«

»Mir geht es gut.«

Sie sah, wie sein Blick zu ihrem halb gepackten Koffer hinüberglitt.

»Ich habe ein paar schwierige Wochen hinter mir. Es lief alles nicht so gut.«

»Mit dem Café?«

»Nein ...«

»Das dachte ich mir«, sagte Mr. Harjan. Er beugte sich auf seinem Stuhl vor und blickte zu Boden. Amina wartete still, um zu sehen, ob er seine letzte Bemerkung erläutern würde. Das tat er nicht.

»Es ist schwer zu erklären ...«, begann sie, aber er hob die Hand, um ihr Einhalt zu gebieten.

»Nicht nötig«, sagte er. »Die Leute sorgen gern dafür, dass deine Mutter und ich alles erfahren, was ihrer Meinung nach bei dir passiert. Sie wollen nicht, dass uns etwas entgeht.«

Amina schloss die Augen bei der Vorstellung, dass ihre Eltern schon seit langem mehr über ihr Leben wussten, als sie geahnt hatte. Natürlich war ihr bewusst, dass die Leute über sie redeten und dass ihre Eltern ihre Vermutungen angestellt haben mussten, aber ihr gegenüber hatten sie nie etwas erwähnt, und sie hatte dem Thema nie genügend Beachtung geschenkt, um sich Sorgen zu machen.

Sie sah ihren Vater hilflos an, aber er hielt den Blick weiterhin gesenkt und betrachtete seine Schuhe. Nach einer Weile ergriff er wieder das Wort.

»Diesmal reden die Leute über sie, nicht nur über dich. Sie kennen sie ebenso gut.«

»Miriam? Sie haben kein Recht, über sie zu reden. Wer weiß denn überhaupt, dass wir befreundet sind?« Sie hielt inne. Farah, zum Beispiel, würde sich daran ergötzen, Klatsch und Tratsch zu verbreiten. Vielleicht hatte Omar sich bei ihr beklagt. »Nur weil wir Freundinnen sind, stellen sie Mutmaßungen an«, fuhr Amina fort. »Haben die Leute denn nichts Besseres zu tun?«

»Nein, haben sie nicht«, erwiderte ihr Vater mit einem schwachen Lächeln. »Aus diesem Grund meide ich sie.«

Er richtete sich auf, so dass Amina ihm ins Gesicht sehen konnte.

»Amina?«

»Ja, Vater?«

»Ich habe mich nie zuvor in dein Leben eingemischt, richtig?«

»Ja.«

»Aber diesmal muss ich dir etwas sagen.«

Amina sah ihn erwartungsvoll an, und er bemerkte den Schimmer von Tränen in ihren Augen.

»Sie ist verheiratet, Amina«, sagte er. »Das hat keinen Sinn.«

»Er schlägt sie!«, brach es zornig aus ihr hervor.

Ihr Vater wirkte ungehalten. Amina war sich nicht sicher, ob dies dem Ton oder dem Inhalt ihrer Behauptung geschuldet war.

»Dann geh und hol sie«, sagte er, und zwar so entschieden, wie sie ihn nie zuvor hatte sprechen hören. Sie starrte ihn schockiert an.

»Was?«

»Geh und hol sie. Wenn es dir so ernst damit ist, dann tu es. Ich kann dir nicht helfen, aber ich werde dich auch nicht aufhalten.«

Amina spürte, wie ihr die Tränen heiß über die Wangen liefen, und sie verfluchte sich für ihr Weinen. Die Worte ihres Vaters hatten sie berührt, und zugleich führten sie ihr die Schwierigkeit der Situation einmal mehr deutlich vor Augen.

»Sie wird nicht mir nichts dir nichts mitkommen ...«

»Also machst du dich auf und davon?«

Amina trocknete sich die Tränen. »Ich brauche ein bisschen Zeit. Bitte, Vater. Ich brauche einfach Tapetenwechsel und Zeit zum Nachdenken.«

Er stand auf und war mit sechs Schritten am anderen Ende des Raumes.

»Brauchst du Geld?«, fragte er und trat zu ihr.

Sie schüttelte den Kopf. Sie brauchte kein Geld, und selbst wenn, hätte sie von ihrem Vater nichts angekommen, denn er hatte selbst nur sehr wenig.

»Besuchst du deine Mutter, bevor du gehst?«

Amina nickte.

»Gut.« Er wandte sich dem kleinen Fenster zu und sah hinaus.

»Du solltest nicht gehen«, sagte er schlicht.

Sie lachte kurz auf. »Warum nicht?«

Er kratzte sich die Stirn. »Zum einen wird deine Mutter dich vermissen.« Amina hätte beinahe gelächelt. Du auch, dachte sie, auch wenn du es nie zugeben würdest.

»Und zum anderen ...« Er wandte sich ihr wieder zu und entdeckte eine Entschlossenheit und Stärke in ihren klaren, aufmerksamen Augen, die er selbst nicht besaß, an seiner Tochter jedoch bewunderte.

»Was, Vater?«

Wieder senkte er den Blick und ging zur Tür.

»Wenn sie es sich anders überlegt und du fort bist, woher soll sie dann wissen, wo sie dich findet?«

Er drehte den Türknauf und sagte noch etwas, einen Abschiedsgruß, den sie nicht hörte, weil sie bereits ins Nachdenken versank. Als sie aus ihren Gedanken erwachte, merkte sie, dass er fort war, und sie sah sich um und fragte sich, ob sie die ganze Szene nur geträumt hatte, so unwirklich erschien sie ihr. Ihr Vater hatte ihr jedoch ein wenig Geld auf dem Waschtisch zurückgelassen, ein Hinweis dafür, dass er wirklich dagewesen war und gesagt hatte, was sie ihn hatte sagen hören. Sie legte sich aufs Bett und schloss eine Weile die Augen, und als sie sich wieder aufsetzte, holte sie den halb gepackten Koffer hervor und betrachtete ihn ein, zwei Minuten lang. Dann schob sie ihn unter das Bett zurück und ging, um im Café nach dem Rechten zu sehen.

Kapitel 24

An diesem Abend hatte Miriam keine Probleme, ihre Kinder ins Bett zu bringen. Sam war heruntergekommen, um mit ihnen zu Abend zu essen, und das Geschnatter seiner Schwester hatte ihn erschöpft. Selbst Alisha ging ohne zu Murren zu Bett – sie hatte die ungewöhnliche Traurigkeit ihrer Mutter bemerkt und die Röte ihrer Augen, die sie jedoch nicht begriff. Miriam las ihr noch eine Geschichte vor und sah anschließend nach dem Baby. Salma schlief bereits tief und fest. Beim Abendessen hatte sie glucksend in ihrem Hochstuhl gesessen und war dann ebenfalls sehr schnell müde gewesen. Miriam betrachtete ihre jüngste Tochter – sie schlief auf der Seite, die kleinen Arme vor sich, die rundlichen Händchen locker zu Fäusten geballt, und atmete rasselnd, aber gleichmäßig. Miriam beugte sich über das Bettchen, um den reinlichen Duft einzuatmen, und ihr traten Tränen in die Augen. Still verließ sie das Zimmer, schloss die Tür hinter sich und ging nach unten in die dämmrige Küche. Draußen vor den Fenstern war die Nacht bereits schwarz, und nun gestand sie sich zum ersten Mal ein, dass ihr Mann am Nachmittag nicht zurückgekommen war, wie er es versprochen hatte.

Sie ging zum Fenster und blickte hinaus. Im Grunde kümmerte es sie nicht weiter, dass Omar beschlossen hatte, die Nacht bei seiner Schwägerin zu verbringen, im Gegenteil – sie war erleichtert. Ihr war elend zumute, und sie wollte ihn nicht sehen, sich nicht um ihn kümmern oder neben ihm schlafen müssen, solange sie sich so schlecht fühlte. Sie lehnte sich gegen das Fenster, erhaschte einen Blick auf Johns glühende Kohlen und hielt mit ihm gemeinsam Wache, indem sie in die Dunkelheit vor sich schaute. Irgendwo da draußen, jenseits der Bäume, war ein schwacher Lichtfleck zu sehen, ein Licht, das näher und näher kam, und sie beobachtete es und wartete mit atemloser Hoffnung, als ein Paar Scheinwerfer erschienen. Als der Wagen schließlich zu erkennen war und sie sah, dass es ihr Mann war, spürte sie, wie ihr Tränen der Enttäuschung über die Wangen rannen.

Als er die Tür öffnete, hatte sie ihre Tränen getrocknet. Omar trat ein und stand so großspurig vor ihr, als erwarte er ihre Dankbarkeit für seine Rückkehr. Er hatte sich sehr bemüht, an diesem Abend nach Hause zu kommen; er wusste, dass sie es nicht unbedingt erwartet hatte, und jetzt, am Ende seiner Fahrt, präsentierte er sich voller Überschwang. Sie wartete darauf, dass er das Wort ergriff.

»Ich habe seit heute Nachmittag um vier versucht, nach Hause zu fahren«, erzählte er ihr in dramatischem Ton.

Sie sah zu, wie er seine Krawatte lockerte und sein Jackett auszog und es sorgsam über die Lehne des Stuhls hängte, der sein angestammter Platz am Küchentisch war. Er rieb sich mit einer Hand die Augen und setzte sich.

»Möchtest du etwas essen?«, fragte sie. Er nickte kurz und fuhr mit seiner Geschichte fort.

»Du wirst nicht glauben, was mir passiert ist. Als ich losfahren wollte, hatte ich zwei platte Reifen. Zwei!«

»Zwei Reifen hatten Löcher?« Ihre Frage ließ nur eine winzige Spur Ungläubigkeit durchschimmern.

»Nein«, antwortete er gereizt. »Aus beiden war die Luft rausgelassen. Irgendein kleiner Rotzbengel hat sich daran zu schaffen gemacht. Ich hatte natürlich nur ein Ersatzrad, und deshalb musste ich Mackies Reparaturservice anrufen und über zwei Stunden warten, bis sie mir einen zweiten gebracht haben. Was für ein Tag!«

Sie stellte ihm den Teller hin und holte ihm eine Cola, öffnete die Flasche und gab sie ihm zusammen mit einem Glas. Sie schenkte ihm nicht ein, denn das tat er lieber selbst. Sie setzte sich hin und überlegte, was sie ihn fragen könnte, um die Zeit zu vertreiben, bis sie ins Bett gehen konnte, wo sie mit ihren Gedanken allein sein würde.

»Wo sind die Kinder? Schon im Bett?«

Sie nickte. »Wer hat dir die Luft rausgelassen?«

Mit zufriedenem Gesicht sah er von seinem Essen auf. »Irgendein farbiger Bengel«, sagte er. »Ich habe ihn erwischt. Sie haben um die Ecke gespielt.«

»Warum?«

Omar zuckte die Achseln. »Das wollte er nicht sagen. Mir hat er erzählt, nur so aus Spaß. Der Lümmel. Er hat mein Hand zu spüren gekriegt.«

Miriam zuckte zusammen. »Wie konntest du ...«

»So schlimm war es nun auch wieder nicht.« Er gestikulierte mit der Gabel. »Nur so viel, dass es ihm leid tat. Auf den Hintern.«

Miriam stand auf und holte sich ebenfalls eine Flasche Cola. Als sie zum Tisch zurückkehrte, war er wie ausgewechselt und beobachtete sie mit einem leichten Stirnrunzeln.

»Hattest du heute wieder deine Fahrstunde?«, fragte er und aß beiläufig eine weitere Gabel voll.

»Nein«, erwiderte sie und versicherte sich selbst, dass das keine Lüge war.

»Also ist das vorbei?«

Sie konnte ihn nicht ansehen, denn sie merkte, wie ihre Augen brannten. Sie ging zum Fenster hinüber und sah zum Weg hinaus, wo nun sein Wagen stand, eine dunkle, massige Silhouette in der Dunkelheit. Hinter sich hörte sie, wie er eine weitere Gabel voll aß. Sein unbekümmerter Ton, zusammen mit seinem geräuschvollen Kauen, machte sie gereizt.

»Nein«, antwortete sie schließlich. Er sagte nichts dazu, aber sie hörte, wie er seine Gabel hinlegte und nicht weiteraß. Als sie sich umdrehte, blickte sie auf seinen Teller, der noch immer halb voll war. Omar beobachtete sie mit ernstem Gesicht und schmalen Augen.

»Was soll das heißen?«

»Das heißt, dass ich Auto fahren können muss, wenn ich arbeiten will.«

Der Zorn stieg in seinem Gesicht auf wie eine Welle, und sie sah ungerührt zu, wie er langsam wieder abebbte – so als beobachte sie ein wissenschaftliches Experiment. Sie sah, wie sein Mund zuckte, als er sich bemühte, die Worte unter Kontrolle zu halten, die aus ihm herausbrechen wollten.

»Du arbeitest hier«, sagte er schließlich.

»Ich werde auch weiterhin hier arbeiten. Alles, was ich will, ist, an zwei oder drei Vormittagen zu kochen ...« Sie fügte nicht »in Pretoria« hinzu oder »im Café«, denn sie wusste, dass er auch so verstand, was sie meinte.

Er stieß seinen Stuhl so geräuschvoll zurück, dass es in der hohen Dunkelheit der Küche widerhallte. Er trug seinen Teller zum Spülstein hinüber und stellte ihn klirrend hinein. Die Gabel warf er gereizt hinterher, wie um zu betonen, dass sie ihm sein Abendessen ruiniert hatte. Als er sich nach seiner Frau umwandte, war sie weder in die Ecke zurückgewichen, noch ließ ihr Gesicht Besorgnis erkennen. Stattdessen blickte sie ihn kühl an, interessiert, abwartend.

Miriam sah, wie Omar die Stirn runzelte, und beinahe hätte sie über die Verwirrung gelächelt, die ihm ins Gesicht geschrieben stand. Als er sprach, war sein Ton barsch.

»Warum willst du dort arbeiten?«

»Warum nicht? Die Arbeitszeit ist kurz und flexibel, und es ist eine Arbeit, auf die ich mich verstehe. Etwas anderes habe ich nicht gelernt«, erwiderte sie bitter. »Ich muss tun, was ich tun kann.«

»Du hast es nicht nötig zu arbeiten!«, Seine Faust krachte mit solcher Wucht auf den Spülstein, dass Miriam beim Gedanken an den Schmerz, den er empfinden musste, zusammenzuckte.

»Doch, das habe ich.«

Er trat schnell vor und schlug mit der flachen Hand nach ihr, aber sie wich geschickt aus, so dass er sie nur noch mit der Handkante am Hals erwischte. Sie verspürte fast keinen Schmerz, aber ihr Herz raste. Sie wandte sich ihm zu, trat aber instinktiv einige Schritte zurück. Er stand abwartend da. Würde sie es riskieren, ihren Plan weiter zu verfechten? In diesem Augenblick tat sie es nicht, aber zu seiner Überraschung trat sie wieder ein paar Schritte vor und stand nun direkt vor ihm. Draußen ging John auf seinem Wachgang über die Veranda am Fenster vorbei und war gewiss überrascht zu sehen, dass sein Herr und dessen Frau sich wie beim Boxkampf gegenüberstanden, wach und aufmerksam, den ersten Fausthieb des Gegenübers erwartend.

Omar beobachtete sie, sein Körper angespannt, die Augen ausdruckslos und halb geschlossen, so dass sie nicht in ihnen lesen konnte. Sie brauchte kein Geld, sie brauchte kein Essen. Wozu also musste sie arbeiten? Das wollte er sie fragen, aber er tat es nicht, denn tief in seinem Inneren spürte er, dass sie Gründe hatte, die er nicht entkräften konnte, selbst wenn er willens gewesen wäre, sie sich anzuhören.

Miriam räusperte sich und versuchte, ruhig zu bleiben. Sie würde nicht die Stimme erheben und ihre Kinder wecken, aber sie würde auch keine Angst mehr vor ihm haben.

»Es geht nur um zwei Vormittage in der Woche. Das ist alles. Bring mir das Auto fahren bei ...«

Er schnitt ihr mit einer Handbewegung unwirsch das Wort ab, als könne er es nicht ertragen, noch mehr davon zu hören.

»Es gibt nichts mehr zu sagen.« Seine Stimme wurde lauter. *»Solange du meine Frau bist, wirst du nicht arbeiten gehen!«*

»Willst du dich von mir scheiden lassen?«

Omar starrte sie mit offenem Mund an. Er hatte den Moment der Schwäche überwunden, in dem er ihr beinahe nachgegeben hätte, aber nun hatte er sein letztes Wort gesprochen, und sie hörte einfach nicht auf ihn. Er sprang plötzlich auf sie zu, aber Miriam wich ebenso schnell zurück, gefasst auf die zuschlagende Hand. Doch er riss sich zurück, fürchtete vielleicht, vergebens auszuholen und nur die Luft zu treffen.

»Solange du meine Frau bist, wirst du nicht arbeiten gehen!«, schrie er und hieb mit der Faust an die Wand.

Sie sah, wie der Zorn durch seinen Körper zuckte und seine Bewegungen eckig und abrupt machte, und instinktiv wollte ihr Körper sie aus der Gefahrenzone tragen, aber sie überging den Impuls.

»Was ist mit den Kindern?«, fuhr sie fort. »Willst du, dass sie leiden müssen? Willst du mich nach Bombay zurückschicken? All das, nur weil du mich an zwei Vormittagen in der Woche nicht aus den Augen lassen willst?«

Sie hielt inne, war sich plötzlich bewusst, dass ihre Stimme unnatürlich laut klang, und sie beobachtete, wie er sich zum Tisch umwandte und nach seinem Glas griff. Er schleuderte es nach ihr, und sie hörte es durch die Luft zischen und sah es aufglitzern, als es an ihren Augen vorüberflog, bevor es die Wand in ihrem Rücken traf und in tausend Stücke zersprang.

»Niemals bringe ich dir das Auto fahren bei!«, brüllte er, und

sie sah, wie sein Mund winzige Tröpfchen Speichel sprühte. Sein Haar war zerzaust, sein Gesicht rot und gezeichnet. Sie wusste, wie sehr er es verabscheute, die Kontrolle zu verlieren. Wenn er sie in der Vergangenheit geschlagen hatte, war er anschließend direkt ins Badezimmer gegangen, um sich abzukühlen und zu beruhigen. Um seine Erscheinung wieder in Ordnung zu bringen.

»Das brauchst du auch nicht«, erwiderte sie und sie sah, wie sein Gesicht sich ein wenig entspannte, sah, wie er ihre Wort aufsog, begierig nach einem Rettungsanker griff, um seine Wut zu dämpfen.

»Ich werde den Bus nehmen«, fuhr sie fort und hätte angesichts ihres Wagemuts beinahe gelacht. Sie beobachtete sein Gesicht, angewidert, und doch irgendwie distanziert, denn der Ausdruck wechselte ständig und so rasch, dass es ihr beinahe unwirklich schien. Wieder drehte er sich um. Er ergriff einen Stuhl. Diesmal flüchtete sie in Richtung Treppe und rief ihm zu, innezuhalten, um die Kinder nicht zu wecken. Er warf den Stuhl in ihre Richtung, doch ohne die ernsthafte Absicht, sie zu treffen, und der Stuhl krachte zu Boden und riss dabei einen Teller mit sich, der nah an der Tischkante gestanden hatte.

In der Stille, die dann folgte, wartete Miriam am Fuß der Stufen. Sie wartete, ohne etwas zu empfinden; sie hoffte, er würde sie ansehen und begreifen, dass sie keine Angst hatte, dass sie ihm immer noch in die Augen schauen würde. Doch er stand nur da, die Hände auf den Tisch gestützt, mit hängendem Kopf, am Ende. Sie wandte sich ab und ging leichtfüßig die Treppe hinauf. Oben am Treppenabsatz stand Alisha mit staunend geweiteten Augen.

»Es ist alles gut«, sagte Miriam zu ihr. »Dein Vater hat sein Glas fallen lassen, das ist alles. Geh wieder ins Bett.« Sie führte ihre Tochter in ihr Zimmer zurück und wartete, bis sie wieder im Bett war. »Schlaf. Ich sehe später noch mal nach dir. Schlaf schön.«

Dann stand sie einen Augenblick allein auf dem Flur und hätte am liebsten zu weinen begonnen. Doch stattdessen ging sie wieder nach unten. Omar saß am Küchentisch, den Kopf in die Hände gestützt, und blickte nicht auf, als sie eintrat. Sie setzte sich neben ihn und sah ihn an. Er rutschte auf seinem Stuhl herum; ihre Nähe war ihm unbehaglich und zugleich entwaffnend – die Tatsache, dass seine Frau nur eine Haaresbreite von ihm entfernt saß, obwohl sie fürchten musste, dass er sie schlug.

Ein, zwei Minuten später wandte er sich ihr zu, ohne sie jedoch anzusehen. Er rückte seine Krawatte zurecht und biss sich leicht auf die Unterlippe, als habe er im wahrsten Sinne des Wortes an dem Problem zu kauen.

»Mir gefällt das nicht«, sagte er leise, fast wie zu sich selbst. »Mir gefällt das nicht – das muss genügen.«

Sie nahm allen Mut zusammen, um ihm noch einmal zu widersprechen.

»Das genügt nicht«, erwiderte sie. »Das hat nie genügt, aber das habe ich dir nie zuvor gesagt.« Ihr Gesicht war gerötet, doch nicht vor Angst oder Anspannung, sondern vor Verlegenheit, als ob dieser Augenblick, in dem sie ihrem Mann sagte, was sie dachte, einer Entblößung gleichkam – als wäre sie nackt auf der Straße tanzend erwischt worden. Er starrte sie an, und sie erwiderte seinen Blick. Bitte hab keine Angst vor mir, dachte sie bei sich.

»Bitte bring mir das Auto fahren bei«, bat sie ihn beinahe flüsternd. Es hatte angefangen zu regnen; sie konnten den Regen leicht auf das Dach prasseln hören. Omar betrachtete prüfend seine Nägel und erwog seine Möglichkeiten. Sie bot ihm einen Kompromiss an, das begriff er, aber sein Stolz erlaubte ihm nicht gleich, darauf einzugehen.

»Wozu?«

»Du weißt wozu.«

Er stand unvermittelt auf und stieß seinen Stuhl dabei so heftig zurück, dass er nach hinten überfiel. Warum ließ sie nicht ab von ihrer Idee zu arbeiten und begnügte sich damit, Auto fahren zu lernen?

»Du wirst nicht Auto fahren lernen«, sagte er mit gleichmäßiger Stimme. »Und du wirst nicht arbeiten gehen.«

»Ich werde den Bus nehmen«, wiederholte sie.

Er lachte, ein rauer Laut in der Nacht. »Der Bus braucht zwei Stunden.«

»Das ist mir egal.« Sie schwieg kurz. »Ich bin deine Frau. Warum willst du nicht, dass ich glücklich bin?«

Er vernahm die Tränen in ihrer Stimme, aber er hatte den Blick abgewandt, zum schwarzen, regennassen Fenster hinaus, und blieb ihr die Antwort schuldig. Sie schwiegen eine Weile, verharrten in absoluter Stille, und dann ging sie zum Spülstein, bückte sich und holte Handfeger und Kehrblech hervor. Sie ging zu den Glasscherben hinüber.

Er wirbelte herum. »Lass das!«, befahl er. »Lass das!« Er ertrug es nicht, zuzusehen, wie sie die Scherben des Glases zusammenkehrte, das sie hatte treffen sollen, und ihn damit beschämte.

Sie kniete sich vorsichtig hin und begann zu fegen.

»Lass das!«, schrie er. »Robert soll das machen.«

Sie ließ Handfeger und Kehrblech fallen. Sie sah, wie sein Zorn langsam versickerte und wusste, dass er sich selbst nun ebenso hassen würde wie sie. Er bedachte sie mit einem seltsamen Blick, seine Haltung kündete von seiner drohenden Niederlage, und einen Augenblick dachte sie, dass er etwas sagen oder die Hand nach ihr ausstrecken würde. Doch dann wandte er sich ab und ging ohne ein weiteres Wort die Treppe hinauf. Sie hörte, wie er oben ankam, kurz innehielt und dann die Tür des Badezimmers hinter sich schloss.

Sie sah auf den Handfeger hinab und auf die Glassplitter, die wie ein funkelnder Kristallteppich zu ihren Füßen lagen. Sie trat vorsichtig über sie hinweg und ging in den dunklen Laden hinüber. Im schwachen Licht des Mondes, der durch die Regenwolken drang, trat sie hinter den Tresen und tastete nach dem Schreibzeug, das er dort aufbewahrte. Als sie Stift und Papier gefunden hatte, trug sie beides in die Küche, hob den Stuhl auf, den er umgeworfen hatte, und setzte sich an den Tisch. Ihr Brief an Amina war kurz und geschäftsmäßig – wie die Zusage auf ein Stellenangebot sein sollte, fand sie. Sie spielte mit dem Gedanken, noch einen erklärenden Absatz hinzuzufügen, entschied sich dann aber dagegen. Es war schon spät, und sie wollte am nächsten Morgen früh aufstehen, um die erste Post nach Pretoria zu erwischen.

Die englische Originalausgabe erschien unter dem Titel *The World Unseen*
bei The Women's Press Limited, a Member of the Namara Group.

Sarif, Shamim: *Die verborgene Welt* / Roman
Aus dem Englischen von Andrea Krug
ISBN 978-3-930041-96-1

2. Auflage 2016
Lektorat: Andrea C. Busch, Groß-Zimmern
Gestaltung und Satz: Grafikbüro Schadenberg, Berlin
Coverfoto: © Getty Images / Pete Turner
Druck: CPI – Clausen & Bosse, Leck